EL BOSQUE GRIMM

EL BOSQUE GRIMM

KATHRYN PURDIE

Traducción de Mia Postigo

Argentina – Chile – Colombia – España
Estados Unidos – México – Perú – Uruguay

Título original: *The Forest Grimm - Book 1*
Editor original: Wednesday Books, un sello de St. Martin's Publishing Group
Traductora: Mia Postigo

1.ª edición: marzo 2024

© 2023 *by* Kathryn Purdie
Translation rights arranged by Adams Literary and Sandra Bruna Agencia Literaria, SL
All Rights Reserved
© de la traducción 2024 *by* Mia Postigo
© 2024 *by* Urano World Spain, S.A.U.
Plaza de los Reyes Magos, 8, piso 1.º C y D – 28007 Madrid
www.mundopuck.com

ISBN: 978-84-19252-56-2
E-ISBN: 978-84-19936-40-0
Depósito legal: M-414-2024

Fotocomposición: Ediciones Urano, S.A.U.

Impreso por: Rodesa, S.A. – Polígono Industrial San Miguel
Parcelas E7-E8 – 31132 Villatuerta (Navarra)

Impreso en España – *Printed in Spain*

Para Isabelle y Ivy,
la personificación de la ferocidad
y el encanto

PRÓLOGO

ANTES DE LA MALDICIÓN

Grandmère, cuéntame otra vez la historia de mi muerte.

La niña había esperado hasta el atardecer para acercarse a su abuela, cuando ya habían acabado de trabajar y la anciana estaba sentada cerca de la calidez de la chimenea, con sus ojos violeta entrecerrados y la botellita de tintura de valeriana destapada sobre la mesita que había a su lado.

La niña se acercó un poco más. Clara era un caso bastante curioso en el Valle de Grimm, al estar tan obsesionada con la muerte en lugar de con la vida y con todo lo que esta podía ofrecerle. Los demás niños de la aldea soñaban con la felicidad que iban a alcanzar cuando fueran mayores de edad, al cumplir los dieciséis. Sin embargo, dada la suerte que tenía Clara, dudaba de que siquiera consiguiera vivir otros siete años más.

Una profunda arruga marcó la piel entre las delicadas cejas de Grandmère.

—*Ma petite chérie* —le dijo, en un idioma que nadie más hablaba en toda la aldea, ni siquiera el abuelo de Clara, pese a que hacía mucho que él había muerto—, esa historia no me gusta nada.

Clara apartó la botellita de tintura hacia el borde de la mesa para dejar sitio a una baraja pintada de cartas de adivinación que tenía escondida detrás de la espalda. Cuadró sus delgados hombros y se irguió tanto como le permitió su silueta de tan solo nueve añitos.

—Entonces cuéntame una historia nueva —le pidió, antes de presentarle las cartas.

Grandmère posó la mirada sobre la baraja. Unas ascuas chisporrotearon desde la chimenea y se reflejaron en las pupilas de la anciana como luciérnagas que alzaban el vuelo, despavoridas. Era la única persona que conocía Clara que pudiese hacer magia, por mucho que no fuese la magia más poderosa en todo el Valle de Grimm. Si bien los aldeanos respetaban el don que tenía Grandmère para leer el futuro, lo que veneraban de verdad era un tipo de magia completamente diferente: la magia del Bosque Grimm, pues esta guardaba el poder para conceder deseos y hacer que los sueños se volviesen realidad.

El poder estaba contenido dentro de un libro, un regalo extraordinario de parte del bosque, que, según decían algunos, había aparecido en la aldea hacía más de cien años. El tomo se había presentado con todas sus páginas sobre un lecho de setas rojas con motitas y tréboles de cuatro hojas que había en un prado aledaño. Las páginas estaban hechas de la madera de los árboles, las hojas habían proporcionado su tinta y las raíces delgadas se entretejían en su encuadernación. Las palabras «Sortes Fortunae» estaban inscritas en la cubierta, las cuales querían decir *El libro de la fortuna* en la lengua común.

Una persona solo podía conjurar la magia del libro una vez en toda su vida, siempre y cuando hubiese alcanzado la mayoría de edad. Pese a que Grandmère ya había alcanzado la mayoría de edad hacía décadas, para cuando cumplió los dieciséis no vivía en el Valle de Grimm. Había llegado a la aldea al cumplir los veintitrés y, dos años después de eso, decidió que había llegado el momento. Por mucho que tuviese el don de predecir el futuro, aquello no impidió que anhelara lo que el libro podía ofrecerle, como le sucedía al resto de los habitantes de la aldea. Grandmère pidió un deseo para cambiar su destino.

Clara nunca supo qué fue lo que pidió su abuela, y la anciana nunca se lo dijo. Al igual que todos los sabios aldeanos que vivieron antes que ella, Grandmère mantuvo su deseo a salvo y en secreto, pues, si lo contaba, el hechizo se revertiría.

—*Non*. —Grandmère negó con la cabeza y rechazó la petición de Clara de que le leyera las cartas—. Ya hemos jugado a este juego y no puedo darte falsas esperanzas de nuevo.

Aunque su abuela no solía equiparar la adivinación con un juego, Clara la había hastiado a base de pedirle que le leyera las cartas una y otra vez durante los últimos meses. En las cinco ocasiones en las que Grandmère había terminado aceptando, la lectura —o la «historia», como la llamaba ella— siempre le prometía a Clara un futuro con una muerte prematura.

—Pero ¿y si...? —insistió la niña, tras hacer un puchero.

—Mis cartas nunca mienten, pequeña. —Con un suspiro cansado, Grandmère le acomodó un mechón de cabello que se había soltado de la trenza de corona que llevaba su nieta y le dio una palmadita en la mejilla—. Lo lamento mucho, pero el destino no cambia de parecer.

Hasta el día anterior, Clara se habría creído aquellas palabras. Solo que la noche previa la esposa de un granjero había ido a su cabaña para que le hicieran una lectura, y aquella velada había sido distinta a las demás.

Lo novedoso no había sido la visita en sí, pues los aldeanos solían suplicarle a Grandmère que les revelara lo que les deparaba el futuro. Pese a que la mayoría de ellos ya le habían pedido su deseo al Libro de la fortuna, seguían anhelando encontrar algún modo de incluir cambios en su vida o, como mínimo, de prepararse para el éxito o las desgracias que les deparaba el futuro.

¿Prosperarían sus cosechas o no? ¿Encontrarían un amor idílico? ¿Sanarían sus heridas? Las cartas de Grandmère les daban pistas para descubrirlo.

La noche anterior, la esposa del granjero había ido a ver a su abuela para saber si el bebé que llevaba en el vientre llegaría a nacer o no. Y, al estar tan nerviosa por la posible respuesta, le había dado largas a la lectura de Grandmère al preguntarle sobre todas y cada una de las treinta y seis cartas que componían su baraja.

—Esta es la Carta Roja —había contestado Grandmère, cuando el reloj de cuco marcó una hora en la que Clara ya tendría que haber estado en la cama.

Desde el lugar en el que escuchaba la conversación a hurtadillas, fuera del alcance de la vista en el pasillo angosto, Clara se imaginó la carta. Aunque los demás naipes de la baraja de adivinación tenían unas imágenes misteriosas e intrincadas, la Carta Roja solo estaba pintada de color escarlata, y ninguno de sus bordes estaba desgastado.

—Qué nombre más común —señaló la esposa del granjero—. Y qué carta más común también.

—Aun así, es extraordinaria —repuso Grandmère—. Su verdadero nombre es «Giro del Destino», y nunca me ha salido en una lectura.

Tras ello, Clara no oyó nada más. Le empezaron a zumbar los oídos y tuvo que apoyar una mano en la pared de tablones de madera para no perder el equilibrio. Hasta entonces no había sabido lo que significaba la Carta Roja, y fue allí cuando comprendió que aquella era la única carta que podía salvarla.

A pesar de que la Carta Roja no podía decirle cómo cambiar su destino, como sí hacía el Libro de la fortuna con su tinta mágica cuando una persona pedía un deseo, podía darle algo que la tranquilizaba aún más: la certeza de que sí iba a conseguir cambiar su futuro.

Si Grandmère sacaba la Carta Roja al leerle el futuro, ¿significaría que la historia de Clara por fin podría tener un final distinto?

Aquella noche, Clara soñó con el color rojo, y, al día siguiente, mientras llevaba a cabo sus quehaceres, lo único que veía era rojo. La carúncula bajo el cuello del gallo. Los arándanos rojos en los matorrales que había más allá de la zona de pasto de las ovejas. Las mariquitas que trepaban por el hinojo en el huerto.

De pie, cerca de la chimenea al atardecer, Clara apoyó una manita sobre la de su abuela y susurró:

—*S'il te plaît.* —Solo sabía unas pocas palabras en el idioma natal de Grandmère, y esas eran las que significaban «por favor».

Quizás fue el hecho de oír el idioma de su hogar tan distante, más allá del bosque y de las cordilleras, lo que conmovió a Grandmère. Tal vez fue que contempló los ojos grandes y anhelantes de su nieta, del color de las esmeraldas. O a lo mejor fue el deseo compartido y secreto de que una lectura más pudiera cambiar el terrible destino que le esperaba a Clara. Fuera cual fuese la razón, Grandmère asintió y extendió la baraja de cartas bocabajo sobre la mesa.

A toda prisa, Clara fue a por el velo de adivinación y, cuando su abuela se lo puso sobre los ojos, volvió a apoyar la mano sobre la de ella. Con todo el cuidado del mundo, Grandmère escogió las cartas a ciegas.

Clara había visto lecturas en las que a una persona le tocaban hasta siete cartas, aunque tres era el número más común. Sus lecturas, en cambio, siempre estaban limitadas a dos cartas. Con algo de suerte, aquella vez las cosas serían distintas.

Grandmère giró la primera carta: El Bosque de Medianoche. Representaba aquello que estaba prohibido.

Sacó la segunda carta: la Criatura con Colmillos.

Clara sintió como el corazón se le encogía. La Criatura con Colmillos era la peor carta posible, la que todos temían. La carta que predecía una muerte prematura.

No había conseguido nada. Su historia no había cambiado. Una decisión prohibida le iba a poner fin a sus días. Salvo que…

Grandmère detuvo la mano sobre la única carta en la mesa que tenía los bordes lisos y sin marcas. Clara contuvo el aliento y, con toda la delicadeza del mundo, empujó los dedos marchitos de su abuela hacia la pintura roja que se escondía entre las demás cartas.

Pero Grandmère no llegó a voltear la Carta Roja. De hecho, ni siquiera la tocó. Se quitó el velo de la cara, observó las cartas que había sacado y dejó caer la cabeza entre sus hombros.

—Eso es todo —le dijo—. Tu sangre ha dejado de cantar para mí.

Clara contuvo las lágrimas y se obligó a esbozar una sonrisa débil.

—No pasa nada, *Mémère*. No te sientas mal. —Llamó a su abuela como solía hacer cuando era pequeñita—. No es culpa tuya.

De pronto, la puerta delantera se abrió de golpe y por ella entró una copia adulta de Clara, con una melena oscura, piel pálida como la nieve y unos ojos verdes e intensos. La mujer dejó un cubo de agua que había sacado del pozo y se puso una mano en la cadera.

—¿Qué está pasando aquí? —preguntó, mientras observaba la expresión sombría de su madre y de su hija, y, pese a que su pregunta fue clara, no fue cortante. Aunque Rosamund Thurn era una mujer directa, pocas veces solía dejarse llevar por la ira.

Ni Grandmère ni Clara contestaron, pues la respuesta era tan evidente como una oveja a la que le hacía falta un buen esquileo. Lo único que tuvo que hacer Rosamund fue echarle un vistazo al par de cartas que había giradas sobre la mesa.

Levantó una ceja, se quitó el delantal que llevaba y lo colgó en una percha que había cerca de la puerta. Tras acercarse a una estantería alta que había en un rincón, sacó algo que había en un bote y se lo metió en el bolsillo de su vestido. Luego se volvió hacia la niña, la única hija que había sido capaz de concebir, y le extendió una mano.

—Ven, quiero mostrarte algo.

Sin rechistar, Clara entrelazó sus dedos con los de su madre antes de salir de casa y dirigirse más allá del jardín, del pastizal de las ovejas, de la valla que tenía ramitas y juncos enredados por doquier y, por último, del riachuelo que separaba su granja del Bosque Grimm.

—¿Sabías que una vez le pedí a Grandmère que me leyera las cartas? —le contó su madre, conforme se acercaban a un gran roble. La luna brillaba en lo alto, despedía al ocaso y hacía que las hojas de bordes irregulares relucieran de color plateado.

—¿De verdad? —Clara alzó la vista hacia ella. A su madre nunca había parecido interesarle que Grandmère pudiera leer las cartas, aunque aquello no quería decir que no sintiera curiosidad por su propio destino. Clara lo sabía porque su madre ya había usado el *Sortes Fortunae* para pedir su único deseo y hacer que este se volviera realidad. Su padre también lo había hecho.

—Tenía un año menos de los que tienes tú ahora.

Clara intentó adivinar las cartas que Grandmère le había sacado a su madre. La Dama de los Lirios, que indicaba una belleza impoluta. El Castillo de Piedra: una vida muy larga. El Nudo de Nueve Hilos: unos lazos familiares irrompibles.

—¿Y qué historia te contaron las cartas? —le preguntó mientras caminaban por debajo del árbol.

Bajo la oscuridad que les ofrecía el roble, el rostro y la silueta de su madre se volvieron tenues y borrosos, y le parecieron más sombras que algo sólido.

—Me contaron *tu* historia.

Clara no lo entendía.

—¿La abuela te sacó el Ciervo Moteado? —Esa era la carta que presagiaba un embarazo e hijos.

—No. —La voz de su madre se tensó, como si estuviese conteniendo una carcajada o un sollozo. Quizás ambos—. Tú y yo compartimos la misma historia. Nos tocó la misma lectura. Grandmère también me sacó el Bosque de Medianoche y la Criatura con Colmillos.

Clara se volvió hacia atrás, nerviosa por la apariencia fantasmagórica que había adquirido su madre bajo las sombras.

—Pero... sigues viva.

—Sí. —Su madre rodeó el tronco del árbol y resiguió su contorno con la mano—. No sabes lo que le rogué a la abuela para que me leyera las cartas. Pero, una vez que lo hizo, me pasé días llorando. Al final, mi padre consiguió consolarme al ayudarme a plantar este roble. Por aquel entonces solo era un árbol pequeñito y míralo ahora. Mira todos los años que tiene.

Clara echó la cabeza hacia atrás y contempló las ramas que tenía sobre la cabeza. Las que había en lo más alto seguro que sobrepasaban el tejado a dos aguas de su cabaña.

—¿No se supone que los robles pueden vivir cientos de años?

—A eso me refiero —asintió su madre—. Son casi eternos.

Sin embargo, Clara lo entendió de un modo distinto: aquel roble, por muy grande que fuese, solo había vivido una cantidad ínfima de todos los años que aún le quedaban por delante.

De pronto, la inundaron un montón de emociones intensas, así que rodeó la cintura de su madre con sus bracitos. Ya no le importaba su propia vida. Lo único que le importaba era la de su madre. No podía soportar la idea de que muriera antes de tiempo.

Sorprendida por el gesto, su madre guardó silencio. Con el dorso de los dedos, acarició los cabellos que se habían soltado de la trenza de corona de su hija, a la altura de la nuca.

—No temas, mi niña. —Su voz era tan suave como la lana de los corderos—. Mira que tengo en el bolsillo. He traído algo para ti.

Clara se apartó de su madre e hizo lo que le pedía, sacó un objeto pequeñito y redondo de su bolsillo. Dada la oscuridad en la que se encontraban, no podía ver lo que era, pero con un dedo pudo acariciar su superficie lisa y la parte rugosa que era su cúpula. Era una bellota.

—La recogí el otoño pasado —le dijo su madre—. ¿Sabías que los robles de Grimm tardan veinte años en producir bellotas? Esta de aquí es la primera que encontré en este árbol. —Tras dejar un beso sobre la coronilla de su hija, añadió—: Y quiero que te la quedes tú.

—¿Por qué? —Clara frunció el ceño. No quería quedarse con algo que representaba la vida de su madre. ¿Y si lo estropeaba? ¿O lo perdía?—. ¿No deberías quedártela tú?

—¿Yo para qué? —Su madre soltó una suave carcajada—. Cuando llegue el otoño tendré barriles y barriles llenos de ellas.

Sí, pero ¿cuántos otoños te quedarán después de eso?

En cuanto aquel pensamiento llegó a la mente de Clara, otro más lo siguió, lo que consiguió sacudirla entera, como un carro al pisar un bache.

No hace falta que tema por la vida de mi madre. Puedo salvarla.

No necesitaba la Carta Roja para cambiar su destino. Lo único que necesitaba era un deseo.

Un deseo que Clara podía pedir al Libro de la fortuna cuando cumpliera los dieciséis años.

Apretó la bellota en su manita. Pensaba vivir otros siete años más para poder cambiar la historia de su madre. Y, tras ello, no le importaba cómo terminara su propia historia. Moriría con gusto con tal de que su madre viviera.

—Gracias, mamá. —Volvió a refugiarse en los brazos de su madre—. Me la quedaré.

1

SIETE AÑOS DESPUÉS

El fantasma de mi madre me persigue. Oigo su voz en el viento que espanta a los cuervos de la zona de pasto de nuestras ovejas y sus sollozos ahogados en los chirridos de la polea sobre nuestro pozo seco. Noto atisbos de su risa en los destellos de los rayos sin lluvia. Su furia se concentra en el repiqueteo bajo de la vibración de los truenos.

Pero las tormentas no son más que una burla. La lluvia que cae apenas llega a tocar la tierra ya y, cuando lo hace, lo único que oigo en su golpeteo son los pasos de mi madre que se alejan de mí y me animan a seguirla.

El fantasma de mi madre me persigue... si tan solo los fantasmas no fuesen un misterio del más allá, sino un eco de los vivos. Porque ella debe seguir con vida. Tiene que estarlo, pues no está muerta. Solo ha desaparecido. Se perdió en el Bosque Grimm. Han pasado tres años desde que se embarcó en aquella travesía, poco después de que la magia del bosque se hubiese vuelto en contra de nuestra aldea, y no ha regresado desde entonces.

Unas tiras de tela y lazos de distintos colores cuelgan de un avellano que se encuentra en la linde del bosque. Es el Árbol de los Perdidos. Madre no fue la única habitante de la aldea que desapareció. De otros sesenta y seis, a quienes llamamos los Perdidos, tampoco se supo nada una vez que se adentraron en el bosque. Cada uno de ellos tuvo sus propios motivos para alejarse desde que se desató la maldición, aunque la mayoría de ellos siguen siendo un misterio. Lo único que tienen en común es el estado de desesperación en el que estaban sumidos antes de abandonar el Valle de Grimm.

En cuanto a mi madre, tendría que haber sabido que no iba a volver a casa. La carta del Bosque de Medianoche le había advertido hacía mucho tiempo de que no debía tomar una decisión prohibida. Sin embargo, se fue en busca de mi padre, pues no sabía que él no era uno de los Perdidos, al menos no en ese sentido. Madre se adentró en el Bosque Grimm poco después de la desaparición de mi padre y se convirtió en la primera de los Perdidos.

Las cintas del avellano danzan con la brisa veraniega y agitan las puntas de mi cabello oscuro. Pese a que el cabello de mi madre es del mismo tono castaño que el mío, teñimos su cinta de un color rojizo. Grandmère lo escogió porque es el color favorito de mi madre, y yo misma hilé la madeja de la mejor lana de nuestro rebaño.

Alzo una mano para tocarla, al tiempo que entrecierro los ojos para protegerlos de los rayos intensos de la mañana que se cuelan por la copa del avellano. Han pasado tres años desde que até la cinta en el árbol, y, desde entonces, las inclemencias del tiempo han deshilachado sus bordes y han desgastado la tela hasta dejarla hecha jirones.

¿Y si madre también se ha quedado así? Hecha jirones y casi en los huesos.

Iré a buscarte, le prometo. *Pronto.*

Y con pronto quiero decir hoy mismo.

—¡Quedan diez minutos para la selección! —exclama el relojero de la aldea.

El corazón me da un vuelco en el pecho como el cuco de un reloj que sale disparado a dar la hora. Me recojo la falda sobre las pantorrillas y echo a correr entre la gente que ya empieza a congregarse en el prado. El Día de Devoción, el cual celebramos cada mes, siempre atrae a los aldeanos como yo que no hemos perdido la esperanza de que nuestros Perdidos sigan con vida. Claro que también atrae a aquellos que disfrutan del espectáculo de la selección y del peligro que acarrea. Lo más importante siempre ha sido la selección y su resultado.

Llego a la mesa de la selección, donde se encuentran dos cálices de cristal, uno al lado del otro, uno de color ámbar y otro verde como el musgo. Cada uno contiene tiras de papel dobladas con los nombres de los aldeanos escritos en ellas.

Hoy es el día en el que me escogerán, en el que por fin se me permitirá adentrarme en el bosque para ir a buscar a los Perdidos. De nuevo. Y es así porque mi nombre se encuentra en el cáliz verde, descartado con otros que ya han sido escogidos este mismo año al haber sido extraídos del cáliz ámbar en anteriores Días de Devoción. Me llegó el turno hace varios meses, cuando por fin alcancé la mayoría de edad y pude participar en la selección al cumplir los dieciséis.

Exigir mi oportunidad para entrar en el bosque por medio de la selección fue lo único que pude hacer para intentar salvar a mi madre de la muerte prematura que le habían presagiado las cartas. Y sigue siendo mi única opción, pese a la decisión que tomé hace siete años de pedirle un deseo al Libro de la fortuna, pues me arrebataron esa alternativa.

Dos años antes de cumplir los dieciséis, el Bosque Grimm maldijo a la aldea, y el libro desapareció. No tardamos en descubrir por qué: alguien había cometido un asesinato, y por si eso fuera poco, se había valido del único deseo que podía pedirle a *Sortes Fortunae* para hacerlo.

Nadie sabe aún quién es el asesino. Lo único que sabemos es que el día en el que se encontró el cadáver también fue el día en que el Libro de la fortuna desapareció.

De la misma forma tan misteriosa como había aparecido en primer lugar en el Valle de Grimm, el libro se esfumó del pabellón en el que los aldeanos lo guardaban, en este mismo prado. Muchos creen que un gran sauce llorón sacó sus raíces de la tierra y robó el libro con sus ramas. Fuera como fuese, el sauce también desapareció y un rastro de huellas con forma de raíces que iba y venía del pabellón fue lo único que quedó de él.

Sin el libro —sin el deseo que tantas personas antes de mí habían conseguido obtener—, tenía la esperanza de que el bosque me recompensara al asegurarse de que mi nombre saliera en la selección. Solo que no me hizo ningún favor. La verdad es que no recibe con brazos abiertos a ninguna persona cuyo nombre provenga del cáliz ámbar. Ninguno consiguió avanzar más que unos cuantos metros antes de que el bosque nos escupiera de vuelta. Y yo no fui la excepción.

Hasta el momento, el ritual parece tan maldito como nuestra propia aldea.

Pero hoy será diferente. Hoy estoy decidida a que salga bien. He dibujado un mapa del bosque, lleno de detalles gracias a los recuerdos que tenían los demás aldeanos de los días previos a la maldición, cuando aún se podía entrar y salir con total libertad. Y no pienso esperar otro mes hasta que el año termine y la selección vuelva a empezar, con todos los nombres al azar de nuevo, para ver si mi suerte cambia.

Lo único que tengo que hacer es ser escogida. Y tengo un plan para conseguirlo.

Aunque estoy sola en la mesa, echo un vistazo sobre el hombro para asegurarme de que nadie me está viendo. Aquellos que tienen familiares entre los Perdidos como yo están ocupados dejando obsequios en el altar de madera tallada, a poca distancia del inicio del sendero. Un paso más allá se encuentra la línea de cenizas que marca los límites del bosque, y nadie deja que absolutamente nada, ni siquiera la punta del cordón de una bota, se asome al otro lado.

El bosque ya no permite a nadie en su interior, salvo que su destino sea convertirse en uno de los Perdidos, y nadie está dispuesto a ello. Nuestras ofrendas tienen como objetivo apaciguar al bosque para que ceda ante nuestros intentos cada Día de Devoción.

Ingrid Struppin, quien perdió a su marido, aparta su falda remendada de la línea y deja un cuenco con gachas en el altar. Gretchen Ottel, quien perdió a su hermano, dobla su figura escuálida para dejar un ramo de flores silvestres al lado del cuenco y luego estornuda. Tras cubrirse la boca con una mano, clava la vista frente a ella, asustada. No hay duda de que su estornudo ha cruzado la línea, pero por suerte el bosque no parece notarlo.

—Salud —le dice Hans Muller, al tiempo que deja un vaso de cerveza al lado de las flores silvestres de Gretchen; una cerveza más bien ligera, si se parece en algo a la que intercambié por una madeja de hilo hace cinco días. Una vez que deja el vaso, Hans se aleja con prisa de la línea de cenizas. Mientras se quita su sombrero de paja y agacha la cabeza, murmura algo por lo bajo. Creo que es el nombre de su madre, Rilla, quien también es una de los Perdidos.

Las ofrendas de los aldeanos son más escasas de lo que eran al principio, aunque siguen siendo lo mejor que cada uno puede ofrecer. Con cada mes que pasa, la maldición que cayó sobre nosotros hace tres años nos cobra más y más. El prado es prueba de ello, pues ninguna flor nace ya en él. La hierba seca está a rebosar de una maleza espinosa y resistente a las sequías.

Por muy inútil que haya resultado ser el Día de Devoción, estamos tan desesperados por salvar a nuestros Perdidos que seguimos llevando a cabo el ritual todos los meses. Nadie, yo incluida, sabe qué más hacer para que el bosque nos perdone, nos deje cruzar sus lindes y nos permita embarcarnos en la peligrosa travesía para recuperar a los Perdidos.

Y encontrarlos es solo la mitad de la hazaña. El elegido de la selección también debe recuperar el Libro de la fortuna, sea donde sea que se encuentre escondido en medio del Bosque Grimm. Creemos que, si el bosque nos permite recuperarlo, la maldición llegará a su fin. La tierra sanará y los Perdidos por fin podrán volver a sus respectivos hogares.

Todo eso lo descubrimos de un acertijo que el libro nos dejó tras su partida, pues el *Sortes Fortunae* no desapareció en su totalidad. Lo único que quedó en el pedestal del pabellón fue una página, y en ella estaban las siguientes palabras mágicas escritas con tinta verde:

Un deseo mortal
Que con la paz termina.
La maldición nace;
Mis bendiciones, a la ruina.

Agua que cae,
Palabras de todo corazón
Un deseo desinteresado
Romperá la maldición.

La primera mitad del acertijo explica lo que desató la maldición —un deseo que se le pidió al libro para asesinar a alguien—, mientras que la segunda parte revela cómo romperla. También nos dio la única pista que tenemos sobre cómo encontrar el libro: cerca de «agua que cae». Lo más obvio parece ser una cascada, solo que, si fuese así de sencillo, los Perdidos ya habrían encontrado el libro y ya habrían vuelto a casa. Pero ninguno lo ha hecho.

Por muy complicado que sea, juro que encontraré el *Sortes Fortunae*. Me parece tan parte de mi destino como lo que

Grandmère presagió para mí. Puede que la Criatura con Colmillos me depare una muerte prematura, pero no pienso permitir que eso suceda antes de que le salve la vida a mi madre. Acabar con la maldición y salvarla son dos hechos entrelazados. Necesito el libro para pedir un deseo y poder rescatarla del bosque, así como de su propio destino.

Cuando estoy segura de que nadie me está mirando, me vuelvo a concentrar en mi tarea. Con la presteza de un halcón, saco un puñado de papelitos doblados del bolsillo de mi delantal, los deposito en el cáliz ámbar y salgo corriendo.

Unos cuantos segundos después, una joven voz de barítono me llama desde algunos metros por detrás.

—¿A dónde vas con tanta prisa, Clara? —Sé que está sonriendo por el tono divertido que percibo en su voz—. No recuerdo que te hayas perdido nunca la selección, ni siquiera cuando no tenías edad para participar.

Me contengo para no poner los ojos en blanco conforme doy media vuelta para enfrentarme a Axel. Cómo no, tenía que presumir de nuestra diferencia de edad, como si en los dos años que me saca hubiese adquirido muchísima más experiencia que yo en la selección. Solo ha salido elegido una vez, como yo.

Cada año, más de treinta aldeanos colocan su nombre en el cáliz ámbar por voluntad propia, pese a que solo se escoge un nombre al mes, cuando la luna vuelve a llenarse. Es una señal de buena suerte para los viajeros. Los habitantes del Valle de Grimm nos aferramos a cualquier superstición que pueda ayudarnos a traer de vuelta a los Perdidos y acabar con la maldición que se cierne sobre nuestra aldea.

No le he contestado a Axel. Sigo devanándome los sesos para dar con una excusa mientras él se me acerca con aquel andar tan presumido que tiene, lleno de confianza, pero de forma natural. Como todo lo que concierne a él, rezuma un encanto innato que no parece notar, lo que hace que todas las chicas de la aldea le hagan ojitos con tanta intensidad que uno diría que les ha dado un tic.

Lo que tendrían que hacer es darle un buen coscorrón en la cabezota con una porra para hacer que las vea, pues él solo tiene ojos para una chica, y ella es una de los Perdidos, como mi madre.

—¿Y bien? —Apoya el peso sobre una pierna, con las manos metidas en sus pantalones hechos a mano. Su actitud desenfadada puede apreciarse en el resto de su apariencia. Se ha remangado la camisa, lo cual revela los músculos de sus brazos recubiertos por un vello rubio, y lleva su chaleco azul abierto de par en par, como si quisiera que se sacuda con la brisa como hacen las sábanas en los tendederos. Mastica la punta de una larga ramita de paja que brilla al sol del mismo modo que su cabello alborotado, perfecto en toda su imperfección—. ¿A qué vienen esas prisas?

Me cruzo de brazos ante su sonrisita.

—Me he dejado el sombrero. Si me escogen hoy, lo necesitaré.

—Pero si nunca te pones sombrero. Ni aquí ni en ningún otro lado. —Su mirada azul como el río se posa sobre mi nariz—. Y todas esas pecas que tienes lo confirman.

—Hoy me han pedido que les dé algo de sombra —le contesto, tras encogerme de hombros.

La risa silenciosa que se le escapa hace que sus hombros anchos se sacudan.

—Venga ya, Clara. He visto cómo has metido algo en el cáliz ámbar.

—Solo eran unos tréboles de la suerte —le digo, notando cómo me sonrojo.

—Los tréboles no son blancos.

—Cuando florecen, sí.

Sonríe más y asiente, para seguirme la corriente. Se aparta la ramita de la boca e inclina la cabeza hacia abajo antes de susurrarme con complicidad:

—¿Cuántos papelitos tenías en la mano, eh? ¿Cuántas veces has puesto tu nombre?

Me vuelvo de pronto para salir corriendo, pero él me agarra del brazo y hace que me vuelva a girar. Como me saca una cabeza de alto, al estar tan cerca de él debo alzar la barbilla para poder mirarlo a los ojos. Y eso hago, aunque a regañadientes.

—¿De verdad crees que voy a chivarme? —Me sacude un poco el brazo, en broma—. Si sabes que no soy así, ya me conoces.

Pues… supongo. Cuando mi padre estaba vivo, Axel solía ayudarlo durante la temporada de parto. Y yo también, siempre que mi madre y Grandmère pudiesen seguir sin mi ayuda.

Una noche, cuando tenía trece años y Axel, quince; dos ovejas se pusieron de parto. Padre ayudó a la primera a parir mientras que Axel y yo nos encargamos de la segunda, la cual parió gemelos y fue lo más estresante que habíamos pasado en la vida. Ninguno de los dos habíamos asistido un parto sin que mi padre hubiese estado presente.

Y la cosa se puso peor cuando el segundo corderito nació, pero sin respirar. Axel y yo nos esforzamos muchísimo por hacer que despertara. Lo sacudimos por las patas traseras y le frotamos el cuerpecito con paja. Cuando los pulmones diminutos del cordero por fin lo dejaron soltar un fuerte balido, rompí a llorar. Axel me rodeó con un brazo y me dejó sollozar contra su hombro.

—¿Cuántos papelitos tenías en la mano? —me insiste.

Cuadro los hombros y me planto bien en el suelo.

—Siete.

—¡Siete! —Las carcajadas lo sacuden de tal forma que tiene que doblarse sobre sí mismo. Aunque le doy un golpe en el brazo, tengo que apretar los labios para no sonreír. Cuando Axel se ríe, se desternilla, y es imposible no contagiarse de sus carcajadas.

Echo un vistazo a los aldeanos. Varios de ellos, incluido *herr* Oswald, presidente del consejo de gobierno de la aldea, nos observan con el ceño tan fruncido que parecen búhos cornudos. Tras un rato, pierden el interés, y una vez que apartan la mirada, Axel me da un empujoncito con el codo.

—Venga. Si nos damos prisa, podemos arreglarlo.

—¿Arreglar qué?

—Todos los papelitos extra que has puesto. No pueden quedarse en el cáliz.

—No —me rehúso, y clavo los talones en la hierba seca.

—Se van a dar cuenta de que has hecho trampa. Ya han escogido tu nombre este año.

—¿Quién va a acordarse de lo que pasó hace once meses? Ya tengo diecisiete y…

—Clara…

—¡Ha llegado la hora! —exclama el relojero. Pese a que habla en voz muy alta, esta carga con el peso de un toque de difuntos—. Acercaos para la selección.

Cualquier murmullo que hubiese en el aire muere en un instante. Lo único que se oye son los susurros de la hierba mientras los aldeanos avanzan sobre ella, tan silenciosos como los dolientes en un funeral. Para muchos de nosotros, la esperanza de que el ritual de este mes produzca un resultado favorable pende de un hilo más fino que una telaraña.

La actitud desenfadada de Axel desaparece. Se frota un poco la nuca y se inclina hacia mí para hablarme al oído.

—Aún puedes hablar con *herr* Oswald —me dice, a media voz—. No es demasiado tarde para decirle lo que has hecho.

Me aparto de él y me cruzo de brazos. ¿Por qué no quiere que me escojan?

—¿Acaso dudas de que sea capaz de hacerlo? —Mi voz es tan baja como la de él.

—No es eso.

—Ya has visto mi mapa. Me he preparado más que cualquier otra persona.

—Y te creo, pero el bosque… —Desliza la vista hacia los árboles inmensos que se alzan más allá del prado y una especie de escalofrío le sacude los hombros—. No deberías tentar al destino.

Alzo una ceja.

—¿No crees que ya va siendo hora de que alguien lo haga? —Me atrevo a sonreírle, con la esperanza de que él también lo haga. Prefiero sus burlas a su preocupación.

Axel menea la cabeza y finalmente sonríe, apenas.

—Ahí llevas razón.

Me invade la satisfacción, aunque no tardo en notar un vacío en el pecho. A pesar de que he conseguido la sonrisa que quería, puedo ver más allá de ella y notar el dolor que Axel esconde tan bien detrás de su máscara de encanto desenfadado.

Les echa un vistazo a los demás aldeanos, pero nadie puede oírnos, si es eso lo que le preocupa.

—Si te escogen…

—La encontraré por ti, te lo prometo.

Cuando traga en seco, la garganta se le contrae.

—Entonces serás la primera escogida a la que el bosque decida aceptar.

—Así será. —Alzo la barbilla. Ya he colocado mi ofrenda en el altar: la bellota que mi madre me dio hace siete años. Si el Bosque Grimm no la acepta como el objeto más valioso que puedo sacrificar para conseguir su bendición, no sé qué otra cosa podría darle.

Axel se me queda mirando durante un largo rato, como si fuese a decir algo más, pero al final no lo hace. Se limita a asentir, da media vuelta y se dirige hacia los padres de Ella, la chica que se sumó a los Perdidos el verano pasado, a la que espera.

Su madre se aferra a la mano de Axel, y su padre le da un apretón en el hombro. Los Dantzer lo han acogido como al hijo que nunca pudieron tener, pero que siempre quisieron.

Herr Oswald se acerca a la mesa de la selección, se aclara la garganta y se arregla el cabello ralo con sus dedos larguiruchos. Les devuelve la mirada a todos los presentes, quizás unas treinta personas, y cuando sus ojos se posan sobre mí, trato de mantener una expresión sobria, para no despertar ninguna sospecha. No puedo parecer demasiado confiada.

—La magia nunca ha bendecido a ningún otro pueblo como hizo con nosotros en el Valle de Grimm —dice, mientras yo me acerco a la parte de atrás del montón—. Nunca hemos sabido de este tipo de magia entre los pueblos de los bosques montañosos ni de ningún otro lugar que pudiera haber visitado algún comerciante en sus viajes. Sin embargo, nuestros ancestros lo percibieron. Es lo que los atrajo a este lugar y los ayudó a asentarse aquí, lo que les otorgó cosechas abundantes y el agua con poderes curativos de nuestros pozos.

Me sé la historia de memoria. Es la misma que *herr* Oswald nos cuenta cada Día de Devoción. Si tan solo pudiese ser yo quien la contara… Por mucho que su tono sea reverente, ha perdido todo su fervor y esperanza.

—Nuestro pueblo respetó el bosque y vivió en armonía, siempre con generosidad, gentileza y amabilidad. El Bosque Grimm reciprocó nuestro amor, y fue un amor tan grande que, hace más de un siglo, su magia consiguió crear el *Sortes Fortunae*.

Recuerdo haber visto el Libro de la fortuna desde lejos. El pedestal en el que se encontraba sigue en el prado, así como el pequeño pabellón que lo protegía. No tenía permiso para tocar el libro. Ni tampoco el resto de los aldeanos, salvo que hubieran decidido usar su único deseo.

—Cuando los aldeanos le susurraban sus deseos más fervientes al *Sortes Fortunae*, el libro les decía cómo obtenerlos

—continúa *herr* Oswald—. Cada aldeano tenía su oportunidad cuando alcanzaba la mayoría de edad, y esa oportunidad era única. El libro nunca concedía un segundo deseo.

El *Sortes Fortunae* no recompensa a los codiciosos. Y, con el transcurso de los años, los habitantes del Valle de Grimm lo comprendieron. El Libro de la fortuna no solo se limitaba a conceder un único deseo, sino que revertía los deseos de aquel que revelaba lo que había pedido.

Gilly Himmel deseó ser bella, pero, cuando presumió de cómo el *Sortes Fortunae* le había enseñado a conseguir la piel más perfecta en toda la región de las montañas, se contagió de una viruela que le dejó el rostro marcado con unas cicatrices de lo más horribles.

Friedrich Brandt deseó ser rico. Sin embargo, cuando el Libro de la fortuna le indicó que cavara en su granja y dio con una veta de plata, se pasó de copas al celebrarlo en la taberna. Se fue de la lengua y terminó contando el secreto de cómo había obtenido sus riquezas. Al día siguiente, el túnel que contenía la veta de plata se derrumbó, y desde entonces, todos los túneles que cavaba corrían la misma suerte.

Con el tiempo, los aldeanos comprendieron las limitaciones del libro, lo que ayudó a que se mantuviera el secreto. Al fin y al cabo, si se revelaba el secreto de su existencia, terminaría llegando gente desde todos los rincones habidos y por haber, se apoderarían de la aldea y se aprovecharían de sus recursos. El Valle de Grimm dejaría de ser el pequeño refugio que era. O que había sido en algún momento.

—Y todo fue bien durante un tiempo —sigue *herr* Oswald, con lo cual me recuerda lo que sucedió antes de la maldición—, hasta que alguien usó el *Sortes Fortunae* para hacer el mal: para matar a una persona.

Los aldeanos se miran entre ellos, recelosos. Nadie sabe quién fue el que mató a Bren Zimmer, y, si lo supieran, ¿de qué les serviría? El herrero seguiría en su tumba, pues ni siquiera la magia del bosque es capaz de devolver a un muerto a la vida. Si pudiera, los aldeanos ya lo habrían intentado. Todos habrían usado su deseo para devolverle la vida a algún ser querido.

—Tras ello, el Bosque Grimm se llevó el libro —dice *herr* Oswald—. El agua del pozo se volvió rancia y nuestras cosechas se echaron a perder.

Los aldeanos agachan la cabeza. El *Sortes Fortunae* desapareció el mismo día en el que encontraron el cadáver de Bren Zimmer, bocabajo en un riachuelo con un cuchillo de cocina clavado en la espalda.

—Aunque muchos de nosotros hemos intentado hacer las paces con el bosque para conseguir que nos devuelva el libro, cada vez que alguien se ha adentrado en él para encontrarlo, nunca ha vuelto.

Aquello sucedió antes de que decidiéramos celebrar el Día de Devoción, una vez al mes, cuando la gente aún podía entrar en el bosque sin que este los echara de inmediato. Con el tiempo, el bosque empezó a escupir a cualquiera que se atreviera a entrar. Y el Día de Devoción sigue siendo nuestra última esperanza de conseguir el perdón del bosque. Si puede comprobar lo mucho que lo valoramos, incluso en lo más hondo de nuestras terribles circunstancias, ¿nos dejará entrar por fin, encontrar el libro, romper la maldición y traer de vuelta a nuestros Perdidos?

Echo un vistazo al Árbol de los Perdidos y a la tira de lana rojiza que ondea al viento. En el centro del pecho noto un pinchazo, un nudo que nunca consigue deshacerse.

Mi madre fue la primera en aventurarse en el bosque después de la desaparición del *Sortes Fortunae*. Mi padre llevaba cuatro días desaparecido y ella no podía más con la preocupación. Yo intenté disuadirla. Le dije que lo más seguro era que padre estuviese buscando a algún cordero extraviado. Que otras veces ya se había marchado tantos días. Sin embargo, ella insistió en que aquella vez era diferente.

Y solo fue cuando Grandmère me lo explicó durante la cuarta noche que entendí por qué. Gracias a la tranquilidad que le proporcionaba su tintura de valeriana, me confesó que padre le había pedido que le adivinara el futuro hacía unos cuantos días, y ella le había sacado tres cartas: la Noche sin Luna, el Amor Perdido y el Agua Salvaje.

La Noche sin Luna representaba la noche de luna nueva, que era cuando padre había desaparecido.

El Amor Perdido presagiaba una pareja separada por una tragedia, desde algo como una acalorada discusión hasta una muerte dolorosa. Madre se temía la muerte, pues no habían tenido ningún intercambio de palabras.

Y el Agua Salvaje simbolizaba algo memorable cerca de una masa de agua en movimiento, como un mar tormentoso o un río turbulento. Dado que para llegar al mar desde el Valle de Grimm había que hacer un viaje de un mes, mi madre temía que Agua Salvaje significara que algo había ocurrido en alguno de los ríos embravecidos que había en el Bosque Grimm.

Durante la mañana del quinto día, ya no pudo esperar más a que padre volviera. Partió para buscarlo, en dirección al riachuelo que separaba nuestra granja de ovejas del bosque.

—¡No vayas! —le rogué, aferrándola de la manga. No podía perderlos a ambos. Por mucho que la lectura de cartas de mi padre hubiera sido peliaguda, el destino de mi madre era más directo, más aciago. La Criatura con Colmillos simbolizaba una muerte prematura y el Bosque de Medianoche, una elección prohibida. En el fondo, sabía que estaba tomando esa decisión en aquel momento. La decisión que iba a terminar con su vida—. ¡Grandmère te necesita! ¡Yo te necesito!

Mi madre apartó el brazo, lo que hizo que me pusiera a llorar con más fuerza, pero entonces se agachó para acunarme la barbilla con la mano.

—Nunca dudes de tu propia fortaleza, Clara. Naciste para enfrentarte a retos más duros que este.

—Pero me prometiste que vivirías muchos años. —Mis lágrimas caían sin cesar—. Me dijiste que eras como el roble de Grimm. Me diste su bellota para que no lo olvidara.

—Ay, mi niña. —Me dedicó una sonrisa de lo más triste—. No te prometí nada. La bellota simboliza tu vida, no la mía.

Antes de que pudiera rebatírselo, me dejó un beso rápido en la coronilla con los ojos anegados en lágrimas y se dispuso a cruzar el riachuelo. Pese a que podría haberla seguido, pues por aquel entonces el bosque aún no echaba a la gente, notaba las piernas como un par de juncos debiluchos. Me dejé caer sobre la hierba, con el corazón en la garganta y el pecho lleno de una angustia insoportable.

Entonces Grandmère me encontró —había salido corriendo detrás de mí cuando yo había seguido a madre a toda prisa—, y se arrodilló a mi lado sobre la hierba. No dijo nada, sino que tan solo me apoyó una de sus pesadas manos sobre la espalda.

Para entonces ya creía en el destino. Había vivido catorce años viendo las idas y venidas de los aldeanos cuyas lecturas de cartas habían demostrado ser ciertas. Sin embargo, en el preciso instante en que mi madre se marchó, dejé de creer. Lo que sentía era más poderoso que la fe. Sabía que el destino existía. Y mi madre también lo sabía, a pesar de que siempre pretendía lo contrario. Si no, no habría temido tanto por la vida de padre. No me habría prometido que iba a volver. Me habría dicho que la bellota simbolizaba la vida de todos nosotros.

—Nunca hemos dejado de intentar volver a sembrar la paz —dice *herr* Oswald, y yo aparto la vista del Árbol de los Perdidos y de la cinta de lana rojiza de madre, por mucho que no pueda borrar de mi memoria el último recuerdo que tengo de ella con tanta facilidad—. Así que, cada mes, volvemos a este lugar y presentamos nuestras ofrendas. Volvemos a intentarlo para ver si el bosque nos acepta por fin. —Entonces alza la voz algunos decibelios—. ¿Quién será el elegido? ¿Vemos a quién le toca esta oportunidad?

Hace tres años, los aldeanos habrían rugido de entusiasmo. Hace dos, al menos habría habido unas cuantas exclamaciones. Este año, no quedan más que unas pocas ascuas de su entusiasmo. Lo único que consiguen es unos pocos aplausos y unas cuantas personas que asienten. La anomalía soy yo. Por dentro, he canalizado todo mi dolor en esperanza. Mi ser entero está en llamas, encendido, listo para estallar.

Todos mis deseos dependen de que se me escoja en la selección, pues es la única forma en la que puedo entrar en el bosque. Hasta que no lo haga, no podré encontrar el Libro de la fortuna ni conseguir lo único que podría revertir el terrible destino de mi madre: pedir mi deseo para salvarla.

Herr Oswald introduce su mano huesuda en el cáliz ámbar. El corazón me late con la fuerza de una estampida. La mirada de Axel se cruza con la mía y me guiña un ojo.

El presidente remueve los papelitos tres veces, mete los dedos en el fondo del recipiente y saca una tira de papel.

Haz como que te sorprendes, me instruyo a mí misma. *Recuerda todo lo que has practicado.* Cuando lea «Clara Thurn», voy a llevarme una mano al pecho y ahogar un grito. Respiraré hondo y cuadraré los hombros. Le mostraré a todos que estoy lista para cruzar la línea de cenizas.

Herr Oswald desenrolla el papelito y la comisura de sus labios se alza un poco. ¿Es eso aprobación? Alzo la barbilla. Los nervios me carcomen entera.

Alza el papel por todo lo alto para que la multitud lo vea, pero yo no consigo leer lo que dice. Avanzo un par de pasos y entrecierro los ojos. Entonces exclama con voz potente:

—¡Axel Furst!

2

ierdo el equilibrio. Toda la sangre se me va a la cabeza. Me llevo las manos al pecho y ahogo un grito, mientras todo me da vueltas. Sin querer, he hecho justo lo que había practicado. Solo que no es la reacción correcta. Porque el nombre no es el correcto. Y no puede ser, con todos los papelitos que he puesto con mi nombre.

—¡No! —suelto, con lo que me queda de aliento.

Los aldeanos se giran hacia mí y retroceden para hacerme sitio. Me quedo ahí plantada, en medio de todas las miradas. Me laten las sienes. Alcanzo a ver el papel que tiene *herr* Oswald en la mano incluso con los ojos cerrados.

—¿No? —repite, y se le alarga el rostro cuando frunce el ceño.

Avanzo dos pasos más a trompicones y por fin consigo leer las palabras escritas en el papel. De verdad dicen «Axel Furst».

Me giro para mirar a mi amigo con atención. Habría hecho algún tipo de trampa.

Tiene los ojos como platos, fijos en mí. Su piel bronceada se ha puesto pálida como la nieve, y niega con la cabeza casi de forma imperceptible. No ha hecho trampa, no. Jamás me mentiría. Además, su nombre no había salido elegido este año, sino que se encontraba en el cáliz ámbar, como debía ser. Ha ganado, y con todas las de la ley.

Caigo en la cuenta de que todos los aldeanos me miran. Tengo las mejillas ardiendo, así que me envuelvo a mí misma con los brazos. Le devuelvo la mirada a *herr* Oswald, quien sigue paralizado, y me aclaro la garganta antes de hablar.

—Lo que quiero decir es... —La voz se me apaga, y trago en seco—... que no, que Axel no puede entrar en el bosque sin mi mapa. —Me saco el pergamino que llevo doblado en el bolsillo—. Tendrá más oportunidades de conseguirlo con él.

Herr Oswald arquea una ceja, pero asiente y lo deja pasar.

—Felicidades, Axel —proclama—. Salva nuestra aldea. Salva a nuestros Perdidos.

—Salva nuestra aldea. Salva a nuestros Perdidos —repito, a la par que todos los demás: el mantra que le decimos a cada elegido por la selección.

Varias personas se acercan a Axel y le estrechan la mano. Otros se acercan a los límites del bosque para poder ver cómo intentará adentrarse. Unos pocos se alejan del prado, con las miradas perdidas y los hombros hundidos.

Avanzo sin fuerzas hacia el altar y me guardo la bellota en el bolsillo. Pero no, debería dejarla allí. La devuelvo a su sitio sobre el banco de madera tallada. Axel hará todo lo que pueda para encontrar a mi madre por mí, del mismo modo que yo le he prometido encontrar a Ella si era mi nombre el que escogían.

Es el turno de *herr* Oswald de estrecharle la mano a Axel. Este ha recuperado el color en el rostro y está emocionado, como debería ser. Tiene la oportunidad de salvar a la persona que quiere.

Me duele el pecho, así que me muevo un poco para hacer que la sensación desaparezca. No puedo pretender que mi dolor es peor que el de cualquier otra persona en el Valle de Grimm, por mucho que me resulte imposible imaginarlos echando más de menos a alguien de lo que yo echo de menos a mi madre.

El padre de Ella se sitúa al lado de Axel con una sonrisa ilusionada, mientras que su mujer se seca las lágrimas con un pañuelo. Uno a uno, lo abrazan y le dedican unas palabras. Cuando se separan, Axel vuelve hacia donde estoy —en algún lugar en el medio del prado al que he llegado de algún modo— y suelta un suspiro profundo al tiempo que se estira el cuello de la camisa.

—Clara, no pretendía…

—De verdad quiero que te lo lleves —le digo, mientras le pongo el mapa en la mano—. Lo he dicho en serio. Creo que te ayudará a conseguirlo.

Axel baja la cabeza y resigue los bordes del pergamino doblado casi con reverencia. Ya me había preguntado antes por mi mapa, y yo ya se lo había mostrado en más de una ocasión. He pasado gran parte del último año dibujando todo lo que sé sobre el Bosque Grimm. Dado que los aldeanos tienen historias de aquellos días en los que aún se podían aventurar en el bosque, he unido todas esas piezas hasta crear este mapa.

Axel se lo mete en el bolsillo de sus pantalones.

—Te lo devolveré si no consigo…

—Pero lo conseguirás. —*¿De verdad me lo creo?*—. Solo prométeme que…

—La encontraré por ti —me dice, repitiendo las palabras que le he dicho antes.

Los ojos se me llenan de lágrimas. Le doy un abrazo y tengo que tambalearme sobre las puntas de los pies para conseguir llegar a su altura. Él baja la cabeza y aprieta la nariz contra la curva de mi cuello.

Cuando asistimos el parto de los corderitos gemelos, a Axel le temblaban los brazos por el alivio y la felicidad. Pese a que ahora no lo hacen, sí que noto la intensidad de sus emociones en lo fuerte que me aprieta con los brazos. Quizás tenga miedo. Podría morir al adentrarse en el bosque.

Durante el primer año de la maldición, tres escogidos por la selección murieron al cruzar la línea de cenizas. El año anterior, dos más murieron de la misma forma, aunque aquellos consiguieron avanzar un poco más. Este año, nadie ha muerto. De momento, al menos. Los aldeanos han aprendido a ser más cuidadosos con la suerte que les toca.

En lo que a mí respecta, ya he aceptado que mi muerte prematura llegará a manos del bosque. No he olvidado el destino que me presagian las dos cartas que comparto con mi madre. Si Axel no consigue salvarla, juro que yo lo haré. De algún modo conseguiré recuperar el libro y, con él, el deseo que me corresponde.

Me aparto de su abrazo y le devuelvo la mirada.

—Para ti, mi suerte —le digo a media voz, algo que los aldeanos en el Valle de Grimm empezamos a decir desde que la maldición cayó sobre nosotros. Parece algo más esperanzador que decir «buena suerte» y ya, al menos un poco.

—Gracias —dice, y me dedica una de sus sonrisitas torcidas, llena de confianza y de su encanto natural. Posa la mirada sobre los padres de Ella y respira con dificultad. Ambos cuentan con él para que salve a su hija y la traiga de vuelta con ellos.

Conforme Axel se dirige hacia donde se encuentra *herr* Oswald, cerca del inicio del sendero, me vuelvo para situarme detrás de un grupo de chicas de más o menos mi edad que esperan para presenciar su intento. Aunque hace unos minutos la mitad de ellas no estaba en el prado, no han tardado nada en enterarse de que Axel ha sido escogido para entrar en el bosque.

—¿No te parece que es el más romántico de todos? —le susurra Frieda Kraus a Lotte Dittmar.

Lotte asiente, mientras juguetea con el extremo de su larga trenza.

—¿Y si Ella sigue llevando su velo de novia cuando la encuentre?

Me imagino a la preciosa Ella con su vestido blanco y su velo rojo. Antes de la maldición, los aldeanos no se casaban tan jóvenes, pero, desde entonces, la vida parece más corta. Nadie quiere desperdiciar el tiempo que les queda. En el caso de Ella y Axel, no tuvieron tanta suerte. El verano pasado, a tan solo unas horas de casarse, Ella se convirtió en una de los Perdidos.

Henni, mi mejor amiga y también la hermana de Ella, se despertó en plena noche y se percató de que su hermana no estaba en la habitación que compartían. Se asomó por la ventana y, bajo la luz de la luna llena, la vio deambular en dirección al Bosque Grimm.

Según Henni, Ella no parecía ser ella misma. No se volvió cuando su hermana la llamó, ni siquiera cuando esta se puso a llorar. Llevaba puesto su velo y su vestido de bodas, aunque la tela de este estaba manchada de negro: con cenizas, según comprendió la familia más adelante, pues alguien había tocado el hollín de la chimenea de la cocina. Con el paso del tiempo y debido a las cenizas de su vestido, los aldeanos empezaron a llamarla «Cenicienta», la desafortunada novia perdida del Bosque Grimm.

Axel acepta la mochila de viaje que le entrega *herr* Oswald y se la cuelga de un hombro. No tiene ni idea de que las chicas están hablando de él. Tiene el ceño fruncido y una expresión decidida, con la mirada fija en el bosque.

Axel se alojaba en la granja de los Dantzer en la víspera de su boda. Para cuando Henni despertó a sus padres y los tres salieron corriendo de casa para detener a Ella, vieron que Axel ya les llevaba muchísima ventaja. Corría a toda prisa tras su prometida, llamándola a gritos mientras ella se acercaba más y más al Bosque Grimm.

Solo que Axel llegó demasiado tarde.

Los árboles apartaron sus ramas como si estos fuesen brazos que se abrían para darle la bienvenida a Ella y, una vez que cruzó el borde, se volvieron a cerrar para cortarle el paso a su prometido. Unas raíces salieron disparadas del suelo y se enredaron con las ramas para formar una barrera. Axel arremetió contra ella, intentó treparla y arrancarla de cuajo, pero esta no cedió. La barrera lo hizo a un lado, y sus raíces y ramas se agitaron como látigos.

Aunque Axel no habla sobre esa noche, Henni me contó que lo vio llorar hecho una furia hasta que finalmente se dejó caer de rodillas. Fue entonces que la familia de Ella llegó hasta donde estaba y, entre lágrimas, se rodearon con los brazos.

Juntos vieron a Ella adentrarse más y más en el bosque. Por medio de una ventanita que se formó entre las ramas, la vieron pasar por debajo de un rayo de luz de luna. La cola de su vestido se arrastraba por el suelo, se atascaba entre las piedras y las raíces, y su velo rojo se agitaba con el viento, iridiscente como la sangre.

Y ella no miró atrás en ningún momento.

Axel da su primer paso hacia el bosque, y el corazón casi se me sale del pecho. Pese a que aún sigue a casi un metro de la línea de cenizas, ya estoy conteniendo la respiración. Los demás aldeanos también se han quedado de piedra mientras lo observan.

Axel avanza hasta llegar a la línea. Entonces se detiene y cierra los ojos. Susurra algo imperceptible, cuadra los hombros y levanta el pie derecho.

Una gotita de sudor se me desliza por la espalda.

Baja el pie al otro lado de la línea de cenizas y exhala con delicadeza. Abre los ojos y lleva el pie izquierdo al otro lado de la línea. Inhala por la nariz, da un par de pasos más y asiente para sí mismo.

Yo hago lo mismo. *Sigue*, le pido para mis adentros.

Él continúa avanzando, decidido pero con precaución. Los dos primeros árboles del Bosque Grimm se alzan a unos cuantos pasos, como un par de guardianes altísimos.

La mayoría de los escogidos para entrar no consiguen avanzar más allá de los Gemelos, como solemos llamarlos. El camino se adentra por en medio de sus troncos y sus ramas arqueadas, y estas son letales. Se agitan y azotan, apuñalan y estrangulan.

Franz Hagen, uno de los que fue elegido para entrar, decidió abandonar el camino para evitar los Gemelos, pero comprendió de una forma muy cruel que sus raíces llegan hasta bastante más lejos. Salieron disparadas desde abajo y lo arrastraron consigo hacia debajo de la tierra. Conforme el suelo se volvía a cerrar sobre su cabeza, los aldeanos se quedaron mirando, sin respirar, a la espera de que volviera a salir a la superficie. Solo que nunca lo hizo. Aquel trozo de tierra se convirtió en su tumba.

Axel se encuentra bajo la sombra de los Gemelos. Aunque no ralentiza el paso, aprieta los puños, con los hombros rígidos.

Es la segunda vez que lo escogen en la selección. La primera también consiguió llegar hasta los Gemelos, pero, en cuanto puso un pie entre ellos, sus ramas salieron disparadas y lo lanzaron cinco metros hacia atrás. Aterrizó sobre una roca enorme y se rompió el brazo izquierdo.

Cuando fue mi turno, hace once meses, también llegué hasta aquel lugar… y no pude dar ni un paso más. La tierra se alzó como una ola enorme y me empujó en un solo movimiento violento hasta que volví a caer detrás de la línea de cenizas. Un insulto ante mi intento por entrar. Ni siquiera me hice un moretón.

Axel da un paso más. Se encuentra en el lugar decisivo entre los Gemelos. Me llevo las manos al rostro, para cubrirme la boca y la nariz. Axel mira hacia los árboles como si estuviese elevando una súplica.

—Dejadlo pasar —susurro, casi sin aliento.

Un paso. Y luego dos. Tres, cuatro, cinco. Me quedo sin aire y suelto todo el aliento que me queda en una risa desquiciada. Ha avanzado más allá de los Gemelos. Es posible que lo consiga.

Axel sigue caminando, y la esperanza parece crecer entre la multitud. Unos cuantos alzan la voz, emocionados. La gente corea su nombre y lo anima a seguir adelante. Frieda y Lotte dan saltitos sobre las puntas de los pies y chillan. Las rodeo para poder ver mejor.

—Tranquilo —le digo a Axel, pese a que no puede oírme—. No corras. —Siempre es la misma tentación. Los pocos elegidos que consiguen llegar tan lejos tienen el impulso de salir corriendo y adentrarse más en el bosque a toda velocidad como si así fuesen a estar a salvo. Y nunca es así.

Axel da tres pasos más, y entonces un ruido sordo y bajo retumba a sus espaldas. Proviene de los Gemelos. Se sacuden y se bambolean, inquietos sobre sus raíces.

Suelto una maldición, y Axel se tensa. Dobla las rodillas, preparado. Es una flecha en un arco en tensión, listo para salir disparado.

—No lo hagas —le suplico, casi sin voz.

Un chasquido atronador corta el aire. Una rama gruesa cae del Gemelo de la izquierda, y Axel se aparta justo a tiempo. La rama se estrella contra el suelo, a tan solo unos milímetros de aplastarlo. Axel se queda mirándola, con los ojos como platos, y se aparta de ella a trompicones, mientras se adentra en el bosque. No ralentiza el paso, sino que adquiere cada vez más velocidad.

No, no, no.

Ha empezado a correr. A toda prisa. Nunca lo había visto moverse tan rápido.

El pánico me inunda. Veo con horror cómo las ramas de más arriba de los Gemelos intentan alcanzarlo como si fuesen garras. Unas garras que parecen crecer a un ritmo imposible.

Y él no corre lo bastante rápido. Una vez que el bosque decide rechazarte, no hay forma de hacer que cambie de parecer.

Unas ramas se enroscan alrededor de la cintura de Axel y lo levantan por los aires para sostenerlo por encima de los Gemelos. Soy un manojo de nervios. *No lo soltéis*, suplico. No sobreviviría a una caída desde tan alto.

—¡Axel! —Me lanzo para cruzar la línea de cenizas. No sé en qué estoy pensando. No puedo atraparlo ni tampoco ayudarlo de ningún modo. Está demasiado arriba. Pero tampoco puedo dejar de correr.

—¡Clara! —grita *herr* Oswald. He hecho lo prohibido. He cruzado la línea sin haber sido escogida. Pero no me detengo, sino que sigo corriendo. Me acerco más a mi amigo.

—¡No le hagáis daño! —le grito a los Gemelos—. ¡No es vuestro enemigo! —Mi madre tampoco lo era, ni ninguno de los demás aldeanos, salvo por el asesino cuya identidad desconocemos, y, aun así, el bosque nos culpa a todos—. ¡Bajadlo!

La hierba se alza, me envuelve los tobillos y hace que me caiga hacia adelante, sobre manos y rodillas. Estoy cerca de los Gemelos. Sus raíces se sueltan de debajo de la tierra con un chasquido y se agitan, listas para atacar. Entonces me doy cuenta de la estupidez que he cometido, y esta cae sobre mí como si fuese una torre de ladrillos. Si muero, nunca podré salvar a mi madre.

Aunque intento apartarme un poco, apenas consigo retroceder unos centímetros. La hierba me aferra los tobillos.

—¡Por favor! —le suplico a los Gemelos, una plegaria por Axel y por mi madre. Una súplica por cada esperanza que tengo en mi destino entrelazado con el Bosque Grimm.

Axel se arquea sobre los Gemelos, aún preso de sus ramas, y empieza a descender hacia el prado. A unos tres metros del suelo, los árboles lo sueltan. Se desploma a mi lado y respira, agitado, mientras rueda sobre su espalda y clava la vista en el cielo.

—¿Estás bien? —le pregunto. Es absurdo, pues es obvio que no está bien. Aunque al menos sigue con vida.

Gira la cabeza para mirarme, con las cejas alzadas. No deja de recorrerme el rostro con la mirada.

—Pero ¿qué...? No tendrías que haber... —Los Gemelos vuelven a rugir, y él maldice por lo bajo—. Corre.

Intento ponerme en pie, pero aún tengo los tobillos atados. Arranco la hierba al tiempo que las raíces de los Gemelos se estiran para alcanzarme. Axel rebusca algo en su mochila. Por algún milagro del destino, no la ha perdido. Saca un cuchillo pequeño y empieza a cortar la hierba. Pese a que el borde afilado me hace un corte en la piel, no noto el dolor, ni siquiera cuando la sangre me empieza a gotear por la pierna.

Una raíz grande golpea a Axel por la espalda, lo que lo hace salir disparado hacia adelante y soltar el cuchillo. Cuando intenta volver a hacerse con él, la raíz le da un empujón hacia el prado.

Alcanzo el cuchillo y corto las últimas briznas de hierba y gateo con dificultad en dirección a Axel. Solo que no lo bastante rápido. Las raíces me arrean con sus latigazos, así que me las arreglo para ponerme de pie. Axel avanza hacia mí y me agarra de la mano. Corremos a toda prisa de vuelta a la línea de cenizas, mientras esquivamos agujeros, que se acaban de abrir en la tierra, y trampas de maleza.

La linde del bosque está a un metro de distancia, y, con un apretón de manos, saltamos.

Cruzamos la línea y caemos hechos un enredo sobre la tierra. Mi cabeza aterriza con fuerza sobre el estómago de Axel, y él suelta un gruñido por el aire que le he arrancado con el golpe.

Algo mareada, consigo enderezarme hasta sentarme, y él hace lo mismo. Ambos nos quedamos mirando el bosque mientras todo se calma. Los agujeros se vuelven a llenar de tierra, la maleza se encoge y las raíces de los Gemelos se meten bajo tierra. Sus largas ramas menguan una vez más y recuperan su calma, y entonces los árboles vuelven a adquirir su puesto de estatuas guardianas. Lo único que se mueve es lo que la brisa normal puede agitar, solo hojas que se sacuden y la hierba que se mece.

Una vez más, el letal Bosque Grimm ha conciliado el sueño.

Por ahora.

3

Cojeo junto a Axel por el camino que rodea la aldea y sigue los límites trazados por la línea de cenizas. Me duele la espalda por haberme estrellado contra el suelo al saltar para salir del bosque. Axel me ofrece un brazo para ayudarme a caminar mejor, pero apuro el paso y pretendo no haberlo visto.

No tendría que haberme lanzado al bosque en su ayuda. Lo único que he hecho es ponerlo a él en más peligro, y a mí a merced de los cotilleos de la aldea entera. Una vez que Axel y yo estuvimos a salvo, los aldeanos no dejaron de especular qué podría haberme motivado a cometer semejante estupidez. Y, por mucho que intenté no hacerles caso, sus susurros eran tan altos que bien podrían haber despertado a los muertos.

Igual de alocada que su madre.

Y de cabezona.

Sin embargo, no fueron aquellas palabras lo que me molestaron. Alcé la barbilla con orgullo al ver que me comparaban con mi madre. Lo que me hizo rabiar fue lo que dijeron justo después.

Quizás es que se ha vuelto loca por el chico de los Furst.

Qué ilusa. Nadie podría hacer que deje de querer a Ella.

Apreté la mandíbula, y desde entonces no he dejado de rechinar los dientes. Son ellos los que se han vuelto locos. Locos de remate. Actué sin pensar solo porque Axel es un amigo de toda la vida y ya está. No todas las hazañas valientes tienen una razón romántica detrás.

Axel y yo llegamos a la granja de los Dantzer, donde vive con la familia de Ella. Me despido a toda prisa y corro a buscar a Henni.

Me asomo por los establos de ordeñar, pues a mi amiga le encanta pasar tiempo a solas con las vacas, pero no está ahí. Tampoco la encuentro en su casa, por lo que podría estar en cualquier lado. Si ya ha terminado con sus obligaciones, suele alejarse a hacer cualquier minucia que la entretenga, y normalmente regresa a casa al atardecer.

Las desapariciones de Henni no hacen que sus padres se preocupen, lo cual es bastante sorprendente dado lo que le pasó a Ella. Sin embargo, es su primogénita quien sigue siendo su única preocupación. Están tan desolados por su pérdida que ni se les ocurre la posibilidad de que podrían perder a su segunda hija. Aunque, a decir verdad, Ella siempre fue el centro de atención, incluso antes de que se convirtiera en una de los Perdidos.

Tras un rato, dejo de buscarla y me dispongo a volver a casa. A eso de un kilómetro más allá de la granja de los Dantzer, paso por una cabaña abandonada, que era el hogar de los Trager antes de que se convirtieran en Perdidos. Mientras sigo avanzando por la curva del sendero para llegar al otro lado, veo a mi mejor amiga.

Henni está de rodillas con una cesta en el codo, recolectando arándanos rojos de un arbusto cerca de la línea de cenizas. Todo crece mejor cuanto más cerca del bosque esté. Más allá de la linde, en el bosque propiamente dicho, el paisaje es verde y rico, sin embargo, en el lado de la aldea, el color verde parece marchitarse hasta llegar a tonos amarillentos y hasta podridos. Ya casi ningún pájaro, ardilla o ningún otro animal suele visitar el Valle de Grimm. A diferencia de los aldeanos, los animales pueden cruzar la línea de cenizas sin problemas, de modo que prefieren vivir donde la comida no escasea.

—Si son para hacer mermelada, tienes que dejarme probarla —le digo.

Mi amiga se vuelve hacia atrás y me dedica una sonrisa. Tiene las mejillas sonrojadas por el calor del verano y, por un instante, me parece tan saludable como antes.

Durante el último año, desde la desaparición de Ella, el rostro redondeado de Henni se ha consumido, y sus curvas parecen haber desaparecido. Dado que se está haciendo mayor, se parece más y más a su hermana. Ambas comparten la misma naricilla, los ojos grandes e inocentes y el cabello de un castaño rojizo y brillante. Aun así, en todo lo demás son opuestas: Ella es alta y delgada, mientras que Henni es bajita y de huesos anchos. Cuando camina, Ella da pasos largos y elegantes, mientras que los de Henni son cortos y llenos de timidez. La belleza de Ella intimida y captura la atención, pero el encanto de Henni es simple y acogedor.

Se echa a reír.

—Si sabes de alguien que tenga azúcar, yo encantada de preparar mermelada.

Se me hace la boca agua. Cómo desearía que alguien tuviese azúcar.

—¿Son para tus pinturas, entonces? —Los arándanos rojos no son muy agradables cuando se comen por sí solos, aunque conozco a varias personas que han tenido que recurrir a ellos. Solo que no es el caso de Henni, pues ella preferiría usarlos para su arte. Siempre experimenta con nuevas formas de hacer colores.

—Tenía la esperanza de encontrar algo para hacer rojo más oscuro —me cuenta—, pero no encuentro nada más oscuro que esto. —Frunce el ceño al posar la vista en su canasta—. Igualmente no creo que pueda hacer mucho con lo que tengo.

Cojeo para avanzar un paso más y apoyo una mano en mi zona lumbar, que aún me duele. No tiene ni un cuarto de la cesta llena, y el arbusto ya casi está vacío.

—Te ayudaré a buscar más.

—Gracias —dice, y entonces su sonrisa desaparece un poco al notar la forma torcida en la que estoy de pie—, pero deberías ponerte bien el alza primero.

Solo entonces caigo en la cuenta de que la pequeña alza que llevo en el zapato izquierdo no está en su lugar correspondiente, bajo el talón. Así que me siento en el suelo, me desato los cordones y la vuelvo a acomodar.

Mi columna tiene una forma un tanto curvada que hace que no tenga las caderas al mismo nivel. El alza que llevo en el zapato ayuda a que ese desnivel se corrija y alivia gran parte de mi dolor lumbar, pese a que estoy segura de que hoy me seguirá doliendo solo para recordarme lo tonta que he sido.

Henni baja la mirada y la posa sobre las manchas de hierba y de tierra que hay en mi falda.

—¿Quién ha sido escogido en la selección?

Nunca ha ido a la ceremonia del Día de Devoción, por mucho que no le quede demasiado para cumplir los dieciséis. No puede soportar la idea de que alguien se haga daño —o de que sufra un destino peor— cuando el bosque lo rechace.

Aprieto los labios y me entretengo más de la cuenta con los cordones para evitar contestar.

Henni ladea la cabeza.

—No has sido tú, ¿verdad? —Su tono, el cual suele estar lleno de amabilidad, suena algo tenso—. No es posible.

No llegué a contarle mi plan, pues podría haber intentado hacer que cambiara de parecer, y no tengo muchas ganas de confesar ahora mismo tampoco. Además, ya no queda ninguna prueba. Antes de abandonar el prado, me aseguré de sacar todos los papelitos con mi nombre del cáliz ámbar y los llevo en el bolsillo, junto a la bellota que me dio mi madre. La mayoría de las personas dejan sus ofrendas, y yo también lo había hecho en un principio, con la esperanza de que el bosque tratase bien a Axel. No obstante, después de que nos haya atacado a ambos, ya no tenía tantas ganas, así que he vuelto a guardarme la bellota en el bolsillo.

—Clara —me insiste Henni.

—No me ha tocado a mí, no. —No digo más al tiempo que termino de atarme los cordones—. Anda, creo que veo más bayas por ahí. —Me pongo de pie de pronto y avanzo hacia unos matorrales mientras hago como que busco entre las hojas.

No sé qué me pasa. He sido yo la que ha venido a buscar a Henni y ahora lo único que quiero es quedarme a solas con mi mapa. Solo que no lo tengo, porque se lo he prestado a Axel para que haga una copia. Ha sido mi modo de ofrecerle una disculpa. He desafiado al destino, y estoy segura de que esa ha sido la razón por la que ha salido elegido y todo se ha ido al traste.

Me agacho, y la espalda me da un tirón mientras observo con más atención el arbusto. Está vacío, y Henni debe saberlo. Por suerte, mi amiga me deja en paz.

De pronto, un destello rojizo más allá de los arbustos me llama la atención. Es un puñado de florecillas de un tono más oscuro que los arándanos rojos que Henni ha recolectado. El color que quería.

Me abro paso entre los matorrales y me acerco a las flores. Cada tallo largo contiene varias. Estas se inclinan hacia abajo como flores acampanadas y tienen cinco pétalos que acaban en punta y forman una estrella.

Algo en aquellas florecillas me deja pensando. Me suenan de algo, aunque no estoy segura de por qué.

Saco un tallo, y este sale con todo y raíz, la cual también es de un color rojo oscuro. Parece una zanahoria pequeñita o una chirivía. Genial; Henni también podrá usarla para sus pinturas.

Doy un par de pasos más y recojo más flores de estrella. Ya quiero mostrárselas. Henni se merece todos los gestos de amabilidad que la vida pueda ofrecer, los cuales no abundan precisamente desde que la maldición se cernió sobre el Valle de Grimm. A pesar de que yo le doy todo lo que puedo, la verdad es que suele ser mi amistad y poco más. No tengo el talento que tiene ella para crear cosas bonitas.

Una vez, me regaló un pequeño cuadro de mi cabaña, de como era antes de que los rosales de mi madre se marchitaran. Para agradecérselo, le hice una funda de almohada con un bordado. Y fue una tarea de titanes. No dejaba de pincharme el dedo con la aguja ni de enredar los hilos. Aun así, Henni insistió en recibir el regalo, por muy torpe que hubiese sido al hacerlo. Con toda la vergüenza del mundo, le entregué una funda de almohada que más bien parecía el delantal de un carnicero. Pero ella no se rio ni un poquito, sino que se limitó a darme un abrazo y a decirme que lo guardaría como oro en paño.

Mientras sonrío al mirar las florecillas, me preparo para llamarla, pero ella se me adelanta. El corazón me da un vuelco al oírla, pues su voz suena ahogada, apenas audible.

Me giro deprisa y veo que todo el color de sus mejillas ha desaparecido y que tiene los ojos muy abiertos por el terror.

—¿Qué pasa? —le pregunto, mientras mi mente no deja de darle vueltas a todo—. Las bayas… —¿Y si no eran arándanos rojos, sino algo venenoso?—. ¿Te has comido alguna?

Henni niega con la cabeza y toda ella tiembla como una hoja. Me mira como si hubiese visto un fantasma. Intenta decir algo, pero no consigo entenderla. Ha perdido la voz del todo, y yo me he quedado de piedra, sin saber qué hacer.

Alza una mano temblorosa y me indica que vuelva, mientras intenta articular algo más. Tras unos segundos, lo descifro: «¡Ven aquí!».

Se me hiela la sangre. El corazón me late desbocado, y cada latido duele tanto como si fuese un martillazo. Soy muy consciente del lugar en el que me encuentro. Le echo un vistazo a la línea de cenizas y veo que he ido varios pasos más allá de ella.

—¡Rápido! —Henni consigue encontrar voz suficiente para articular esa única palabra.

Avanzo a trompicones, con las piernas que casi no me sostienen y la visión borrosa.

El camino más corto hacia un lugar seguro se encuentra en medio de los matorrales, pues estos crecen justo por encima de la línea de cenizas. Por eso no he alcanzado a verla.

Me abro paso entre ellos, conteniendo una mueca. ¿Me atraparán? ¿Querrán estrangularme? Ya he puesto a prueba la paciencia del bosque una vez hoy.

Cruzo la línea, y mi zapato vuelve a pisar terreno seguro. Henni se abalanza sobre mí y me abraza con tanta fuerza como si fuese Ella, que ha vuelto a aparecer.

—¿Estás bien? —me pregunta, exaltada—. ¿En qué estabas pensando, Clara?

Me aparto y me quedo mirando las flores aplastadas entre ambas. No consigo pensar con claridad.

—En un rojo más oscuro… para tus pinturas.

—¡Qué importan mis pinturas! —exclama, antes de sacudirme un poco—. Prométeme que nunca volverás a hacer algo así.

—No ha sido mi intención… —Miro más allá de los matorrales, hacia las florecillas con forma de estrella. Ninguna de ellas se me ha enroscado en las piernas como sí ha hecho la hierba cuando he salido corriendo tras Axel. La tierra no se ha alzado ni me ha echado a empujones.

Rodeo un poco los arbustos para ver mejor la línea de cenizas. Tengo la esperanza a flor de piel.

—¿Qué haces? —me chilla mi amiga—. ¡Para!

Doy un paso más allá de la línea, mientras aprieto las flores en un puño.

Henni intenta sujetarme del brazo, pero me aparto.

—¿Has perdido la chaveta, Clara?

No. No he perdido nada. Ni me he convertido en una de los Perdidos tampoco.

El bosque no me está rechazando, y sigo siendo consciente de lo que me rodea, no como Ella cuando se aventuró en el Bosque Grimm el verano pasado, según describió mi amiga.

Henni es un manojo de nervios y empieza a caminar de un lado para otro, sin parar. Para tranquilizarla, vuelvo a cruzar la línea. Las flores que tengo en la mano se marchitarán en unas horas, de todos modos. Y necesitaré más tiempo que unas pocas horas para salvar a mi madre.

Mi amiga inhala, con el rostro colorado, y parece que va a ponerse a chillarme una vez más. Pero no la dejo.

—¡Tenemos que volver a mi cabaña! —le digo, agarrándola de la mano. Una energía frenética me corre por las venas y hace que se me erice la piel.

Ya sé dónde he visto estas flores antes.

4

Me dejo caer de rodillas frente a un gran arcón tallado con árboles de hoja perenne y animalillos del bosque. Se encuentra debajo de la ventana que da a la zona de pasto del norte, y, más allá, a la fila de setos que divide nuestro terreno del Bosque Grimm.

—He usado flores como estas para mis pinturas en alguna ocasión. —Henni se sienta a la mesa que Grandmère y yo usamos para comer y cocinar y prácticamente todo lo que no sea leer las cartas—. Solo que eran lila. Y las raíces también. Nunca las había visto rojas.

Rebusco entre mantas tejidas, un abrigo de piel gris, sábanas extra y una pequeña colección de libros escritos en el idioma natal de Grandmère. Uno de ellos es un tomo de historias infantiles que solía traducir para mí, unos cuentos aterradores que me dejaban los pelos de punta toda la noche. Aun así, me encantaban. Por muy espantosos que fueran, siempre tenían un final feliz. Y los finales felices eran algo mágico para alguien que tenía el destino de dos cartas que tenía yo.

Me alzo un poco sobre las rodillas para echar un vistazo por la ventana. No hay señales de Grandmère. Lo más probable es que se haya ido a buscar agua del arroyo que hay a un kilómetro y medio al este de nuestra cabaña. Una tarea sin fin, dado que nuestro pozo se secó hace dos años.

—Tú sigue buscando —me dice Henni, mientras se pone de pie y se acerca a la ventana—. Yo te aviso si la veo.

—Gracias —le digo, mientras sigo hurgando en el arcón.

—¿Y a ella qué más le da lo que hagas con una capa? —pregunta, sin resentimiento en la voz, sino tan solo con una curiosidad sincera.

Recuerdo lo que pasó hace tres años, tan solo un mes después de la partida de mi madre. Había entrado en su habitación por primera vez, para permitirme llorar por ella. Cuando me senté sobre su cama, el colchón lleno de paja no cedió en el medio como solía hacer. Le di la vuelta y encontré una costura que había sido abierta y luego cosida de nuevo con un hilo negro. Fui quitando los puntos hasta que encontré algo en su interior: una capa roja con capucha.

Entonces, Grandmère entró como un bólido en la habitación, con una mirada muy intensa que nunca antes había visto en ella. Me arrebató la capa de las manos y se dirigió hacia el salón, que daba a la cocina.

Me temí que fuese a arrojar la capa en el fuego que había bajo la tetera, pero se limitó a abrir el arcón y apretujar la capa en su interior.

—Olvídate de ella —me advirtió—. Ya hemos perdido suficiente.

Solo que nunca se lo prometí. Nunca pronuncié las palabras. Si de verdad hubiese querido que no la buscara, tendría que haber hecho que lo jurara.

Le devuelvo la mirada a Henni.

—Lo único que sé es que la capa era de mi madre y que todo lo que le recuerde a ella le causa mucho dolor a Grandmère.

Lo que no sé es por qué mi madre escondería la capa en el colchón. La había cosido frente a ambas, con la intención de ponérsela cuando fuese a buscar a mi padre. Pero no se la llevó.

No había caído en la cuenta hasta que la encontré.

Noto un pinchazo en el corazón. Madre no tendría que haber ido a buscarlo. Él no era uno de los Perdidos. Cuatro días después de que mi madre saliese a buscarlo, encontramos su cadáver varado en Mondfluss, el río que cruza el Valle de Grimm. Los aldeanos nos dijeron que había sido un accidente de pesca, pues encontraron el cadáver de mi padre enredado en su red.

Trago en seco antes de continuar rebuscando en el arcón. ¿Y si Grandmère terminó destruyendo la capa? La única oportunidad que tengo para salvar a mi madre estaría arruinada, a unos minutos de haberla descubierto.

Casi he llegado al fondo cuando, por fin, rozo con los dedos la tela de la capa, de una suavidad que jamás podría olvidar. Con una sonrisa de oreja a oreja, la saco del arcón.

—¡La has encontrado! —Henni se sienta en el suelo junto a mí y acaricia con cuidado el tejido suave de la capa—. Es preciosa. Las ovejas de los Thurn siempre tienen la mejor lana.

Me lleno de orgullo por el negocio familiar. La lana es la mayor virtud de la capa, pues más allá de eso es bastante simple: tiene una capucha amplia y es lo bastante larga como para llegar hasta las rodillas. No tiene forro. Suponía que mi madre podría haberle puesto uno de piel, pero padre había desaparecido en los meses cálidos, por lo que tiene sentido que no lo hiciera.

—¿Y dónde tiene los bordados? —pregunta Henni, mientras se inclina para acercarse. De camino a la cabaña le he contado lo que quería buscar, los lugares de la capa en los que había visto las florecillas de estrella.

La giro y encuentro las tiras que unen la capa en la base de la capucha. Allí, en ambas partes delanteras, unos puñaditos de flores con forma de estrella relucen con unos hilos brillantes, bordados con el mismo tono de rojo oscuro de la lana.

—Mi madre debe haber teñido la capa con la raíz de la flor de estrella —le digo—. No sé cómo se las arreglaría para averiguar que la protegerían.

Poco a poco, Henni abre los ojos como platos.

—¿Piensas ponértela en el siguiente Día de Devoción?

Otro mes de espera es demasiado.

—No puedo esperar tanto tiempo solo por la posibilidad de que me escojan. —Aprieto la delicada lana de la capa en un puño—. Mi madre la hizo para mí —digo con un hilo de voz, pues no me atrevo a pronunciar algo que anhelo en voz más alta. ¿Podría ser cierto? ¿Podría haber contado desde entonces con que iría a salvarla? ¿Se habría dado cuenta de que era posible que no volviera?

No puede ser coincidencia que compartamos el mismo destino.

Destino…

La voz cantante de Grandmère flota en el aire, se cuela en la cabaña por medio de las contraventanas abiertas y Henni da un respingo.

—¡Ha vuelto!

Meto la capa en el arcón, cierro la tapa de un movimiento y cojo a Henni de ambas manos, con el pulso latiéndome desbocado.

—¿Podrías hacerme un favor?

—¿Qué necesitas? —me pregunta, y noto sus palmas sudorosas.

—¿Podrías pedirle a Grandmère que te lea las cartas?

—Ay, Clara, no —contesta, poniéndose pálida—. No quiero saber mi futuro.

La voz de Grandmère se hace más fuerte, acompañada de los crujidos de la carreta que usa para cargar con los cubos de agua.

—No te preocupes —le digo—. No será tu futuro, sino el mío.

—Eso no tiene sentido.

Me pongo de pie y tiro de ella para ayudarla a hacer lo mismo.

—¿Confías en mí?

—Sí, pero...

Grandmère entra por la puerta y nos dedica una mirada sin mucha atención.

—Hola, chicas.

—Hola, Grandmère —contestamos al unísono, muy tensas.

Mi abuela arquea una ceja y entrecierra sus ojos violeta, pues ya sospecha de nosotras. Entonces se quita el pañuelo que lleva en la cabeza.

—¿Cómo va vuestra granja lechera, Henrietta? —le pregunta a mi amiga, en lugar de interrogarme sobre cómo ha ido el Día de Devoción. Al igual que Henni, Grandmère nunca va. Y, al menos hoy, su falta de curiosidad tiene sentido, pues cree que mi nombre no estaba en el cáliz ámbar—. ¿Siguen dando leche vuestras vacas? Nos vendría bien cambiar un poco de queso de nuestras ovejas por un cubo de leche.

—Eh... —vacila Henni—. Claro, estoy segura de que podríamos...

Le doy un codazo.

—¿Puede leerme las cartas? —suelta de pronto.

Grandmère se queda de piedra.

—¿Cómo dices?

—Me gustaría que me las lea, por favor.

—¿Ahora mismo?

Henni asiente, aferrándose a los laterales de su delantal, como suele hacer cuando está nerviosa.

—Es que... le he prometido a mi padre que volvería pronto a casa.

La mirada astuta de Grandmère se desliza de una a otra.

—Pero si nunca te han llamado la atención mis cartas, *ma chère*.

—Claro que sí. Siempre me ha gustado cómo las pintó, solo que no estaba lista para conocer mi futuro hasta ahora.

Ay, pobre Henni. Tiene el rostro colorado y su voz es más bien un pitidito agudo. No se habría puesto tan nerviosa si hubiese tenido tiempo para explicarle lo que quería hacer.

—¿De verdad crees que estás lista? —Grandmère se seca la frente con su pañuelo. Debe estar sudando por el calor que hace en verano. Por muy menudita y mayor que sea, es más fuerte y de salud más robusta que la mayoría de los aldeanos—. Seguro que Clara te ha contado que conocer tu destino no siempre es algo reconfortante.

—Quiero... Quiero saberlo igualmente. —Henni se obliga a sí misma a exhalar—. Por favor.

Grandmère me mira de reojo, y yo asiento. No le pasará nada a Henni, pues no leerá sus cartas, sino las mías. Pienso engañar a Grandmère para que crea que soy mi mejor amiga, Algo que me veo obligada a hacer, pues mi abuela nunca me leería las cartas por su propia voluntad.

El estómago me da un vuelco, como un pez atrapado en una red. Tengo que arreglármelas para sobrevivir a los siguientes minutos. Grandmère no me ha leído las cartas desde la noche en que mi madre me dio la bellota, pues hasta ahora no creía que el destino fuese algo que se pudiese cambiar.

—De acuerdo. —Grandmère se endereza y su postura se vuelve más alta, aunque no demasiado para una mujer. Por desgracia, no he heredado su altura, igual que mi madre. Aunque me gusta pensar que sí tengo algo de su belleza, que no disminuye por mucho que su cabello se vuelva más y más gris y las arrugas de su piel se marquen en su rostro—. Clara, ayúdame a preparar la estancia.

Sin rechistar, me dirijo hacia las ventanas y cierro las contraventanas para tener más privacidad. De una cajita que se encuentra en un estante esquinero, saco el velo que Grandmère usa para adivinar el futuro y también sus cartas, y llevo todo a la mesita redonda que usa para sus lecturas. Su silla favorita ya está situada a un lado, envuelta en badana.

Acerco una silla de la cocina para Henni, quien me dedica una mirada suplicante mientras se sienta. Le doy un apretoncito en el brazo. Lo peor ya casi ha acabado, al menos para ella.

Grandmère se sienta frente a mi amiga y empieza a barajar: corta, extiende las cartas bocarriba y luego bocabajo, como suele hacer para asegurarse de que se encuentren en un orden aleatorio.

Henni mueve la rodilla de arriba abajo y se estruja las manos sobre el regazo.

—Pero qué cartas más bonitas. Sí, sí, de lo más bonitas —balbucea—. Me encanta el contraste entre las formas y colores. No me suena que este estilo de pintura sea conocido en las regiones montañosas. ¿Es propio del lugar del que viene?

Si cualquier otra persona, yo incluida, le hubiese preguntado a Grandmère por su pasado, habría puesto una mirada distante y habría cerrado los labios con firmeza. Sin embargo, dado que Henni es la persona más inocente y dulce que existe, Grandmère le contesta:

—No exactamente, más bien es algo propio de la familia que tenía allí. Me enseñaron a pintar las cartas y también a leerlas.

El fantasma de una sonrisa se asoma por el rostro de Grandmère. Me gustaría que nos cuente algo más sobre lo que recuerda, pero su mirada no tarda en endurecerse y su casi sonrisa desaparece por completo. Sé muy bien que no piensa decir nada más.

Lo poco que sé sobre la vida de Grandmère antes de llegar al Valle de Grimm lo sé gracias a lo que nos contó mi abuelo cuando aún estaba vivo.

Según él, Marlène Danior, quien pasó a ser Marlène Thurn, tenía alma de viajera. Y aquello fue lo que la trajo a este lugar desde unas tierras lejanas, a cientos de kilómetros de nuestras cordilleras, aunque sus viajes cesaron una vez que descubrió nuestro refugio. Sin embargo, sospecho que la verdadera razón por la que Grandmère viajó hasta dar con nuestra aldea era el sufrimiento y la soledad de su corazón, y que el hecho de enamorarse de mi abuelo hizo que algo de ese dolor desapareciera.

Era la única superviviente de su familia, pues los Danior fueron brutalmente asesinados en su país natal. Si mi abuelo se enteró de cómo o por qué, nunca me lo contó. Y, cuando me atreví a preguntárselo yo misma a Grandmère, se limitó a contestar: «Mi don yace en el futuro, *ma petite chérie*. Nunca he podido adivinar el pasado, así que deja que permanezca enterrado donde se convirtió en cenizas».

Pese a que una parte de mí siente que permanece enterrada con ellos —el linaje que nunca conoceré, las conexiones que podríamos haber compartido—, llevo viviendo mi vida como si estuviese a un paso de la tumba, pues voy de puntillas para evitar la muerte que me depara el destino durante tanto tiempo como me sea posible. Lo único que hace que sea valiente es el juramento que he hecho de salvar a mi madre antes de que mis días lleguen a su fin.

—Cómo me gustaría encontrar colores así de vívidos para mis pinturas —suelta Henni a toda velocidad, dado que Grandmère ya casi ha acabado de barajar las cartas—. Ya no crece nada de colores brillantes por aquí, salvo que esté cerca de la linde del bosque. Me ha costado muchísimo encontrar el tono correcto de rojo. Por suerte, Clara ha venido hoy y...

—Y nos hemos apañado con arándanos rojos —termino por ella antes de que pueda contarle a mi abuela cómo he cruzado la línea de cenizas.

Sin percatarse de mi exabrupto, Henni pregunta:

—¿Qué usó para pintar esa carta? —Señala la Carta Roja. Grandmère la acaba de dejar a la vista al cortar la baraja.

De pronto, los movimientos fluidos de Grandmère se interrumpen y tiene que aclararse la garganta.

—Usé la raíz de una flor llamada ruiponce rojo —nos cuenta—. Pero solo florece muy de vez en cuando. A veces pasan años hasta que la encuentro de nuevo. —Tras ello, vuelve a meter la carta en la baraja y la hace desaparecer de nuestra vista.

Sus palabras se me quedan en los oídos, al igual que el estruendo que hace mi corazón al latir. No me lo creo. La misma raíz que se usó para teñir la capa de rojo es la que se usó para pintar la Carta Roja. Es otra señal de que casi ha llegado el momento de salvar a mi madre. Solo que necesito una señal de verdad. Necesito que me saque esa carta, el Giro del Destino.

—¡Ruiponce! ¡Claro! —dice Henni—. La había olvidado. Hasta ahora, las lilas son las únicas que...

—¿Lista? —pregunto, antes de que se le escape algo más. Le pongo el velo a Grandmère en las manos, y ella me mira con el ceño fruncido y un ojo entrecerrado.

—Paciencia, Clara. ¿O prefieres esperar en tu habitación?

—No. —Retrocedo un paso—. Ni sabrás que estoy aquí, lo prometo.

Mi abuela suelta un gruñidito y se pone el velo sobre la cabeza. Es de seda negra y le cubre el rostro por completo, pues el borde de la tela le llega justo por debajo de los hombros. Extiende las cartas bocabajo por última vez, y yo le doy un toquecito a Henni en el brazo y me llevo un dedo a los labios.

¿Qué hago?, me dice, sin voz.

Le hago un ademán para que se levante de la silla, y ella lo hace con una elegancia tan silenciosa que habría hecho que Ella se sintiera muy orgullosa.

Sin hacer el menor ruido, me sitúo en su lugar y le doy un tirón a la falda de mi amiga para que no se vaya. Al comprender mis intenciones, Henni se agacha de modo que tenemos la cabeza a la misma altura.

—Coloca tu mano sobre la mía —instruye Grandmère.

Hago lo que me pide, y los dedos me tiemblan. «No deberías tentar al destino», recuerdo las palabras que me ha dicho Axel esta misma mañana.

—Tranquila, niña. Debo notar cómo canta tu sangre.

Exhalo poco a poco por la boca e intento despejar la mente. Aparto la imagen de los ojos sinceros y azules de Axel y me esfuerzo para hacerle sitio a la esperanza que alguna vez tuve, cuando era pequeña, de que mi destino pudiese cambiar.

—Muy bien. —Grandmère sitúa una mano sobre las cartas dispuestas en la mesa y la mueve de un lado a otro, mientras busca la indicada. No tarda mucho antes de que sus dedos se detengan de pronto sobre una carta con una esquina rota.

El frío me invade. Sé qué carta es antes de que la gire. Y, una vez que lo hace, las siluetas de los árboles, pintadas de negro, me devuelven la mirada. Una luna creciente y amarilla me guiña un ojo desde detrás de ellos.

El Bosque de Medianoche, la que siempre sale primero en mi destino compuesto por dos cartas.

No pasa nada, me digo a mí misma, para tranquilizarme. El Bosque de Medianoche puede significar cualquier cosa prohibida, y en mi caso debe referirse al Bosque Grimm como tal, un lugar prohibido. Es obvio que mi destino se encuentra allí. Es allí donde debo ir para salvar a mi madre. Por eso me hizo la capa.

Grandmère vuelve a mover la mano, aunque solo por un instante y la detiene una vez más. Se me corta la respiración. Es demasiado pronto. Nunca la he visto sacar una segunda carta tan rápido.

La gira, y yo maldigo para mis adentros mientras fulmino con la mirada al animal que se encuentra en la carta, de una especie indeterminada, pero con unos dientes caninos afilados.

La Criatura con Colmillos, que presagia una muerte prematura. En este caso, la mía.

Los ojos grandes de Henni me miran con compasión. Cierro los míos con fuerza, en un intento por aislar el dolor de mi destino inmutable. Por una vez, quería algo bueno, un buen presagio, en lugar de uno horrible.

Pero no importa. No necesito una señal. Me aventuraré en el bosque de todos modos. Me pondré la capa roja sobre los hombros y traeré de vuelta a mi madre y el Libro de la fortuna.

—Se te agita la sangre, Henni. —La sorpresa se deja notar en la voz de Grandmère—. No ha terminado de cantar para mí.

El pulso me da un vuelco, e intercambio una mirada sorprendida con Henni. Su expresión es igual a la mía, llena de una esperanza precavida.

Grandmère se inclina hacia adelante, y el velo que cubre su rostro se ladea un poco. Su mano, bajo la mía, se mueve sobre la baraja y se queda suspendida en el aire sobre la única carta que tiene los bordes lisos. La Carta Roja. El Giro del Destino. La carta que Grandmère nunca ha sacado en una lectura.

Solo que no deja la mano quieta sobre la carta, sino que la mueve hacia la derecha y hacia la izquierda, como el péndulo de un reloj de cuco.

El corazón se me va salir del pecho. *Para, para, para*, le indico a la mano de mi abuela, solo que esta sigue moviéndose, sin decidirse. Quizás la haya confundido. Grandmère cree que soy Henni. *¡Soy Clara!*, quiero gritarle. *Pintaste la Carta Roja para mí.*

Por favor, que así sea.

Baja el índice y toca dos cartas que se solapan, la de bordes lisos y otra más.

—Qué interesante —dice, por lo bajo—. ¿Cuál de las dos es la tuya?

La Carta Roja, del revés, se encuentra a la izquierda. Y necesito hacer acopio de todas mis fuerzas para contenerme y no hacer que su mano se dirija hacia ella.

Grandmère parece notar mi debate interior.

Su dedo se desliza hacia la izquierda.

Y entonces gira la Carta Roja.

Me quedo boquiabierta, mareada y con ganas de echarme a reír a carcajadas. Aunque trago en seco para contener la sensación, los hombros me tiemblan y las mejillas me duelen de tanto sonreír. Toda mi vida parece encajar, como una pieza de un rompecabezas que antes no lo hacía.

Soy la dueña de mi propio destino. Porque puedo cambiarlo. Eso es lo que significa esa carta: el Giro del Destino. Lo que también quiere decir que puedo cambiar el destino de mi madre. El ruiponce rojo, la capa roja, la Carta Roja. Todo eso debe haberse confabulado hasta llegar a este preciso instante.

La mano de Grandmère se mueve hacia la derecha.

—Esta también es parte de tu destino, niña. Aquí es donde tu sangre ha dejado de cantar.

Me quedo en blanco mientras mi abuela estira una mano hacia la última carta, la que se superponía con la Carta Roja.

¿Qué está pasando? No quiero otra carta.

Pero mi abuela la gira de todos modos, y me quedo sin respiración.

5

Se me eriza la piel de los brazos cuando poso la vista sobre la carta más hermosa que tiene Grandmère en su baraja. Dos cisnes blancos con cuellos en curva y picos que se tocan, de modo que entre los dos forman un corazón. En medio de este, se cruzan dos flechas que atraviesan el pecho de los cisnes.

Los Cisnes Flechados.

La carta con significados opuestos.

Es un presagio del amor más sincero o de uno imposible: un destino feliz o uno desolador. Las demás cartas son las que determinan el resultado, o la historia, como la llama Grandmère. Sin embargo, no sé cómo entretejer todos esos significados. Ese es su don, no el mío.

Grandmère aparta la mano y la lleva hacia su velo. Todavía no ha visto las cartas. Siempre hace sus lecturas a ciegas hasta que llega a este momento.

Me pongo de pie de golpe, y la mesa se inclina hacia un lado. Las cartas se deslizan y caen desperdigadas por el suelo. Retrocedo de un salto y le dedico una mirada significativa a Henni, pero ella no me sigue. Con un ademán un tanto desesperado, le indico que se ponga en mi sitio.

Grandmère se está levantando el velo mientras Henni se mueve hacia adelante, con torpeza.

Cuando se lo quita, mi abuela mira horrorizada del rostro sonrojado de Henni a las cartas que se han caído de la mesa.

—¿Te encuentras bien, *ma chère*?

—Sí... Digo, ¡no! Me he... Me he mareado.

—Vuelve a sentarte —le indica Grandmère, antes de hacerme un ademán hacia la ventana de la cocina—. Clara, abre las contraventanas y deja que corra el aire.

Me apresuro a hacer lo que me pide.

—Mira que te lo he advertido, niña —le rechista Grandmère a Henni—. Te he preguntado si de verdad estabas lista para conocer tu futuro.

—Creía que lo estaba. Lo siento.

—¿Qué cartas te he sacado? —le pregunta mi abuela.

Me quedo de piedra con una mano en el pestillo de la contraventana.

—Eh... no me acuerdo —se excusa Henni.

—Es mejor si me lo dices, querida. Puede que no sea algo tan sombrío como lo que te imaginas.

Echo un vistazo por encima del hombro. La pobre Henni parece un cervatillo en la mira de un cazador.

—No pasa nada —le digo—. Ve a casa, tu padre te está esperando.

No necesita que se lo diga dos veces. Se levanta de un salto y sale por la puerta a toda velocidad.

El estómago se me retuerce por la culpabilidad. Tendré que compensárselo como sea. Le prepararé montones y montones de botes de mermelada de arándanos rojos. Saquearé todas las casas de la aldea hasta dar con azúcar. Alguien debe tener algo guardado.

—Proteges demasiado a tu amiga, *ma petite chérie*. —Grandmère menea la cabeza de lado a lado—. Deberías haber hecho que se quede, podría haberla tranquilizado un poco.

Aparto la mirada hacia un lado.

—Ya volverá cuando esté lista para saber lo que significan las cartas —le digo, sin darle importancia. Muevo el pestillo, abro las contraventanas y dejo que los pulmones se me llenen del aire de verano. Ya no me parece tan agobiante, tan mancillado por la maldición del Valle de Grimm.

Soy el Giro del Destino. Me pellizco a mí misma como haría un niño para saber si está soñando o no. La Carta Roja, la que nunca había salido antes, ha sido escogida. Y para mí. Ninguna de las otras cartas importa.

¿O sí?

Entorno la vista para ver más allá de la fila de matorrales hacia el Bosque Grimm. ¿Cuánto de mi destino se encuentra predeterminado por ese bosque tan oscuro?

—¿Qué cartas he sacado para Henni? —vuelve a preguntar Grandmère, y su silla chirría un poco cuando se levanta.

Abro la boca para decirle: «No las he visto, estaba todo muy oscuro», pero no hay modo de que consiga convencerla de ello. Siempre era yo la que se colaba en las lecturas de Grandmère y observaba a escondidas las cartas que sacaba, incluso bajo la escasa luz de las últimas ascuas de la chimenea. Y ella siempre era la que pretendía no darse cuenta de ello.

Reflexiono sobre los significados de las cuatro cartas que me han tocado...

El Bosque de Medianoche: una decisión prohibida.

La Criatura con Colmillos: una muerte prematura.

La Carta Roja: el Giro del Destino.

Los Cisnes Flechados: ya sea el amor más sincero o un amor imposible.

—Los Cisnes Flechados y el Bosque de Medianoche —le contesto, para empezar con dos verdades—. ¿Qué significan esas dos juntas? —Jugueteo con el puño de mi manga—. ¿Es un amor prohibido? En ese caso los Cisnes Flechados representarían un amor imposible, ¿verdad?

—*Oui.* —Grandmère se pone de rodillas para recoger las cartas—. Salvo que una carta más poderosa haya cambiado su significado.

Me acerco un poquitín.

—¿Hay cartas más poderosas que el Bosque de Medianoche?

Grandmère me señala dos cartas que han quedado bocarriba sobre el suelo.

—La Criatura con Colmillos y la Carta Roja. —Y, tras dedicarme una mirada intensa, añade—: Dime que no le he sacado esas cartas a Henni, por favor.

Niego con la cabeza y me obligo a sonreír al tiempo que noto un nudo en el estómago.

—Le has sacado la Montaña Nevada y el Hacha del Leñador —miento.

—Mmm. Me pregunto qué carta la ha asustado tanto, pobrecita mía.

Me encojo de hombros y me agacho para ayudarla a recoger.

—Seguro que ha sido el Bosque de Medianoche.

—Sí, quizás.

La brisa se cuela por los espacios vacíos de nuestra cabaña y silba por los rincones, esquinas y recovecos que de algún modo la presencia de mi madre habría llenado y evitado el silencio.

Inhalo con dificultad.

—¿Y si hubieras sacado la Criatura con Colmillos y la Carta Roja? —Me las arreglo para que no me tiemble la voz—. Entonces la Criatura con Colmillos no importaría, ¿verdad? Ni ninguna otra. Porque la Carta Roja las descartaría. Cambiaría el destino.

Grandmère se echa a reír al tiempo que recoge el resto de la baraja.

—La Carta Roja no cambia el significado de las otras cartas, Clara.

—¿Cómo que no?

Bajo la sombra de la mesa de lecturas, los iris violeta de Grandmère se encogen, eclipsados por sus pupilas.

—Digamos que las cartas que he sacado para Henni de verdad han sido la Criatura con Colmillos y la Carta Roja, así como el Bosque de Medianoche y los Cisnes Flechados. Si Henni tuviese que cambiar un destino, sería algo distinto a lo que las otras cartas presagian: su muerte prematura, aquello que está prohibido y su amor más sincero o un amor imposible. Todo eso aún tiene que suceder. La Carta Roja no puede alterar nada de eso. De hecho, lo necesita. Es como una araña en ese sentido.

—¿Una araña? —Poso la vista sobre las cartas que tengo en la mano, y las imágenes que hay pintadas parecen mezclarse entre ellas, como un laberinto que se hace más y más largo conforme lo sigo mirando—. No te entiendo.

—Es que el destino es como una telaraña —se explica Grandmère—, y cada carta que se saca es uno de sus hilos de seda.

—¿Salvo por la Carta Roja?

—Exacto, *ma chère*. —Se me acerca un poco, y uno de sus ojos violeta sale de entre la penumbra—. Y una araña necesita su telaraña para atrapar a sus presas.

Un regusto amargo y como a metal me inunda la boca. No me gusta que compare el cambiar el destino con atrapar una presa. No pretendo matar a nadie.

—¿Lo que quieres decir es que el destino tiene un orden, uno que debe cumplirse antes de poder alterarse?

—El destino tiene un orden, sí, pero velo más bien como un orden de armonía y equilibrio. El equilibrio debe mantenerse, de lo contrario el Giro del Destino no puede cambiar nada.

Empiezo a entender lo que me dice.

A pesar de que la Carta Roja presagia un cambio en el destino, solo puedo obtenerlo si consigo que el resto de mi destino siga en equilibrio. Lo que significa que debo asegurarme de que se cumplan los presagios del resto de mis cartas.

El Bosque de Medianoche con una decisión prohibida. Eso debe representar entrar al Bosque Grimm con la capa roja.

Los Cisnes Flechados con un amor que puede ser verdadero o imposible. Me vienen a la cabeza Axel y Ella. Esa carta los describe a la perfección, por lo que los necesito para mi travesía.

Y por último la Criatura con Colmillos con mi muerte prematura; que mi destino debe acabar después de que haya conseguido cambiarlo. No hay otra alternativa.

Esta es la historia de cómo salvo a mi madre.

Y, como ha sido desde el principio, sigue siendo la historia de mi muerte.

6

Esa noche, después de que Grandmère se haya quedado dormida, saco las tijeras de su cesto de costura y corto unos veinte centímetros del largo de la capa roja. Le hago el dobladillo al borde despuntado, así como al de la tira que acabo de cortar. Me ato la capa alrededor de los hombros y meto la tira en una mochila que he preparado con comida y suministros.

El corazón me late sin control, como un redoble de tambores en una marcha de guerra. *Estás haciendo lo correcto, Clara.* Ha llegado el momento de marcharme. Durante los últimos días, mientras me preparaba para la selección, he trabajado como una esclava en la zona de pasto y en la cabaña, para encargarme de todos los quehaceres que se me ocurriesen y así aligerarle la carga de trabajo a mi abuela en caso de que me escogieran.

Nuestro mozo de labranza, Conrad, también le echará una mano. Y, cuando vuelva —o mejor dicho, cuando vuelva mi madre—, ella también podrá ayudarla como solía hacer. Encargarse de la granja de ovejas será más sencillo una vez que encuentre el Libro de la fortuna y lo use para acabar con la maldición del Valle de Grimm.

Dejo una nota sobre la mesa de la cocina y salgo hacia la oscuridad a toda prisa. No enciendo mi candil, pues la luna creciente es lo bastante brillante como para iluminar el camino que conduce a la granja de los Dantzer.

Axel vive en una casita situada en la zona norte de la propiedad, una que en otros tiempos estuvo destinada para las lecheras. Los Dantzer la arreglaron para que Ella y Axel pudiesen usarla como hogar después de casarse. Aunque no tuvieron oportunidad de compartirla, Axel vive allí, pues no tiene familia con quien pueda quedarse. Su madre murió durante el parto y su padre era un mercader de uno de los valles del sur. Un invierno, dejó a Axel en nuestra aldea con su tío mientras él se aventuraba a cruzar el peligroso paso que había entre las Montañas Ottenhorne.

Pese a que aquello sucedió antes de la maldición, el paso de montaña bien podría haber estado maldito de todos modos. Se desató una avalancha, y el padre de Axel nunca volvió.

Mi amigo perdió a alguien antes de que los habitantes del Valle de Grimm empezaran a perder a los suyos, y su tío, un borracho incorregible, ya se había perdido a sí mismo mucho antes de acogerlo.

Llamo a la puerta, pero Axel no contesta. Me escabullo hasta la ventana que da hacia el este y encuentro las contraventanas abiertas. Su cama está justo por debajo del alféizar. La escasa luz de luna lo ilumina y arroja un brillo casi plateado sobre su piel bronceada. Axel duerme sin camisa y con un brazo cubriéndole el rostro.

—Axel —lo llamo, sacudiéndolo del hombro. ¿Por qué susurro? Nadie que esté en la casa principal me oirá salvo que me ponga a gritar—. Axel —lo llamo en voz más alta, y lo vuelvo a sacudir.

Él murmura algo, con los ojos cerrados, y me aparta de un manotazo.

—Que despiertes te digo.

Aunque parpadea un poco, no abre los ojos. Cuando lo sacudo más fuerte, se limita a gruñir.

Qué barbaridad. No tenía ni idea de que tuviese el sueño tan pesado.

Dejo mi mochila sobre la hierba, junto al candil que aún no he encendido, y me subo al alféizar, con un siseo de dolor al notar una punzada en mi espalda torcida. Me escurro en la habitación y caigo sobre su cama, atascada entre la pared y su cuerpo. Con cuidado, paso una pierna por encima de sus caderas e intento apartarme de encima de él antes de que…

Axel abre los ojos de par en par. Da un respingo, me sujeta y me hace girar hasta que me encuentro tumbada de espaldas. Ahogo un grito al notar que me tiene atrapada entre sus rodillas. Su pecho y los músculos de su abdomen se contraen por encima de mí. Me quedo sin palabras, mareada y sin saber dónde estoy. La piel se me enciende por el calor.

—¿Clara? —pregunta él, tras parpadear un par de veces.

Mi voz se ha esfumado.

—¿Qué haces aquí? —insiste, con voz ronca—. No puedes entrar así a hurtadillas en plena noche. ¿Y si te hubiese hecho daño? —Axel se queda mirando mis labios entreabiertos y nota que no estoy respirando—. Ay, ¡si te estoy haciendo daño de verdad! —A trompicones, se quita de encima de mí y me ayuda a incorporarme.

Respiro una bocanada de aire y dejo que la brisa nocturna me enfríe el rostro. Desato las tiras que me rodean el cuello, para intentar enfriarme, y la capa se me desliza por los hombros.

Tranquila, me digo a mí misma. Axel no ha intentado hacerme daño. No me estaba asfixiando, solo me ha sorprendido.

—Eres muy rápido… y fuerte —consigo articular. Lo que probablemente sean las palabras más estúpidas que han salido de mi boca—. Es que no podía despertarte, así que…

—¿Se te ha ocurrido que podías acostarte conmigo? —Una sonrisa se le escapa antes de cambiarla por una mueca—. No, eso suena mal. —Se pasa una mano por la cara—. ¿Quieres un vaso de agua? A mí me vendría de perlas… —murmura por lo bajo.

Cuando se pone de pie, la manta se desliza por su cuerpo. Lleva unos pantalones de lino delgados que se le amontonan en las rodillas y que apenas le cubren las caderas. Según se dirige a su cómoda, no puedo apartar la vista de los hoyuelos que se le marcan a ambos lados de la parte baja de la espalda.

Enciende una vela y sirve un poco de agua en una taza.

—¿Vas a decirme a qué has venido? —me pregunta, antes de volver hacia la cama y acercar un taburete para sentarse a mi lado—. Está claro que no podía esperar hasta mañana —se ríe, al tiempo que me extiende la taza.

Bebo un largo trago mientras intento reorganizar mis pensamientos. Pese a que he practicado todo lo que quería decirle, tengo la cabeza hecha un lío. Quizás me ayudaría un poco si se pusiera algo de ropa. Nunca he estado en la habitación de un chico, salvo por la de Conrad, solo que él me triplica la edad y huele a queso y a ovejas. Axel solo me saca un par de años y huele a agujas de pino y a virutas de madera.

—Mi mapa —le digo—. Necesito que me lo devuelvas.

Axel entorna los ojos al mirarme, y su vista pasa de mí a mi capa caída. Se pone de pie, apoya una rodilla en la cama y se asoma por la ventana antes de soltar un suspiro exasperado. Ha visto mi mochila y el candil.

—¿Te has vuelto loca? —pregunta, volviéndose hacia mí.

—Escúchame primero antes de…

—¡Un poco más y no sales con vida del bosque esta misma mañana!

—*Bah*, ya ha pasado mucho tiempo de eso. ¡Todo ha cambiado!

—No. No cambiará nada hasta la siguiente selección, y solo si tienes bastante suerte. No puedes entrar al bosque sin su permiso.

—Me ha tocado la Carta Roja y además tengo la capa roja. —Mis palabras salen a trompicones debido a mi entusiasmo, aunque este se parece bastante a la desesperación—. Están hechas de ruiponce rojo.

—Pero ¿qué carajos dices?

—Ven conmigo. —Lo aferro de la mano y me acerco a él—. Te he hecho una bufanda de la tela de mi capa.

—¿Una bufanda en pleno verano?

—Póntela como una banda, entonces. Te protegerá.

—Frena un poco, Clara. Lo que dices no tiene sentido.

—El ruiponce rojo es la clave para entrar en el bosque. Ya lo he comprobado. El bosque me ha dejado cruzar la linde. Pregúntaselo a Henni. Bueno, no, porque no va a querer que vaya. Pero tú sí que tienes que venir. —Lo agarro de la otra mano—. Ella y tú sois los Cisnes Flechados. Os necesito.

—¿Esto tiene algo que ver con una lectura de cartas? —pregunta, apartándose—. No puedes arriesgarte tanto solo porque lo dicen las cartas de tu abuela.

De hecho, sí que puedo. Las lecturas de Grandmère siempre han demostrado ser ciertas. Solo que Axel nunca ha creído mucho en el destino. El perder a su padre y quedar a cargo de un tío negligente le ha arrebatado cualquier oportunidad de creer que el destino puede ser algo significativo.

—No es solo eso —contesto—. Mi madre me hizo esta capa. Y la tiñó con ruiponce rojo, ¿no lo ves? He tardado todo este tiempo en comprender que me dejó todo lo que necesitaba para salvarla. Y la he tenido en casa, esperándome desde entonces. —Le doy un apretón a sus manos—. Acompáñame, Axel.

Axel suspira y se aparta, antes de pasarse una mano por su cabello alborotado.

—No sé, Clara…

—¿Qué es lo que más quieres en el mundo? —Me inclino hacia adelante—. ¿Qué es aquello que anhelas con desesperación desde el verano pasado?

Baja la mirada, y esta se posa en un mechón de mi cabello oscuro, que cae sobre uno de mis hombros. Uno de mis hombros descubiertos, pues el cuello amplio de mi vestido se ha torcido un poco. Me sonrojo, para luego volver a acomodar el vestido en su sitio.

Axel traga en seco.

—Quiero que Ella vuelva —dice, en un susurro, mientras alza la mirada poco a poco hacia mí—. Quiero que vuelva a casa.

Noto una punzada en el corazón. Noto su dolor como si fuese el mío. Eso es lo que nos une: los dos echamos de menos a la persona que más queremos en el mundo.

—Y yo quiero traer de vuelta a mi madre. —Abro el puño, y le ofrezco mi mano vacía—. Es nuestra oportunidad, Axel. Ven conmigo.

Mi amigo frunce el ceño y se muerde la comisura del labio inferior. La brisa nocturna me hace cosquillas en la clavícula conforme Axel hace avanzar sus dedos poco a poco por el espacio que nos separa. Los desliza por mi muñeca, por la palma, y luego los entrelaza con los míos.

Un cosquilleo se me extiende por todo el brazo, y mi pecho parece expandirse con toda su calidez.

Me ha tocado la Carta Roja. Tengo la capa roja. Y también tengo a Axel.

Juntos, lo conseguiremos.

Axel respira hondo y asiente. Prepara una mochila, me devuelve mi mapa y se envuelve la tira que he hecho para él alrededor del cuello, como una bufanda. Cierra las contraventanas y les deja una nota a los Dantzer en su mesita de noche.

Salimos de la casa a hurtadillas por medio de la puerta delantera, la cerramos y cruzamos las tierras de pasto hacia los árboles que rodean el Bosque Grimm, por el lugar en el que Ella se adentró el verano pasado. Los Dantzer le han hecho un pequeño monumento con unas piedras apiladas, casi como una lápida.

Un poco más allá, Axel se detiene en la línea de cenizas y se queda mirando los árboles. Noto toda la historia que contiene este lugar y el peso que ejerce sobre él, casi tan palpable como la pesadez en el aire antes de una tormenta.

—Vamos a encontrarla —le aseguro, dándole un apretón en la mano—. Lo lograremos.

Mantiene la vista fija en las ramas macizas de los árboles, que parecen unos gigantes dormidos por el momento.

—¿Por la ayuda de una flor roja? —Menea la cabeza, y un ligero temblor se le apodera de los dedos—. ¿Cómo puede ser así de sencillo?

—Confía en mí.

—Es en el bosque en quien no confío.

Le doy un tirón en la mano y finalmente se gira hacia mí.

—Todo está dispuesto para que tengamos éxito en nuestra travesía. He visto las señales. —Me ha tocado la Carta Roja el día en que he descubierto el ruiponce rojo, el mismo día en que me he percatado de que mi capa debía su color a esa misma raíz. No puede ser coincidencia.

Una sonrisa le llega a los labios y deshace un poco de la tensión que se le concentra en las comisuras.

—Tú y tus señales.

Cambio el peso de un pie a otro para situarme mejor, sin saber si su burla es una muestra de exasperación o más bien de que ya me conoce y le hace gracia. La fe en las supersticiones la llevo en la sangre, quizás como una reliquia de la familia de adivinadores de Grandmère. Me ha enseñado muchos presagios, y los aldeanos también han compartido sus creencias conmigo. Los he guardado en mi memoria del mismo modo en que he ido recolectando datos sobre el bosque. Y ambos me guiarán en esta travesía.

—Confía en mí —le repito.

—Eso intento.

Me enderezo, al menos todo lo que me permite la curvatura de mi espalda.

—A la de tres, ¿vale?

Axel exhala en voz alta y sacude un poco los hombros.

—Vale.

—Uno.

Ahora soy yo a quien le tiemblan los dedos.

—Dos.

Unas gotitas de sudor frío se me deslizan por el cuello.

—Tres.

Con las manos entrelazadas, nos damos un apretón el uno al otro.

Y juntos cruzamos la línea de cenizas.

Nuestros zapatos tocan el suelo del Bosque Grimm.

Durante el segundo más largo de la historia, no respiro. Y, cuando vuelvo a hacerlo, mi respiración se convierte en pequeños jadeos, tan inciertos como mi andar de puntillas mientras nos adentramos más en el bosque. Un par de metros, otro par más... luego diez y más adelante veinte. Las ramas no nos atacan, las raíces no se retuercen y la tierra no se abre para tragarnos enteros. Intercambiamos una mirada sorprendida al tiempo que seguimos avanzando sin ningún incidente.

Cuando hemos caminado como medio kilómetro más allá de la linde del bosque, la rigidez de Axel desaparece. Entonces se echa a reír, contento.

—Conque flores rojas, ¿eh? —Me dedica una sonrisa, una que ha derretido muchos corazones en el Valle de Grimm. Su encanto natural es un arma que no sabe que tiene en su poder. Si lo hiciese, si ese encanto fuese acompañado de arrogancia, entonces no tendría ningún efecto en mí—. Eres de lo que no hay, Clara Thurn.

Le devuelvo la sonrisa y pongo los ojos en blanco ante el cumplido. He encontrado el ruiponce gracias a un golpe de suerte y ya está. Aun así, sus palabras hacen que algo del peso que llevo en los hombros desaparezca. La suerte no es algo muy común últimamente, por lo que es un regalo que no se debe menospreciar.

Una ráfaga de viento nos envuelve y nos empuja por la espalda, como si nos animara a seguir andando. En ese susurro del viento, oigo el llamado de mi madre, no como un grito ahogado ni un arrebato de furia, sino como una canción inquietante, un aliento de bienvenida.

Estoy segura de que solo se trata de mi imaginación, pero quiero creer que sabe que estoy aquí. Que tengo puesta la capa que hizo para mí y que he venido a llevarla a casa.

Encontraremos a nuestros Perdidos, prometo para mis adentros.

7

Si la magia tuviese un olor, sería el de este bosque. A pesar de que la noche es oscura, rebosa de un verdor que lleva tres largos años sin llenarme los pulmones, desde el momento en que la maldición desató la sequía en nuestra aldea. He olvidado lo que se siente al respirar vida.

No se percibe el rastro amargo e intenso de la muerte y la putrefacción en este lugar, como sí ocurre en el Valle de Grimm. El aire está limpio y sabe a vida —como a árboles, flores y hierba—, todo lo que es bello y perdura y no muere antes de hora.

Quizás es que nada muere en las profundidades del Bosque Grimm. Quizás nada envejece. A lo mejor cuando encuentre a mi madre veré que no ha envejecido ni una pizca. Podría estar radiante y llena de vida, todo lo contrario a la tira de lana rojiza desgastada que hay colgada en su honor en el Árbol de los Perdidos.

Axel me toca el brazo, y me detengo en el sendero que la vegetación casi ha cubierto por completo.

—¿Puedo echarle otro vistazo a tu mapa?

Me lo saco del bolsillo y se lo entrego. Conforme lo extiende, alzo el candil en su dirección. Una vez que nos hemos adentrado bastante en el bosque para asegurarnos de que los Dantzer no podrían ver la luz del candil, lo hemos encendido.

Observamos el mapa juntos. Lo único que se me ha ocurrido para encontrar a mi madre y a Ella, así como el *Sortes Fortunae*, es ir recorriendo los puntos de referencia y luego volver a casa siguiendo la misma cadena de lugares. De ese modo no nos sumaremos a las filas de los Perdidos.

El primer punto de referencia que buscamos es una casita construida en un arce. Desde allí, deberíamos poder encontrar el camino a la Cascada de los Susurros.

Recuerdo la segunda mitad del acertijo que encontramos en las páginas abandonadas del *Sortes Fortunae*:

Agua que cae,
Palabras de todo corazón
Un deseo desinteresado
Romperá la maldición.

La Cascada de los Susurros parece el lugar más obvio en el que empezar a buscar el Libro de la fortuna, dada la mención del agua que cae del acertijo.

—Mmm… —Axel aparta la mirada del mapa—. Deberíamos estar cerca. —Se rasca un lado de la barbilla y echa un vistazo a su alrededor—. ¿Puedes iluminar por allí? —Se estira en mi dirección para señalar al árbol que tengo a la izquierda.

Alzo el candil, pensando que me gustaría que fuese más brillante, pues la luz no se extiende más allá de unos cuantos pasos, lo que hace que la casa del árbol sea más difícil de encontrar.

La delgada luna creciente tampoco es que sea de mucha ayuda precisamente. Sus rayos de luz plateada apenas se cuelan entre las espesas copas de los árboles del bosque.

Entorno los ojos en la dirección en la que Axel está mirando, pero no consigo ver nada más allá de dos ramas gruesas. Tampoco puedo distinguir la forma de las hojas para saber si es un arce o no, así que mucho menos si hay algo que se parezca a una casa del árbol.

—¿Alcanzas a ver algo que yo no?

Axel avanza por delante de mí para acercarse al árbol. Se planta en el espacio iluminado por el candil y la luz se aferra a su cabello dorado y a sus hombros anchos y lo envuelve en un halo cálido y ámbar. Tras arrancar una hoja del árbol, examina sus bordes y su textura.

—Es un arce azucarero.

Asiento, aunque mi mapa no especifica en qué tipo de arce se encontraba la casa del árbol.

—¿Los Dantzer mencionaron un arce azucarero alguna vez?

Lo poco que sé sobre la casa del árbol es gracias a Henni. La construyó su padre cuando era joven, a un par de kilómetros de la granja lechera de su familia, la que terminó heredando. Aquello sucedió cuando el bosque aún aceptaba a los aldeanos, claro. Antes de la maldición, el Valle de Grimm casi parecía una parte del propio bosque, pues la gente se aventuraba en él tanto como quería.

—No. —Axel se agacha para pasar por debajo de una rama baja y toca el tronco del árbol—. Pero ya he estado en esta casa del árbol antes.

Ladeo la cabeza.

—No lo sabía. —Lo sigo y me aseguro de que la luz del candil lo siga cubriendo.

—Aquí está. —Se acerca a un tronco que tiene unos peldaños clavados en él.

Cuando alzo la vista como si estuviese subiendo por ellos, por fin consigo distinguir la forma burda de la casa del árbol en lo alto.

—Fue Ella quien me la mostró —me dice, al tiempo que se dirige al otro lado del tronco.

—¿Ah, sí? No sabía que os llevabais bien antes de que cayera la maldición.

Asiente despacio y juguetea con un nudo del árbol.

—Fue aquí donde... donde todo empezó para nosotros.

—¿Donde la besaste por primera vez, quieres decir? —pregunto, acercándome un poco.

—Más bien donde ella me besó a mí.

—¿Y no le devolviste el beso?

Axel se rasca un poco el cuello.

—Sí. Casi había cumplido los dieciséis, así que... —Alza un hombro—, me fue complicado resistirme.

Quiero preguntarle cómo fue, el besar a alguien, solo que ese es el tipo de pregunta que le haría a Henni, no a Axel..., por mucho que Henni no supiese cómo responderme, pues ella tampoco ha besado a nadie.

Pese a que alcancé la mayoría de edad hace más de un año, la mayoría de los chicos en el Valle de Grimm aún me tienen algo de miedo. No solo por ser la nieta de una vidente extranjera, sino porque también soy la hija de la primera aldeana que se convirtió en una de los Perdidos. Pero no importa. Los chicos no me interesan demasiado. Los suspiros y el romance son para las demás chicas de la aldea. Mi futuro es un libro que jamás se abrirá. El propósito de mi vida es salvar la de mi madre. Así que no pienso más allá de eso, pues no viviré mucho tiempo más.

Bajo el peso de mi mirada insistente, Axel se aleja unos cuantos pasos y suspira ligeramente.

—¿Deberíamos dormir aquí esta noche? —pregunta, dándole una patadita a la tierra compacta que se encuentra entre las raíces expuestas del arce.

—Puedo dormir en la casa del árbol —me ofrezco—. O tú, si quieres.

Axel niega con la cabeza.

—La última vez que vine, la mayoría de los tablones ya estaban podridos. Así que ahora sería incluso más peligroso dormir allí.

—Ah. —Vuelvo la vista a la única superficie plana y apta para dormir del suelo: un espacio de menos de dos metros cuadrados, que parece demasiado pequeño como para tumbarme junto a un chico durante toda la noche.

Me envuelvo con los brazos y doy un paso hacia atrás. No había pensado en todo lo que implicaba embarcarme en esta aventura con Axel.

Con un vistazo rápido, se percata de mi postura encorvada e incómoda.

—¿Te parece si te quedas tú con este sitio? —propone, al tiempo que recoge su mochila—. Buscaré otro para mí.

—Vale —le digo, con un suspiro un tanto aliviado—. Ten, necesitarás luz. —Levanto el candil para dárselo, pero él hace un ademán con la mano para restarle importancia y se las arregla para sonreír ligeramente.

—Ya me las apañaré. —Parece que visitar el lugar en el que compartió su primer beso con Ella lo ha puesto algo triste—. Nos vemos mañana.

Lo veo marcharse despacio, y su silueta se va volviendo más tenue conforme se aleja de la luz. El corazón me da un vuelco extraño.

—¡No te vayas muy lejos!

Vuelve a hacerme un ademán, como diciendo que sí, en silencio.

Cambio el peso de un pie a otro, mientras me debato conmigo misma sobre si debería pedirle que vuelva. El hecho de que no quiera dormir a su lado no significa que quiera que duerma en cualquier otro lugar.

Tras soltar un largo suspiro —uno demasiado dramático para mi gusto—, me resigno a dejar que se marche esta noche.

Desato el saco de dormir que he amarrado a la parte de arriba de mi mochila y me tumbo sobre él, usando mi capa como manta. Dejo el candil encendido durante algunos minutos más, a pesar de que sé que estoy desperdiciando el valioso sebo (pues solo he metido unas cuantas velas en la mochila). Sin embargo, no puedo obligarme a apagar la llama aún. ¿Y si Axel decide volver? ¿Necesitará la luz para encontrarme?

Tranquila, Clara. Por la mañana no tendrá problemas para encontrarme.

Apago el candil y me hago una bolita, solo que no consigo conciliar el sueño. En primer lugar, mi columna torcida ya echa de menos el colchón que tengo en casa. Da igual cómo me retuerza, no consigo ponerme cómoda. No obstante, la sensación maravillada que tenía de estar en el bosque ha desaparecido cuando me he quedado sola. Este es el lugar que me robó a mi madre, el que le robó a Axel a Ella, el que ha matado a aldeanos escogidos para entrar y ha dejado que el Valle de Grimm se seque por completo.

Y me he adentrado en sus garras, más allá de sus fauces feroces y en lo más hondo de sus profundidades.

Es el lugar que acabará conmigo.

Cuando me recorre un escalofrío, me arrebujo más en mi capa. Los árboles se agitan y me susurran amenazas de muerte. Las briznas de la hierba cantan su canción discordante. Los insectos nocturnos zumban y revolotean y pican.

Menudo error he cometido al dejar que Axel se marche.

No me voy a quedar dormida nunca, no me voy a quedar dormida nunca, no me voy a quedar dormida nunca…

Algo me brilla en los ojos. Es la luz del sol, que se cuela entre las rendijas de las contraventanas de mi habitación. ¿Será que estoy soñando? Me enderezo, aún medio dormida y con los ojos prácticamente cerrados. Mi reloj biológico me dice que ha llegado la hora de que avive el fuego de la cocina, le prepare un cuenco de gachas a Grandmère y recoja los huevos del gallinero.

Abro los ojos por completo y ahogo un grito al ver mi alrededor. Un verdor cegador me rodea, un paisaje de ensueño lleno de árboles, matorrales y una hierba de un color intenso.

No estoy soñando. El lugar en el que me encuentro y cómo llegué hasta él vuelven a mi mente a toda velocidad. Los recuerdos de anoche no tardan en seguirlos.

Tirito un poco, así que me ajusto las tiras de la capa roja alrededor del cuello para que me proteja mejor del frío aire matutino. Las copas de los árboles, allá en lo alto, bloquean la mayor parte del sol. Solo que el frío del bosque no es el responsable de la sensación helada que se me forma en la base de la columna y que se me desliza hacia arriba. Algo no va bien, y mi cerebro somnoliento no es capaz de determinar qué es.

Alzo la vista directamente hacia arriba. Me encuentro debajo de un arce, aunque no es un arce azucarero, sino uno rojo, y no hay ningún tablón desgastado clavado entre sus ramas.

Ya no estoy bajo la casa del árbol.

No sé dónde estoy.

Me pongo de pie a trompicones.

—¿Axel? —Me giro para observar a mi alrededor. No consigo ver su chaleco azulado, su bufanda roja ni su melena despeinada por ningún lado.

»¡Axel! —lo llamo más fuerte, pero no me contesta.

El corazón me late con fuerza.

Se ha perdido. Lo he perdido.

No, yo me he perdido.

Perdida.

Como mi madre.

8

¡Axel! —Tengo la voz ronca de tanto gritar. Ha pasado al menos una hora desde que me he dado cuenta de que estaba sola y me aferro a ese hecho como si fuese lo único que consigue atarme a la realidad. Todo lo demás es inconcebible. ¿Cómo es posible que me haya despertado en un lugar diferente?

Algunas personas tienen tendencia a caminar dormidas. Quizás eso era lo que Ella estaba haciendo cuando se adentró en el bosque en la víspera de su boda. Henni me contó que había caminado dormida en un par de ocasiones. Sin embargo, yo siempre me he quedado quietecita mientras duermo. Mi madre me dijo que, de bebé, no lloriqueaba ni me contoneaba una vez que me dejaba en la cuna.

—¡Axel! —lo llamo una vez más, y ahora sí que estoy lloriqueando. No tendríamos que habernos separado. Esto no salía en las cartas. Se suponía que íbamos a encontrar a Ella, y entonces los dos, los Cisnes Flechados, iban a ayudarme a encontrar el *Sortes Fortunae* y a mi madre.

¿Ahora cómo voy a encontrarla?

Me giro hacia la derecha para cambiar de rumbo y acelero un poco. No puedo alejarme mucho de mi punto de partida, pues podría estar más cerca de la casa del árbol de lo que creo. La mochila me da golpes contra la espalda, y eso hace que la columna me duela todavía más. El candil traquetea con un ruido metálico, atado a una de las cintas de la mochila.

—¡Axel!

Un mirlo sale disparado de un pino y se aleja volando. *Chip, chip, chip*, llama otro pájaro desde el mismo árbol. También es un mirlo.

Dos mirlos juntos es una señal de buena suerte. Solo que, dado que el segundo mirlo se ha quedado solo, ¿significa eso que la suerte se ha esfumado?

Oigo mi nombre a lo lejos, en voz tan baja que parece el eco que proviene de un pozo terriblemente profundo. Lo más probable es que me lo haya imaginado. Me vuelvo en círculos y escucho con atención.

Unos segundos después, vuelvo a oír la voz, más alta y definida.

—¿Clara?

El pulso se me acelera.

—¿Axel? —Su tono de barítono hace que un pinchazo de reconocimiento me recorra entera.

—¡Clara!

Sí que es él. Salgo disparada en la dirección desde la que me llama.

Seguimos llamándonos a gritos y esquivo los árboles mientras me acerco más y más al sonido de los pisotones de sus botas y de su voz ansiosa. Finalmente, consigo verlo. Está a unos diez metros de distancia, en el otro extremo de un pequeño claro.

Axel corre hacia mí a toda velocidad, y, cuando el alivio me inunda, me tropiezo un poco. Las piernas me han dejado de funcionar. Me echo a reír, o tal vez a llorar; no lo sé, porque mis emociones son un caos. Toda yo soy un caos.

Axel suelta su mochila, y yo hago lo mismo, para luego refugiarme entre sus brazos. Presiono una mejilla contra su pecho, y los latidos desbocados de su corazón me martillean contra la oreja.

—Creía que te había perdido —me dice, sin aliento.

—Lo siento mucho. —Cierro los ojos y saboreo lo sólido y real que es, el modo en que su aroma natural amaderado tiene unas notas almizcladas por el sudor. Me deleito con ello y con todo lo que lo hace humano y me recuerda que ya no estoy sola en este bosque—. No soy sonámbula, no sé qué ha pasado.

Axel se aparta, y frunce un poco el ceño.

—¿También te has despertado en otro lugar?

—Sí. La casa del árbol no estaba, y... Espera, ¿dónde te has despertado tú?

Menea la cabeza ligeramente, y el cabello le brilla por el sudor.

—Lo único que sé es que no estaba cerca de ti, pese a que me fui a dormir tres árboles más allá del tuyo.

¿Así de cerca estuvo? Ojalá lo hubiese sabido, así no habría estado tan nerviosa anoche.

—Creía que yo también había caminado dormido —añade.

La intranquilidad me invade y echa a perder los últimos rastros de mi alivio. ¿Qué posibilidades hay de que los dos nos hayamos vuelto sonámbulos durante la misma noche? Es demasiada casualidad, y, aun así... Tiene sentido. ¿Le habrá pasado lo mismo a los Perdidos? ¿Será por eso que nunca consiguieron volver a casa?

—Tenemos que dormir cerca a partir de ahora —decide Axel.

Me ha quitado las palabras de la boca.

—Y también deberíamos atarnos las muñecas y los tobillos.

—Buena idea.

Poco a poco, nos vamos recomponiendo. Pese a que se acomoda el cabello, este permanece despeinado con rebeldía, y yo me acomodo la falda de mi vestido hecho a mano. Aunque es un tono de azul aciano pálido y desteñido, mi capa es del color del ruiponce rojo, el color de la fuerza. Al menos para mí. Lo único que tengo que hacer es recordarlo la próxima vez que me vuelva un manojo de nervios.

Estoy destinada a estar en este lugar —el bosque me ha permitido entrar—, y mis días en este mundo aún no han llegado a su fin. No dejaré que eso ocurra hasta que haya acabado con el juego del destino y haya podido salvar a mi madre.

Axel se vuelve a colgar la mochila de un hombro, y, cuando voy a por la mía, también saco el mapa. Echo un vistazo a los puntos de referencia que deberíamos tener cerca: el arroyo que se bifurca del río Mondfluss, el cañón que tiene unos acantilados de caliza y los delgados hilillos de agua de la Cascada de los Susurros.

—¿A dónde deberíamos ir? —pregunta Axel.

—¿Quizás de vuelta a la casa del árbol? —sugiero—. No encontraremos nada si no sabemos desde donde partimos.

—No sé yo —dice, mordiéndose el labio inferior—. Llevo buscándola desde hace más de una hora y nada.

—Eso no quita que siga siendo nuestra mejor opción para volver a encontrar el sendero. Lo necesitamos para llegar a la Cascada de los Susurros.

Axel se encoge de hombros con un pequeño resoplido, lo que para mí quiere decir: *Vale, pero creo que es una pérdida de tiempo y voy a terminar diciéndote «Te lo dije» tarde o temprano.*

Pero no dejo que eso me haga cambiar de parecer.

Emprendemos la marcha en dirección sur, al menos acorde al sol de la mañana que se dirige hacia el oeste. El Valle de Grimm también se encuentra al sur del Bosque Grimm, lo que significa que la casa del árbol debería estar en algún lugar hacia esa dirección.

Por desgracia, debido a los matorrales, el sotobosque y algunas rocas enormes, debemos desviarnos un poco en lugar de seguir recto, y para cuando el sol se encuentra directamente sobre nosotros, ya no sé en qué dirección estamos caminando.

Solo sé que no puede ser el sur, pues ya habríamos llegado a la línea de cenizas que rodea el Valle de Grimm.

En silencio, me maldigo a mí misma por haber decidido empezar nuestra travesía en mitad de la noche. Nada me parece conocido, así que no sabría distinguir si estamos cerca de la casa del árbol o no.

Las horas siguen pasando. Me duelen mis caderas desniveladas y mi espalda torcida de tanto caminar, sin mencionar la carrera llena de pánico que he hecho por la mañana. El sol se pone hacia el oeste, y me percato de que esa es la dirección en la que hemos estado avanzando. Con un gruñido, vuelvo a sacar el mapa, y Axel tiene el descaro de esbozar una sonrisita que sé que quiere decir «Te lo dije» sin palabras. Bebe un trago de su odre y me ofrece un poco, pero pretendo que no lo veo mientras aprieto los labios con fuerza.

Me da un golpecito con el codo y se echa a reír.

—Olvídate de la casa del árbol y ya está. Es inevitable que encontremos algo de lo que sale en tu mapa en algún momento, y eso hará que volvamos a tomar el camino correcto. —Me deja su odre en la mano—. Bebe un poco, que no has bebido nada en todo el día.

Me rindo y bebo un par de sorbos. Además de no poder encontrar ningún punto de referencia, cada vez me pone más nerviosa no encontrar agua. No nos hemos encontrado con nada de agua en todo el día, ni siquiera un mísero riachuelo. Si lo hubiésemos hecho, lo habría seguido hasta llegar a su origen, lo cual podría habernos ayudado a saber dónde estábamos.

Termino haciéndole caso a Axel y abandonamos nuestros intentos por encontrar la casa del árbol. Nos tomamos un descanso para comer algo sencillo, mientras racionamos el pan y el queso de oveja que he traído en la mochila, y luego nos dirigimos hacia el norte. Me mantengo atenta ante cualquier señal de algo humano. El Valle de Grimm ha perdido a sesenta y siete aldeanos en este bosque, de modo que, si encontramos a alguien más, nuestro deber es ayudarlo también. El mantra del Día de Devoción resuena en mi mente, las palabras que se le dicen a cada persona que se escoge para entrar en el bosque: «Salva nuestra aldea. Salva a nuestros Perdidos».

Sin embargo, Axel y yo ya tendríamos que haber visto algún rastro de la existencia de los Perdidos: campamentos, refugios improvisados o incluso algún asentamiento abandonado. No es descabellado que algunos aldeanos hayan terminado juntándose para idear algún modo de sobrevivir. Solo que, si así ha sido, no puedo verlo. Conforme el día va menguando hora tras hora y el sol se esconde más allá del horizonte boscoso para dar lugar al crepúsculo, no encontramos nada que demuestre que alguien más que nosotros ha recorrido este bosque, ni siquiera un trozo de tela atrapado entre las ramas o un rastro de huellas borrosas.

No te desanimes, me digo a mí misma. Nuestra travesía acaba de empezar. Grandmère me sacó la Carta Roja, una carta que nunca antes había sacado en otra lectura. Eso tiene que significar que cuento con la suerte suficiente como para ayudarme a que todo salga bien.

Según se va haciendo de noche, la magia del bosque se intensifica. La fragancia de la naturaleza que flota en el aire se vuelve más intensa, con su aroma a pino y pícea. Una neblina empieza a concentrarse sobre el suelo, y avanza y retrocede como si fuese un mar hecho de humo. El viento también parece soplar desde las ramas más altas de los árboles, para entonar sus canciones aterradoras.

La mitad de mis sentidos me advierten de que tenga cuidado, mientras que el resto parece caer bajo un hechizo encantado. Me encuentro en el lugar prohibido en el que he anhelado estar desde que me arrebató a mi madre.

El Bosque Grimm siempre me ha atraído de forma especial. Cuando era pequeña, y mi padre seguía vivo y el Valle de

Grimm no había sucumbido ante la maldición, nos adentramos en el bosque una noche para buscar a un corderito perdido. Y el bosque debió haber notado el anhelo en nuestro corazón, pues nos ofreció su ayuda. Las ramas se agitaron con el viento, para indicarnos por dónde ir, y las flores nocturnas florecieron y atrajeron luciérnagas que nos iluminaron el camino. No tardamos mucho en encontrar al cordero.

Según mi padre, hubo un tiempo en el que el mundo estaba lleno de una magia sin control. Llenaba el agua, el aire, la tierra y todo lo que crecía en ella. La magia actuaba en armonía con las personas y las ayudaba a tener una existencia pacífica. Incluso había algunas personas que contaban con magia, como Grandmère con su don para adivinar el futuro. No obstante, conforme se empezó a abusar de la magia o a olvidarla, esta se escondió en las profundidades de la tierra o bajo el agua o en lo más alto de los cielos. Solo quedaron unos resquicios en el mundo: lugares especiales que no se han descuidado y que siguen siendo venerados por sus habitantes. El Bosque Grimm era uno de esos resquicios, según me dijo mi padre, un lugar en el que la magia perduraba.

El asesinato que ocurrió en el Valle de Grimm fue una ofensa terrible para el bosque, sobre todo porque el asesino misterioso usó su regalo más importante —el Libro de la fortuna— para que cumpliera su deseo de acabar con la vida de una persona. De modo que la magia del bosque no solo se escondió de nosotros, sino que se volvió en contra de toda la aldea y nos arrojó una maldición.

Cuando el libro vuelva a aparecer, cuando yo lo encuentre, tendré que pedir un deseo desinteresado que acabe con la maldición. ¿Y qué podría ser más desinteresado que pedir que salve a mi madre?

Axel se detiene de pronto.

—Creo que hemos encontrado el camino. O al menos uno de ellos.

—Gracias al cielo. —Me froto mi espalda adolorida, con la esperanza de que quizás podamos irnos a dormir pronto. Cuando echo un vistazo en derredor, frunzo el ceño—. ¿Dónde está?

Axel le da una patada a la niebla, la cual se enrosca como una ola en retroceso y descubre un sendero de poco más de medio metro de ancho. No puedo ver cuán lejos se extiende, por lo que saco mi pedernal para encender la vela del candil. Axel le da una patada más fuerte, y más nubecitas blancas se dispersan por doquier, para luego volver a juntarse; pero consigo entrever un trozo del sendero.

—Es rojo —digo, casi sin aliento. No un rojo terroso, como un suelo lleno de hierro, sino intenso y brillante—. Nadie ha mencionado un sendero rojo como este. Casi parece metálico.

—No puede estar hecho de metal —dice él, dándole unos cuantos pisotones—. Es demasiado suave.

Me apoyo sobre el sendero y noto que cede un poco, como una capa de musgo o de césped.

El estómago se me hace un nudo.

—¿Crees que el bosque ha cambiado tras la maldición? —Cuando dibujé mi mapa, todos los aldeanos con los que hablé me contaron lo que conocían del lugar, solo que aquella información podría estar desactualizada. Nadie ha entrado desde hace más de tres años; nadie que haya vuelto, bueno.

—Es posible —contesta Axel—. Mira todos los cambios que ha tenido el Valle de Grimm. Además, la magia del bosque es capaz de hacer cualquier cosa.

Tiene razón. Esa misma magia hizo un libro que concedía deseos. Hace que los árboles se muevan, que la tierra se levante y que el viento aúlle. He visto que ha hecho todo eso y mucho más para los elegidos de la selección. Crear un nuevo sendero rojo es como coser y cantar en comparación.

—Y ¿podemos fiarnos de él? —Le doy un toquecito al sendero con la punta de mi zapato con correa, como si de ese modo pudiera comprobarlo mejor de lo que ha hecho Axel con sus pisotones—. No tenemos ni idea de a dónde dirige.

Él se encoge de hombros.

—Creo que si el bosque hubiese querido atacarnos, ya lo habría hecho. Además, tenemos protección —dice, antes de darle un tirón suave a mi capa.

El viento de las ramas más altas vuelve a silbar, pero la melodía ha cambiado. Se ha vuelto más aguda, más salvaje. No sé si eso es una buena o una mala señal, o si directamente no es una señal. La única superstición que recuerdo sobre el viento es que uno no debe silbar de vuelta, pues eso lo tienta a volverse más peligroso.

—El ruiponce rojo no nos protegerá de todo —contrapongo, pensando en la Criatura con Colmillos de la baraja de adivinación de Grandmère. Aquella carta presagia mi muerte, una muerte que he aceptado desde que prometí salvar a mi madre de su propio destino cuando tenía nueve años.

Axel se queja, y el buen humor que ha conseguido mantener durante la mayor parte del día empieza a desaparecer.

—Venga, Clara. Acepta el sendero como el regalo que es: el único posible punto de referencia con el que nos hemos encontrado en todo el día. Por fin el bosque nos está echando una mano. ¡Acepta la ayuda!

Observo el rostro de Axel bajo la luz del candil. Desde su entrecejo fruncido hasta sus ojos cansados, es obvio que lo estoy estresando.

—Calculo que en menos de una semana ya me estarás odiando —le digo, con una sonrisa.

—Jamás podría odiarte —responde, con un resoplido—. Si te estrangulo mientras duermes, que sepas que es con amor.

Ahogo una carcajada, pero esta muere en mi garganta al oírlo decir «amor» y algo entre un hipo y una risita se me escapa en su lugar. Lo aparto de un empujón para disimular la vergüenza.

—Vayamos por tu condenado sendero, pues.

Solo que entonces Axel me frena al aferrarse a mi mochila.

—Esta noche no —dice, al tiempo que me hace retroceder—. Ya no andaremos en medio de la oscuridad. Necesitamos conservar energía y descansar un poco. No quieres ver lo cascarrabias que me puedo poner si no duermo lo suf…

Una súbita ráfaga de viento lo interrumpe. Corta el aire y parece que viene desde lo alto de los árboles. La niebla se dispersa y el sendero rojo se retuerce. Mi capa se agita a mi alrededor como si fuese una llama al viento, así que me aferro a las tiras que me rodean el cuello para asegurarme de que no se vaya volando.

Antes de que pueda recuperarme, una segunda ventisca nos azota. Su chillido agudo no tarda en convertirse en un aullido estruendoso.

Me inclino hacia Axel para no perder el equilibrio, y él me rodea el torso con los brazos. Apoya la cabeza sobre la mía, y su bufanda se agita con el viento sin control.

Nos vuelve a azotar con otro de sus aullidos, solo que en esta ocasión cesa pronto, casi tan rápido como ha empezado. Suspiro, nerviosa, y alzo la vista para devolverle la mirada asustada a Axel. Soltamos una risa nerviosa a la vez.

—¿Qué ha sido eso? —me pregunta.

—No…

Un tercer aullido irrumpe la noche, que hasta el momento había sido tranquila. El viento ha desaparecido.

Dejo de sonreír, y los brazos de Axel se tensan a mi alrededor.

—Eso me ha sonado más cerca —susurra.

Demasiado cerca. Me aparto con cuidado y echo un vistazo por encima del hombro. A unos seis metros, de pie bajo las ramas que hay más cerca del suelo de un abeto blanco, hay un lobo.

Los ojos le relucen como si fuesen platos de cristal que reflejan la luz del candil. Y, en el escaso brillo de la vela, distingo el tamaño descomunal de la bestia: dos veces más grande que un lobo normal.

Es una loba de Grimm.

Se me eriza la piel de la nuca al tiempo que el corazón me late sin control. Aunque la gente del valle del sur no cree en su existencia, los de mi aldea sí. Pese a que solo se les ha visto en un par de ocasiones, todos conocemos al menos a alguna persona que haya visto uno. En mi caso, fue mi padre.

Una noche, mientras cuidaba de las ovejas en la zona de pasto, un lobo de Grimm se acercó a hurtadillas en medio de la niebla y se coló entre las ovejas sin perturbarlas. Fue como si las hubiese hipnotizado. Mi padre alzó su cayado para parecer ser más alto de lo que era y así asustar al lobo, pero este no se inmutó. La niebla se volvió más espesa y, cuando se disipó, el lobo de Grimm había desaparecido y se había llevado dos ovejas con él.

El bosque no podía ayudarnos siempre. Del mismo modo que el ruiponce rojo no podía protegernos a Axel y a mí de todos los peligros de la zona, el bosque tampoco pudo proteger a las ovejas de mi padre del lobo de Grimm.

Si hay más de un tipo de magia en este mundo, quizás ambas fuerzas no sean capaces de oponerse una a la otra.

—Tranquilo —le digo a Axel en un susurro, sin apartar la vista de la bestia—. No le des la espalda. —Soy hija de un pastor, de modo que algo sé sobre cómo lidiar con depredadores—. Y ni se te ocurra…

—¡Corred! —grita alguien. Una mujer. *¿Madre?*

Salgo disparada sin pensármelo dos veces. No puedo evitarlo. ¿Y si de verdad es mi madre?

Axel maldice por lo bajo y sale corriendo detrás de mí. Sigo el sendero rojo, que se retuerce y gira como si de un río se tratase. Busco con desesperación entre la oscuridad amenazadora a ver si distingo algún rastro del cabello oscuro de mi madre, de su piel clara o de su silueta delgada. Casi no puedo respirar, de lo contrario ya estaría llamándola a gritos. El miedo se ha apoderado de mi voz. La loba debe estar persiguiéndonos. Cualquier depredador atacaría a alguien lo bastante tonto como para salir corriendo.

Sin embargo, ya no puedo permitirme parar, así que acelero. Axel mantiene el paso a mi lado. Entre los dos, somos un estruendo de mochilas, herramientas y pisotones varios. Totalmente opuestos a la gracilidad de un lobo, pues estos corren con sigilo y en silencio, y los lobos de Grimm todavía más. La bestia nos alcanzará en cualquier instante. Sus garras nos abrirán la garganta. Y Axel está un paso por detrás, de modo que lo pillará a él primero.

Me estiro hacia el arma que tengo amarrada en la mochila, pero esta es un simple cuchillo para tallar madera. ¿En qué carajos estaba pensando? Tendría que haber traído un hacha.

Le quito la vaina al cuchillo. A casi un metro de distancia, el sendero rojo se curva para evitar el contorno de un roble gigantesco. Freno en seco y doy media vuelta. Con algo de suerte, Axel seguirá de largo y se ocultará detrás del árbol. En su lugar, se estrella contra mí, y tanto el cuchillo como el candil salen volando.

El candil se estrella contra el suelo, y el cuchillo cae dando tumbos a unos pocos pasos de él. Me quedo sin aire justo cuando la vela se apaga.

Retrocedo unos pasos e intento recuperar el equilibrio. Entonces algo choca contra mí desde atrás. Por un aterrador segundo, creo que es la loba, pero no noto su pelaje ni tampoco sus colmillos. Un rostro lleno de lágrimas se aprieta contra mi nuca.

—¡No dejéis que me coma! —chilla una mujer.

No, una mujer no. Ni tampoco mi madre. Es una chica.

Se me infla el pecho cuando inhalo su aroma a leche fresca y dientes de león.

—¿Henni?

9

Miro a mi amiga con la boca abierta, la misma amiga que nunca asiste a la ceremonia de selección solo porque le tiene demasiado miedo al Bosque Grimm, aquí en medio de dicho bosque. Apenas consigo distinguirla entre la oscuridad, de modo que solo veo una silueta y dos pupilas brillantes.

—¿Cómo has...? —intento encontrar las palabras, pero entonces Axel me aferra del brazo.

—Qué más da. ¡Arriba!

Antes de que pueda contestarle, me aúpa y prácticamente me lanza hacia la rama más baja del roble, que está a más de dos metros del suelo. Me aferro a ella con torpeza y me balanceo hasta quedar erguida. Henni suelta un gritito cuando Axel la aúpa tras de mí, y le cuesta un poco más incorporarse sobre la rama. Tiro de ella desde arriba al tiempo que Axel la empuja desde abajo.

—¡Date prisa! —resuello. Es un milagro que la loba de Grimm no haya atacado a Axel aún.

Por fin, Henni consigue estabilizarse sobre la rama. Axel sube de un salto y, en un par de movimientos ágiles y raudos que no consigo ver bien debido a la oscuridad, se aferra a una rama y se balancea hasta quedar sentado sobre ella.

—¡Más arriba! —exclama.

Los tres trepamos el roble con dificultad. Aunque a Henni y a mí nos estorba la falda, eso es lo que menos me preocupa. No puedo dejar de pensar en la loba. Si bien es cierto que los lobos no pueden trepar árboles (pues no tienen garras retráctiles como sí tienen los zorros o los gatos), sí tienen unas patas traseras de lo más fuertes. Para saltar. Y una loba de Grimm es sin duda muchísimo más hábil con eso que un lobo normal.

Trato de aguzar el oído para distinguir algún sonido que provenga de abajo, rugidos o gruñidos o golpes secos de las ramas más bajas. Pero no consigo distinguir nada más allá de los resoplidos y el escándalo de nuestros zapatos arañando el tronco y las hojas que agitamos al movernos.

—¡Ay! —exclama Henni cuando le doy un pisotón en los dedos.

—¡Perdona! —le digo, mientras quito el pie. Aunque Henni está una rama por debajo, no puedo verla debido a la oscuridad. Es como si estuviese trepando a ciegas. Tanteo en el aire mientras busco alguna otra rama de la que impulsarme, pero entonces toco una barrera con las manos. No es áspera como la corteza del árbol ni curtida como las hojas, sino que está hecha de hilos y parece una red. Casi una telaraña, solo que más sólida.

Me desplazo hacia el tronco del roble para intentar rodearla. Apoyo bien los pies al tiempo que intento encontrar un lugar por el que pueda ir más allá de aquella extraña red. Cuando por fin lo encuentro, me estiro para pasar por allí y aferrarme a una rama. Tras tantear un poco, encuentro una. Me pongo de puntillas para alcanzarla y…

¡Crac!

La rama sobre la que me encuentro se parte. Chillo y caigo en picado. La capa se agita y se me pega en el rostro mientras intento aferrarme a lo que sea que haya cerca.

—¡Clara! —Justo cuando Axel grita mi nombre, caigo de espaldas sobre algo mullido, como una manta de punto.

Reboto sobre ella unas cuantas veces y me quedo tendida, sin poder moverme por la sorpresa.

Axel me vuelve a llamar. Su voz suena cerca, así que no puedo haber caído muy abajo.

—Estoy... bien. —Me quito la capa de la cara y me siento. Me duele la espalda en la base de la columna, y tengo que contener un quejido. Tanteo con las manos la cosa que parece una manta y que ha conseguido frenar mi caída—. He caído en una especie de red. —Parece que hay más de una en este árbol.

Axel baja hasta donde estoy, y Henni lo sigue poco después. Para cuando alcanzan las ramas en las que me encuentro, ya me siento más tranquila. He absorbido el silencio de más abajo y he conseguido separarlo de los ruidos que hacen mis amigos por arriba. El lobo no está en el árbol, así que estamos a salvo por el momento.

—Sujétate —me dice Axel, estirando una mano para ayudarme a salir de la red. Como me he acostumbrado a la oscuridad, puedo distinguir su silueta borrosa a casi un metro de distancia. Estoy en el centro de la red, la cual es de unos dos metros y medio de ancho y lo bastante grande para todos si es lo bastante resistente.

Me pongo de pie con cuidado y me sujeto de una rama que hay más arriba para que la red aguante mi peso.

—¿Qué haces? —pregunta Axel.

—Estoy viendo si la red resiste. —Doblo las rodillas y estiro las piernas unas cuantas veces, para presionar la red con todo mi peso. Pese a que rebota un poquitín, no cede. Y, en cualquier caso, el impacto de mi caída tendría que haberla roto, así que supongo que sí que resiste—. Deberíamos dormir aquí esta noche.

—¿Que deberíamos hacer qué? —chilla Henni, y su silueta se estremece detrás de Axel.

—Estaremos a salvo del lobo aquí arriba —les explico—. Y podremos descansar si tenemos un lugar sobre el que tumbarnos. La red servirá.

Me hace falta convencerlos un poco más, pero, tras unos minutos, Axel y Henni se rinden y se acercan. Nos acomodamos para picar algo de lo que llevamos en las mochilas, como una especie de cena a medianoche.

Sin embargo, solo consigo comer un par de bocados, pues aún tengo el estómago hecho un nudo después de nuestro encontronazo con la loba. Axel también está demasiado distraído como para comer; tiene la vista clavada hacia abajo, como si esperara que el lobo fuera a materializarse desde la oscuridad en cualquier momento. En cuanto a Henni, no tengo ni idea de cuánto ha comido de su trozo de queso, porque me está dando la espalda.

Al principio me da la impresión de que está observando el árbol, contemplando las pinceladas de sus ramas como solo un artista es capaz de hacer, solo que entonces la veo contener un sonidito que parece un sollozo. Me acerco hacia ella para verle el rostro. Un rayo de luz de luna se cuela entre las hojas y le ilumina los ojos, llenos de lágrimas.

—Ay, Henni —murmuro bajito, al tiempo que le doy la mano. Dado que es la persona más asustadiza y sensible que conozco, el bosque no es un lugar apropiado para ella—. ¿Por qué has venido?

—No quería que me abandonaran otra vez —se excusa, sorbiendo por la nariz.

¿*Otra vez*? ¿Se refiere a su hermana?

—Ella no te abandonó a propósito.

—Pero ¿y si sí? —Una gran lágrima se le desliza desde la comisura de un ojo y se le resbala por la mejilla.

A mi otro lado, Axel se pone muy tenso, como si hubiese dejado de respirar.

—¿Por qué crees eso? —le pregunto a mi amiga, dándole un apretoncito en la mano.

—Da igual —dice ella, encogiéndose de hombros antes de soltar un largo suspiro para tranquilizarse. Tras secarse las lágrimas, se sienta muy recta de pronto—. Adivina cómo he conseguido entrar en el bosque.

Alzo las cejas ante el cambio tan brusco de tema, aunque sí que me he estado preguntando eso.

—¿Cómo?

Henni mete una mano en el bolsillo de su vestido y saca un puñado de florecillas diminutas. Pese a que no puedo ver de qué color son debido a la oscuridad, sí puedo distinguir su aroma herbal y dulzón. Es ruiponce rojo.

—He usado tu truco para cruzar la línea de cenizas —me dice, y sus dientes brillan cuando me dedica una sonrisita breve.

Me inclino hacia adelante para tocar las flores. Están arrugadas y marchitándose, a punto de caerse de sus tallos, y las raíces diminutas que se parecen a las de una chirivía están secas, como si hubiesen perdido toda su humedad.

—Eso ha sido muy valiente de tu parte —le digo, mientras aprieto los labios para impedirme decir: «Y también muy tonto». No quiero hacerla llorar ahora que se está animando un poco—. ¿Y cómo sabías que ibas a encontrarnos antes de que se marchitaran?

—¿Habría importado? No es como si el ruiponce rojo que usó tu madre para teñir la capa siguiera fresco.

Ahí lleva razón. En realidad, no sé mucho sobre la magia del ruiponce rojo: cuánto se necesita para que ofrezca protección, cuánto dura dicha protección y a qué se debe, ya que estamos. ¿Qué es lo que lo hace especial ante el bosque? Aun con todo, llevar el ruiponce rojo teñido en la ropa parece más seguro que llevarlo en el bolsillo, donde podría terminar hecho trizas y desaparecer.

—Además, no he tardado mucho en seguiros —añade mi amiga—. Tu abuela me ha mostrado tu nota esta mañana, y, cuando se ha dado cuenta de que no habías ido conmigo, ha ido a buscar a Axel. La he acompañado, así que las dos encontramos su nota. Sabía que no podríais haber avanzado demasiado durante la noche. Eso y que Axel deja unas huellas muy marcadas. Siempre lo ha hecho —dice, sonriendo—. Siempre que decidía escabullirse con Ella…

—¿Tus padres han visto mi nota? —la interrumpe Axel. Tiene los hombros tensos y parece como si le costara hablar.

Henni vacila un momento.

—Ajá.

—¿Y no se han enfadado? —pregunta él, observándola.

—Para nada. Tienen muchas esperanzas. Les he contado lo de la capa roja de Clara y que estarías a salvo con ella, aunque no sabía muy bien cómo. Quizás si ibais de la mano o si…

—No hemos ido de la mano —le suelto, sonrojada. Espero que no les haya dicho de verdad que Axel y yo íbamos a tener que hacer eso por todo el bosque. A la señora Dantzer nunca le ha hecho mucha gracia la amistad tan cercana que tengo con él.

—No ha hecho falta —añade él, moviendo uno de los extremos de su bufanda—. Clara me hizo esto.

Henni observa la bufanda más de cerca.

—Ah, entiendo. Qué ingeniosa, Clara, para cortarla de tu capa.

Aunque no me siento precisamente ingeniosa, el cumplido hace que un calorcito se me extienda por todo el cuerpo. Henni tiene un don para hacer que la gente se sienta especial.

Aun con todo, la verdad es que me preocupa que pueda ser una carga en esta travesía. Grandmère no sacó la carta de la Cadena de Margaritas cuando me hizo la lectura, la carta que representa la amistad y la sororidad. ¿Aquello quiere decir que Henni no puede ofrecerme nada valioso en mi misión como sí es el caso de Axel y Ella al ser los Cisnes Flechados?

Por mucho que quiera a mi amiga, ¿será un estorbo en todo esto?

—Te haré una bufanda a ti también. Mañana tan pronto como me despierte. —Me las arreglo para sonreírle e intentar apartar las dudas de mi mente. Tengo que aceptar el hecho de que Henni está aquí con nosotros. No puedo perder tiempo ni el progreso que hemos hecho acompañándola de vuelta a casa, y no la dejaría volver sola—. Mientras tanto, no pierdas las flores.

Henni se vuelve a meter el ruiponce rojo en el bolsillo.

—¿Y si mejor me haces un pañuelo? He traído mi costurero.

—¡¿Te has traído el costurero?! —le pregunto, arqueando una ceja.

—Solo una aguja e hilo y unas tijeras pequeñitas. Una nunca sabe cuándo se le puede rasgar la falda o cuando va a necesitar remendar calcetines.

Me echo a reír antes de abrazarla. Solo a Henni se le ocurriría traer un costurero al Bosque Grimm.

—Te haré un pañuelo, entonces.

Nos preparamos para dormir y colgamos las mochilas en unas ramas que tenemos cerca antes de tumbarnos uno al lado del otro. Me acomodo en medio de mis amigos. Dado que la red se hunde en el centro, tanto Axel como Henni ruedan hacia mí, pero no me molesta. La presión de sus cuerpos me hace sentir cómoda, y al estar juntos podremos ayudarnos a mantener el calor. Quizás esté bien que Henni haya venido. Por el momento, ser tres personas parece más seguro que ser solo dos.

Ninguno se duerme de inmediato. Si los nervios de mis amigos son como los míos, seguirán de punta por haber tenido que huir del lobo.

—¿Creéis que deberíamos atarnos las muñecas y los tobillos? —pregunta Axel, con lo cual me recuerda lo que he sugerido por la mañana.

Lo pienso durante unos instantes, pues no me emociona la idea de separarnos de nuevo.

—Creo que estamos a salvo aquí arriba. Si nos las arreglamos para caminar dormidos en un árbol, lo mejor será que abandonemos el bosque y busquemos trabajo en un circo con acróbatas.

Noto su risa en voz baja cálida contra mi coronilla.

—Como si fueses a abandonar el bosque sin encontrar lo que has venido a buscar.

Una sonrisa me llega a los labios. El modo en el que lo dice hace que mi terquedad parezca algo admirable. Pero Grandmère nunca lo ha visto de ese modo. Cuando me veía obsesionada con mi mapa o con la vista clavada en el bosque, me regañaba por perder el tiempo. Aun así, podía notar el temor detrás de sus palabras, la preocupación que sentía de que fuese a enfrentarme al destino que me había presagiado en el bosque.

Solo que sí lo haré. Axel tiene razón, nunca abandonaré el bosque. Después de que encuentre a mi madre y el *Sortes Fortunae*, este lugar será mi fin. Mi muerte prematura es necesaria, pues es lo que el destino necesita para mantenerse equilibrado.

Las ramas crujen por nuestro peso y la red se balancea con suavidad, lo que por fin consigue arrullarnos hasta que nos quedamos dormidos. Cuando despierto, aún no ha amanecido del todo, aunque puedo notar la promesa del sol en el modo en el que las hojas del roble empiezan a volverse más nítidas cuando las veo. Me muevo, y noto una punzada en la espalda. La curvatura de mi columna no lo ha pasado muy bien gracias a la inclinación de la red, así que tengo que bajar de este árbol.

Agarro la mochila de Henni y la mía y paso con cuidado por encima de mis amigos para salir de la red. Parece más extraña ante la luz cada vez más clara del día, como si fuese de un tono rojizo y completamente diferente a cualquier tipo de cuerda que haya visto. ¿La habrá hecho alguno de los Perdidos? ¿Qué habrá usado para fabricarla?

Bajo del roble —tarea mucho más sencilla que treparlo de noche— y, una vez que llego a la rama más cercana al suelo, me detengo varios minutos para ver si oigo cualquier sonido de la loba. Cuando estoy convencida de que no está cerca, lanzo las mochilas al suelo, salto tras ellas y suelto un gruñido cuando mis zapatos chocan contra la tierra. El impacto me manda otra punzada de dolor a la columna, por lo que siseo un poco mientras me la froto. Debo tener más cuidado, de lo contrario me quedaré sin poder moverme a tan solo dos días de haber empezado esta travesía.

Recojo el candil y el pequeño cuchillo que se me cayeron anoche y los vuelvo a atar a mi mochila. De la de Henni saco su costurero pequeñito, el cual es una tira de tela enrollada con bolsillitos para los objetos que me comentó, así como un dedal y tres madejas de hilo no muy grandes. Me pondré a hacer su pañuelo mientras espero que ella y Axel despierten.

Con la precaución de que mi capa no deje de estar en contacto con mi cuerpo, desato las tiras que me rodean el cuello y me la extiendo por encima del regazo. Vuelvo a cortar otro trozo de la parte inferior de la capa y coso el dobladillo antes de envolverme con la capa una vez más. Ahora me llega hasta la parte alta de los muslos. Me alegro de no tener más amigos con los que compartirla, de lo contrario terminaría quedándome con un babero en lugar de con una capa.

Cuando estoy dándole la última puntada al pañuelo de Henni, Axel y ella bajan del árbol. Mi amiga me dedica una sonrisa enorme.

—¿Está listo?

Asiento antes de entregarle el pañuelo.

—Salvo que quieras bordarle algo. He pensado en hacerle una flor o dos, pero ya sabes que no se me da muy bien. Apenas me las arreglo para coser en línea recta.

—No, ¡está perfecto! —No tarda nada en envolvérselo en la cabeza y atárselo bajo la barbilla. Entre el pañuelo y el modo en el que suele llevar el cabello peinado en dos trenzas, no parece que tenga ni siquiera los quince años que tiene en realidad.

Se me hace un nudo en el estómago. Tengo que asegurarme de que no le pase nada en el bosque. Henni no suele alejarse de su granja lechera salvo que sea para recolectar materiales para sus pinturas o hacer algunos recados que le pide su madre. No está acostumbrada al trabajo pesado que se hace fuera de casa, como es el caso de Axel, y no ha tomado todas las precauciones que he tomado yo antes de venir.

—Gracias, Clara. —Se agacha para darme un beso en la mejilla antes de alejarse unos pasos para examinar un tramo de tierra con vinagrera que ha empezado a florecer de un amarillo intenso.

Conforme vuelvo a enrollar el costurero y a meterlo en la mochila de Henni, Axel estira los brazos y bosteza con ganas. Contengo una sonrisa cuando veo que una sección de su cabello dorado se le ha quedado en punta. Por alguna razón, eso solo lo hace parecer más encantador.

—No sé vosotras —empieza—, pero yo me muero de hambre. —Aunque ha bajado su mochila con él, no rebusca en su interior. En su lugar, mira de reojo mi mochila y la de Henni y se deja caer sobre la tierra, a mi lado—. Dime que has traído una pata de cordero asado.

Ahogo una risa.

—Pues claro, además de una tarta de frutos rojos y ensalada de remolacha encurtida.

—No me tortures —se queja, antes de dejarse caer sobre mi regazo. Cuando rueda sobre su espalda y acomoda la cabeza sobre mis piernas cruzadas, me ruge el estómago.

—Parece que eres tú quien me está torturando. —Se me hace la boca agua al pensar en el cordero asado. No es un plato que Grandmère y yo comamos con frecuencia, pues, desde la maldición, cada vez nacen menos ovejas. Nos sale más rentable sobrevivir a base de la leche y el queso de las ovejas e intercambiar la lana por lo que podamos conseguir.

—¿Entonces? —Axel cierra los ojos mientras continúa languideciendo sobre mí como si fuera su almohada personal—. ¿Qué vamos a desayunar?

Le doy un golpecito en el hombro con el dedo como si estuviese ahuyentando a un bicho.

—Sabes de sobra qué vamos a desayunar: lo mismo que picoteamos ayer. Queso de oveja y pan del valle. —Eso último es lo que los habitantes del Valle de Grimm aprendimos a hornear cuando ya no pudimos preparar el clásico pan de centeno del pueblo. Cómo echo de menos lo bien que olía en la cocina de mi cabaña. El pan del valle es un reemplazo lamentable que hacemos de los granos que encontramos por ahí (cebada, en su mayoría) mezclados con lentejas, alubias y una buena dosis de serrín—. ¿Quieres que te dé de comer en la boca?

Axel me dedica una sonrisa perezosa.

—Me has leído la mente.

Enrosco un dedo en el mechón que tiene apuntando hacia arriba y le doy un tirón.

—¡Ay! —se queja entre risas, al tiempo que se aparta de mi regazo. Tras abrir su mochila, me lanza un trozo de cecina—. Toma. Disfruta el botín de Gerdie.

Doy un bocado mientras intento darle las gracias mentalmente a una de las vacas favoritas de Henni. Los Dantzer solo se las comen cuando estas mueren por causas naturales.

—Pobrecita Gerdie.

Axel saca un trozo para sí mismo.

—¿Qué crees que es esa red? —pregunta, apoyándose sobre los codos—. ¿Quién podría haberla hecho? ¿Y de qué?

—Me he estado preguntando lo mismo —contesto, mientras corto cachitos de la cecina.

—Mi padre solía vender seda en su carreta. —Alza la vista hacia el árbol con los ojos entrecerrados—. Y eso me ha parecido, como si estuviese hecha de unos manojos de seda.

Me muerdo el labio. ¿Redes hechas de hilos de seda en el Bosque Grimm? No tiene sentido.

Axel saca otro trozo de cecina y se gira un poco hacia atrás.

—¡Oye, Henni! —la llama, preparándose para lanzárselo.

—No le digas que es Gerdie —siseo.

—Ya sabe que es Gerdie —me contesta él, en un susurro—. Toda la cecina proviene de Gerdie. —Entonces le lanza la cecina—. ¡Allá va!

Hago una mueca, preparándome para la reacción de mi amiga. Sin embargo, esta ni se gira, y la cecina cae a un palmo del sendero rojo en el que Henni se encuentra, casi a unos cinco metros de donde estamos. Se agacha y toca con cuidado el sendero, para luego apartarse de inmediato.

—¡Es pelo!

Axel frunce el ceño y suelta una risa incrédula.

—¿Pelo?

Henni se pone de pie y señala el sendero con un dedo.

—¡Sí, pelo! —Se inclina un poco hacia adelante, como si fuese a vomitar.

Poco a poco, Axel deja de sonreír.

—Clara —empieza, en voz baja—, ¿no crees que la red también esté hecha de...?

—Sí —lo corto, y un regusto amargo me invade al comprender la horrible realidad.

Hemos pasado la noche durmiendo en una telaraña de cabello humano.

Axel se estremece con violencia, y yo me obligo a tragar el trozo de cecina que tengo a medio masticar. Entre los grandes misterios de este mundo se encuentra el hecho de que el cabello es algo precioso cuando está unido a la cabeza de alguien, pero, cuando no, se vuelve algo repugnante.

—¿De dónde ha salido? —pregunta Henni, retrocediendo—. ¿Y cómo es que hay tantísimo…?

Se interrumpe a sí misma con un grito cuando el cabello rojo se retuerce y cobra vida. En un visto y no visto, este se le enreda en torno a los tobillos y la tira de espaldas.

Axel y yo nos ponemos de pie de un salto.

—¡Henni! —la llamo, antes de lanzarme hacia ella.

El cabello rojo no tarda nada en enroscársele por todo el cuerpo y formar un capullo ajustado. Lo primero que le envuelve son las piernas. Para cuando consigo alcanzarla, tiene uno de los brazos sujeto contra un lado y el cabello se encuentra rodeando su estómago. Aunque la agarro del brazo que tiene libre, el cabello es demasiado fuerte. No consigo liberarla.

—¡Trae las tijeras de Henni! —le chillo a Axel—. ¡O mi cuchillo! ¡Lo que sea!

Para entonces él ya está rebuscando en su mochila, saca un cuchillo de mango negro y me lo lanza cerca de los pies. Lo alcanzo a toda velocidad y empiezo a cortar el pelo. Unos cinco centímetros caen a la altura de los hombros de Henni.

Pero no voy lo bastante rápido, y el cabello ya le llega a la altura de la garganta. *Corta, corta, corta más.* Se le enreda en la barbilla. Henni suelta un chillido, presa del pánico, que no consigue terminar porque más pelo ha conseguido cubrirle la boca.

Corta y no dejes de cortar. Me tiembla la mano, y Henni tiene los ojos como platos.

Unos cuantos metros más allá, una pequeña onda se forma en el sendero rojo y se acerca a mi amiga a toda velocidad. Suelto el cuchillo y me aferro a su cuerpo recubierto por un capullo, desesperada por mantenerla en ese lugar.

Y, como si me hubiera notado, el sendero da un fuerte tirón. El cabello reluciente se desliza fuera de mi alcance…

…y arrastra a Henni consigo.

10

algo disparada por el sendero rojo en la dirección en la que se ha llevado a Henni.

—¡Suéltala! —No sé a quién le grito. ¿Al bosque? ¿Acaso tiene sentido? ¿Cómo es posible que haya creado un camino de cabello humano?

Axel me alcanza al perseguir al sendero. Tenemos la precaución de no pisar el cabello, pues no podremos ayudar a Henni si nos atrapa a nosotros también.

No podemos ver su cuerpo envuelto en cabello, pues este se mueve más rápido de lo que nosotros podemos correr, como un río de un rojo escarlata reluciente que fluye a toda velocidad. El corazón me late desbocado. No puedo creer lo que ha pasado. No puedo perder a mi mejor amiga. Los Dantzer no pueden perder a otra de sus hijas.

Unos mechones de pelo se apartan del sendero y se escurren por los árboles, sin duda hacia donde hay más nidos colgados. Se trata de una trampa de proporciones descomunales, pero ¿para qué? ¿Con qué propósito?

Corro más rápido de lo que he hecho nunca, y los pulmones me arden. La capa ondea con violencia a mi alrededor. Aun con todo, no es suficiente. El último cacho del sendero rojo aparece, avanzando desde detrás de nosotros en dirección a donde el cabello termina. En unos instantes, pasa por nuestro lado a toda velocidad y más allá aún, mientras zigzaguea entre los árboles.

—¡Date prisa! —le digo a Axel, aunque es probable que no pueda correr más rápido debido a las tres mochilas con las que está cargando—. ¡No podemos perder el sendero!

Solo que es demasiado tarde. Los últimos mechones de cabello rojo se deslizan alrededor de las raíces expuestas de un pino, a unos seis metros de distancia, y desaparecen por completo.

—¡No! —Lo persigo, pero cuando llego hasta el pino y me asomo por detrás del tronco, noto una presión en el pecho. El sendero, el cabello, mis esperanzas de salvar a Henni, todo ha desaparecido.

Me arden los ojos, y me seco con violencia una lágrima que ha conseguido escapar antes de apretar los puños. Salgo corriendo una vez más para adentrarme en unos matorrales. Me abro paso a la fuerza entre un montón de ramas apretujadas. Patco para avanzar entre la hierba alta.

Aun así, no hay rastro de rojo por ningún lado, nada que no sea mi capa o la bufanda de Axel. Un sollozo se me abre paso por la garganta, pero consigo contenerlo y soltar un grito de frustración en su lugar.

—Clara, ya basta. —Aunque Axel me sujeta de un brazo, me lo sacudo de encima y sigo peleándome con los matorrales—. ¡Para! —Suelta las mochilas, me aferra de los hombros y me gira para que quede de cara a él—. No sabes en qué dirección ha ido el sendero. Perderte más no le servirá de nada a Henni.

La mirada con la que lo fulmino está tan llena de furia que podría reducir el bosque entero a cenizas. No obstante, los ojos de Axel son amables y rebosantes de compresión. El azul de su mirada me dice que sufre por mí o quizás conmigo. Pero eso no quita que rechine los dientes. La empatía no me es de ayuda ahora mismo.

—¡No podemos quedarnos de brazos cruzados!

—Lo sé, pero tenemos que pensar qué hacer. Y tú tienes que respirar hondo. ¿Dónde está la chica precavida que se ha pasado años dibujando el mapa perfecto del bosque?

—¿Quieres decir este mapa que no nos ha servido de nada? —le espeto.

—Eso no importa ahora. A lo que voy es a que tienes que calmarte.

Suspiro fastidiada y con la sangre hirviendo. Pese a que sé que tiene razón, Axel no lo entiende. En todos mis planes meticulosos, siempre tuve la intención de aventurarme sola en el bosque. Traer a Axel conmigo era una cosa —pues su papel estaba escrito en las cartas de Grandmère—, solo que nunca conté con que Henni también se nos sumara.

—Es que… —Se me cierra la garganta y la visión se me pone borrosa por las lágrimas—, Henni no tendría que haber estado con nosotros. —*No es Henni quien tiene que morir*—. ¿Y si…? —Me llevo las manos a la cara, y los hombros se me sacuden por un sollozo silencioso. Aunque intento girarme, Axel no me suelta. Me atrae hacia sus brazos y me acaricia el cabello hasta donde cae, dentro de la capucha que me cuelga sobre los hombros, para tranquilizarme.

—Henni no está muerta —me dice, con firmeza.

—¿Cómo lo sabes?

—Del mismo modo que sé que Ella tampoco ha muerto. Como tú sabes que tu madre sigue con vida.

—¿Eso significa que Henni es una de los Perdidos?

—Quizás.

Una lágrima se desliza desde la comisura de uno de mis ojos cerrados. Los Perdidos bien podrían estar muertos si no volvemos a verlos. Y no hemos encontrado a nadie en todo el bosque.

—¿Cómo la encontraremos? —*¿Cómo los encontraremos a todos?*

Axel se lo piensa unos momentos.

—Volvamos a donde hemos visto el cabello por última vez. Tiene que haber dejado un rastro en el suelo, como hace el agua cuando se seca en el lecho de un río. Lo único que tenemos que hacer es... ·

Deja de hablar cuando una melodía distante flota en el aire de media mañana. Me aparto de su pecho y ladeo la cabeza para oírla mejor. Es alguien cantando. Una mujer. Pero no mi madre. Si bien su voz era encantadora, nunca fue así de melodiosa. Y tampoco es la de Henni.

Le devuelvo a Axel su mirada interrogante y esbozo una sonrisa llena de precaución. Una calidez se me apodera de las extremidades.

—No estamos solos —le digo, en un susurro, como si hablar en voz más alta fuese a hacer que la mujer se asustara y huyera.

La sonrisa que Axel me devuelve es pequeñita.

—¿Lo ves? Sabía que algo tenía que ir bien. —Me devuelve mi mochila, mientras que él se queda con la suya y la de Henni y se ajusta las tiras a los hombros. Cambiamos de dirección entre los matorrales y seguimos el sonido de la voz.

Más adelante, los árboles empiezan a escasear en el lugar en el que los matorrales se separan. Unos haces de luz caen sobre ambos, y unas motitas relucen en ellos como si fuese polvo de hadas de color dorado. Oímos la voz de la mujer con mayor claridad, y puedo entender algunas palabras de su canción:

Cariño, vuelve a mí
La miel es de color dorado
Y las flores de un rojo colorado
No permitiré que el lobo se acerque a ti.

Pese a que no reconozco la melodía, está en escala menor y es lúgubre pero armoniosa, como una canción de cuna o una súplica para hacer que un amante regrese.

Me dirijo hacia el sonido mientras me estrujo el cerebro para intentar reconocer qué aldeano puede ser. No es Ella, de lo contrario Axel ya habría salido disparado y me habría dejado atrás, intentando perseguirla.

Lo miro de reojo.

—¿Quién crees que...?

Algo me hace cosquillas en la mejilla. Me giro para apartarlo, pero entonces se me pega a los dedos y al cabello.

He atravesado una telaraña.

Me quedo sin respiración. Es una señal de buena suerte. Significa que estoy a punto de encontrarme con un amigo. Sonrío y avanzo más rápido.

Salimos de entre los matorrales y damos a un gran claro rodeado de enormes abetos. Una torre se alza por encima de ellos, quizás lo que en algún momento fue una torre de vigilancia. Sus piedras parecen antiquísimas y está cubierta de líquenes, musgo y hiedra.

Ninguno de los aldeanos me contó que había una torre solitaria aquí, aunque se supone que el Bosque Grimm alberga las ruinas de una fortaleza de piedra. Hace siglos, una importante batalla se libró en algún lugar de las profundidades de la cordillera. Nadie recuerda a qué se debió ni quiénes combatieron en ella, pues por aquel entonces las fronteras de los países eran muy diferentes. Sin embargo, según la leyenda, cada soldado que murió en batalla se convirtió en un árbol, y este bosque tan frondoso se asentó gracias a su sangre, su carne y sus huesos.

Es el tipo de historia macabra que siempre me ha gustado, como las que Grandmère solía leerme cuando era pequeña, aunque también el tipo que nunca me creía. Un árbol jamás podría haber sido una persona, pero quizás otras partes de la historia podrían ser ciertas. Podría haberse desatado una batalla en este lugar hace muchísimo tiempo, y una fortaleza podría estar escondida en algún rincón de este bosque. Incluso antes de la maldición, los aldeanos tenían cuidado de no adentrarse demasiado en el bosque por miedo a no poder encontrar el camino de vuelta a casa.

Axel se sitúa a mi lado.

—Mira —me dice, señalando a lo lejos.

Me he quedado tan ensimismada con la altura de la torre y su anillo de almenas que no me he percatado de lo que él ha visto: un camino rojo a lo largo del suelo, que serpentea hasta llegar a la base de la torre, a casi cincuenta metros de donde estamos.

Se me acelera el pulso. Quizás no hayamos perdido a Henni, después de todo.

Corremos hacia la torre, pero no tiene ninguna puerta en el lado que tenemos más cerca. Cuando la rodeamos, tampoco encontramos ninguna. El único modo de entrar es una ventana en lo alto. Como una cascada invertida, el cabello rojo se alza por la torre y entra por la ventana, en lugar de salir de ella.

—Henni. —Contengo la respiración. Su cuerpo envuelto casi ha alcanzado la ventana. Por mucho que tire del pelo, no puedo hacer que deje de trepar por la torre. De modo que, sin pensármelo, salto sobre él. Envuelvo brazos y piernas en el cabello y dejo que me lleve hacia arriba. No puedo permitir que me quite a Henni.

—¡Clara! —Axel intenta alcanzarme, pero ya he subido demasiado. Las puntas de sus dedos rozan el extremo de uno de mis zapatos cuando intenta sujetarme del tobillo.

—¡Es la única forma de subir!

Tras soltar una maldición por lo bajo, me sigue y se enreda a sí mismo en el cabello para que este lo suba también por la torre.

Los gritos amortiguados de Henni me llegan a los oídos. Tiene la nariz y los ojos descubiertos, pues el cabello no ha llegado a cubrírselos. De pronto, veo lo que ella ve: una criatura que se arrastra como una araña desde la ventana, enredada en la telaraña... o mejor dicho, desde donde surge la telaraña. Es su cabello. La criatura es... humana.

Con la cabeza por delante, la mujer baja por su propio cabello, con los brazos y piernas enredados en él conforme se desliza sin demora hacia abajo, mucho más deprisa de lo que el cabello sube. Me quedo boquiabierta, incapaz de entender cómo es capaz de hacer algo así.

Consigo ver un gran gancho en un lado de la ventana. Un buen mechón de cabello está enredado a su alrededor, a modo de amarre por si se cae. No obstante, pese a que algo de cabello se encuentra envuelto, la mayoría de él sigue subiendo por la torre mientras la ventana lo absorbe. Quizás en el interior haya un sistema de poleas que consigue hacerlo subir.

La mujer va de negro de pies a cabeza: viste una camisa de lana ceñida y de mangas largas y unas mallas del mismo material. Los pies los lleva descalzos, y su rostro es salvaje. Aquella expresión tan bestial es la razón por la que no la he reconocido en primera instancia.

—¿Fiora? —La incredulidad me envuelve la voz.

Colgado desde el pelo que hay a mi izquierda, Axel niega con la cabeza.

—No puede ser.

Fiora Winther fue una de las primeras aldeanas en perderse en el Bosque Grimm, tan solo cuatro meses después de que mi madre desapareciera. Pese a que siempre fue de un carácter cohibido, como su padre ermitaño, a diferencia de él, ella sí que salía de casa cuando era necesario. En ocasiones iba a vernos a nuestra granja de ovejas para comprar lana o intercambiar sus servicios por ella. Fiora era tejedora, y mi madre me contó que tenía un telar impresionante que había pasado de generación en generación en su familia desde hacía muchísimo tiempo. Debía rondar los treinta años por aquel entonces, y llevaba tejiendo desde que era joven. Dada la cantidad de redes que hay en los árboles, asumo que sigue en ello.

—Imagina que lleva el pelo recogido en un gorro —le digo a Axel, pues Fiora siempre se sintió un poco acomplejada por su cabello pelirrojo.

—Y que no le ha crecido kilómetros y kilómetros —añade él, sin reírse.

Me encojo de hombros, sin saber qué decirle. No tengo ni idea de cómo lo tiene tan largo. Pero me es indiferente. Lo único que importa es ayudar a Henni.

—¡Fiora! —la llamo, a voz en cuello.

Al continuar su descenso bocabajo, justo ha llegado al cuerpo envuelto de Henni. Tras aferrarse a él con un ademán posesivo, nos echa un vistazo desde arriba, aunque no consigo descifrar su expresión. Ya hemos subido un cuarto de la torre, pero ella se encuentra a unos pocos metros debajo de la gran ventana. En cuanto me oye llamarla, el cabello rojo deja de subir.

—No hay nadie aquí que se llame así —exclama en respuesta. Su voz es violenta y gutural, completamente opuesta a la voz de soprano de su canción.

—No creo que sea ella —me susurra Axel.

—¿Y quién va a ser si no? —Nadie más en la aldea tiene ese tono de pelo. Quizás es que Fiora quiere esconder su identidad por algún motivo, por lo que a lo mejor sea de ayuda que le diga que no soy una desconocida.

—Soy Clara, la hija de Rosamund Thurn —le chillo.

—No te conozco. ¡Suéltame el pelo! —Le da un fuerte sacudón, y Axel y yo nos balanceamos hasta estrellarnos contra la torre. Cuando noto que me resbalo un poco, me aferro con más fuerza.

—¡Espera! —le grito, al ver que Fiora va a sacudirnos de nuevo—. Puede que no me recuerdes, pero yo a ti sí. Sé que eres una de los Perdidos.

Se queda de piedra, y sus extremidades me parecen líneas negras y rígidas a lo lejos.

—¿Sabes lo que he perdido? —me pregunta, y su voz se alza un poco.

No es exactamente lo que quería decir, por lo que no sé qué contestarle.

—Dile que sí —sisea Axel, con unas perlitas de sudor inundando su frente. No ha conseguido aferrarse tanto al cabello como yo, y ya estamos a casi diez metros de altura. Si pierde su agarre, no sobrevivirá a la caída.

—¡Sí! —le chillo a Fiora.

Ella hace una pausa y se agacha un poco sobre Henni. Una vez más, el modo en que se suspende bocabajo con sus brazos y piernas doblados en unos ángulos marcados me recuerda a una araña.

—En ese caso, puedes venir —dice, al fin, antes de sujetar el cuerpo envuelto de Henni y llevárselo con ella al volver a trepar por su cabello. Fiora se ha vuelto increíblemente fuerte, lo cual es algo que no puedo explicar, como su abundante cabellera.

Arrastra a Henni hacia el interior de la ventana y no se vuelve a tomar la molestia de mirarnos, aunque su cabello rojo retoma su camino hacia arriba y nos lleva con él.

Nos deslizamos hacia arriba. Cuanto más nos acercamos a la ventana, más se me estrujan las tripas. Una vez que estemos dentro, no podremos salir, salvo que sea con la ayuda del cabello de Fiora.

No pasa nada, Clara.

He atravesado una telaraña justo antes de llegar a la torre. He recibido mi señal de buena suerte.

¿Verdad?

Pero ¿y si la telaraña no quería decir que iba a encontrarme con una amiga?

¿Y si lo que quería decir era que me iba a ver atrapada por una araña?

11

No hay ningún sistema de poleas en la torre de piedra. De hecho, no hay mucha cosa más allá del río de cabello de Fiora. Cuando Axel y yo nos arrastramos hacia el interior, espero encontrarme con una cantidad descomunal de su cabellera pelirroja, solo que, comparado con lo que sé que existe, lo que hay dentro de la torre es bastante poco.

El cabello se enrosca sobre el suelo en un círculo de unos cinco metros y llena la habitación con sus remolinos. Aunque Fiora ha dejado de tocarlo, el pelo se sigue moviendo por sí solo como si estuviese vivo.

Al otro lado de la estancia hay una trampilla en el suelo que conduce a lo que sea que exista debajo de donde estamos. El cabello que ya no cabe en el lugar se desliza en esa dirección mientras más mechones se cuelan por la ventana.

Fiora arrastra a Henni hacia el interior de una chimenea que hay a mi izquierda. Por suerte, no hay ningún leño ardiendo, pues está vacía, aunque eso no consigue que me tranquilice. La cantería que rodea la chimenea está tallada para que parezca el rostro de un lobo enorme, y la abertura del hogar forma sus fauces abiertas.

La Criatura con Colmillos de la baraja de Grandmère me viene a la cabeza, solo que esa carta representa *mi* destino. Henni no debería ser la que se encuentre en peligro, solo que nada está saliendo como debe ser. El mundo es un caos y está del revés, y mi futuro se ha enredado en todo eso.

—No he dicho que el chico pueda entrar —dice Fiora, fulminando a Axel con la mirada. Deja el cuerpo envuelto de Henni en una esquina interior de la chimenea y sitúa a mi amiga de modo que quede sentada erguida. Fiora se agazapa a su lado como una especie de guardián feroz.

Me coloco más cerca de Axel.

—Es que él también sabe lo que has perdido.

Sin perder tiempo, Axel sonríe, desenfundando su encanto natural en todo su esplendor.

—Axel Furst —se presenta—. No nos conocimos en la aldea, pero Ella me contó que fuiste tú quien hiló la muselina para su velo de novia.

Fiora ladea la cabeza, al tiempo que lo estudia con sus ojos avellana llenos de astucia. Si recuerda algo de lo que le ha dicho Axel, no lo demuestra.

—Soy Rapunzel. Si sabes lo que he perdido, puedes quedarte.

—¿Rapunzel? —¿Por qué se llamaría a sí misma así?—. ¿Es tu segundo nombre?

La mirada afilada de Fiora se centra en mí.

—Es mi único nombre. Es lo que soy.

Miro a Axel de reojo para saber si él tiene idea de lo que dice Fiora, pero, dada la forma en la que frunce el entrecejo, deduzco que está igual de confundido que yo. Con los ojos, parece decir: «Ya sé lo que ha perdido está mujer: la chaveta».

Y quizás sea así. Quizás sea eso lo que ocasiona pasar casi tres años en el Bosque Grimm.

Pienso en mi madre y me arrepiento de inmediato.

—Estáis en vuestra casa —nos dice Fiora con su voz gutural y salvaje.

Me rasco un poco el brazo y echo un vistazo en derredor por si un par de sillas deciden materializarse de la nada. Como no hay ningún mueble en el que sentarnos, Axel y yo nos acomodamos con torpeza sobre la alfombra de pelo, la cual continúa retorciéndose hasta que la última sección se desliza por la ventana.

A menos de tres metros de donde estamos, me encuentro con la mirada totalmente alerta de Henni y le dedico un pequeño ademán con la cabeza: una promesa silenciosa de que la ayudaré a escapar de esta situación.

—¿Por qué la torre no tiene puertas? —le pregunto a Fiora, con una voz tranquila y relajada. Me las arreglo para que mi expresión no delate el dolor que me surge de la base de la columna. Dado que se me está pasando el subidón de adrenalina, ya noto los estragos en el cuerpo de todo lo que he corrido y trepado.

—Sí que tuvo puertas en algún momento. —Fiora mete unos cuantos cabellos que se han soltado de los mechones que envuelven las piernas de Henni—. Pero las sellé con lodo y rocas.

—¿Por qué?

—Para no perder nada —contesta, como si fuese una respuesta la mar de obvia. Vuelve a centrarse en Henni y se inclina hacia ella, para observar sus ojos con suma atención. Mi amiga se estremece de pies a cabeza.

—Henni no es lo que has perdido. —Me contengo para no lanzarme hacia adelante y apartarla de un empujón de mi amiga.

Fiora se gira de pronto y me muestra los dientes, por lo que no puedo evitar dar un respingo. Pese a que no son afilados como los colmillos del lobo tallado que caen desde el marco de la chimenea, su expresión es igual de perturbadora.

—¡Es mía salvo que diga lo contrario! —brama, y sus palabras resuenan contra el techo inclinado.

—Clara, el pelo —me susurra Axel, antes de mirar con insistencia hacia mi mano izquierda, donde unos mechones rojos se me deslizan alrededor de la muñeca como si fuesen grilletes.

Me los sacudo de inmediato antes de respirar hondo para calmarme y recuperar la compostura.

—Se llama Henrietta Dantzer —le explico a Fiora—. Sus padres tienen una granja lechera en el Valle de Grimm. ¿Quizás te acuerdes de Ella Dantzer? Henni es su hermana pequeña.

Fiora frunce sus cejas escarlata. Lo único que he hecho es confundirla más.

—Pero me recuerda a lo que he perdido —me dice, apoyando una mano en el hombro cubierto de pelo de Henni—. Mi cabello… es capaz de percibir sensaciones.

—¿Ah, sí? —Trago en seco, pues aquello me ha puesto aún más incómoda al estar sentada sobre todo este pelo que no deja de moverse de forma sinuosa por el suelo, como los tentáculos de un monstruo marino—. ¿Y a qué te recuerda Henni?

Fiora se lo piensa unos segundos.

—¿A algo inocente?

—¿Has perdido tu inocencia? —le pregunto con delicadeza.

—¡No! —Se le tensan las extremidades, y una banda gruesa de pelo se me enrosca en torno a las rodillas. Un segundo después, casi tan rápido como la furia ha llegado a Fiora, se marcha, y su postura vuelve a relajarse—. O quizás sí. —Echa un vistazo alrededor de la estancia, como si estuviese intentando recordar algo más, por lo que me aparto del pelo con discreción, pues este ya no me rodea con tanta fuerza—. Igualmente creo que he perdido más cosas.

—Quizás tenías amigos —sugiere Axel.

—¿Amigos? —Fiora se arrastra un poco en su dirección, mientras un mechón de su cabello se alza como una ola tras Axel y lo acerca a ella—. ¿Sabes cómo se llaman?

—Eh… sí, sí —tartamudea él, nervioso al notar que más mechones de pelo le dan tirones en las piernas, como un montón de gatitos demandando leche—. Claro que… Claro que lo sabemos. —Hecho un manojo de nervios, me dedica una mirada llena de súplica, ya que es incapaz de recordar ningún nombre en el estado en el que se encuentra. Me estrujo el cerebro para ayudarlo.

—Pues… Kasper von Weyler, Madlen Sommer o Ernst Engelhart —le suelto algunos nombres de los Perdidos más conocidos, gente a la que quizás Fiora haya conocido en el Valle de Grimm.

El pelo tira de mí hasta ponerme al lado de Axel de nuevo. Ahora estamos a menos de dos metros de donde ella y Henni se encuentran, en el interior de las fauces del lobo.

—Y también había alguien muy especial —continúo—. Rosamund Thurn. —El corazón me late con violencia, por lo que coloco una mano sobre el bolsillo de mi vestido. Más allá de la tela, puedo notar la forma de la bellota, así que la aprieto dentro del puño—. Rosamund se parece a mí, solo que es más alta y mayor y muchísimo más bella.

Axel suelta un sonidito muy similar a un resoplido.

—¿Qué? —dice, cuando lo miro con el ceño fruncido—. Es que no te valoras lo suficiente. —Con las puntas de las orejas al rojo vivo, hace un ademán en mi dirección—. Eres guapa, Clara. No puede ser que no lo sepas.

Esta vez soy yo la que se sonroja. *¿Axel cree que soy guapa?*

Fiora se nos acerca un poco, alternando la mirada de uno a otro. Echo los hombros hacia atrás como si así pudiese sacudirme la tensión de su mirada.

—Rosamund usaba lana para tejer, como tú, y también…

—¡No conozco a la tal Rosamund! —me chilla Fiora, antes de que un mechón de su cabello salga disparado para cerrarme la boca—. Pero vosotros dos… también me recordáis a algo que he perdido.

Me cuesta quitarme la mordaza, y Axel se estira para ayudarme. Cuando me roza las mejillas con los dedos, Fiora suelta un suspiro y su cabello pelirrojo se aparta sin problemas. Axel se queda con las manos en mi rostro, y uno de sus pulgares cae sobre mi labio inferior.

—Amor y añoranza. —Fiora ladea la cabeza y se acerca más, con sus andares de araña—. A eso me recordáis vosotros dos.

Si no fuera porque ya estoy sonrojada, estoy segura de que me habría puesto igual de roja que el pelo de Fiora.

—No, no, no. —Suelto una risita nerviosa al tiempo que me aparto de Axel, y él deja caer la mano—. Axel y yo... O sea, él ya tiene... ¡Debería estar casado!

—Hace un año —añade él, frotándose las manos contra los pantalones en actitud nerviosa—. Pero nunca... Y eso fue antes de que...

—Y es como un hermano para mí —lo interrumpo—. O un primo. O un pariente muy lejano que es...

—Un buen amigo —termina Axel por mí.

—Eso. Somos muy muy buenos amigos. —Asiento una y otra vez, sin ser capaz de parar—. Amigos que se quieren. Porque los amigos se pueden querer.

¿Qué hace el cabello de Fiora que no me amordaza de nuevo?

Por detrás de ella, Henni me mira con los ojos muy abiertos como si fuese yo la que se ha vuelto loca. Fiora vuelve a poner una expresión enfurruñada.

—Si no sois lo que he perdido y no me podéis ayudar a recuperarlo, no me servís de nada. —Su cabello se enrosca a nuestro alrededor y nos arrastra en dirección a la ventana. Axel se estira hacia nuestras mochilas y las atrae hacia él como puede.

—¡Espera! ¡Deberías venir con nosotros! —Me arrastro hacia Fiora y Henni. Es mi obligación para con la aldea intentar salvar a todos los Perdidos que pueda.

—No puedo abandonar mi torre —dice Fiora, con una expresión decidida—. Lo que he perdido volverá. Aunque el bosque se mueve, mi torre permanece en su lugar. Es el único modo de encontrarme.

¿El bosque se mueve?

Un nuevo pinchazo de pánico me atraviesa. ¿Y si Axel y yo no estábamos caminando dormidos cuando nos despertamos en lugares distintos? ¿Y si fue la tierra y los árboles los que se movieron y nos separaron?

A pesar de que me muero de ganas de seguir interrogando a Fiora, no tenemos tiempo. Su melena roja ya tiene a Axel a la altura de la ventana, y él se aferra como puede al marco de piedra para evitar que lo lance hacia el exterior.

Miro a Fiora con desesperación.

—¡Te olvidas de Henni! ¡Necesita que nos quedemos con ella!

El cabello que envuelve a Henni se aprieta a su alrededor, y la hace soltar un sollozo ahogado. Fiora se escabulle hacia atrás para acercarse más a su presa.

—Henni es la que de verdad sabe lo que has perdido —sigo a toda prisa, desesperada por encontrar cualquier razón que pueda distraer a Fiora—. Pero no te lo dirá a no ser que nos quedemos con ella. Es muy tímida, y nosotros somos sus amigos.

Fiora se gira hacia Henni para que se lo confirme, y esta asiente una y otra vez.

El cabello que había estado intentando echarnos a Axel y a mí se tranquiliza y vuelve a serpentear por doquier de forma perturbadora. Axel se aleja de la ventana dando tumbos y con la respiración agitada.

Me acerco más a la chimenea, y los ojos del lobo se clavan en los míos con intensidad.

—Aunque claro, tienes que soltar a Henni para que pueda hablar —le digo a Fiora.

El cabello pelirrojo libera la boca de Henni.

—Tienes que liberarla del todo —sigo, con voz tranquila—. Henni es muy delicada. Solo obedece cuando la tratas con respeto y delicadeza.

La mirada de color avellana de Fiora se vuelve recelosa, y un mechón de pelo sale disparado cerca de mi rostro. Es una advertencia, por lo que respiro suavemente.

—Rapunzel —digo, llamando a Fiora por el nombre que ha pasado a reclamar como suyo—, deja caer tu cabello, por favor, y libera a mi amiga.

Fiora frunce el ceño, sorprendida.

—¿Y, si lo hago, me dirá lo que he perdido?

—Sí —le prometo. Henni tiene la frente cubierta de gotitas de sudor, pues la he puesto en una situación imposible. Seguro que está estrujándose el cerebro para dar con algo útil que decirle a Fiora, pues yo me he quedado sin ideas. Con algo de suerte, no tendrá que decirle nada.

Miro a Axel de reojo, y este asiente antes de retroceder a hurtadillas hacia donde se encuentra el final del cabello de Fiora, en el borde exterior del círculo que gira y gira.

Fiora se yergue cuan alta es, mientras el cabello se le ondea como el fuego por toda su silueta. Estira una mano en dirección a Henni, y el capullo que envuelve a mi amiga cede y la libera.

Henni se pone de pie, con las piernas temblorosas, y acepta la mano que Fiora le extiende. Fiora no la suelta, sino que da un paso hacia ella, demasiado cerca. Tanto que casi se rozan con la nariz.

—Henrietta Dantzer —empieza Fiora—, vas a decirme lo que he perdido. —Su voz es una amenaza, una súplica, un ruego.

Henni se pone pálida.

—Pues… Eh… Lo que has perdido…

—Mi amiga se sentiría más cómoda si se encontrara más cerca de nosotros —le digo a Fiora, mientras retrocedo un poquitín para acercarme a Axel—. Ya te he dicho que es tímida.

Fiora suelta a Henni a regañadientes, y esta se aleja de ella como si estuviese avanzando de puntillas por una capa finísima de hielo. Unos mechones pelirrojos se deslizan para seguir sus pasos.

A mis espaldas, Axel me coloca un cuchillo en la mano: el mío, a juzgar por su pequeña empuñadura.

El corazón me late con violencia cuando poso la mirada en los ojos del lobo y sus colmillos afilados que se encuentran sobre la chimenea. *No olvides quién eres*, parece decir, como si fuese la Criatura con Colmillos que ha cobrado vida desde las cartas. *Soy yo quien reparte la muerte, no tú.*

Henni llega a mi lado, y un suave gimoteo se le escapa. La rodeo con un brazo.

—No pasa nada —le digo, frotándole la espalda antes de sonreírle con calma a Fiora, quien nos mira sin parpadear, de lo más tensa—. Venga, díselo —la animo.

—Eh… —Las rodillas de Henni se chocan con las mías.

Miro a Axel con expresión urgente. Sea lo que sea que tenga pensado hacer, no puede esperar más.

De improviso, se enrosca el extremo del cabello de Fiora varias veces en torno a la muñeca.

—¡Sujetaos! —sisea.

—¿A qué? —pregunta Henni, muy pálida.

—¡A lo que sea!

Henni me aferra con más fuerza y Axel me agarra de la cintura antes de envolvernos a ambas con un montón de cabello y de tirar de nosotras hacia la ventana.

—¿Qué hacéis? —El pelo de Fiora se agita con violencia a sus espaldas—. Me habéis prometido que…

—No eres la misma de antes —confieso—. Perdona, pero no sabemos cómo ayudarte.

Un chillido de furia sin control le brota de la garganta mientras el pelo se le sacude como si se tratara de unas serpientes venenosas.

Axel envuelve más cabello alrededor del garfio de la ventana a toda prisa.

Un mechón diferente sale disparado hacia el cuello de Henni y no tarda en rodearlo, pero le doy un tirón y lo corto de un tajo.

Axel nos arrastra hacia el alféizar de la ventana al tiempo que una tormenta de pelo vuela hacia nosotros. Con el cuchillo, corto todo lo que sea rojo. Fiora se abalanza sobre nosotros, con los ojos llenos de una furia infernal.

—¡Saltad! —grita Axel, y lo intento, solo que para entonces ya no tengo los pies en el alféizar. Él y Henni se me han adelantado. Caemos hacia atrás, y el tiempo parece ralentizarse.

Fiora se lanza hacia el cuello de Henni, esta vez con sus propias manos.

Alzo el cuchillo sin pensarlo, por puro instinto.

Lo lanzo, y caemos en picado.

12

E l aire pasa a mi alrededor a toda velocidad. La sangre se me ha ido a la cabeza. Las ideas me dan vueltas y se tropiezan unas con otras.

El cabello es demasiado largo, no conseguirá detener nuestra caída.

Vamos a morir. Moriremos como Fiora.

¿Como Fiora? ¿La he matado?

Estoy maldita.

La maldición soy yo.

Según caemos, nos balanceamos hacia la torre hasta que… ¡*Pum!* Nos golpeamos contra las piedras y nos estrellamos en un enredo de extremidades y cabello que no deja de apretarnos.

—¡Sujetaos a la hiedra! —exclama Axel, mientras seguimos cayendo. Se aferra a una vid, y yo hago todo lo posible por hacer lo mismo. Henni lo intenta, pero le quedan demasiado lejos.

La vid se me desliza entre las manos, y Axel también pierde su agarre. Intentamos aferrarnos a más cúmulos de vides y gracias a ello conseguimos ralentizar el descenso. Ya no estamos cayendo en picado.

—¡Mentirosos! —nos chilla Fiora desde lo alto—. ¡Os mataré por haberme engañado!

Sigue viva. El alivio me inunda por completo. No soy una asesina.

La hiedra comienza a escasear. Axel intenta aferrarse a la piedra, mientras que yo trato de alcanzar un parche de musgo espeso. Hemos caído más allá de la mitad de la torre. Fiora sale por la ventana y empieza a descender de cabeza.

Solo que no consigue avanzar demasiado. Suelta un grito y se lleva una mano hacia la parte de arriba de un brazo. Pese a que no veo la sangre entre todo el rojo de su pelo, sé que está sangrando. Sé dónde le he clavado el cuchillo.

No consigo aferrarme al musgo, y seguimos desplomándonos cada vez más rápido. Fiora vuelve a subir hacia el alféizar y, con su brazo ileso, alcanza el pelo enredado en el gancho y le da un tirón con toda su fuerza.

Henni suelta un gritito cuando nuestro descenso se detiene de pronto con una fuerte sacudida. Axel maldice por lo bajo. Seguimos a casi cinco metros del suelo, por lo que sería muy peligroso caer desde aquí. Una caída así nos podría romper un brazo, una pierna, la espalda o incluso el cuello. Aun así, tenemos que arriesgarnos. Miro a Axel y lo veo estudiando el suelo antes de dedicarme un pequeño asentimiento. Está de acuerdo.

Fiora empieza a tirar de su cabello. Pese a que ya no tengo mi cuchillo, Axel todavía conserva el suyo y ya se ha puesto manos a la obra: ha soltado nuestras mochilas y empieza a cortar el pelo que nos envuelve.

Le busco la mirada a Henni.

—Sigue intentando aferrarte a la hiedra, el musgo o a las piedras para frenar tu caída.

—No tardarás mucho en caer —añade Axel—. Protégete la cabeza, no te pongas rígida y dobla…

Henni suelta un chillido al caer, y yo empiezo a resbalarme. Intento aferrarme al cabello, a Axel, a lo que sea. No quiero caerle encima a mi amiga, pero los dedos me duelen demasiado. No me quedan fuerzas.

Cuando caigo, la capa me vuela hacia la cara y tengo que pelearme con ella para que no me ciegue. El pánico hace que no pueda respirar. Algún engranaje que tenga en el cerebro gira a tiempo para recordarme las instrucciones de Axel. Me relajo, me rodeo la cabeza con los brazos y doblo...

Aterrizo con un golpe seco y me vuelco hacia un lado, con un quejido. Tengo punzadas en los músculos y un dolor ardiente en los huesos. Mi columna torcida no deja de palpitar, en agonía. Sin embargo, nada se parte ni se quiebra. Me siento con precaución y me aparto la capa de los ojos.

Henni sale a gatas de un arbusto lleno de hojas que ha conseguido amortiguar su caída. Menuda suerte la suya. Pero ¿dónde está...?

—¡Cuidado! —grita Axel, aún colgado del cabello. Cuando se suelta, me aparto a toda prisa justo antes de que choque contra el suelo.

Su aterrizaje es supremo: ágil, fluido y acrobático. Sin mayor problema, rueda hasta ponerse de pie y se sacude la tierra de los pantalones y de las mangas.

Me quedo mirándolo con la boca abierta y algo mareada.

—Deberías hacer un espectáculo para la aldea —le digo, aunque él no se toma ni siquiera un segundo para reír o siquiera esbozar una sonrisita.

En su lugar, agarra las mochilas, le lanza una a Henni y me da un tirón para ayudarme a ponerme de pie.

—¿Estás bien? —me pregunta, y yo abro la boca para decirle que sí, pero él no espera mi respuesta—. ¡Corred! —Me da un empujón en la espalda, con lo que, sin saberlo, me sacude más la columna adolorida. Aprieto la mandíbula por el dolor y salimos corriendo.

El cabello de Fiora sale a toda velocidad de la ventana de la torre, como una explosión de rojo.

Una retahíla de palabrotas escapa de la boca de Axel. Aumentamos la velocidad y nos lanzamos en una dirección distinta a la que hemos usado para llegar hasta aquí.

Aunque busco por doquier algún modo de protegernos, lo único que veo a mi alrededor son árboles. Y treparlos no nos ayudará. Al cabello de Fiora se le da muy bien pasar de rama en rama.

Unos mechones rojos nos persiguen, como una avalancha escarlata y cegadora. No tardará mucho en alcanzarnos.

El suelo empieza a inclinarse hacia abajo como si estuviésemos dirigiéndonos hacia una hondonada. Un leve rugido flota en el aire. *Agua.*

Axel y yo intercambiamos una mirada, desesperados.

—¿Un río? —pregunta, y yo asiento, pese a que no estoy segura.

—Podría moverse más rápido que el cabello de Fiora.

Cambiamos de rumbo y nos dirigimos hacia el sonido del agua en movimiento. Lo oímos cada vez más, y la esperanza empieza a llenarme el pecho.

Un destello rojo se lanza contra Axel. Él se gira e intenta apartarlo con su mochila, pero el pelo se enreda en las tiras y se la arrebata de un movimiento.

Cuando Axel se lanza para recuperarla, tiro de su brazo.

—¡Deja que se la lleve!

Henni suelta un chillido. Se ha caído, y un mechón pelirrojo la ha sujetado por el tobillo. Axel saca su cuchillo de su cinturón y la libera.

—¡Sigue corriendo, Clara! —me grita él, mientras ayuda a Henni a levantarse.

Obedezco, aunque solo porque el río suena muy cerca. Buscaré un lugar seguro por el que entrar. Una ribera o un tramo no tan hondo...

Un pelaje y unos colmillos me nublan la visión. Una criatura enorme salta en mitad de mi camino, por lo que ahogo un grito y me echo hacia atrás. El corazón casi se me sale del pecho.

La loba de Grimm.

Está a dos metros de distancia, con las fauces abiertas, el pelo del cogote erizado y la cola tensa. En postura de ataque. Me dedica un gruñido bajo y gutural que me retumba en los huesos.

Sé que no debería huir de un depredador, pero el cabello de Fiora está demasiado cerca. Sisea sobre la hierba como un nido de serpientes.

Salgo disparada hacia la izquierda y corro en diagonal hacia el río. No quiero que la loba vea a mis amigos, pues podría decidir ir tras ellos, así que debo hacer que se aleje.

Esta ruge y da un salto en mi dirección.

Corro tan rápido como me lo permiten las piernas, y al fin consigo ver el río. Un árbol con una rama baja se encuentra justo por encima de los rápidos del río. Me lanzo hacia el árbol, me sujeto de la rama y me incorporo sobre ella. Los lobos no le temen al agua, así que estaré más segura en el árbol.

La loba de Grimm salta hacia la rama, y sus fauces se abren y cierran en mi dirección. Me las arreglo para llegar al extremo de la rama. Parece bastante resistente, y quizás pueda…

¡Crac! La rama se parte por la mitad, y, de repente, estoy sumergida en el agua helada e intentando salir a la superficie con desesperación.

Lo consigo, entre toses para respirar. Aunque la loba de Grimm sigue en la ribera, apenas consigo verla, pues la corriente es demasiado rápida. Mi capa hace que me hunda. Muevo las piernas con fuerza, en un intento para volver a salir a la superficie. Finalmente, logro sujetarme a la rama caída y saco la cabeza del agua para luego envolver la rama con los brazos. Los rápidos me llevan más y más río abajo.

—¡Clara!

Axel.

Consigo mirar hacia atrás. Tanto él como Henni han saltado al río y están a unos cuantos metros de mí. El cabello de Fiora se agita y los persigue, pero tenía razón sobre su velocidad. No es tan rápido como el agua.

Cuando mis amigos me alcanzan con ayuda de la corriente, comparto la rama con ellos. Tiene unos dos metros y medio de largo y flota lo bastante bien como para evitar que ninguno de los tres se hunda.

Me atraganto con un poco de agua, pero consigo escupirla. Pese a que me tiembla el cuerpo, tengo la sangre hirviendo. Imagino a la loba de Grimm observándonos a lo lejos y tenso la mandíbula.

No pienso morir hoy.

13

Cuelgo mi vestido empapado en la rama de un fresno que hay cerca de la ribera. Si entorno los ojos y retrocedo un poco, el lino casi no parece mojado. Es fácil imaginar que la falda y las mangas son más largas, que el azul aciano no está desteñido y que el collar de cuentas de cristal rojizas de mi madre cuelga sobre las cintas que unen la parte delantera del corpiño.

Me imagino a mi madre en este mismo vestido que heredé de ella. Lleva su cabello castaño en un semirrecogido para apartárselo de la cara, del mismo modo que hago yo. Sonríe con la cabeza ligeramente ladeada, y su mirada ve a través de mí. Me comprende.

No temas, mi niña, parece decirme. Las mismas palabras que me dijo cuando era pequeña, antes de darme la bellota del roble de Grimm. Es lo que sigo imaginando que me dice: que no quiere que me preocupe, que sabe que encontraré el modo de superar cualquier obstáculo. Puedo dar con ella, salvarla, y así podrá volver a casa.

Pero ¿cómo?

Una ramita se quiebra a mi izquierda y me hace dar un brinco. Solo que no es la loba, sino Axel.

—¿Estás bien? —me pregunta con una sonrisa, a pesar de que tiene el ceño fruncido.

Asiento, sin dejar de masajearme la zona lumbar. Mi columna ha tenido demasiadas aventuras últimamente.

—¿Y tu espalda?

—Estará mejor siempre y cuando podamos tomarnos un respiro y dejar de caer desde torres, huir de lobos y de cabello belicoso y de nadar en unos rápidos —le contesto.

—A mí también me vendría bien un descanso de todo eso —me dice, entre risas, e intento apartar la vista de su torso desnudo y de los músculos del abdomen que se le tensan cuando se ríe.

Lo único que lleva puesto son sus pantalones de lino, que le llegan a las rodillas, una prenda interior que está igual de empapada que el camisón en el que tirito yo bajo mi capa roja. Tampoco se ha quitado la bufanda de alrededor del cuello. Da igual si nuestra ropa teñida con ruiponce rojo está seca o mojada; no nos atrevemos a quitárnosla. ¿Y si el bosque decide echarnos, pese a no estar nada cerca de sus límites? ¿O si nos convertimos en Perdidos al no contar con la protección del ruiponce? No estamos seguros de que pueda protegernos en esas circunstancias.

Ojalá mi madre hubiese escrito una carta para explicarme las reglas de la flor roja cuando decidió esconder la capa dentro de su colchón.

—Deja que te ayude —le digo a Axel, y empiezo a partir unas ramitas del fresno junto a él. Tenemos que asegurarnos de que el fuego de la fogata no se apague, y nos ha costado bastante encontrar madera seca, pues no hay ramas caídas ni árboles muertos en este bosque. Este fresno es el único con el que hemos dado. Tiene el tronco partido en dos y la mayoría de sus ramas están carbonizadas. Lo más probable es que lo haya partido un rayo.

Hace una hora, cuando por fin hemos avistado el árbol, nos hemos arrastrado fuera del río después de haber flotado durante varios kilómetros. Pese a que un árbol seco representa la muerte o que el tiempo se acaba, la idea de dormir al cobijo de una fogata ha superado a mis preocupaciones por los malos augurios. Ya sé que moriré en el Bosque Grimm, por lo que no necesito que un árbol sin hojas me recuerde que no me queda mucho tiempo.

Nos estamos quedando sin comida, y eso sin contar que Axel ha perdido su mochila y que yo no contaba con que otra persona se sumara a nuestra aventura. Aunque a Henni se le ocurrió traer un costurero, no ocupó mucho de su tiempo pensando qué alimentos traer, sino que se limitó a un par de trozos de queso y un poco de pan del valle: algo similar a lo que yo decidí traer, solo que muchísima menos cantidad.

Y ahora, gracias al río, todo el pan que tenemos ha quedado reducido a una plasta. Lo único bueno es que tenemos montones de agua para beber, por mucho que, desde que hemos vuelto a pisar tierra firme, no he bebido ni un trago. Mientras procuraba no ahogarme en los rápidos, me ha dado la sensación de que me he bebido medio río.

—Creo que dormiré por aquí esta noche —declara Henni. Está a unos tres o cuatro metros y escondida detrás de un gran arbusto—. No tengo m...mucho f...frío.

—Ni pensarlo. —Avanzo hacia la fogata que se encuentra entre su arbusto y el fresno y dejo mi montón de ramitas a un lado—. Te castañean tanto los dientes que te oye media aldea. Además, ya casi se ha puesto el sol. El viento se pondrá más frío.

—Pero es que solo estoy en camisón —sisea Henni.

—Estamos en las mismas.

—¡Tú tienes tu capa! Yo solo mi pañuelo. ¡Qué vergüenza!

—No te preocupes, Henni. —Axel se acerca hacia la fogata—. Me quedaré de espaldas durante el resto de la noche. Te lo prometo.

El arbusto se sacude un poquito mientras Henni se lo piensa.

—¿Y si oyes algún ruido en el bosque y te giras por error?

Tiene la voz entrecortada, y, cuando se trata de Henni, eso es señal de que está a punto de echarse a llorar. Ya ha tenido un día bastante complicado como para tener que preocuparse por su modestia. Entonces se me ocurre una idea.

—¿Cómo dices? —Miro a Axel de reojo, quien no ha dicho ni mu—. ¡Pero qué buena idea!

—¿Cuál? —pregunta él, en un susurro.

—Henni, Axel acaba de ofrecerse a taparse los ojos con su bufanda.

—¿Ah, sí?

—¿Yo?

Le cubro la boca con la mano.

—Dice que hará lo que haga falta para que te sientas más cómoda.

—Ay, gracias, Axel —dice Henni, con la voz más firme—. De verdad eres un muy buen amigo.

—El más bueno que conozco —digo por lo bajo, antes de guiñarle un ojo y dejar de cubrirle la boca.

Él me mira con los ojos entornados y menea la cabeza.

—Serás malvada, Clara Thurn.

Le sonrío, restándole importancia a su intento de insulto con un ademán de la mano.

—Estoy segura de que te habrías ofrecido tú mismo —le digo, mientras me acerco hacia su bufanda—. Solo que me he adelantado.

Le desato la bufanda, con cuidado de que esta no se le aparte del cuerpo en ningún momento, y hago que se dé la vuelta para envolvérsela alrededor de los ojos. Aunque se queja un poco, no le hago caso. Puedo ver como la comisura de sus labios se alza ligeramente mientras intenta contener una sonrisa. Además, Axel de verdad es la persona más buena que conozco. Estoy segura de que no le molesta hacer que Henni se sienta más cómoda.

Lo guío hasta que se sienta a un lado de la fogata y me acomodo junto a él. Al confirmarle que ya está vendado, Henni sale de detrás de su arbusto para acercarse a nosotros. Compartimos nuestro pan remojado, mordisqueamos un poquito el queso que se ha humedecido y dejamos que el calor de las llamas nos seque las prendas interiores y los huesos que el río nos ha enfriado. Para mis adentros, doy gracias por el bolsito impermeable en el que guardo el pedernal y que ha hecho que podamos encender la fogata.

Cuando las estrellas empiezan a motear el cielo y las puntas de la luna menguante apuntan hacia nosotros, el cansancio se apodera de mí y hace que me vaya de la lengua.

—Podría haberla matado —suelto, en voz baja.

Axel deja de afilar su cuchillo con una piedra del río; una actividad de lo más peligrosa para cualquier otra persona con los ojos vendados, pero que él hace que parezca bastante sencilla.

—¿A Fiora?

Asiento, aunque he empezado a pensar en ella como si fuese Rapunzel. La Fiora que conocía no se parecía en nada a la mujer tan hostil con la que nos hemos encontrado en la torre.

—He podido darle con el cuchillo en la garganta o en el corazón… —Trago en seco y me envuelvo un poco más en mi capa.

—Estaba intentando matarme, Clara —dice Henni, llevándose una mano hacia la garganta. Está sentada al otro lado del fuego, frente a Axel y a mí, pues quiere seguir manteniendo las distancias con él—. Me has salvado.

Me obligo a sonreír, pues sé que intenta consolarme. Pese a que Henni se alegra de seguir con vida, conozco de sobra como es de sensible. Si hubiese llegado a matar a Fiora, Henni se habría pasado días llorando. Y, cuando hubiese vuelto al Valle de Grimm, habría pintado un cuadro de Fiora para dárselo a su padre. Se habría pasado el resto de sus días sintiéndose culpable por haberse salvado a costa de la vida de alguien más.

—Has hecho lo correcto —dice Axel, también en un intento por animarme—. Y, como tu alma es buena, Fiora no ha muerto. Tu acero ha sido certero y acorde a tus intenciones.

Eso suena como un invento de una historia infantil con dragones y guerreros y en donde el bien siempre triunfa sobre el mal. Y, pese a que no estoy segura de si me lo creo, me gusta.

—¿Así que ahora soy buena y no malvada?

—Nunca has sido malvada —contesta él, con una sonrisita.

—¿Incluso si creo que estás muy gracioso con la bufanda tapándote los ojos?

—Quizás un pelín malvada.

Me echo a reír y le doy un golpecito en el hombro con el mío.

Henni se sienta un poco más recta y se ata el pañuelo alrededor de la muñeca. Como el pelo se le ha secado, empieza a recogérselo en dos trenzas.

—Creo que ya sé por qué Fiora se hace llamar Rapunzel. Bueno, quizás no del todo, pero al menos entiendo la conexión.

Axel se gira para oírla mejor, y yo me inclino hacia ella, antes de apartar unas brasas saltarinas.

—Al ruiponce también se le conoce como rapunzel —sigue Henni—. Se usaba en el idioma antiguo, lo leí una vez en un libro sobre plantas.

Muy propio de Henni saber todos los nombres extraños que tienen las plantas en su cruzada por encontrar los materiales perfectos para sus pinturas.

—Supongo que eso tiene sentido. El cabello de Fiora es del color del ruiponce. Al menos del rojo.

—Quizás sea el ruiponce lo que lo volvió rojo —dice mi amiga, mientras se ata su primera trenza.

—¿Qué quieres decir? —Axel deja a un lado su cuchillo y la piedra.

—Pues que la comadrona que asistió el parto de Fiora también lo hizo en el de Ella y en el mío, y le contó a mi madre cómo fue que la madre de Fiora salvó su embarazo. Mi madre me contó la historia más adelante.

—No me estoy enterando de nada —dice Axel.

Como si no lo hubiese oído, Henni sigue hablando, perdida en sus recuerdos:

—Cuando la madre de Fiora se enteró de que su embarazo peligraba, se adentró en el Bosque Grimm y comió ruiponce. Eso la ayudó a que su bebé siguiera creciendo en su vientre.

—¿Ruiponce rojo? —pregunto.

—Debe ser, aunque la comadrona no entró en detalles.

Me quedo pensando en eso unos momentos.

—Esa fue la época en la que la madre de Fiora pidió su deseo al *Sortes Fortunae*.

Ni Axel ni Henni dicen nada, probablemente porque no tienen cómo saberlo. La única razón por la que yo lo sé es por mi obsesión con el Libro de la fortuna, con el cual siempre he contado para salvar a mi madre.

La cámara del consejo del Valle de Grimm tiene un registro de todas las ceremonias de deseos, y yo he ido incontables veces a leerlo. En él hay una lista de todos los aldeanos que han pedido su deseo al *Sortes Fortunae*, así como el mes y el año en el que ocurrió.

Solía soñar con el día en que mi propio nombre estaría escrito en ese registro, una especie de legado que iba a dejar tras mi muerte y tras conseguir que mi madre viviera, una marca que indicaba que mi vida había tenido un significado, por mucho que no hubiese podido compartir el deseo que había pedido. Los deseos en sí no están escritos en la lista. Todos debemos obedecer la regla que nos dice que los deseos deben permanecer en secreto.

—Quizás el deseo que pidió la madre de Fiora fue salvar a su bebé —reflexiono—, y el libro le dijo que comiera ruiponce rojo. —Tiene sentido. El Bosque Grimm creó el Libro de la fortuna, y el ruiponce rojo tiene una conexión muy fuerte con la magia del bosque.

Axel menea la cabeza, aún con los ojos vendados.

—Si la madre de Fiora le hubiese contado a la comadrona su deseo, el hechizo se habría roto. El *Sortes Fortunae* habría revertido el deseo, y Fiora habría muerto.

—¿Y si la madre de Fiora no se lo contó a la comadrona? —Henni se cepilla la mitad restante de su cabello con los dedos—. ¿Y si la comadrona solo la vio volver del bosque con el ruiponce y comérselo? —Se encoge de hombros—. Sea como sea, Fiora llegó a nacer y su cabello es del mismo color que tu bufanda y mi pañuelo y la capa de Clara.

Me quedo mirando el cabello que Henni no se ha trenzado todavía. Parece muchísimo más largo cuando lo lleva suelto, lo cual no suele ser a menudo.

—El ruiponce también podría ser lo que ha hecho que el cabello de Fiora crezca tanto en el bosque, igual que la ayudó a crecer en el vientre de su madre. La magia del ruiponce rojo debe ser más fuerte en el bosque.

Por mucho que todo sean especulaciones, la mayoría tiene sentido. Me mordisqueo un poco el labio, pues aún hay un misterio que no consigo explicar.

—Lo único que no entiendo es que, si se supone que el ruiponce rojo protege, ¿por qué no ha protegido a Fiora ahora? En el bosque, como mujer. Ya la habéis visto, no es la misma persona que era antes.

Las palabras que nos dijo Fiora se repiten en mi mente «Rapunzel es mi único nombre. Es lo que soy».

Henni frunce el ceño.

—Quizás es que el ruiponce rojo no te protege para siempre. Fiora lleva casi tres años en el bosque, y es una aldeana bajo la maldición igual que el resto de nosotros. El bosque debe haberlo descubierto en algún momento.

—Tú misma lo dijiste anoche, Clara —añade Axel, con delicadeza. La luz de la fogata se le refleja en las líneas marcadas de la mandíbula y en el casi hoyuelo que tiene en la barbilla—. El ruiponce rojo no puede protegernos de todo.

Pese al calor de la fogata, un escalofrío me recorre la columna y me hace temblar y arrebujarme más en mi capa.

Nuestra conversación empieza a decaer. Con nada más que nuestras propias preocupaciones para mantenernos despiertos, avivamos el fuego por una última vez y nos preparamos para irnos a dormir. Dado que Axel ha perdido su saco de dormir junto a su mochila, los tres nos tumbamos de forma transversal sobre los dos que quedan y apoyamos las piernas sobre la hierba.

Me sitúo entre mis amigos como hice en la red del árbol, aunque en esta ocasión lo hago para ahorrarle la vergüenza a Henni de dormir junto a un chico cuando solo lleva un camisón, por mucho que dicho chico tenga los ojos vendados.

Me valgo de una cuerda que llevo en la mochila para atarnos los tobillos: el izquierdo al de Henni y el derecho al de Axel. Ninguno de los tres quiere despertar por la mañana y ver que nos hemos separado del resto. Si bien consideramos atarnos las muñecas también, hemos decidido que sería demasiado, y de todos modos nos gustaría tener siquiera un poquito de libertad para movernos por la noche.

Axel y Henni se quedan dormidos antes que yo. Jugueteo con las cintas de mi capa, incapaz de cerrar los ojos. La luna se ha movido, y el fresno seco bloquea su luz y hace que se reflejen unas sombras extrañas en la extensión del bosque a sus espaldas.

Te estás quedando sin tiempo, Clara, noto que me advierte el fresno, como si no deseara que hallase consuelo mientras me encuentro al alcance de sus malos augurios. *Y el ruiponce rojo no te protegerá para siempre.*

14

espierto con la nariz presionada contra algo suave y cálido que huele a la brisa del Bosque Grimm cuando se extiende más allá de los matorrales del pasto de ovejas de mi familia: un aire tan limpio que huele a madera del bosque y en el que se pueden percibir los pinos de la montaña.

Con los ojos cerrados, respiro hondo y descubro unas notas suaves a miel y almizcle, como la cera de las abejas, pero también un tanto terrosa, como el aceite de cedro cuando se frota contra el cuero.

Suspiro antes de abrir los ojos... para ver que tengo el rostro acurrucado contra el torso desnudo de Axel.

Me incorporo de un brinco y me seco la saliva que tengo en la comisura de los labios.

Aunque Henni se remueve un poco, Axel ni se percata. Está totalmente dormido, apoyado sobre un lado, y aún tiene los ojos tapados. Tiene los extremos de su bufanda enredados sobre el rostro como si se hubiese peleado con ellos por la noche, y noto un cosquilleo en los dedos que me impulsa a apartárselos. Y, ya que estoy, resigo la línea de su barbilla. ¿El resto de él será igual de cálido?

La vista se me va hacia abajo, hacia lo largo que es, y me quedo algunos segundos contemplando los ligamentos cerca de los huesos de su cadera. Estos se inclinan en un ángulo pronunciado y se esconden por debajo de la cinturilla baja de sus pantalones de lino.

Henni se remueve, y yo pego un bote antes de apartar la vista del torso de Axel.

—Henni —la llamo, sacudiéndola un poquito para hacer que se despierte—. Deberías cambiarte antes de que Axel despierte. Hoy sí que debemos devolverle la vista.

No necesita que se lo repita. Desato la cuerda que nos une por los tobillos, y se va a recoger su vestido de una de las ramas del fresno a toda prisa.

—Eh… ¿Clara? —me dice, tras unos segundos—. El arbusto que usé para cubrirme mientras me cambiaba…

—¿Sí? —Me pillo a mí misma con la vista clavada en Axel de nuevo. Tiene una marca rosada en el pecho, donde tenía apoyada la mejilla, con la forma de la mitad de un corazón.

—Ya no está.

Pasan unos cinco segundos antes de que caiga en la cuenta de lo que ha dicho. Me vuelvo hacia donde estaba el arbusto, al otro lado de los restos apagados de nuestra fogata, pero ya no está.

Una sensación horrible se asienta en mi interior, como plomo líquido. Poco a poco, giro la cabeza para observar el resto de nuestros alrededores. Aunque el fresno seco y el río siguen en su sitio, todo lo demás ha cambiado. No hay una arboleda de álamos detrás del fresno, ni un sauce solitario cerca de la ribera, ni tampoco orquídeas moradas que se asoman entre la hierba.

Fiora tenía razón. El bosque se mueve.

Lo que quiere decir que mi mapa —aquel que pese a haber estado empapado dentro de mi mochila había seguido siendo legible, el que extendí anoche para que se secara y sobre el cual coloqué rocas para que la brisa no se lo llevara volando— había quedado completamente obsoleto.

No, no, no puede ser.

Se me acelera la respiración. Me paso las manos por el rostro una y otra vez y empiezo a balancearme de adelante hacia atrás. Creía que tenía alguna posibilidad de saber dónde estamos. El río era un punto de referencia muy claro. Aún no había descubierto qué río era, pues el Bosque Grimm tiene tres, pero ahora nunca podré hacerlo.

¿Cómo te voy a encontrar, madre? ¿Cómo te diré cuál es el camino de vuelta a casa?

—¿Qué pasa? —pregunta Axel, con voz ronca y adormilada. Me observa desde un huequecito bajo su bufanda.

Henni ahoga un grito y sale disparada hacia detrás del fresno para seguir cambiándose en privado.

Le quito la bufanda a Axel de los ojos y se la deslizo por encima de la frente.

—Ya no tienes que llevarla así.

Él se percata de mi expresión desolada y se incorpora un poco sobre un codo. Imagino cómo me ve: ojos verdes rodeados por unos redondeles rojos, melena oscura despeinada y enredada y sin un ápice del brillo de la esperanza en todo mi ser.

—¿Has tenido una pesadilla? —me pregunta, en voz baja.

Ahogo una risa nada divertida.

—Ya quisiera. Una pesadilla estaría bien, porque los sueños terminan. Pero no puedo despertarme de esto —digo, haciendo un ademán hacia el bosque que nos rodea.

Se queda boquiabierto conforme cae en la cuenta de todo lo que ha cambiado de la noche a la mañana.

—Es así como se perdieron. —Me llevo las rodillas al pecho—. Mi madre, Ella, Fiora... y todos los aldeanos que desaparecieron en el bosque. —Meneo la cabeza mientras un dolor imposible me estruja el corazón—. ¿Cómo no se me ocurrió que nos iba a pasar lo mismo?

—Oye, no. —Axel se sienta, se mueve más cerca y me envuelve los hombros con un brazo—. Hemos encontrado un río, y no es poca cosa. Y, al menos, no se ha movido mientras dormíamos. Eso quiere decir que podemos contar con él para guiarnos. Además de poder beber y pescar, lo que nos mantendrá con vida.

—No he venido al bosque a sobrevivir y ya está.

—Vamos a encontrar a tu madre, Clara —me dice, abrazándome más fuerte.

Escondo la cabeza en el hueco entre su hombro y su cuello para que no pueda ver que tengo los ojos anegados en lágrimas.

—¿Cómo?

—Ponte en su lugar. En algún momento tiene que haber dado con alguno de los ríos, como hemos hecho nosotros, y se debe haber quedado cerca por las mismas razones que tenemos nosotros para hacerlo.

Me muerdo el labio, sin mucha fuerza, mientras pienso en lo que me está diciendo.

—Cada río se cruza con otro en algún lugar del bosque. En el noroeste, el río de las Nieves desemboca en el río Bremen, y en el sureste, el Bremen da con el río Pico de Tordo.

—Exacto. Usaremos los ríos como nuevo camino. Si los seguimos, tarde o temprano encontraremos a todas las personas que estamos buscando.

—Pero Fiora no estaba junto a un río —señalo.

Axel se encoge de hombros.

—Estaba lo bastante cerca. Y, de todos modos, no deberíamos valernos de ella como ejemplo. Quedamos en que no es quien solía ser.

Suelto una risa, aunque me arrepiento de inmediato y cierro la boca. No es culpa de Fiora que el bosque la haya llevado a la locura. Quizás aún pueda salvarla. Su cabello extraño y su magia deben estar relacionados de algún modo con la maldición. Si consigo encontrar el *Sortes Fortunae* y usar mi deseo para acabar con la maldición, quizás el pelo de Fiora vuelva a la normalidad y ella deje de ser tan violenta.

—Puede que encontrar a los Perdidos no sea la parte más complicada —acepto—. La cuestión es que ninguno de estos ríos conduce de vuelta al Valle de Grimm. ¿Cómo harás para llevarlos a todos de vuelta a casa?

—Haremos.

Me lo quedo mirando, sin comprender.

—Cómo haremos para llevarlos a todos a casa, quieres decir.

—Eso he… —Meneo la cabeza—. Sí, eso. —No le he contado lo de las cartas en mi destino. Solo sabe lo de los Cisnes Flechados y lo de la Carta Roja, pero no tiene ni idea sobre el Bosque de Medianoche ni sobre la Criatura con Colmillos.

No sabe que tendré que morir.

Axel me da un beso en la coronilla, y una sensación de calidez me hace cosquillas por todo el cuerpo. Tengo que apretar los dedos de los pies contra la hierba para contener las ganas que tengo de acurrucarme a su lado. Me recuerdo a mí misma lo que le dije a Fiora sobre Axel: «Somos muy muy buenos amigos. Amigos que se quieren». No puedo dejar que su encanto natural me haga sentir cosas por él. Su futuro es con Ella, y por razones que solo el destino conoce, los necesito a ambos, como pareja, para que me ayuden a completar esta travesía.

—Ya hemos llegado hasta aquí —me dice—. Iremos resolviendo el resto conforme lleguemos a ello.

Cierro los ojos y hago como si tuviese más de un deseo, como si no necesitara el Libro de la fortuna para que me lo haga realidad.

Deseo que Axel tenga razón.

15

Hay rostros en los árboles. Empiezo a prestarles atención hacia el final del segundo día, conforme seguimos andando por la ribera, río abajo. Nos encontramos en ese momento de la noche en el que la luz empieza a escasear para dar paso al ocaso y es más sencillo creer en cosas que no creería posible si el sol estuviera en todo lo alto.

Al principio, me pregunto si son mis ojos los que me engañan. Estoy cansada y tengo hambre y me preocupa que no hayamos visto a otro Perdido desde nuestro encuentro con Fiora, así que quizás me esté imaginando personas por pura desesperación. Solo que, ¿por qué me los iba a imaginar con el rostro distorsionado y la expresión retorcida por la agonía? Los nudos y las rugosidades de los troncos son la boca, en pleno grito, su entrecejo fruncido y ojos llenos de terror.

Axel y Henni no deben notarlos, de lo contrario ya me habrían dicho algo, y yo no quiero comentarlo por miedo a estar perdiendo la cordura como le pasó a Fiora.

Esa noche, cuando nos vamos a dormir, no encendemos una fogata. Nos hemos quedado sin leña seca de árboles talados. Y, dado que ahora me pregunto si es que los muertos se han convertido en árboles, el acto de talarlos adquiere un matiz completamente diferente. Lo irónico es que estos árboles sí que están vivos, salvo por el fresno al que le cayó un rayo. O quizás me equivoco. Quizás la gente en los árboles sigue viva, solo que está atrapada detrás de la corteza.

¿Alguno de ellos será mi madre?

Al día siguiente, mis amigos y yo no hablamos demasiado. Hasta el momento, todos los silencios habían sido cómodos, pero han pasado a ser largos momentos de tensión que van soltando, una a una, las costuras que hacen que mi confianza no se termine deshaciendo.

Los rostros atormentados no están en todos los árboles que dejamos atrás. Les gusta esconderse detrás de robles ilesos, lárices orgullosos y abetos nobles. Se encuentran en los bordes de mi visión, como si quisieran hacer que me gire y los mire dos veces. Intento no hacerlo. Mantengo la vista clavada en el río y me obligo a creer que mi madre sigue estando hecha de carne y hueso.

El quinto día que seguimos el cauce del río, nos quedamos sin comida. Aunque intentamos recolectar bayas, lo único que encontramos es belladona, lirios del valle y nueza negra, todas ellas venenosas. Para entonces, algunos de los rostros en los árboles adquieren sonrisas torcidas.

—Tendremos que pescar mañana —anuncia Axel.

Hasta el momento, no hemos querido pescar porque supone un retraso en nuestro avance, y a ninguno le hace mucha gracia comer pescado crudo, pero a Henni se le ha ocurrido usar piñas para hacer una pequeña fogata en la que podamos cocinar. Aunque lo normal es que las usemos como leña, dado que no duran demasiado tiempo encendidas, Axel sugirió cubrirlas con la savia de los pinos para hacer que duraran más. Con suerte lo suficiente para asar las truchas.

Cuando me despierto a la mañana siguiente, me doy cuenta de que Axel ya ha desatado su tobillo del mío. Está sentado a unos dos metros y sufre al intentar enhebrar una de las agujas de Henni. Sonrío mientras lo observo. Cuando se concentra, la lengua se le asoma un poquitín, y es lo más adorable que existe.

Me incorporo un poco, con una pierna doblada y la otra estirada, pues sigo atada a Henni. Hace un poco de fresco, así que me arrebujo más en mi capa para abrigarme.

—¿Me estás haciendo un nuevo vestido? —le pregunto a Axel, en broma.

Él asiente sin parpadear, con la mirada fija en el ojo de la aguja.

—Tendrá volantes y lazos y todas esas partes esponjosas que os gustan a las chicas.

—¿Partes esponjosas? —me burlo.

—En las mangas y en la falda... —Una sonrisita tira de la comisura de sus labios—. No hagas como que no sabes qué son las partes esponjosas.

—Lo único esponjoso que quiero yo es un bizcocho. —El estómago me ruge en ese preciso instante, por lo que me desato para apartarme de Henni—. Porfa, dime que tenemos bizcocho para desayunar.

—¿Qué te parece algo de pescado? Esto se convertirá en un anzuelo una vez que doble la aguja, y el hilo de Henni será el sedal. Lo único que necesitamos es un tronco delgado para la caña.

—¿Entonces no me harás un vestido?

Sin hacerme caso, Axel le gruñe a la aguja, antes de murmurarle algo por lo bajo que no consigo entender.

—¿Podrías ayudarme a enhebrar esta cosa? Llevo casi un cuarto de hora solo con esto.

Me acerco a gatas para ver mejor. Aunque el movimiento hace que una punzada de dolor se me dispare por la columna, no tarda en irse cuando me coloco en una posición más cómoda al lado de Axel.

—Es porque no has lamido el extremo del hilo.

—¿Lamerlo?

—¿De verdad no se te ha ocurrido? —Me echo a reír.

—Bueno, quizás se me habría ocurrido si no estuviese desfalleciendo de hambre —dice, en un intento por excusarse—. Mi cerebro ha empezado a comerse a sí mismo.

Me acerco un poquitín y le doy un codazo juguetón.

—Si enhebras esa aguja, te contaré un secreto —le digo, para retarlo.

Sus ojos azules se entrecierran con sospecha.

—¿Qué clase de secreto?

—Uno que hará que se te llene el estómago más rápido.

Resopla, como si no me creyera, pero termina cediendo antes de murmurar:

—Vale. —Luego lame el hilo y lo pasa por el ojo de la aguja sin ninguna dificultad. Entonces se queja y se echa a reír de sí mismo—. Tendría que haberte preguntado cómo hacerlo hace mil años.

—O podrías haberme preguntado si he traído mi equipo de pesca.

Se queda de piedra.

—No. No es posible. Sé todo lo que tienes en tu mochila.

Me echo hacia atrás, con inocencia.

—¿Y no has buscado en mi cajita de hojalata?

Se queda boquiabierto.

—¿La cajita de hojalata? Pero es que tiene la imagen de una mujer bailando bajo la luz de la luna —suelta—. Supuse que estaba llena de… cosas de chicas.

—¿*Cómo que cosas de chicas?*

—Cosas personales y… ¡Y privadas! —Hace un ademán un tanto vago aunque también exasperado por doquier—. ¡Yo qué sé qué llevas ahí! ¡No es asunto mío!

Me echo a reír con tanta fuerza que termino tirando la cabeza hacia atrás.

Henni se despierta, y se le ensanchan las fosas nasales cuando bosteza.

—¿De qué nos reímos? —pregunta.

—De Axel —contesto, sin poder contenerme. Él me fulmina con la mirada, pero tiene los labios apretados para evitar ponerse a reír conmigo—. Creía que mi caja de cebos era una cajita de «cosas de chicas».

—¡Pues para la próxima píntale un pez o algo! —se excusa, alzando los brazos a la defensiva.

—Las chicas también podemos pescar, Axel —le dice Henni, mirándolo con intención con sus ojos adormilados y sin entender en absoluto de lo que hablábamos.

Sigo riéndome con tantas ganas que me duele la barriga y casi no puedo mantenerme erguida en mi sitio.

—Ay, no puedo con vosotros. No cambiéis nunca.

—Hala, ya basta —dice Axel, levantándose del suelo—. No permitiré que te sigas riendo de mí. Ha llegado la hora de sacarte toda esa locura que tienes dentro. —Y entonces me dedica una sonrisa taimada.

—¿Qué vas a…?

Empieza a atacarme con su aguja. Suelto un chillido, antes de ponerme de pie de un salto, pero él me persigue por todo el claro en el que hemos acampado, como si fuese a apuñalarme con su aguja. Eso no consigue que deje de reír, claro, y prácticamente he pasado a desternillarme de risa.

—¡Que no soy tu alfiletero! —le chillo.

Se está acercando cada vez más. Aunque siempre ha sido el más rápido entre los dos, ser bajita tiene sus ventajas.

Me agacho para pasar por debajo de un hueco que hay entre la maleza y me las arreglo para salir al otro lado. Me he alejado un poco del río, y el bosque espeso se alza más allá. Corro hacia él sin pensarlo, con una sonrisa de oreja a oreja.

Fingir ser una chica ordinaria jugando con un chico encantador en un bosque que no es mágico ni está maldito ni destinado a matarme hace maravillas para ayudarme a soltar algunas de las preocupaciones que me acechan y a dejarlas alzar el vuelo por un momento.

Paso a toda velocidad por el lado de unos cuantos árboles y me escabullo entre ellos, en busca de un tronco lo bastante grueso como para ocultarme detrás de él. Y, unos diez metros más allá, encuentro el árbol perfecto: un sicomoro enorme. Salgo disparada hacia él.

—¡No te salvarás! —exclama Axel, y su voz suena más cerca de lo que creía, así que me doy más prisa.

Casi he alcanzado el árbol, entre risitas y chillidos más propios de una niña que de una mujer casi adulta. Estoy a punto de esconderme detrás del tronco cuando Axel me roza un hombro con la mano. Suelto un grito por la sorpresa y me giro de sopetón. Él se estrella contra mí y terminamos los dos en el suelo.

Axel cae sobre mí, y todo el peso de su cuerpo presiona el mío: pecho contra pecho, caderas con caderas, piernas enredadas entre sí. Con la respiración entrecortada, seguimos riendo unos segundos más, pues somos un lío de cosas rojas, entre mi capa y su bufanda, que me cae sobre los ojos.

—¿Esta es tu venganza por lo de taparte los ojos? —quiero saber.

—Puede ser —contesta, riendo, y me aparta la bufanda de la cara—. Pero tienes los ojos demasiado bonitos como para tenerlos tapados, Clara.

Dejo de respirar, y los últimos rastros de mis carcajadas mueren en mi garganta, ahogados por el vuelco repentino que me da el corazón. Tiene sus ojos azules cubiertos por algunos de sus mechones dorados y alborotados, y me mira como nunca antes ha hecho. Con un peso y una calidez que puedo notar con más intensidad que su propio cuerpo contra el mío.

Antes de que sepa cómo reaccionar o qué debería pensar o sentir o incluso cómo es que una hace que le entre aire en los pulmones, Axel me deja un beso sobre los párpados, primero el izquierdo y luego el derecho, y es el gesto más suave, delicado e increíblemente dulce que he vivido nunca. Es la luz del sol y gotas de lluvia y los primeros copos de nieve al caer. Es todas las estaciones y todos los sentimientos envueltos en una sola sensación sobrecogedora. Hace que me estremezca, y el cosquilleo me recorre la columna, me sube por los hombros y baja hasta las puntas de mis dedos..., con los cuales le doy un tirón a sus mangas para acercarlo más a mí, sin importar que prácticamente no exista espacio entre los dos.

Su boca desciende aún más, pero entonces traga en seco y retrocede, antes de buscarme la mirada como si quisiera asegurarse de no haber cruzado alguna especie de límite conmigo, alguna línea de cenizas que me rodee el corazón y que no quiera que transgreda. Solo que, si ese límite existe, no puedo encontrarlo. No consigo pensar. El pulso me late con violencia en todos los rincones escondidos del cuerpo. ¿Por qué nunca ha sido nada más que un amigo? ¿Por qué nunca lo he dejado ser algo más? La razón se me desliza entre los dedos y no consigo aferrarme a ella.

Muy muy despacio, baja la vista hasta posarla sobre mis labios, y yo arqueo la espalda, desesperada por alcanzarlo. Quiero que me bese más de lo que nunca he querido algo en toda mi vida. Quiero sus labios con los míos y sus manos en mi pelo y que su calor envuelva cada centímetro de mi piel.

—Axel. —Su nombre se me escapa en un murmullo que no pretendía pronunciar. Pero no puedo evitarlo. No dejo de temblar, de añorarlo, de necesitarlo cerca. Algo que se había mantenido dormido en mi interior ha despertado, una tormenta de sentimientos y sensaciones que no consigo comprender. Y lo único de lo que estoy segura es de que quiero más.

Me acaricia la mejilla con el dorso de los dedos antes de inclinar la cabeza en mi dirección. Sus labios están tan cerca..., tanto que puedo notar su aliento sobre mi rostro.

Entonces un destello rojo aparece en el borde de mi visión. Algo que no es mi capa ni la bufanda de Axel. Una horrible sensación en mi interior me tienta a girarme hacia ello, a verlo del todo.

Y termino cediendo ante aquella necesidad que casi puedo tocar con los dedos, pues es más fuerte incluso que mi deseo por Axel.

Me giro, y lo que veo se cierne sobre mí con más fuerza que la peor de las avalanchas.

Es un velo, atrapado en los dedos nudosos del sicomoro que tenemos sobre nosotros.

Un velo transparente de muselina roja.

Un velo de novia.

El velo de Ella.

16

—¿Qué pasa? —pregunta Axel, y, cuando no consigo musitar ni una palabra, se gira para ver qué es lo que no puedo dejar de mirar. Cada músculo del cuerpo se le tensa, duro como el mármol. Se aparta, y yo me incorporo deprisa para poner al menos unos quince centímetros de distancia entre los dos.

Ella.

Ella, tan hermosa y elegante. Ella, el amor verdadero de Axel. Ella, quien se va a casar con él.

No existía cuando me ha rozado los párpados con los labios ni cuando me ha deslizado los dedos por la mejilla. Pero ahora está en todas partes. En el árbol que tenemos cerca y en todos los demás. En cada brizna de hierba y en cada pétalo de cada flor. Para Axel, representa el propio bosque. Es la razón por la que decidió venir. ¿Cómo he podido olvidarlo, aunque sea por un instante?

—¿Qué hacéis? —Hundo los hombros al oír la voz de Henni. Para ella, su hermana también representa el propio bosque.

—Es que… —Mi voz es un cristal hecho añicos. Henni me mira como si no me conociera. Lleva nuestras mochilas a cuestas, como si Axel y yo fuésemos a huir sin ella—. Es que nos hemos caído.

Yo me he caído, pero en los brazos de la locura. Mi corazón anhelaba a Axel hace tan solo un segundo. Lo quería más de lo que creía haber querido algo en la vida. Solo que no estaba pensando, y la sangre me ardía por dentro. ¿Cómo he podido quererlo más a él que a la razón por la que he venido a este bosque?

Para mí, este bosque representa a mi madre. Es a quien estoy destinada a salvar. Es por quien he vivido todos estos años, solo para que ella pueda vivir aún más.

—Hemos encontrado el velo de Ella. —Axel se pone de pie, tenso como un soldado—. Bueno, Clara lo ha encontrado, de hecho.

Henni no se mueve. No muestra sorpresa. No dice nada. Ha sido mi mejor amiga tanto tiempo que ni sé cuándo empezó a serlo, y no soy capaz de saber lo que está pensando. No sé si se ha sorprendido, si la hemos hecho enfadar, si la hemos lastimado o quizás si hasta le da igual. ¿Me habrá visto casi besar a Axel? ¿O hay algo más que le molesta? ¿Acaso le preocupa que algo horrible le haya pasado a su hermana?

—Iré a por el velo —le digo. Me pongo de pie y me muevo más allá para alejarme de Axel—. Puedes dárselo a Ella cuando la encontremos.

Henni mantiene su expresión vacía e indiferente.

Me vuelvo hacia el tronco del sicomoro y busco alguna protuberancia, rama baja o lo que sea que pueda usar para empezar a trepar. En los remolinos y las líneas de la corteza, un par de ojos me acusan con la mirada. Pego un bote al tiempo que ahogo un grito.

—¿Clara? —Axel acorta la distancia que nos separa con un solo paso.

Intento ocultar mi reacción al hacer como si hubiese tenido una punzada de dolor en la espalda.

—Estoy bien.

En realidad, me estoy volviendo loca.

—Puedo auparte —se ofrece, acercándose un poco. Sus pasos son precavidos, y su voz, insegura.

—No hace falta.

—Al menos deberías…

Doy un respingo cuando me toca el hombro.

»… ajustarte las tiras de la capa —dice, dejando caer la mano—. Se te están soltando.

No me las ajusto, sino que trepo el árbol tan rápido como me es posible. No soporto estar tan cerca de Axel, pues incluso el aire está lleno de él: cargado de una energía que hace que el vello de los brazos se me ponga de punta.

El velo rojo se encuentra cuatro tandas de ramas más arriba. Cuelga sobre dos brotes incipientes que se asoman desde una rama más firme, como una sábana sujeta por un par de pinzas. Tengo la impresión de que el sicomoro se burla de mí y sostiene un recordatorio de lo más descarado de la chica de la que Axel está enamorado.

Y me alegro de que así sea, me recuerdo a mí misma. Necesito que los Cisnes Flechados se reúnan si pretendo convertirme en el Giro del Destino, y debo hacerlo, de lo contrario toda esta travesía habrá sido en vano.

Me estiro hacia el velo y lo agarro en un solo movimiento. Puede que la muselina roja esté fría al tacto, pero bien podría estar hirviendo de lo mucho que me cuesta sostenerla.

Bajo del árbol tan deprisa como he subido y le entrego el velo a Henni como si fuese una ofrenda de paz, por mucho que no sepa muy bien por qué siento que debo disculparme.

Aunque retrocede un poco cuando me acerco a ella, los hombros se le tensan al ver el velo. Un pequeño escalofrío la recorre, pero entonces tensa la mandíbula y deja caer mi mochila sobre la hierba.

—Puedes llevarlo tú —me dice.

Pese a que es lo que menos quiero hacer, cierro la boca y asiento. Me pongo de rodillas y meto el velo en mi mochila, antes de juguetear un poco con las tiras para ajustarla, con la vista clavada en el suelo.

—¿Podemos ir a dar un paseo? —le pregunto. Aunque caminar es lo único que hemos hecho todos estos días, quizás si Henni se queda a solas conmigo me dirá por qué…

—¡Clara, no te muevas! —me dice en un susurro, y yo alzo la vista de pronto. ¿Qué podría haber cambiado tan deprisa? Henni tiembla de miedo y se ha puesto muy pálida. Tiene la mirada clavada en algo que hay a mis espaldas.

Empiezo a sudar frío. Podría ser cualquier cosa. Un mechón pelirrojo que serpentea para alcanzarme. Árboles con rostros que se mueven a plena luz del día. Solo que sé que no es eso. Lo sé del mismo modo que sé que la Criatura con Colmillos siempre me iba a tocar entre las cartas que Grandmère sacara para mí.

Me giro muy despacio sobre las rodillas. No puedo darle la espalda a un depredador.

Al otro lado de los casi cuatro metros que nos separan, los ojos de la loba de Grimm se clavan en los míos. Toda su postura demuestra dominancia absoluta. Tiene la cabeza en alto, el cuello estirado y las orejas tensas y levantadas. Su mirada es directa y decidida, y sus iris tienen un color violeta poco natural.

Me está siguiendo. Me da caza. Es el heraldo de mi muerte prematura. Y no pretende fallar.

Axel no la ha visto. Se encuentra justo a medio camino entre la loba y yo. Con la cabeza gacha y su postura inclinada, el cabello le cubre los ojos. Está limpiándose una de sus botas contra la raíz nudosa del sicomoro.

—Axel —lo llamo en un siseo, solo que no me oye. Lo más probable es que esté pensando en Ella y se sienta incluso más culpable que yo.

»¡Axel! —levanto la voz mínimamente, pero sigue sin alzar la mirada. Baja la cabeza aún más y, con aquel movimiento, expone muchísimo el cuello. Las fauces de la loba de Grimm podrían hundirse en él en un instante. Si se percata de que

Axel está en medio de lo que quiere —es decir, yo—, lo matará y lo apartará de su camino para que lo devoren los buitres.

La loba tensa las patas, y se le eriza el pelaje. Se está preparando para moverse.

—¡Axel! —La voz se me quiebra en medio de mi grito susurrado.

Alza la cabeza, y la loba muestra los dientes. Axel se gira para seguirme la mirada. Y todo sucede demasiado rápido. No me da tiempo a advertirle que se mueva con cuidado. Pega un bote al ver a la loba.

Y esta sale disparada.

—¡No! —Me pongo de pie de un salto, pero la capa se me engancha en la rodilla y se me desliza de los hombros.

Una raíz del sicomoro se alza del suelo y se me enrosca en torno a la cintura antes de levantarme por los aires.

—¡Clara! —chilla Henni. Axel se vuelve hacia mí, y la loba lo aparta de un empujón para luego abalanzarse en mi dirección, sin apartar la vista de su presa.

La raíz me lanza a unos tres metros del árbol, y aterrizo de lado. Me arrastro para llegar a mi capa, pero entonces me doy cuenta de que necesito un arma. La loba casi me ha alcanzado. Tanteo sobre el suelo en busca de un palo, una roca, lo que sea.

La tierra empieza a rugir y, en un visto y no visto, se alza y me empuja hacia atrás. Cuando una rama gruesa sale disparada hacia mi rostro, ruedo para apartarme, casi sin aliento. El bosque intenta echarme. Acabar conmigo. Salvo que la loba lo consiga antes.

Esta se arroja sobre mí, con las fauces abiertas. Solo que entonces otra rama se lanza antes que ella y me aferra de un brazo, con lo que me aparta del camino de la loba.

Estoy a seis metros del suelo. Un rugido profundo se alza desde el suelo, y el sicomoro se arranca a sí mismo de la tierra. Usa sus grandes raíces para desplazarse.

Mis amigos persiguen el árbol, intentando alcanzarme. Henni tiene mi capa y Axel, su cuchillo. La loba va dando saltos por debajo de mí, con las fauces listas para devorarme. Está a la espera de verme caer.

La rama que me tiene atrapada se contrae como un muelle ajustado. Va a soltarme en cualquier momento y saldré disparada como la saeta de una ballesta.

Me ayudo de la mano que tengo libre para trepar y aferrarme a una ramita que sale de la rama más gruesa. Le pego un mordisco, con fuerza. Prefiero caer a que me lance por los cielos.

La rama da un respingo y me suelta de inmediato. Mientras caigo, consigo aferrarme a otra rama, pero esta se mueve y se sacude para hacer que la suelte. Sigo cayendo, dando tumbos, mientras intento sujetarme a más ramas y trato de ralentizar mi caída con lo que sea que tenga a mi alcance.

He llegado a la tanda de ramas más bajas, por lo que me abrazo con desesperación al tronco para evitar seguir cayendo. La loba gruñe a mis pies, al acecho.

Henni se escabulle por un lado, enrolla mi capa en una bola y me la lanza con todas sus fuerzas. Aunque suelto el tronco para alcanzarla, la rama en la que estoy se sacude con violencia, con lo que me lanza hacia a un lado. No consigo atrapar la capa, y esta se desliza por el árbol. El sicomoro se sacude y se retuerce. Intento aferrarme a alguna rama, pero pierdo el equilibrio.

Caigo y aterrizo en el suelo. Noto un pinchazo de dolor en la espalda y oigo a Henni chillar mi nombre.

Unos destellos de la loba y de Axel se cuelan en mi visión. Tiene el cuchillo alzado conforme la loba se lanza en mi dirección y hunde los dientes en la falda de mi vestido.

Axel se abalanza sobre la loba, al tiempo que una raíz se alza para aplastarme y lo aparta hacia un lado en el proceso.

La loba empieza a arrastrarme hacia un lado, y yo intento clavar las uñas en el suelo, pero ella es más fuerte.

Más allá de la hierba alta, consigo ver una madriguera de un tamaño considerable. La loba tira de mí hacia allí. Desesperada, me aferro a las paredes de tierra que hay en la entrada.

—¡Axel! —chillo—. ¡Henni!

Sobre mi cabeza, una raíz enorme cubre la madriguera con su sombra y desciende sobre ella como el pie de un gigante.

Con un pisotón atronador, se estrella contra el suelo y me encierra en el interior de la madriguera con la loba.

17

Estoy en la guarida de la loba de Grimm. Me ha traído hasta aquí para darse un banquete conmigo, y no consigo ver nada en el espacio reducido que me rodea. La oscuridad es absoluta. Ahogo un grito conforme la loba me arrastra más y más en el túnel subterráneo.

No se suponía que fuese a morir así. No sin salvar a mi madre primero.

Unas raíces delgadas se me deslizan sobre el rostro como si fuesen patas de arañas, y las aparto a manotazos en un intento por dar con algo a lo que sujetarme, solo que estas terminan rompiéndose y cayendo sobre mí junto con una lluvia de tierra.

El túnel empieza a volverse llano, con lo que la loba me arrastra de forma horizontal. Tiene mis zapatos en la boca y me rodea los tobillos con la mandíbula. Pese a que intento darle una patada, no puedo liberarme. Me incorporo como puedo para darle un puñetazo en el hocico, pero el túnel se ha vuelto muy angosto, por lo que vuelvo a quedar tumbada de espaldas.

Conserva energía, Clara. El túnel no tardará en abrirse para dar al centro de la madriguera, y entonces tendré espacio para luchar como corresponde… o para morir sin demora.

No sé cuánto tiempo o distancia me arrastra la loba. El tiempo se vuelve difuso en medio de mis latidos acelerados y el dolor horrible que siento en el pecho. ¿Y si no vuelvo a ver a mi madre? ¿O a Axel y a Henni?

¿Y si hubiese dejado que me besara bajo el sicomoro?

Tras una eternidad, el túnel se abre, aunque no hacia una madriguera cerrada. Veo algo de luz, a pesar de que está bastante cubierta por unas píceas y unos pinos que se ciernen por encima. Hemos vuelto a salir a la superficie, a un claro del bosque. Noto el aire frío y húmedo, y unas setas rojas con motitas rodean los bordes de las colinas verdes. Debe haber agua cerca.

Algo silba al pasar por mi lado. Una lanza. La loba me suelta el tobillo para esquivarla, de modo que me pongo de pie a toda prisa. La loba vuelve a atacarme, pero otra lanza sale disparada de entre las sombras. La loba se agacha, y la lanza pasa por encima sin rozarla.

—¿Has venido a ver mi colección? —dice una voz alegre y aguda. Una mujer sale de entre las sombras, aunque solo de forma parcial, por lo que no consigo verle la cara. Tiene otra lanza en la mano, improvisada de un palo y lo que parece ser un hueso tallado—. Me encantaría tener otra amiga.

No sé si me habla a mí o a la loba, por lo que no digo ni mu.

—Última oportunidad. —La mujer apunta hacia la loba, y esta le gruñe y se alza cuan grande es.

Sin embargo, la mujer no se intimida, sino que aferra aún más el asta de su lanza con sus dedos delgados. La arroja, con fuerza y destreza, pero la loba es más rápida. Se aparta de un salto y se escapa del claro. Y, como la mujer se dispone a perseguirla, me quedo sola.

Permanezco en tensión durante varios minutos, a la espera de que la loba salga de un salto de entre los matorrales oscuros y regrese a por mí, pero ninguno de los árboles se agita por su llegada.

Suelto un enorme suspiro de alivio, por mucho que una pizca de ansiedad se mantenga atascada en mi interior. ¿Quién era esa mujer? De lo único de lo que estoy segura es de que no era mi madre. Pese a que solo he llegado a ver un atisbo de ella entre las sombras, ha sido suficiente para notar la diferencia. Mi madre tiene un espíritu imposible de contener que se manifiesta en todos y cada uno de sus movimientos, mientras que la mujer que me ha salvado era más refinada y elegante. Lo he notado incluso al verla salir corriendo.

Recuerdo a los Perdidos a ver si me encaja con alguna de ellos. ¿Podría ser Ivana Hirsch o Marlis Glathorn? Cambio el peso de un pie a otro, esperando a que vuelva. Porque volverá..., ¿verdad? Imagino que estará encantada de encontrar a otra persona en medio del bosque.

El ambiente permanece en silencio, salvo por el sonido de una suave brisa que silba entre las ramas llenas de hojas y la hierba alta del claro. Mi ansiedad se dispara un poquito, como un reloj al que se le ha dado demasiada cuerda. Si la mujer no regresa, ¿qué puedo hacer? ¿Cómo encontraré a Axel y a Henni? La madriguera por la que la loba me ha arrastrado está cerrada al otro lado.

Hago un ademán para cerrarme la parte delantera de la capa —lo cual se ha convertido en una especie de escudo para mis adentros—, pero no encuentro nada. Caigo en la cuenta de que la he perdido, pues no he llegado a atar las tiras que la sujetaban como Axel me ha indicado.

Me siento expuesta y tengo que abrazarme a mí misma. Recorro el claro, me hago un masaje en la espalda, que se me ha quedado adolorida, y estiro el cuello para intentar dar con alguna salida que parezca prometedora: un camino con huellas, un riachuelo o incluso un sendero de animales; pero no consigo ver nada en los matorrales que me rodean. *Contaré hasta mil*, decido. *Y luego lo intentaré por mi cuenta y riesgo.*

Cuando llego a 793, algo se mueve en un rincón de mi visión. Doy media vuelta, despacio, preparada para lo peor. Sin embargo, ningún pelaje grisáceo se asoma entre los árboles. No se trata de la loba. Ni tampoco de la mujer. La persona que va corriendo es demasiado bajita.

Solo que no puede ser un niño. Ningún niño forma parte de los Perdidos, pues el Bosque Grimm tuvo la consideración de ahorrarles ese destino. Todos los Perdidos tienen dieciséis años o más; lo bastante mayores como para pedir su deseo al Libro de la fortuna, si es que eso aún fuera posible.

Avanzo con sigilo hacia adelante.

—¿Hola? —pregunto.

La personita se detiene y se esconde detrás de un pino.

—¿Te conozco? —Me balanceo sobre las puntas de los pies para dar un paso más—. Soy Clara Thurn, del Valle de Grimm.

Nadie contesta. Quizás no sea una persona, sino un animal... Alguna liebre excepcionalmente grande que he confundido con alguien con dos piernas. Estoy a punto de girarme y dejar tranquila a la pobre criatura cuando una vocecita finalmente dice:

—Mi mamá dice que no debo hablar con desconocidos.

Contengo la respiración. Sí que es un niño, dado el tono claro de su voz. Me acerco un poquitín más.

—En el Valle de Grimm no somos desconocidos.

—No estamos en la aldea.

—Pero seguro que eres de allí. —Las otras aldeas de la montaña no se encuentran a una distancia que se pueda recorrer andando.

Por detrás del pino, se asoma una cabecita cubierta de una melena de rizos castaños relucientes. Un par de ojos de color avellana se fijan en los míos. Es una cosita preciosa, según puedo ver, como el hijo de un hada del libro de historias infantiles de Grandmère.

Aunque estoy a poco más de tres metros de él, aún me cuesta verlo con claridad. Parece borroso bajo la luz nublada del día. Dada su altura, diría que tiene unos siete u ocho años. Y, por mucho que no recuerde haberlo visto en el Valle de Grimm, me suena de algo.

Aprieta los labios conforme me observa, sin pestañear.

—¿Todavía sabes cómo volver a casa?

—Sí. —*Bueno, más o menos*—. La verdad es que me he perdido un poquitín.

El niño sale de detrás del árbol, con los hombros caídos.

—Eso es lo que dicen todos.

—¿Ah, sí? —¿*Se habrá encontrado con otros aldeanos en el bosque?*—. ¿Es tu madre la que se acaba de ir persiguiendo a la loba?

—Mi mamá les tenía miedo a los lobos. —Distraído, le da una patada a la hierba, pero, como es tan menudito, apenas consigue mover alguna brizna—. ¿Y tu capa roja?

Llevo mis dedos a la base de mi cuello, donde las tiras de la capa habrían estado.

—¿Cómo sabes...?

—Rojo como el ruiponce. Rojo como el color de las rosas —entona, como si estuviese recitando una canción de cuna.

—¿Conoces el ruiponce rojo? —le pregunto, al tiempo que entrecierro los ojos, pues aún no consigo verlo con claridad. Debe ser que tengo la visión borrosa, y no la luz, porque el niño me parece ligeramente desenfocado.

Él asiente, antes de brincar sobre una piedra.

—El primero en crecer para siempre es quien guarda la semilla de la magia. Eso fue lo que me dijo.

—¿Quién?

—El árbol más viejo. Dice que antes era un hombre, pero nadie se lo cree, solo yo. Y solo yo lo puedo escuchar.

Recuerdo los rostros fantasmagóricos que he estado viendo en el bosque, y quizás resulte que no los haya imaginado.

—¿El ruiponce rojo fue el primero en crecer? ¿Eso es lo que quiere decir? ¿Crecer dónde?

—En el Bosque Grimm, dónde si no. Me sé un poema sobre eso. ¿Quieres que te lo recite?

—Eh… vale. —Me está costando enterarme de todo lo que el niño me va contando, porque sus constantes movimientos me distraen muchísimo. No se queda quieto: me rodea, da saltitos para espantar a las libélulas y observa el suelo como si estuviese cazando insectos.

—Me lo aprendí yo solito —me informa—. Aunque supongo que era inevitable. El árbol más viejo no se cansaba de repetirlo y repetirlo. —Entonces saca pecho, muy orgulloso—. ¿Lista? —me pregunta, y yo asiento antes de que empiece:

Cuando la magia besó el suelo, una flor roja brotó,
la cual despertó la tierra y su esplendor le otorgó.
Mas una maldición caerá sobre aquellos que abusan de su poder,
pues, cuando la sangre toca la tierra, la magia se echa a perder.
Aunque el perdón tarda en llegar ante semejante insurrección,
el primero en crecer ofrecerá su protección.

El niño se me queda mirando a la expectativa cuando acaba. Sus bordes siguen siendo borrosos y se desvanecen ante mi mirada.

—¿No te ha gustado?

—Esto… sí, sí.

—Pero no has aplaudido. E «insurrección» es una palabra bien difícil.

—Ay, perdón. —Me pongo a aplaudir, aunque el gesto es distraído y torpe. Me han empezado a temblar las manos. Por fin he conseguido reconocerlo. Vi un retrato en miniatura de

él una vez, en la casa del tío de Axel, por extraño que pareciese. Se encontraba en un rincón polvoriento al lado de otra
foto, en aquel caso de una mujer: la tía de Axel, quien había
muerto varios años antes de que él llegara a la aldea—. ¿Eres
Oliver Furst?

—Nadie me llama Oliver —dice el niño, arrugando la nariz—. Me llamo Ollie.

—Ollie —repito, casi sin aliento. Puedo ver muchos rasgos
de Axel en él: cómo su cabello podría haber sido más rizado
como el de Ollie cuando era pequeño, por mucho que el cabello de Axel sea dorado, y el de Ollie, marrón como el chocola-
te. También se parecen en los ojos, solo que son de colores
diferentes.

Son primos; un primo que Axel nunca llegó a conocer porque, para cuando llegó al Valle de Grimm con su tío, Ollie ya
había muerto.

Unas punzadas me hielan la sangre y hacen que se me erice la piel de los brazos. El niño que tengo delante es... un fantasma.

—¿Cuánto tiempo llevas en el bosque?

Ollie da un saltito hacia otra libélula, aunque no la molesta. Su mano atraviesa el bicho al tiempo que este pasa zum-
bando.

—Ya no me tomo la molestia de contar los días.

—¿Y tu madre está aquí contigo?

Agita de un lado a otro la cabecita, llena de rizos, cuando
niega.

—Solo la gente de los árboles, pero tienes que morir en el
bosque para convertirte en uno de ellos. Mamá murió en la aldea. Y yo también. Nos dio la tos de sangre.

Tisis. Acabó con la vida de seis aldeanos cuando pasó por
el Valle de Grimm hace unos trece años. Por aquel entonces,
yo era una niña, y mi familia se salvó de la enfermedad, de
modo que no recuerdo la epidemia, sino solo lo que se cuenta

de ella. Tampoco recuerdo a Ollie. ¿Nos habremos conocido? Debía haber tenido unos cuatro años cuando él murió.

—¿Y por qué estás aquí si tu madre no está contigo?

Ollie suelta un suspiro muy dramático.

—Haces muchas preguntas.

Una sonrisa me llega a los labios, a pesar del hecho de que estoy manteniendo una conversación con el espíritu de un niño muerto.

—Mi padre me dijo una vez que mi epitafio rezaría: «Aquí yace Clara Thurn. Hacía muchas preguntas».

—¿Epitafio? —Ollie frunce un poco los labios—. ¿Y eso qué es?

—Las palabras que se ponen sobre una tumba.

—Ah. —Vuelve a darle una patadita a la tierra, aunque no consigue que se mueva—. Nunca he visto el mío.

Yo sí. He visto todas las lápidas que hay en el Valle de Grimm. Antes de que aceptara el hecho de que iba a morir, solía despertarme sudando frío por las pesadillas de quedarme encerrada en un ataúd bajo tierra. Para superar mis miedos, visitaba tumbas, las cuales me parecían unos lugares muy apacibles. La mayoría de los lugares de sepultura se encuentran en los terrenos de la gente, aunque algunas, como la de Ollie, están en un cementerio común a las afueras de la plaza de la aldea.

—Te enterraron junto a tu madre.

Ollie deja de saltar por doquier y juguetea con los tirantes de sus pantalones.

—Ojalá pudiese descansar con ella.

—¿Por qué no puedes?

—Es que hice algo malo. —Se queda cabizbajo, con la vista clavada en sus zapatos.

—No creo que haya sido tan malo —le digo, acercándome un poco para arrodillarme frente a él. Ojalá su figura borrosa fuese lo bastante sólida como para darle un abrazo—. Solo eres un niño.

—Los niños pueden robar monedas —dice, sorbiendo por la nariz—. Y yo robé dos. Mamá me dijo que se las diera a alguien que las necesitase, pero con eso me alcanzaba para comprar galletas el próximo día de mercado, así que las enterré en el bosque para guardármelas para más adelante.

Ladeo la cabeza, al comprender cómo debía acabar esa historia.

—Y, antes de que llegara el día de mercado, ¿te contagiaste de la tos de sangre? —le pregunto con delicadeza.

Sus ojos pequeñitos de color avellana se alzan hacia los míos. No sabía que los fantasmas pudieran llorar, pero, salvo que sea un rasgo de su apariencia borrosa, los ojos se le están anegando de lágrimas.

—La fiebre hizo que olvidara dónde las había enterrado. Y sigo sin poder recordarlo. Y ahora no puedo desenterrar nada con las manos. —Le da un manotazo a la hierba para demostrar lo que quiere decir, y atraviesa las briznas sin perturbarlas—. ¿Cómo descansaré sin haberle dado las monedas a quien las necesite como le prometí a mamá?

Se me estruja el corazón. No tardaré mucho en estar muerta como Ollie, y odiaría dejar algún asunto sin resolver que pueda atormentar a mi espíritu.

—Quizás podamos ayudarnos el uno al otro. Iré buscando tus monedas, y tú puedes ayudarme a encontrar el *Sortes Fortunae*.

Ollie frunce el ceño. ¿Lo habré confundido?

—El Libro de la fortuna —me corrijo. Lo más probable es que haya muerto demasiado joven como para saber lo que significa.

—Sé de qué libro me hablas —dice, con una voz un tanto apagada. Entonces se gira y se vuelve a dirigir hacia los matorrales—. Todos lo buscan, pero nadie lo encuentra.

—¿Y tú sabes dónde está? —Me pongo de pie para seguirlo y hago una mueca cuando el movimiento tan súbito hace que me dé un espasmo de dolor por toda la columna—. Te prometo que te ayudaré a encontrar tus monedas.

—Eso dicen todos. —Avanza hasta situarse más allá del borde del claro—. Aunque luego se olvidan de quienes son o se mueren y entonces es demasiado tarde. —Me mira, receloso—. Creía que eras distinta. La magia le llega a la gente inusual, así como le llegó a este bosque. La mujer de rojo dijo que tú podrías ser uno de ellos. Pero ya te has perdido.

La cabeza me da vueltas con todo lo que ha dicho.

—¿La mujer de rojo? ¿Se llamaba Rosamund? —El estómago se me retuerce con una esperanza de lo más irracional. Es casi imposible de que se trate de mi madre. ¿Cómo podría ser cuando se adentró en el Bosque Grimm con un vestido verde? Solo que entonces pienso en la tira de lana rojiza que hay en el Árbol de los Perdidos, en el Valle de Grimm. Grandmère y yo la escogimos porque era el color favorito de mi madre.

Ollie salta sobre una raíz levantada conforme se adentra más entre los matorrales.

—Rojo como el ruiponce. Rojo como el color de las rosas. Atento a la chica de la capa roja.

—¿Quién te ha enseñado eso? —pregunto, avanzando para no perderlo de vista—. ¿El hombre del árbol más viejo o la mujer de rojo? —Bien podría tratarse de otra persona, aunque Ollie no se molesta en responder, sino que se adentra en una tupida arboleda de álamos, demasiado estrecha como para que pueda pasar entre ella. E, incluso si pudiera, el niño ya ha empezado a desvanecerse entre los haces de luz del sol—. ¡Espera! ¿Te volveré a ver?

Ollie se encoge de hombros en un gesto casi traslúcido.

—Hay una chica que vive en la hondonada. Deberías ser amable con ella. Pero, si te ofrece su estofado, haz que lo pruebe ella primero.

—¡Espera! ¡No te vayas, por favor! Al menos ayúdame a encontrar a mis amigos.

Ollie se gira, y el cuerpo apenas se le ve de lo transparente que se ha vuelto.

—Ah, y no salgas de aquí sin tu capa.

—¡Ollie!

Pero es demasiado tarde. Ollie desaparece por completo. El lugar por el que se ha deslizado entre los árboles ha pasado a ser solo niebla y motitas de luz.

18

Me apoyo en el tronco de un álamo delgado, con las ideas dándome vueltas a toda prisa. En cuanto Ollie desaparece, empiezo a dudar de si de verdad lo he visto. Nadie que conozco ha tenido un encuentro con un fantasma, ni siquiera Grandmère, y ella es a quien más podría sucederle algo así de inusual. Aunque es posible que mi abuela no me lo cuente todo.

Me vuelvo sobre mí misma, sin saber a dónde debería ir: si debería volver al claro, pues Ollie me acaba de decir que no debería abandonarlo sin mi capa, o si debería aventurarme a ciegas de vuelta en el bosque y tener la esperanza de volver a encontrar a mis amigos.

Aprieto los puños con fuerza y me obligo a avanzar, con lo que dejo el claro a mis espaldas. No es como si pudiera esperar a que un milagro me devuelva la capa. Tendré que probar suerte sin ella e intentar encontrarla yo solita.

Al menos esta sección de los matorrales no es tan profunda como había pensado. Después de avanzar unos cuantos metros entre unos árboles apiñados, consigo ver otra hondonada, aunque quizás sea la misma que los matorrales han dividido en dos.

Paso por debajo de una rama y salgo hacia un claro, solo que, antes de volver a erguirme y contemplar mis alrededores, una mujer captura mi atención por completo. Está a menos de tres metros de distancia, de pie bajo la sombra de un gran roble, en los límites de la hondonada. Dado que no me esperaba encontrarme con nadie tan pronto, pego un bote.

—¿Tienes frío? —me pregunta. Su voz es tranquila y rítmica, como si el agua y el aire estuviesen fluyendo juntos—. Ven a descansar a mi hogar. Te he estado esperando. Tengo pieles con las que podrás entrar en calor. Te haré sentir cómoda.

Se desliza hacia adelante con un paso, y las sombras que le cubrían el rostro parecen deshacerse. Entonces me doy cuenta de que no es propiamente una mujer, sino una chica. El cabello le cae en unos mechones dispersos y enredados hasta la cintura, unas ondas de color castaño rojizo. Tiene unas cuantas manchas de tierra en la piel, e incluso más en su vestido, el cual es negro en los lugares en los que no es marrón.

No la reconozco de haberla visto en la aldea. ¿Será que es otro fantasma como Ollie? Él me ha dicho que había una chica en la hondonada, aunque no ha mencionado si estaba viva o muerta. Entrecierro los ojos para ver mejor su silueta, pero no la veo borrosa como la de Ollie.

—¿Has sido tú quien le ha arrojado una lanza a la loba de Grimm? —le pregunto.

La chica asiente, con elegancia.

—Puedes llamarme Cenicienta —me contesta—. Y, por desgracia, la loba se ha escapado. Es una pena; tenía un pelaje muy bonito.

Me quedo boquiabierta. Veo más allá de todos sus rasgos salvajes y aprecio sus ojos grandes, su nariz diminuta y su postura elegante. La imagino con el cabello aseado —de un color castaño claro, en lugar de rojizo— y con la piel limpia y brillante. Veo su vestido como fue en un principio: ya no mugriento, sino como un vestido de novia blanco y decorado con cintas y un encaje precioso. Lo único que le falta es su velo rojo, aquel que he encontrado en el sicomoro. El que se ha quedado junto a mi mochila.

—¿Ella? —la llamo, casi sin voz, y me abalanzo sobre ella para darle un abrazo. Pese a que nunca fuimos muy cercanas, no importa. No quepo en mí por la emoción de Henni y la alegría de Axel, así como por mi propio alivio al haber encontrado a otra Perdida en el bosque.

Justo cuando estoy a punto de rodearla con los brazos, ella se aparta, muy tensa.

—Lo lamento —me dice, forzando una sonrisa. Se acomoda el cabello como si se estuviese arreglando un mechón que se ha soltado de su recogido inmaculado—. Siempre le doy la bienvenida a los desconocidos, pero no acostumbro a abrazarlos ni a que me llamen por apodos.

Retrocedo un poco, sin poder evitarlo. No lo entiendo. Ella es su nombre completo. No es el diminutivo de nada, como sí es el caso de Henni para Henrietta. De hecho, Cenicienta es el apodo. Los aldeanos empezaron a llamarla así una vez que se enteraron de la historia de su desaparición. Solo que ¿cómo se enteró Ella de que le habían puesto ese mote si ya no estaba en la aldea?

—Perdona si te he ofendido. —Entierro el pinchazo que me ocasiona saber que no me reconoce. Tendría que recordar que soy la mejor amiga de su hermana—. Soy Clara Thurn, del Valle de Grimm. —Aunque espero un segundo, no muestra señales de saber quién soy—. Muchas gracias por salvarme de la loba.

Su sonrisa se vuelve más relajada, y me dedica otro asentimiento elegante, casi como una reverencia.

—Me alegro mucho de que hayas venido, Clara Thurn —me dice, para luego girarse y adentrarse en la hondonada, no sin antes hacerme un ademán con la cabeza en una invitación silenciosa para que camine junto a ella—. Mi colección me hace compañía —me cuenta—, pero las personas son mucho más interesantes, ¿no te parece?

—Claro —asiento al instante, según acompaso mi andar al suyo, pese a que no lo he pensado mucho, en realidad. Además,

¿qué quiere decir con «colección»? Aun con todo, darle la razón a Ella me resulta lo más natural, pues siempre fue la hermana mayor a la que intentaba impresionar, una versión de Henni más segura de sí misma.

—Bienvenida a mi hogar. —Me hace una floritura para indicarme nuestros alrededores, como si estuviésemos en el recibidor de una mansión. Y, a pesar de que la hondonada no es una estructura hecha por ninguna persona, es el lugar más bonito que he visto en la vida. Unos helechos elegantes, unas píceas situadas unas contra otras y unas setas rojas con motitas nos rodean, así como un pequeño estanque rocoso con algo de agua que fluye en un hilillo. El agua alimenta unas vides que se dejan caer con unas flores sonrojadas y otras de un tono azul plateado. Unas mariposas blancas revolotean a su alrededor y parecen brillar al moverse.

Respiro hondo y capturo el aroma más intenso del bosque. Es floral, fresco y terroso, todo a la vez, como si la magia del Bosque Grimm hubiese descendido justo sobre este lugar. Tiene sentido que Ella haya decidido que sea su hogar.

Unas criaturas pequeñas y unos animalillos se encuentran reunidos alrededor de los límites de la hondonada: hay ardillas, conejos y patitos. Lo más probable es que la magia también los haya atraído. Incluso hay un cervatillo acurrucado sobre la hierba, y, a su lado, una paloma tiene las alas extendidas para alzar el vuelo…, solo que nunca se despega del suelo. Parpadeo y vuelvo a enfocar la mirada. Sus alas permanecen congeladas y extendidas. Y el cervatillo tampoco se vuelve para mirarme como suelen hacer los ciervos cuando alguien nuevo se aproxima.

Una sensación horrible se asienta en mi interior. Me quedo observando los animales con más atención, y entonces el aroma de la hondonada se vuelve amargo como el té cuando se deja reposando mucho tiempo. Los animales no están vivos. Están muertos y tiesos y preservados con un aspecto terrible.

A esto se refería Ella cuando hablaba de su colección: aquello que le hace compañía.

Me obligo a tragar en seco para hacer que la bilis que me sube por la garganta vuelva a bajar. Tengo que calmarme. Todo esto no es tan poco natural como parece. De hecho, el padre de Ella era conocido por su propia colección de animales disecados. Cuando una vaca de su granja moría, se disponía a curtir su cuero, y eso lo llevó a curtir las pieles de otros animales. Tras ello, las estiraba sobre unos modelos de yeso para que mantuvieran su forma original.

Pese a que el salón de la casa de los Dantzer era el hogar de todos esos animales, Henni nunca se acostumbró a ellos. Me decía que sus ojillos como cuencas siempre se la quedaban mirando, de modo que prefería pasar el tiempo en la cocina o en el taller que sus padres le dejaban usar para sus pinturas.

Sin embargo, cabía la posibilidad de que Ella fuese diferente a su hermana. Quizás a ella sí que le gustaba estar en el salón. Tal vez incluso hubiese ayudado a su padre en la curtiduría mientras él preservaba las pieles de los animales con arsénico.

Lo que es evidente es que el bosque no puede hacer las veces de una curtiduría adecuada, claro está, pues los animales que hay aquí no se parecen en nada a los de la casa de los Dantzer. Estos están desfigurados y tienen la piel cosida con torpeza, al no disponer de un modelo que las sostenga como corresponde. Parece que los ha rellenado, pues hay hierba seca y hojas que se asoman entre las costuras.

Los ojos también me parecen algo extraños. No son cuencas pintadas, como los de la colección de su padre, sino que están hechos de semillas y nueces, en ocasiones dispares, lo que les otorga esa apariencia retorcida y dispareja que tienen. Para resumir, son de lo más espeluznantes, como unas criaturas de pesadilla.

Pero ¿quién soy yo para juzgar a Ella por haberlas creado? Debe haberlo hecho para hacer que la hondonada se pareciese más a su hogar, y lo más seguro es que se haya comido la carne de los animales para sobrevivir. Lo único que hacía era intentar seguir adelante en este lugar.

—¿Cómo dices? —Se inclina hacia un búho con el pico torcido como si este le acabara de hablar. Está posado sobre una raíz que sobresale de la tierra, al lado de un montoncito de ratones de pie sobre las patas traseras, como humanos en miniatura—. Sí, es preciosa —le dice Ella al búho antes de girarse hacia mí y susurrarme, en secreto—: Ojo con Klaus, que es un coqueto de los que no hay.

No sé si mi sonrisa se debe a la gracia que me hace el comentario o al sufrimiento, pues no estoy segura de si es broma o no.

Una rama de un sauce llorón se agita. Pego un bote, aunque no tardo en darme cuenta de que solo es el soplo del viento.

—¿Los árboles de aquí se mueven? —le pregunto—. ¿O cualquier otra cosa? —Echo un vistazo receloso a un arbusto particularmente espinoso. No tengo ganas de que me ataquen de nuevo, al no llevar mi capa.

—El bosque no te hará daño en mi hondonada. —Ella acaricia la rama del sauce como si fuese el pelaje de un gato que ha domesticado—. Hicimos las paces hace muchísimo tiempo.

Parece como si estuviese resignada a vivir en este lugar.

—Entonces, ¿no quieres marcharte?

—Ah, buena pregunta. —Ladea la cabeza, mientras piensa qué responder, como si fuese una cuestión demasiado complicada—. No puedo irme si no me han encontrado aún.

—Pero… te acabo de encontrar.

—No, yo te he encontrado a ti. Te he salvado de la loba, como bien has dicho. —De pronto, se gira para hablar con un par de ardillas disecadas con la cola entrelazada. De su boca desfigurada cuelgan unos dientes también torcidos—. *Shhh* —rechista, para regañarlos—. No está bien que nos burlemos de los demás. No es culpa de Clara que esté confundida. Es el bosque el que altera los sentidos.

Sí que lo hace, y Ella parece ser un muy buen ejemplo de ello. Al menos no ha perdido la chaveta del todo como sí le pasó a Fiora. Solo está un poco… perdida, a decir verdad. Lo cual me da esperanzas de que mi madre siga siendo ella misma cuando consiga encontrarla.

Ella agita las pestañas una vez y luego otra más, al tiempo que me da un repaso de arriba abajo.

—Ay, pero si estás temblando, Clara Thurn. ¡Y tienes que comer algo, que estás en los huesos!

Bajo la vista para observarme a mí misma y doy con la sorpresa de que de verdad estoy temblando. Me he acostumbrado tanto a pasar hambre que no lo había notado.

—La comida ha escaseado un poco —confieso.

—En ese caso, tienes que venir conmigo a mi cocina —me invita, con amabilidad—. Tengo de sobra para compartir. —La sigo hacia un lado de la hondonada, tan solo un poco más allá del saliente rocoso por el que el agua fluye se encuentra un lecho de rocas secas que hace las veces de mesa. En ella se encuentran una selección de setas, tubérculos, raíces comestibles y verduras, así como unos utensilios tallados de huesos; todo ello son cosas que Ella podría haber encontrado en el propio bosque o fabricado con los materiales del lugar. Sin embargo, en la parte de atrás de la mesa hay cosas que no pertenecen al bosque: una fila ordenada de botes de especias y unos frascos pequeñitos llenos de polvos y hierbas secas. Incluso hay una colección de cerámica vidriada que contiene platos, cuencos y tazas.

En el suelo, al lado de la mesa, hay un cazo portátil de cobre, lleno de un estofado hirviente. Se encuentra sobre un lecho de rocas dispuesto encima de un fuego lento. A su lado hay apilada leña seca y, más allá, un montón de madera fresca que se encuentra en proceso de secarse. Un hacha reluciente descansa apoyada sobre el montículo.

—¿De dónde has sacado todas estas cosas? —le pregunto, boquiabierta. Según Henni, Ella se adentró en el bosque solo con el vestido de novia que llevaba puesto. He mantenido aquella imagen trágica y romántica en mi mente, y no incluía a Ella con un hacha en una mano y una olla en la otra mientras también cargaba con una mochila llena de utensilios de cocina a la espalda.

—Son regalos, cómo no. —Recoge un cuchillo (uno de acero, no una de sus creaciones hechas de hueso) y corta una seta—. No eres la primera en visitarme, Clara.

Alzo las cejas. En ese caso…

—¿Alguna vez has visto a mi madre? —le pregunto, a toda prisa—. A Rosamund. Rosamund Thurn. —Es posible que Ella me haya olvidado, pero nadie podría olvidar a mi madre. Del mismo modo que les pasa a las hermanas Dantzer, mi madre es una versión más valiente y adorable de lo que soy yo. Es de esas personas imposibles de olvidar.

—No tengo espacio en la cabeza para recordar nombres. —Ella recoge los trocitos de setas con las manos—. Se me olvidan muy rápido.

—Pero Rosamund se parece a mí y…

—Tampoco recuerdo caras.

—Es que…

—Come, Clara —me regaña, chasqueando la lengua—. Sé mi invitada mientras aún tienes un nombre y una cara que puedo recordar.

Me obligo a mí misma a permanecer callada mientras Ella coloca las setas sobre el estofado y lo remueve un poco antes de servirme un cuenco a rebosar, aunque ella no se sirve nada. En su lugar, me hace un gesto para que me siente sobre una alfombra hecha de unas cuantas pieles que se superponen en el centro de la hondonada. Obedezco a regañadientes, pese a que me siento demasiado inquieta. Ella se sienta a mi lado, tan cerca que me pone incómoda.

Tiene las pupilas dilatadas y se inclina suavemente hacia un lado, hasta apoyarse sobre un brazo. Entonces me doy cuenta de que está esperando que coma.

Le vuelvo a echar un vistazo a las setas que hay en la mesa. Aunque ninguna de ellas es venenosa como las rojas con motitas que crecen en los límites de la hondonada, dudo, pues recuerdo lo que me ha dicho Ollie: «Hay una chica que vive en la hondonada. Deberías ser amable con ella. Pero, si te ofrece su estofado, haz que lo pruebe ella primero».

—¿Tú no tienes hambre? —pregunto—. Quizás podamos compartirlo —añado, acercándole mi cuenco.

Entrecierra sus ojos grandes, antes de apartarse un poco.

—Por casualidad no te habrás encontrado con Ollie, ¿no?

—¿Ollie? —repito, como si el nombre no me sonara. Solo que no consigo engañarla, y vuelve a chasquear la lengua.

—Será diablillo —murmura, por lo bajo—. Sé que tiene buenas intenciones, pero si se pone a espantar a todos mis invitados, ¿cómo voy a hacer amigos en este bosque? —Su postura elegante se tuerce cuando echa un vistazo por toda la hondonada—. Tengo que admitir que mi colección a veces me aburre.

—¿Por qué querría Ollie espantar a la gente para que no confíen en ti?

Ella suelta un suspiro, como si no supiese por dónde empezar a explicármelo.

—Cuéntame, Clara Thurn del Valle de Grimm, además de Ollie, ¿soy la primera con quien te has cruzado en este bosque?

—También me he encontrado con otra mujer —contesto, retorciéndome los dedos sobre el regazo—. Con Fiora..., digo Rapunzel.

Ella se inclina un poco más cerca.

—Ah, y puedo ver en tu mirada que ella es un tanto peligrosa, ¿a que sí?

Parpadeo para apartar el recuerdo de Henni siendo arrastrada por el bosque en un capullo formado por el cabello pelirrojo y salvaje de Fiora.

—La verdad es que le gustaba mucho estrangular a la gente.

—¡Ahí lo tienes! —dice, extendiendo los brazos de par en par—. Una nunca sabe cuándo se va a encontrar con un amigo o con un enemigo en este bosque, así que he aprendido a defenderme a mí misma. —Recoge mi cuchara y la hunde en el estofado—. ¿Sabes qué otra cosa veo cuando te miro a los ojos, Clara?

Pienso en Axel y en la cálida presión de su cuerpo sobre el mío bajo el sicomoro, en cómo he podido olvidar todo lo que había estado buscando al venir a este bosque por la desesperación que sentía porque me besara.

—¿Qué?

—Que eres el tipo de persona que puede ser una amiga —dice, antes de llevarse la cuchara a la boca—. No tienes por qué tenerme miedo. —La garganta se le contrae cuando traga un poco del estofado.

Me quedo más tranquila. Ha pasado la prueba que Ollie me ha advertido que le haga, así que no es peligroso comer el estofado. Le echo un vistazo a mi cuenco y el estómago me ruge al ver todas las verduras frescas que flotan en el caldo lleno de hierbas.

—La verdad es que huele muy bien.

—Gracias. —Sus mejillas se sonrojan de un tono adorable—. Me he esforzado mucho al hacerlo.

Lleno una cuchara y me la llevo a la boca. Una vez que la comida me roza la lengua, cierro los ojos cuando un gemido involuntario se me escapa de los labios. Las setas tienen un sabor trufado muy peculiar, y el estofado tiene un aderezo perfecto. No recuerdo haber comido algo tan delicioso nunca en la vida, aunque es posible que eso se deba a que me estoy muriendo de hambre.

—Sabía que te iba a gustar —me dice Ella, con una sonrisa de oreja a oreja.

—¡Está buenísimo! —Es un cumplido que no me cuesta expresar, pues lo único que consigo recordar es el sabor del pan del valle.

Devoro la mitad del cuenco, casi sin recordar respirar entre cucharada y cucharada de tan desesperada que estoy por consumir la comida.

—Con cuidado, querida —se ríe Ella—. Te dolerá el estómago si comes demasiado rápido.

Me obligo a masticar la siguiente cucharada antes de tragar y me río con ella mientras me limpio un poco de caldo que se me ha deslizado por la barbilla. Seguro que cuando Ella come no se le cae ni una gota, pues es el *summum* de la elegancia y la delicadeza. Incluso con su cabello despeinado y la tierra que le mancha la piel, es una belleza en toda regla. Tiene las pestañas largas y oscuras, y el labio inferior le sobresale lo suficiente como para que parezca que está lista para recibir un beso en cualquier momento.

¿Cuántas veces la habrá besado Axel?

Dejo el cuenco a un lado. Sí que me ha empezado a doler el estómago, aunque quizás sea por lo que estoy a punto de decir.

—Es posible que recuerdes al menos un nombre de tu pasado. —Una corriente nerviosa me recorre de pies a cabeza, antes de añadir—: Axel Furst.

En cuanto pronuncio su nombre, me arrepiento de haberlo hecho. Siento como si hubiese revelado un secreto importantísimo, pese a que no sé muy bien por qué.

El entrecejo de Ella se frunce con una arruguita delicada.

—Axel —repite, y el pulso que le late en la base de la garganta se agita un poco—. ¿Es un príncipe?

Casi me echo a reír, pero entonces recuerdo a Axel rodeado de un halo dorado como el amanecer y caminando al lado de mi padre entre las ovejas. Lo recuerdo diciéndome: «Vamos a encontrar a tu madre, Clara», y noto la presión de sus labios en la coronilla y sobre mis párpados cerrados.

—Quizás.

Ella alisa la falda de su vestido de novia, el cual ha extendido sobre las pieles.

—Estoy esperando que mi príncipe venga a por mí. Es posible que sea él.

—Puede ser —contesto, pese a que sé que así es. Axel es la otra mitad de los Cisnes Flechados, con sus cuellos entrelazados para formar el corazón que aparece en la carta con la que Grandmère adivina el futuro—. Me has dicho que no puedes marcharte hasta que te encuentren —le recuerdo—. ¿Te refieres a que tu príncipe tiene que encontrarte?

Se le llenan los ojos de lágrimas antes de asentir, y su mirada se vuelve distante cuando la posa en el horizonte.

—La verdad es que lo perdí. Y también perdí mi velo. Hice lo que el libro me pidió… Hice que la mujer me lo tiñera de rojo. Creí que me iba a proteger, y a mi príncipe también. Que nos mantendría juntos. —Una lágrima se le desliza por la mejilla—. Pero terminamos perdiéndonos el uno al otro de todos modos.

—¿Una mujer tiñó tu velo de rojo? —le pregunto, acercándome—. ¿Qué mujer? ¿Fue mi madre? ¿Rosamund Thurn? —Mi madre ya había teñido algo con el ruiponce rojo como tinte, por poco común que fuese. Solo que ¿cómo podría haber ayudado a Ella si su boda tendría que haber sucedido hace un año y mi madre llevaba tres años desaparecida?

Ella menea la cabeza en mi dirección, como hace una madre para regañar a un niño que no aprende la lección.

—Nada de nombres, Clara. Te digo que no consigo recordarlos. Lo único para lo que tengo espacio es para el desamor y la esperanza. Y mi príncipe… él representa las dos cosas.

Una vez más, la presión de un gran secreto me supera, a pesar de que ya he compartido el nombre de Axel con ella. La cuestión es que Ella no recuerda que Axel es el chico al que lleva esperando ni sabe que ya he encontrado su velo. Soy dueña de las respuestas que tanto anhela.

Debería contarle el papel que desempeñará para romper la maldición. Los Cisnes Flechados estaban entre las cartas que Grandmère sacó para mí, al igual que la Criatura con Colmillos, el Bosque de Medianoche y la Carta Roja. Y mi abuela me advirtió que el destino debía mantener su equilibrio, de lo contrario el Giro del Destino no podía hacer nada para cambiarlo.

Ella y Axel, como pareja, son algo fundamental para mi travesía, ya sea como un amor verdadero o uno imposible. A pesar de que lo tengo claro —muy muy claro—, una parte egoísta en mi interior quiere huir de esta hondonada y quemar el velo de Ella así como el recuerdo de las cartas de Grandmère. Quiero huir con Axel hacia los valles del sur, donde las maldiciones no existen y nadie habla del destino y una persona puede labrarse su propio futuro.

Me retuerzo las manos con fuerza antes de respirar hondo. Mi papel como el Giro del Destino es necesario para salvar a mi madre. Y eso es lo que elijo. Mi madre siempre será lo que elija.

—¿Y si te digo que Axel ha venido conmigo al bosque y que hemos encontrado tu...?

—¿Clara?

El corazón me da un vuelco al oír su voz. Alzo la vista más allá de Ella para enfocarla en una fila espesa de píceas, en el lado contrario por el que he llegado a la hondonada.

Axel sale de entre los árboles junto a Henni. Lleva mi mochila en brazos, y un trocito del velo rojo de Ella se asoma desde la parte de arriba.

Sus ojos se encuentran con los míos, y un montón de emociones sin control cruzan su rostro.

—¿Estás bien? —me pregunta, avanzando un paso—. ¿La loba te ha...? —Me recorre con la mirada—. Hemos encontrado sus huellas y las hemos seguido hasta aquí y...

—Estoy bien —le digo, obligándome a sonreír. Axel no le ha prestado atención a Ella, más allá de echarle un rápido vistazo a la parte de atrás de su cabeza. Y ella no se ha girado hacia él, sino que tiene la respiración entrecortada mientras me mira con sus ojos grandes y en pánico. Es como si le preocupara que, al mirarlo, pueda romper la ilusión de lo que todos sus sentidos deben estar diciéndole a gritos: que su príncipe ha llegado por fin—. Ha estado cuidando de mí —le digo, con un ademán hacia Ella.

Axel se queda quieto…, tan quieto como las criaturas de la colección de Ella. Sin embargo, Henni avanza un paso, con precaución.

—¿Quién te ha estado cuidando? —pregunta, con la voz entrecortada por una esperanza que no se quiere permitir sentir.

Trago en seco para luego devolverle la mirada a Axel, en un intento por capturar el azul de sus ojos y los últimos atisbos del cariño y la ternura que es posible que nunca más vuelva a sentir por mí.

—Dice que se llama Cenicienta.

19

on la elegancia de una bailarina, Ella se pone de pie y gira sobre sí misma para encarar a Axel y a los poco más de tres metros que los separan. Henni contiene el aliento al tiempo que se lleva una mano al pecho. Axel deja caer sus brazos a los lados. Mi mochila se le desliza del hombro y cae al suelo con un golpe seco.

—Estás viva —dice—. Sabía que estabas viva... Lo sabía, nunca he perdido las esperanzas, pero... —Se pasa las manos por el cabello y luego por la cara, antes de dejarlas quietas sobre la boca y la nariz e inhalar con dificultad—. Te he encontrado.

Mi visión se vuelve borrosa conforme lo contemplo a él y a toda su felicidad. Intento no pensar demasiado en el modo en que mira a Ella. En su lugar, me pongo a pensar en mi madre. ¿Será así como reaccione yo cuando la encuentre? ¿O me pondré a llorar? ¿Quizás me eche a reír? El pecho me duele de solo imaginarlo.

Axel avanza a toda prisa para rodear a Ella con los brazos, pero, del mismo modo que hizo conmigo, retrocede un poco antes de que llegue a tocarla. Axel se detiene en seco, y se le tensan los músculos de la garganta.

—Lo siento, Ella.

—Es Cenicienta —lo corrige, aunque no de mala manera, sino con insistencia, como si su nuevo nombre fuese una de las pocas cosas que puede recordar y deba aferrarse a él para no perder la cabeza.

Axel frunce el ceño, sin dejar de mirarla.

—Te llamaré Cenicienta si eso es lo que quieres —dice, para luego respirar hondo una vez más—. Lo siento, Cenicienta. Perdóname por no haber podido salvarte cuando te adentraste en el bosque.

Imagino lo que debe estar recordando, por mucho que no hubiese estado allí: a Ella en su vestido de novia y su velo rojo, caminando dormida más allá de los límites del bosque en la víspera del día de su boda, y a él incapaz de detenerla por culpa de los árboles que le impedían el paso.

—Lamento que hayas pasado tanto tiempo lejos de tu familia. Lamento… —Se le quiebra la voz, y baja la vista hacia sus botas desgastadas—. Lamento todo esto.

—Yo también lo siento —dice Henni, y con ello consigue apartar mis pensamientos de la reunión de Axel y Ella. Este momento también debe ser demasiado para ella, por mucho que haya permanecido en silencio todo este rato. Es como si se hubiera quedado prácticamente paralizada, aferrada al tronco de un álamo joven para no perder el equilibrio, pues las rodillas no la iban a tener en pie mucho tiempo más.

Sin perturbarse por las palabras ni el estado de su hermana, Ella ni se digna a mirarla. Es como si ni siquiera pudiera oírla. En su lugar, ladea la cabeza al mirar a Axel, quien es el centro de su atención. Camina a su alrededor con precaución, mientras examina su atuendo y su estatura y todo lo que compone su apariencia. Estira una mano para tocarlo con sus dedos largos y delgados: primero en la mejilla, luego le resigue la línea de la mandíbula y por último toda la extensión de la garganta. Tengo la impresión de que está intentando recordarlo de un modo que va más allá de unos simples recuerdos, y el momento se convierte en algo íntimo, personal y privado.

Henni, pese a lo que afectada que se encuentra, se las ha arreglado para apartar la mirada. Y yo intento hacer lo mismo, pero no puedo. Con cada segundo que pasa, me siento más joven, más pequeña y más insignificante conforme Ella desliza una mano sobre el pecho de Axel, sobre el abdomen y, tras ello, sobre el lateral de las caderas.

Axel tiene el ceño fruncido y se mantiene en tensión, aunque no aparta la mirada de Ella mientras lo sigue explorando. No puedo culparlo. Su belleza es sobrecogedora.

Ella vuelve a deslizar la mano por el pecho de Axel de vuelta a su rostro, y, con el pulgar, le roza los labios un par de veces.

—¿Quieres comer un poco de mi estofado? —le pregunta, y Axel alza mucho las cejas.

—¿Tu... estofado?

—Clara Thurn ya ha comido y le ha gustado muchísimo.

Axel me busca con la mirada, y yo me encojo de hombros al tiempo que me llevo una mano al estómago, el cual no ha dejado de dolerme.

—Puede que me haya excedido un poquitín. Estaba buenísimo.

—En ese caso, vale —le dice Axel a Ella—. Si Clara ya ha comido un poco...

Ella lo suelta de inmediato y se dirige hacia su cocina improvisada. Henni la sigue a toda prisa, tras haber recobrado la compostura.

—Te ayudo.

Aunque Ella no la mira ni una sola vez, deja que Henni se encargue de la vajilla y de los cubiertos. Aún confuso, Axel recoge mi mochila y se sienta a mi lado, sobre las pieles.

Ambos nos quedamos en silencio durante un rato, y lo único que se oye a nuestro alrededor es el canto de los pájaros, el agua que gotea del saliente rocoso en la hondonada y el traqueteo que hace Ella al servir más estofado en unos cuencos.

Me percato de que el alza de mi zapato izquierdo se ha salido de su lugar, así que me desato los cordones y lo vuelvo a acomodar bajo el talón, todo ello mientras pienso en algo que decir. El corazón me late demasiado rápido. Lo único de lo que Axel debe querer hablar es sobre Ella, o sea, Cenicienta, y no consigo pronunciar su nombre.

Es él quien rompe el silencio.

—¿Estás segura de que la loba no te ha hecho daño?

—¿La loba? —pregunto, mientras me ajusto más los cordones. Ya me había olvidado de la loba de Grimm—. Más allá de un susto que no me gustaría que se repitiera jamás, no, no me ha hecho nada. Ella le ha arrojado unas lanzas y la ha espantado.

—¿Que Ella le ha arrojado lanzas? Vaya. —Axel asiente, intentando aceptar ese hecho al mismo tiempo que todos los demás que ha tenido que procesar. Pasa la mirada por la hondonada y se percata de todos los extraños animales disecados—. Entonces, en una escala de locura del cero al diez, ¿qué puntuación le das? Cero sería «un pelín confundida por pasar un año sobreviviendo por su cuenta» y diez «lista para dejarse crecer el cabello como Fiora y empezar a estrangular gente».

—Yo diría que cinco es lo más probable.

Axel se mordisquea un poco el labio.

—¿Y dirías que un cinco es algo que se pueda solucionar?

—Del uno al diez, yo diría que cinco.

Me sonríe.

—Me alegro mucho de que no te haya pasado nada, Clara.

Una sensación de calidez se me extiende por los hombros.

—Y yo de que me hayas encontrado. Y… a Ella también —me las arreglo para añadir—. Os merecéis ser felices.

La sonrisa que tenía muere en sus labios, y agacha un poco la cabeza para acercarse más a mí.

—Mira, sobre lo que ha pasado antes entre nosotros… —Una imagen vívida de él acercando los labios hacia los míos me llega a la mente—. Ojalá no…

—¿Habéis traído mi capa? —le suelto, de improviso.

—Eh… sí, claro. —Se pasa una mano por la nuca antes de estirarse hacia mi mochila. Está abriéndola cuando regresan Ella y Henni, cada una con un cuenco caliente.

Ella le pasa el suyo a Axel.

—Ahora, a comer. Henrietta me ha contado que lleváis días en vuestra travesía y que incluso habéis dormido juntos por la noche. —Axel se atraganta con su primera cucharada de estofado—. Aunque Henrietta insiste en que ella solo duerme junto a Clara.

—Y siempre completamente vestida —añade Henni—, salvo que contéis la noche en la que Clara le tapó los ojos a Axel. —Le dedico una mirada acusadora a mi amiga, y ella se limita a menear la cabeza y musitar «¿qué pasa?» sin voz.

Ella clava su mirada en mí, con una sonrisa más dulce que la miel.

—¿Y tú, Clara? ¿También duermes completamente vestida cuando pasas la noche atada a Axel?

Tengo las mejillas al rojo vivo, como la forja de un herrero.

—¡Pues claro! Mira, en realidad… —Otro recuerdo llega a mi mente, de forma más vívida que el anterior. Tengo la cabeza acurrucada contra el pecho desnudo de Axel, y su aroma me intoxica los sentidos. Parpadeo, echándome un poco hacia atrás—. Entre Axel y yo no hay nada inapropiado… Nosotros… no… —Puedo oír el eco de mis palabras en los oídos, aunque algo más lento de lo que las he pronunciado.

Axel carraspea.

—¿Qué lleva el estofado, Ella? Quiero decir, Cenicienta. Está exquisito.

Ah, qué listo. Un cambio de tema es justo lo que necesitamos.

Ella abre la boca para contestar, pero Henni se le adelanta.

—La pregunta es qué es lo que no lleva. Tendrías que ver su colección de hierbas y especias y demás polvos. Parece una apotecaria. ¡Tiene arsénico y todo!

Axel suelta una risita nerviosa.

—No me digas que nos has envenenado, Ella.

—El arsénico es para mi colección —dice ella, con una sonrisita traviesa.

—Ah, vale. —Axel vuelve a reír, aunque esta vez su risa es sincera—. De verdad has convertido esta hondonada en un hogar.

Henni le dedica una sonrisa a su hermana.

—Claro, ella puede transformarlo todo en algo hermoso. —Me parece a mí que Henni está intentando impresionar a su hermana, por mucho que Ella permanezca indiferente y siga sin prestarle atención cuando habla. No debe recordarla, de modo que su atención sigue fija en Axel. Cada vez que se lleva una cucharada a la boca, Ella sigue el movimiento de su boca a sus ojos.

—Eres tan apuesto como un príncipe —señala, como si hubiese estado deliberándolo para sus adentros—. Pero me pregunto si de verdad serás *mi* príncipe. Ojalá tuviese alguna señal.

Axel vuelve a soltar una risa nerviosa. Aunque casi comento lo de la carta de los Cisnes Flechados, dudo que Ella pueda comprender la importancia o la validez de la habilidad de Grandmère para adivinar el futuro, no en el estado en el que se encuentra. Lo más probable es que ni siquiera recuerde a mi abuela. La verdad, no parece recordar nada sobre el Valle de Grimm.

¿O sí?

—¿Alguna vez has intentado buscar el *Sortes Fortunae* en el bosque? —le pregunto.

—Por supuesto —contesta, sin inmutarse. Axel se detiene, con la boca abierta y una cucharada a medio camino de llegar a su destino. Ella guía su mano con delicadeza y lo hace comer otro bocado—. ¿Por qué creéis que escogí esta hondonada? —añade, antes de recitar la segunda mitad del acertijo que el Libro de la fortuna dejó abandonado en la aldea:

Agua que cae,
Palabras de todo corazón
Un deseo desinteresado
Romperá la maldición.

—Este lugar cuenta con todo lo que pide el acertijo: el agua que cae, la magia en el aire, hasta las setas rojas con motitas, las mismas que rodean el pabellón en el que solía estar el *Sortes Fortunae* en... Donde solía estar antes —se corrige, para omitir el nombre del Valle de Grimm, que se le ha olvidado.

Arqueo una ceja, sorprendida por lo mucho que recuerda. Busco la mirada de Axel a escondidas y alzo cuatro dedos, para bajarle a Ella un punto en nuestra escala de locura.

—¿Y nunca lo has llegado a encontrar? —insisto, antes de echar un vistazo alrededor de la hondonada para ver si hay algo que no he visto.

Ella niega con la cabeza, con tristeza.

—Incluso si lo hubiese encontrado, no habría podido pedir un deseo.

Henni deja su cuenco a un lado, pues ya ha acabado y no queda rastro de comida en él.

—No me hablaste mucho de tu deseo.

—¿Ah, no? —Por fin, Ella le devuelve la mirada a su hermana menor—. Bueno, es que fue antes de la maldición y tú eras muy pequeña.

Henni se queda sin saber qué decir. Al igual que Axel y yo. Ella acaba de reconocer que recuerda algo sobre su pasado.

—¿Qué pediste? —pregunta Henni, casi sin aliento, con cuidado de no quebrar el momento de lucidez de su hermana.

Los ojos grandes de Ella se vuelven hacia Axel, antes de bajar la mirada con timidez.

—No puedo contarlo.

—Pero ¿qué te dijo el libro que hicieras? —insiste Henni, al preguntar por el único tecnicismo válido en la regla que nos prohíbe contar lo que pedimos. Siempre y cuando uno no revele su deseo de forma explícita, puede contar las instrucciones que el libro le dio para hacerse con él. No obstante, según mi experiencia, eso no suele aclarar mucho las cosas. Mi padre nos contó que el *Sortes Fortunae* le dijo que se afeitara en una noche de luna llena y que enterrara la cuchilla en el huerto de los vecinos. Nunca supe cómo eso lo pudo ayudar a obtener aquello que más quería.

La mirada de Ella se vuelve distante, antes de que se pase una mano por todo el cabello.

—Me dijo que tejiera un velo de novia y que hiciera que Rosamund Thurn lo tiñera con ruiponce rojo.

El corazón me deja de latir, y la visión se me vuelve borrosa en los bordes. Las palabras de Ella se repiten en mis oídos de forma discordante, a destiempo y en desorden: *Rosamund... Thurn... Ruiponce... Rojo... Rosamund... Rojo.* Me quedo mirando a Ella, absorta en el modo en que pronuncia las palabras con la boca y luego retrocede para pronunciarlas de nuevo.

—¿Mi madre? —murmuro. Puedo oler el agua de rosas con la que se perfumaba las muñecas y el cuello, la lanolina que extraía de la lana de las ovejas para hacer ungüentos, el aroma a hierbas que tenía su delantal por pasar tantísimo tiempo en el exterior.

—¿Qué pasa con tu madre? —me pregunta Ella.

—Es... —*Thurn... Ruiponce... Rojo... Rojo...*—, es Rosamund Thurn.

—¿Rosamund qué?

—La mujer que tiñó tu velo —explica Henni, para ayudar a su hermana a recordar—. Pero ¿por qué te encargaste de tu velo de novia con tanta anticipación? Ni siquiera te habías comprometido para entonces.

Mi cerebro confuso se aclara un momento para considerar la pregunta de Henni. El velo de Ella ya era rojo antes de que se adentrara en el bosque —lo había querido de ese color para el día de su boda—, lo que significa que mi madre debió haberlo teñido antes de que Ella se convirtiera en una de los Perdidos. Y, como muy tarde, eso debió haber sido hace tres años, antes de que mi madre desapareciera también... Aunque eso sucedió año y medio antes de que Ella y Axel se comprometieran.

¿Acaso Ella hizo lo que el Libro de la fortuna le había indicado tan pronto como le fue posible después de pedir su deseo? ¿Sin saber con quién se iba a casar? ¿O es que ya había escogido a Axel hacía tres años, cuando ambos solo tenían dieciséis años?

¿Le había pedido al *Sortes Fortunae* que la ayudara a hacer que se enamorara de ella para siempre?

De pronto, una sensación de agotamiento me inunda. Me cuesta pensar por qué el libro le diría a Ella que encargase un velo teñido con ruiponce rojo. Pese a que no entiendo en qué consiste toda la extensión del poder del ruiponce, ¿es posible que sus propiedades protectoras sean lo bastante fuertes como para evitar que una relación termine después de que esta haya sido forjada? O, en el caso de Ella y Axel, después de que se hubieran casado.

¿Es posible que sus votos matrimoniales se vuelvan muchísimo más férreos si se pronuncian cuando Ella lleva puesto su velo rojo?

—¿Acaso conocías a Axel antes de que Rosamund desapareciera? —le pregunta Henni a su hermana.

—¿Axel? —Ella frunce el ceño.

Axel me mira con preocupación. Pese a que tengo la intención de alzar seis dedos, por alguna razón tengo veinte dedos en las manos y no sé cuál es cuál.

—Tu príncipe —le explica Henni, para volver a alentar su memoria—. Y mira lo que te ha traído. —Abre mi mochila y saca lo que mi madre tiñó para mí.

—¿Una capa? —Ella no parece nada impresionada.

—No. —Henni me la lanza, y yo intento atraparla, pero soy demasiado lenta. La capa aterriza sobre mi regazo mientras aún tengo el brazo estirado.

Henni sigue rebuscando hasta que saca un largo velo transparente de muselina rojo.

—Esto.

Poco a poco, los labios de Ella se separan para formar una O perfecta y sorprendida.

—¿Lo ves? —Henni sonríe, como si acabara de ofrecerle a su hermana un regalo más grande que lo que el *Sortes Fortunae* podría ofrecerle nunca a alguien—. De verdad es tu príncipe perdido.

A los pies del búho disecado, los ratoncitos muertos aplauden con sus manitas.

—¡Príncipe perdido! ¡Príncipe perdido! —entonan.

—¿Es mi príncipe encantador? —dice Ella, conteniendo el aliento.

—¡Príncipe encantador! ¡Príncipe encantador! —Los ratoncitos han empezado a bailar.

El búho ulula, al tiempo que agita las plumas. El cervatillo se levanta y se pone a dar saltitos por toda la hondonada. Solo que tiene dos cabezas. Las setas rojas con motitas triplican su tamaño e irradian un brillo multicolor potente como el sol.

Mareada, me vuelvo hacia Ella. Ya se ha puesto el velo, así como yo también llevo puesta mi capa, aunque no sé cuándo ha pasado eso. ¿Me la habrá puesto Axel?

—Me… me has… envenenado. —Mis palabras se arrastran en un tiempo suspendido. Ha puesto algo más que setas comestibles en el estofado. Debe haber añadido las setas rojas con motitas. Esas que paralizan y hacen que la gente se suma en un sueño del que quizás nunca vuelvan a despertar. Pese a que la he visto probar la comida, quizás una cucharada no sea suficiente para resultar perjudicial.

—No solo a ti, Clara, os lo he dado a los tres. —Ella sonríe, como si hubiese revelado un gran secreto—. Pero no penséis que os he envenenado. Vedlo como que habéis alcanzado la iluminación. El Bosque Grimm ha conectado con vuestra alma. —Los ojos le crecen muchísimo, mientras que los iris se le encogen y solo puedo ver unas pupilas dilatadas, unos agujeros inconmensurables, en su lugar—. ¿Y qué mejor que despertar en el día de mi boda?

—Creo que voy a vomitar —dice Axel, llevándose una mano al estómago.

—Ya pasará, príncipe mío —canturrea Ella—. Y, una vez que pase, abrirás los ojos y verás unos colores que no sabías que existían. Sabrás lo que es la belleza y las maravillas y una dicha sin límites.

¿Dónde está mi mochila? Tanteo a mi alrededor para buscarla. Tengo una cajita para emergencias que incluye el polvo negro del botiquín de Grandmère. Cuando se bebe con agua, se combina con las toxinas ingeridas y disminuye sus efectos. Lo traje en caso de que comiésemos alguna baya venenosa por accidente o de que lo necesitásemos para hacer un emplasto si nos mordía una serpiente. Nunca me imaginé que tuviésemos que usarlo para protegernos de la prometida desquiciada de Axel.

—No podéis casaros hoy —le dice Henni a su hermana—. Tardaremos más de un día en volver a casa.

—No pienso esperar tanto. Y no dejaré esta hondonada hasta que me case.

Encuentro mi mochila y rebusco en su interior hasta dar con la cajita. Rozo con los dedos el corcho de la botellita de polvo negro.

—¿Y quién os casará? —pregunta Henni.

Ella le dedica a Axel una sonrisa cautivadora.

—Mi príncipe y yo nos casaremos a nosotros mismos.

Pese a que es una práctica legal, no es nada común. Se trata de una ceremonia que llevaban a cabo nuestros ancestros. Pero ¿qué opina Axel? Cuando me giro hacia él, lo único que veo es su rostro, que empieza a multiplicarse. Tiene la piel de un tono verdoso enfermizo. Necesita mi remedio. Cuando intento agarrar la botellita, noto los dedos demasiado flojos y sin fuerza.

—Ella, no nos apresuremos —dice Axel, apoyando una mano sobre la de su prometida—. No es así como querías que fuese tu boda.

—Ya te he esperado mucho tiempo —contesta, apartándose de su agarre y cuadrando los hombros—. Nos casaremos antes de la medianoche.

Medianoche... Medianoche, se repite en mi mente.

Unas campanadas resuenan en el aire y repiquetean doce veces. Aunque no veo el reloj del que provienen (y dudo que haya uno), suenan del mismo modo que las campanas de la plaza en el Valle de Grimm. Allí había un reloj magnífico, el cual demostraba la destreza de los artesanos de nuestra aldea.

—Hay un prado precioso un poco más allá de la hondonada —dice Ella—. Allí celebraremos nuestro baile. Un baile de bodas.

Henni suelta un chillido de emoción y se pone a aplaudir. Doce palmadas antes de otras doce campanadas.

—¿Puedo ser tu doncella? —le pide, balanceándose un poco de lado a lado conforme trata de ponerse de pie. Las setas han empezado a hacerle efecto—. Todo saldrá bien esta vez. Ya lo verás.

Ella asiente, muy serena, mirando a su hermana con altivez al aceptar su propuesta. Los ojos de Henni se llenan de lágrimas de felicidad antes de que se lleve una mano al estómago.

—Ay, no —dice, para luego salir corriendo hacia un arbusto y vomitar.

Por fin consigo sujetar la botellita con los dedos, y, con toda la torpeza del mundo, la arrastro para sacarla de la mochila.

—Axel —intento llamarlo en un susurro, pero mi voz se amplifica y resuena tanto dentro de mi cabeza como alrededor de la hondonada—. Tengo algo que puede... —*¿Ayudar?* Frunzo el ceño. ¿Con qué se suponía que tenía que ayudarlo?

—Y tú, Clara... —Ella se estira hacia mí. Vacilo, sin saber qué hacer con la botellita que tengo en la mano. ¿Por qué me ha parecido de suma importancia hace tan solo un segundo? Me la meto en el bolsillo con disimulo y le doy la mano a Ella—. Tú serás mi invitada de honor —anuncia, haciendo que me ponga de pie—. Mírate, querida. Ya estás vestida para la ocasión.

Bajo la mirada para apreciar lo que llevo puesto, y, ante mis ojos, mi vestido azul desgastado se agita hasta revelar otro vestido distinto, el más hermoso que he visto nunca.

Cuelga desde mis hombros, donde unas mangas sueltas se unen con unas cintas a la altura de los codos y las muñecas. El corpiño, bastante ceñido en la cintura, da paso a una falda voluminosa y extravagante que se arrastra por el suelo en una tela vaporosa. La tela parece una nube y se extiende hacia abajo en unas capas transparentes de todas las tonalidades de azul: azul hielo, azul nomeolvides, azul violáceo, azul turquesa, azul índigo, azul zafiro y azul medianoche.

Pese a que mi capa ha desaparecido junto a mi anterior vestido, un cinto delgado y escarlata me rodea la cintura y cae de forma elegante en un lazo que descansa sobre los pliegues de mi falda.

Doy una vuelta entera, contemplando el vestido ondear y mecerse mientras el asombro se abre paso en mi interior. Unos pétalos me caen desde la coronilla, y entonces me doy cuenta de que llevo una corona de rosas rojas. Aunque no sé muy bien por qué, puedo verme a mí misma como si estuviese fuera de mi cuerpo, y me veo un poco más mayor, más parecida a mi madre. Mi cabello castaño me cae por la espalda en unas ondas sueltas y las pestañas que rodean mis ojos verdes son más largas, más gruesas y más oscuras.

Unos trocitos de papel caen entre los pétalos de rosas como si fuesen copos de nieve, y mi nombre está escrito en cada uno de ellos. *Clara Thurn. Clara Thurn. Giro del Destino*, me susurran. Y la voz de Ollie se une al coro: *La magia le llega a la gente inusual*.

Los papelitos se deslizan hacia un par de cálices sobre la tierra. Una vez que estos se llenan, unas ondas se forman en su superficie y se transforman en un par de elegantes zapatos de cristal, uno color ámbar y otro verde musgo. Parpadeo, y ya tengo los zapatos de cristal puestos.

La risa de Ella me resuena en los oídos antes de que me deposite un beso en la mejilla.

Como no quiero mirarla, mantengo la vista fija en los zapatos de cristal.

—Me toca ser la elegida —les digo, así como a los papelitos que esconden. Mi declaración me parece importante. Tiene algo que ver con las imágenes que me pasan a toda velocidad por los ojos: una bellota, una tira de lana rojiza que no deja de agitarse, la cuerda delgada que une mi tobillo al de Axel y un par de cisnes blancos.

—Debo prepararme. —La voz de Ella me envuelve—. Esta euforia no durará más allá de la medianoche y, antes de que se rompa el hechizo, debo convertirme en una mujer casada.

20

No sé cuándo ha sucedido —el día ha sido un borrón de colores que danzaban sin cesar y de voces que no le pertenecían a nadie—, pero el sol se ha puesto y la luna llena cuelga sobre mí en un cielo de un color azul muy intenso.

He estado deambulando por el bosque, en busca de algo. He dado con unos escalones de piedra que conducían hacia un gran claro y, algo mareada, he comprendido que lo había encontrado.

El prado para el baile.

La luna y las estrellas se encuentran más cerca del suelo y cuelgan desde unos hilillos plateados como un candelabro y unos dijes con cadenas iridiscentes en mi visión. Iluminan una pista de baile hecha de una hierba esponjosa y montones de florecillas silvestres. En el medio, hay un estanque reluciente. Unos nenúfares flotan en pequeños grupos que florecen como joyas de color rosa y blanco.

Algunos de los árboles que rodean el prado sacan las raíces de la tierra y se encogen hasta alcanzar el tamaño de una persona, para volverse más humanos. Se encaminan hacia la pista de baile en parejas y se ponen a girar en círculos con sus ramas, que simulan brazos, entrelazadas.

El bosque empieza a reproducir una sinfonía con el canto de los grillos, el arrullo de los ruiseñores y la brisa del viento que agita las ramas. Los latidos de mi corazón añaden la percusión.

Me abro paso entre los árboles que bailan, y mis zapatos de cristal no tardan en captar el ritmo cautivador del vals y su un, dos, tres. Lo único que necesito es una pareja. Un arce muy apuesto me ofrece la mano, pero niego con la cabeza con delicadeza y le dedico una reverencia. Quiero a alguien más.

Lo encuentro bajo una seta roja con motitas que es más grande que el roble de Grimm de mi madre. Está sentado apoyado en su tronco blanco, con los ojos vidriosos. Solo que, una vez que me ve, estos se enfocan y me devuelven una mirada cálida. Cuando se pone de pie, su camisa, chaleco y pantalones hechos a mano se desvanecen en una nube de humo y pasa a llevar un atuendo elegante en tonos marfil y dorado: un frac de cuello alto y brocado, con un chaleco de seda debajo y unos pantalones de terciopelo que encajan dentro de sus botas altas y pulidas.

Me toma de la cintura y me atrae hacia él hasta que nuestros cuerpos se rozan.

—Clara —susurra, y mi nombre en sus labios tiene un sabor y un aroma específicos: cada noche de verano embotellada en una embriagadora mezcla de vino de cerezas negras.

—Baila conmigo —le pido, inclinándome hacia él.

Me posa la mano derecha sobre la espalda, al tiempo que sujeta la mía con la izquierda y eleva nuestros brazos un poco. Empezamos a girar y a desplazarnos por la pista de baile, mientras los árboles se dispersan para dejarnos pasar. La luna y las estrellas nos alejan de la oscuridad con su brillo, mantienen nuestro camino iluminado y nos bañan en su luz plateada.

—¿Por qué lloras? —La voz de Axel me llega en un murmullo lleno de ternura.

¿Estoy llorando? Solo entonces reparo en las lágrimas que se me deslizan por las mejillas.

—Supongo que es porque soy feliz. —Solo que, si eso es verdad, ¿por qué noto un dolor intenso en el centro del pecho?—. No me sueltes, no quiero que esto acabe. —El dolor es mejor que perderlo.

Me aparta la mano de la espalda, y el dolor en mi interior se intensifica. Pero entonces me seca las lágrimas con las puntas de los dedos y deja un beso en mi frente.

—No pienso ir a ningún lado.

Me acerca más contra él, y yo apoyo la cabeza sobre su hombro. Nos balanceamos al ritmo más lento de una melodía más pura, hasta que nuestros pies se despegan del suelo. Flotamos sobre la hierba, sobre el estanque reluciente y los nenúfares en flor. Los árboles del prado se retiran hacia los bordes del salón de baile y vuelven a convertirse en gigantes que nos encierran entre sus ramas llenas de agujas de pinos y hojas de arces y robles.

—¿Tienes alas? —le pregunto, algo mareada por la absoluta ausencia de gravedad y la forma en la que me sostiene entre sus brazos.

Una risa suave reverbera a través de su pecho.

—Justo iba a hacerte la misma pregunta.

Me lo quedo mirando, y también a lo que alcanzo a ver de mí misma. Si bien es cierto que ninguno de los dos tiene alas que nos broten de la espalda, a su frac y a mi vestido le han salido unas plumas blancas y sedosas. Plumas de cisne.

Más lágrimas se me deslizan por las mejillas. Me caen en hilillos más allá de la barbilla y se me deslizan por el cuello. *Se supone que no me puedo enamorar.* La carta de los Cisnes Flechados no se suponía que hablase de mí. ¿Cómo es posible si Grandmère también me sacó la carta de la Criatura con Colmillos? *No es justo.*

—¿Qué no es justo? —pregunta Axel, y entonces caigo en la cuenta de que he hablado en voz alta. Y no puedo guardarme la respuesta en mi interior más tiempo. Me ha estado carcomiendo desde que me rozó los párpados con los labios bajo el sicomoro. Si soy sincera conmigo misma, lleva carcomiéndome desde que me dejó llorar en su hombro después de que consiguiéramos asistir el parto de los corderitos gemelos.

—Querer a alguien antes de morir —confieso.

Su mirada se clava con intensidad en la mía, y, pese a que tiene unos ojos demasiado brillantes, con las pupilas dilatadas, sus iris azules son increíblemente tiernos y están llenos de cariño.

—¿Qué clase de vida sería si no fuese así?

—Es que no debería suceder tan deprisa.

—¿Querer a alguien?

—Morir.

—No vamos a morir en este bosque, Clara.

Él no, sin duda. Y, a pesar de que me alegro de que así sea, no es suficiente para que no se me rompa el corazón.

—Vas a ser muy feliz con Ella. Volverás a tener una familia, como siempre has querido.

—No quiero hacerle daño a Ella ni a su familia —me dice, con la cabeza gacha.

—Lo sé.

—Y han sido muy buenos conmigo.

—Es cierto.

—Debo llevarla de vuelta a casa. Me prometí a mí mismo que lo haría.

—No tienes que excusarte. —Si lo hace, sé lo que dirá después: que Ella no piensa marcharse hasta que se case con ella—. Entiendo lo que tiene que pasar esta noche.

—Lo que no entiendes es lo que siento por… —Menea la cabeza y alza la vista hasta enfocar sus ojos en los míos. Parecen reflejar toda la pena que albergo en mi interior—. Clara, ¿cómo se supone que…?

—Para —le pido, apoyando una mano en su pecho para apartarlo.

—No puedo. —Me acuna el rostro con las manos y me hace levantar la cabeza.

Aunque hemos dejado de bailar, seguimos flotando mientras el mundo gira y gira a nuestro alrededor. Las estrellas pasan por doquier a toda velocidad y se transforman en luciérnagas. Unas plumas blancas me brotan desde las puntas del pelo y crecen sobre la camisa de Axel para adornarle el cuello de la prenda.

Baja la vista hacia mis labios, y el corazón se me acelera con unos latidos que no puedo controlar y que parecen extenderse hacia mis brazos, dedos y las puntas de los pies. Axel va a besarme, y yo pienso dejarlo, por mucho que sea un beso por lástima o para disculparse. No puedo morir sin saber cómo se siente.

Entrelazo los brazos alrededor de su cuello para atraerlo más hacia mí. Su aliento, cálido, me acaricia la cara. Casi puedo rozar sus labios con los míos. Cierro los ojos. Cuando su labio inferior atrapa el borde del mío, con tan solo un suave atisbo de presión, un escalofrío me recorre entera y pronuncio su nombre por lo bajo…

—¿Axel? —La voz de Ella se estrella contra mi consciencia, y, por mucho que sea delicada y pausada, me resuena como un estruendo en el interior de la cabeza.

Me aparto con decisión del abrazo de Axel y retrocedo con torpeza, con ambos pies plantados una vez más en la pista de baile del prado. El mundo deja de dar vueltas. Ella y Henni acaban de asomarse por las escaleras de piedra y se encuentran bajo el arco natural que forman un par de árboles que se inclinan uno hacia el otro.

Pese a que Ella está a más de cinco metros de distancia, abarca mi visión por completo. Las plumas que tengo en el cabello y en la falda se encogen hasta desaparecer mientras admiro su apariencia casi etérea.

Su vestido está hecho de plumas blancas de pies a cabeza. Se extienden hacia arriba en forma de corazón para cubrirle el pecho y, a la altura de las caderas, se van separando como si fuesen alas. Caen en cascada por su falda como si se tratasen de copos de nieve que se han posado sobre la hierba.

Sus labios carnosos son de un color rosa como los pétalos de una flor, y lleva el cabello recogido en un moño elegante con un arreglo de plumas que se mantienen sujetas sobre las orejas con una destreza deliberada.

Su velo rojo sangre contrasta muchísimo con todo el blanco que la rodea. Parece flotar, desde la base de su moño, por su espalda descubierta y más allá de su falda, donde se derrama y se retuerce en una larga cola que es tres veces más larga de lo que era antes.

En un rincón muy lejano de mi mente, soy consciente de que estoy alucinando. Que Ella debe seguir enfundada en su vestido de novia desgastado y manchado por las cenizas. Solo que eso no me consuela. Es una novia preciosa, sin importar lo que lleve puesto, y se va a convertir en la esposa de Axel antes de que llegue la medianoche. Por mucho que me vaya a destrozar por dentro, tengo que dejar que así sea. De lo contrario, Ella no volverá a casa, y eso les romperá el corazón a Henni y a Axel. Así que es mejor que sea el mío el que se rompa. Son mis amigos quienes podrán abandonar este bosque una vez que nuestra travesía llegue a su fin, pues mi vida está destinada a acabar aquí.

Ella se desliza hacia donde nos encontramos Axel y yo, bajo la luz de la luna. Henni la sigue de cerca, enfundada en un vestido muchísimo más sencillo que el de su hermana. Es de un color morado oscuro, y la falda de la prenda le cae con delicadeza sobre las rodillas de un modo bastante juvenil. La culpabilidad me corroe cuando mi mirada se cruza con la de mi amiga. Tiene el mismo ceño fruncido que tenía la última vez que nos pilló a punto de besarnos.

Sin embargo, Ella parece haber olvidado la escena con la que se ha dado de bruces hace tan solo un instante. Es eso o que sus dotes de actriz son magníficos. Su sonrisa es tranquila y sus brazos, gráciles como los de una bailarina, no muestran ni un ápice de tensión. Solo en su mirada ligeramente entornada se puede apreciar algo más oscuro y lleno de rabia.

Llega hasta donde estamos, al lado del estanque, y recorre a Axel de arriba abajo con sus ojos de pestañas larguísimas.

—Príncipe mío, eres un novio magnífico.

Y sí que lo es. El dolor en mi pecho se vuelve más intenso cuando reparo en cómo ha cambiado: ha pasado a estar completamente vestido de blanco, como Ella. Una capa de plumas blancas le cuelga sobre uno de los hombros, y lleva una corona dorada en la cabeza.

Entonces caigo en la cuenta de que quizás los Cisnes Flechados no son dos personas, sino tres. Axel y Ella son la pareja que siente amor verdadero el uno por el otro, mientras que yo soy el ave que tiene el corazón partido por su amor imposible y que flota sobre ellos, con una flecha clavada en el pecho.

—Baila conmigo —le pide Ella a Axel, del mismo modo que he hecho yo antes—. Un baile y luego pronunciaremos nuestros votos.

Axel se remueve un poco en su sitio.

—Ella…

—Ya casi es medianoche. Ya te perdí una vez en la víspera de nuestra boda, así que me rehúso a que vuelva a suceder. No pienso seguir dándole largas a mi boda. —Cuadra sus hombros delgados y alza la barbilla por todo lo alto—. Nos casaremos antes de que el reloj dé las doce.

21

Pese a que no hay ningún reloj en el prado, Ella debe oírlo igual que yo, como ambas lo hemos oído todo este tiempo: yo, en mi desesperación por encontrar a mi madre y ella en su total falta de paciencia para casarse con el muchacho que casi fue suyo el verano pasado.

—Cuántas plumas blancas —murmuro, mientras contemplo como Axel y Ella se deslizan por el prado al son de un nuevo vals, solo que la música del bosque parece ir a destiempo. Ella está guiando a Axel en un ritmo más rápido del que debería.

—¿Plumas blancas? —pregunta Henni, situándose a mi lado.

—En el traje de Axel y en el vestido de Ella.

—Pero si Ella lleva un vestido dorado. —Henni mira a su hermana con los ojos vidriosos y muy abiertos, con las pupilas dilatadas del mismo modo que Axel y Ella y, seguramente, yo también.

—¿Así es como la ves? —Me tambaleo un poco. Axel y Ella parecen cambiar de lugar en mi visión. Cuando antes se movían de izquierda a derecha, ahora se mueven de derecha a izquierda.

Aunque Henni dice algo, sus palabras me suenan amortiguadas de un modo un tanto extraño. Entonces repite lo que ha dicho, y su voz parece amplificarse como si estuviese resonando a través de un acantilado rocoso.

—¡Ya casi es medianoche! ¡Acercaos para la selección!

—¿Es el Día de Devoción? —pregunto, sobresaltada—. ¿Por qué no me lo has dicho?

Me vuelvo hacia Henni, pero el dulce rostro de mi amiga ha desaparecido. En su lugar, es el relojero de la aldea quien se encuentra a mi lado. Consulta la hora en su reloj de bolsillo antes de cerrarlo con un chasquido.

—¿Cuántas veces has escrito tu nombre? —inquiere, con una de sus gruesas cejas alzada.

Ay, madre.

—¿Se ha enterado? —¿Habrá visto todos los papelitos que escondí en el bolsillo de mi delantal?

Su sonrisa acaba con todas mis defensas. Solo que ahora es Axel quien me sonríe, no el relojero. Es Axel quien se encuentra a mi lado, mientras que otro Axel baila con Ella. Y hay otro Axel en el prado —¿será el mío?—, solo que el prado es uno diferente, es el que está a las afueras del Bosque Grimm. El sol brilla sobre su piel bronceada, mientras mordisquea una ramita de paja. Cuando se la quita de la boca, se inclina hacia mí para susurrarme:

—Venga. Si nos damos prisa, podemos arreglarlo.

—¿Arreglar qué?

—Todos los papelitos extra que has puesto. No pueden quedarse en el cáliz.

—Pero… Si no he llegado a ponerlos en el cáliz. —¿*O sí?*

El Axel que tengo al lado desaparece, y una réplica de mí misma ocupa su lugar.

—Es una alucinación, Clara —me dice la segunda yo. Lleva puesto mi vestido azul viejo y desgastado, así como la capa teñida con ruiponce rojo—. No es el Día de Devoción.

—Te equivocas. Mira, voy a demostrártelo. —Me agacho e intento quitarme el zapato izquierdo, el que está hecho de cristal de color ámbar. Tengo que confirmar que aún tiene en su interior siete papelitos, pues no los he contado antes, cuando se

217

cayeron—. Debo darme prisa —me digo a mí misma mientras le doy tirones al zapato. ¿Por qué no puedo sacármelo? Me debato con unos cordones que, aunque no puedo ver, sí que puedo notar. No deberían estar aquí. Mis zapatos de cristal no tienen cordones—. No puedo esperar a que escojan mi nombre. Axel me necesita.

—Querrás decir que madre te necesita.

—Esto... —*¿No es eso lo que he dicho?*—. Sí, eso.

La segunda yo da un paso hacia mí, y su capa roja me roza el brazo.

—¿De verdad crees que Ella va a dejar que Axel abandone su hondonada una vez que estén casados?

Vuelvo la vista hacia la pareja danzante. Ella tiene la cabeza apoyada en su hombro, igual que he hecho yo antes, solo que clava los dedos en la espalda de Axel como si fuesen garras.

—No va a dejar el lugar en el que ha pasado a tener control sobre su vida —añade la segunda yo—. Lo mantendrá drogado y le hará daño a quien sea que intente llevárselo.

—Quizás no le haga falta drogarlo —repongo—. Quizás él quiera quedarse aquí —No parece que le moleste el abrazo desesperado de Ella. Tiene la vista clavada en ella, y su expresión es intensa y sincera—. Está enamorado de ella.

—Pero lo necesitas —me insiste la segunda yo—. Lo necesitas para tu travesía.

—Solo si está junto a Ella. Y míralos. No puede ser más obvio que son los Cisnes Flechados. —La parejita gira y gira, en una nube de plumas blancas que me marea.

—Solo ves lo que quieres ver, Clara.

Fulmino a mi segundo yo con la mirada.

—Si es así, ¿qué haces tú aquí?

—¿Quieres que me vaya?

—Sí.

—Pues vale. —Mi reflejo se transforma y crece un par de centímetros al tiempo que se hace varios años mayor.

Ahora es mi madre quien se encuentra a mi lado, con el vestido azul aciano y la capa roja.

Contengo el aliento, más sorprendida por verla a ella que a todo lo demás que he visto. Creía que la recordaba a la perfección, pero me equivocaba. Había olvidado que sus ojos verdes están ligeramente más juntos que los míos, que su cabello castaño tiene unos cuantos mechones grises.

En mi imaginación, la había preservado en su juventud, tal como la veía cuando era niña, solo que ahora se parece más al roble de Grimm que plantó junto a su padre, con sus hojas secas y doradas por el otoño tras haber madurado durante varios años.

—¿Aún conservas la bellota que te di? —me pregunta.

—Por supuesto. —Mi voz es un susurro casi reverente.

—¿Y su significado?

No estoy segura de entender lo que me dice, por mucho que recuerde las últimas palabras que madre me dijo antes de aventurarse en el bosque: «La bellota simboliza tu vida, no la mía».

—Los robles viven cientos de años. Me dijiste que eran casi eternos. La bellota me recuerda que aún puedo salvarte —le explico, con mis propias razones por las cuales la conservo.

—Pero no te la di por eso, Clara. Fue un regalo para recordarte que vivas tu vida. Y no es eso lo que has estado haciendo, la verdad. ¿Por qué no extiendes las alas?

¿De verdad está discutiendo conmigo por esto?

—Pero si eres tú la que me hizo la capa. Tú querías que fuera a buscarte si no volvías a casa.

—Solo ves lo que quieres ver.

—Es a ti a quien quiero ver —le digo, con la voz entrecortada.

—¿Y a él? —Mi madre me sujeta la barbilla con ternura y hace que gire la cabeza para mirar a Axel, quien ha dejado de bailar. Henni ha hecho que se coloque debajo del arco de árboles en el borde del prado, justo al inicio de los escalones de piedra. Ella se encuentra a unos quince metros de donde está él, como una novia en la entrada de una capilla. La cola de su vestido de plumas y su largo velo rojo se extienden a su espalda—. ¿Crees que de verdad quiere casarse con Ella Dantzer? ¿O es que es la clase de muchacho que sacrificaría su propia felicidad solo para hacer que vuelva a casa sana y salva?

Unos recuerdos se reproducen detrás de mis párpados como destellos de un espectáculo de una compañía de actores, solo que quienes participan en ella son personas que conozco y Axel —o bueno, una copia de él— es la variable constante en absolutamente todas las escenas que no dejan de cambiar.

En la primera, tiene doce años, la edad que tenía cuando su padre murió debido a la avalancha. Está arando el campo de su tío mientras que este le grita y agita una botella de cerveza como si fuese a usarla para darle una paliza.

En la siguiente, Axel es un poco mayor, quizás de unos trece años. Está ayudando a los Trager, una joven pareja que solía vivir cerca de la granja de los Dantzer. Una fiebre los ha mandado a los dos a la cama, de modo que es Axel quien repara el tejado de su pequeña cabaña. Aunque se ofrecen a pagarle, él se rehúsa a aceptar su dinero.

La escena vuelve a cambiar, y ahora Axel lleva al pequeño de los Eckhart a los hombros, mientras que sus padres caminan a su lado en dirección a la plaza de la aldea. La madre está embarazada, y el padre necesita una muleta para andar, pues se ha roto el pie.

Axel está por todas partes en el Valle de Grimm, entre todos sus habitantes. Incluso la muy solitaria Fiora Winther le permite que la ayude con un recado y le entrega un sobre sellado para que lo lleve a algún lado.

Y entonces Axel está conmigo. Me está lanzando bolitas de lana en el cabello para hacer que me ría mientras aprendo a trasquilar ovejas. En otra escena, me persigue, al tiempo que ambos cargamos con unos cubos con leche de oveja. Estamos compitiendo a ver quién puede correr más rápido sin derramar ni una sola gota. En la siguiente escena, me está gastando una broma. Es mi primera vez bailando con un muchacho en el festival de la cosecha, y Axel se me acerca a hurtadillas por detrás y me tira de uno de los lazos que llevo en el pelo para que se me deshagan las trenzas.

Y he llegado a la noche que recuerdo con más detalle, la noche en que me ayudó a asistir el parto de los corderitos gemelos. Axel hace que mantenga los pies en la tierra gracias a su fortaleza y me anima con sus palabras. En ese momento no hay bromitas ni burlas varias. Cuando me echo a llorar tras haber salvado al segundo corderito, Axel me rodea con sus brazos cálidos y me acaricia el pelo con delicadeza.

—Creo que es un muchacho que merece a una chica que no vaya a morir en este bosque —le digo a mi madre.

—¿Y si es como tú y no sabe qué es lo que merece? —Me mira de forma deliberada, ladeando la cabeza—. ¿Y si también ha olvidado que debe vivir su vida?

El Axel más pequeño desaparece, y solo queda el Axel que se encuentra bajo el arco de árboles. Ella está a poco más de metro y medio de él, a solo unos cuantos pasos de completar su avance por el prado.

—Puedes esconderte detrás de una muralla si quieres, Clara —me dice madre—, pero ¿crees que está bien que dejes que Axel cometa el mismo error?

Tenso la mandíbula.

—No tendría que hacerte caso —le digo, y me duele, pero es la verdad—. No eres mi madre, sino solo un producto de mi mente delirante por culpa de las setas.

Aunque espero que me dedique una mirada ofendida, lo único que hace es alzar una ceja oscura y contener una sonrisita, del mismo modo que hizo cuando era niña y pretendía esconderle una vasija de cerámica que había roto.

—Sigo siendo una parte de tu mente, Clara. Soy lo que de verdad quieres oír en tu interior, de lo contrario no me habrías escogido para que sea yo quien te lo diga. —Empieza a desvanecerse y se vuelve más y más transparente.

—¡Espera! —le digo, con el corazón latiéndome a toda velocidad—. ¡No te vayas!

—Despierta, mi niña —me dice, con una voz firme pero suave—. No te rindas. Vive.

Y entonces desaparece.

Se me escapa un sollozo ahogado, pero no me permito soltar ni uno más. Desesperada, rebusco en un bolsillo que no puedo ver. En algún lugar bajo la ilusión de este vestido de gala, se encuentra mi viejo vestido. Cuando por fin consigo encontrarlo, hundo los dedos en su interior y los envuelvo alrededor de la botellita de polvos negros. La saco, me vierto una buena cantidad en la boca y la trago junto a un poco del agua del estanque.

—¡Axel! —exclamo, después de haberme secado la cara con la mano y salir corriendo por el prado—. ¡No lo hagas!

22

Mientras corro, el *tictac* del reloj invisible suena más y más fuerte. O quizás son los latidos de mi corazón. La cura no ha llegado a mi torrente sanguíneo aún. Ella se ha quedado atrapada en un bucle en mi visión: retrocede a toda velocidad para luego avanzar muy despacio, con lo que se aleja antes de acercarse a Axel. Solo que, para cuando llego hacia donde están, el bucle se detiene. Ya tienen las manos entrelazadas bajo el arco de árboles.

—¡No te cases con ella, Axel! —le digo, con la respiración entrecortada—. A menos que lo hagas por una buena razón.

A unos cuantos metros a mi izquierda, Henni frunce el ceño.

—Clara, ¿qué...?

—¿Una buena razón? —la interrumpe Ella, mirándome como si me hubiese vuelto loca, lo cual es bastante irónico dado que ha sido ella la que me ha puesto veneno en la comida—. Claro que mi príncipe tiene una buena razón, no lo conoces en absoluto.

Axel frunce el ceño según se obliga a sí mismo a mantener la vista clavada en Ella y no volverse hacia mí.

—Una buena razón solo lo es si no es una mentira —le digo.

—¿Qué insinúas? —La voz de Ella sigue siendo igual de femenina en su tono estridente y con su amabilidad exagerada. Hace que me sienta incluso más como una cría a su lado—. Mi príncipe nunca mentiría.

—Claro que sí, si eso implica salvarte y hacer que tu familia vuelva a ser feliz.

—Para, Clara —sisea Henni—. ¡Vas a echarlo todo a perder! —Su vestido de color violeta se vuelve de un tono morado más oscuro.

Pero no pretendo guardarme lo que he venido a decir.

—¿Casarte con Ella te hará feliz, Axel?

Ella suelta un resoplido delicado.

—Mi príncipe es feliz cuando aquellos a los que sirve también lo son.

—Tú calla que a ti no te he preguntado —le suelto, y Ella retrocede un paso, como si la hubiese abofeteado. Respiro hondo para calmarme. No puede ser tan sensible como parece, pues es más lista de lo que nos ha hecho creer: sabe arrojar lanzas para ahuyentar lobos, despellejar animales y disecarlos por placer, preparar venenos a la perfección. Ya habríamos muerto todos si se hubiese excedido con las cantidades—. Axel se merece una vida más allá de servir a los demás.

—Pero así es el amor —dice Henni.

—No, no es cierto. No del todo. Querer a alguien significa tratarlo como a un igual. —Me acerco un poco a Axel—. Es confiar en esa persona por encima de todas las cosas y ser quien eres de verdad cuando estáis juntos y admitir lo que sientes en realidad.

—Cómo puedes ser tan cruel para insultarlo —interpone Ella—. Mi príncipe no…

—¡Que no es un príncipe! —Ya me he hartado de que lo retrate como alguien que no es en realidad—. Es un chico que perdió a su padre cuando tenía doce años y que quedó a cargo de un tío que nunca pudo ofrecerle una familia de verdad. Y lo único que ha querido desde entonces es ser parte de una familia feliz.

—¡Y así será si nos dejas en paz de una vez por todas! —me chilla Henni.

Doy un respingo, porque Henni nunca me ha hablado así.

—No es mi intención hacerle daño a nadie. Todos merecéis ser felices. Pero la felicidad tiene que partir de la verdad.

Doy otro paso más, con cuidado, para acercarme a Axel, y él vuelve a fruncir el ceño. Ella le aprieta las manos con más fuerza.

—¿Axel? —lo llamo en un hilo de voz, con la esperanza de que por fin se gire hacia mí, por mucho que su mirada siga fija en su prometida—. No pretendo obligarte a cambiar de parecer. —Aunque ya he empezado a pensar con mayor lucidez, no quiero manipularlo mientras sigue atrapado en un delirio—. No diré nada más si puedes mirarme a los ojos y decirme que vas a casarte con Ella porque la quieres. Y no me refiero a como amigos o porque es lo correcto. Me refiero a un amor de verdad. Como ella se merece. Como tú te mereces. Si puedes decirme que es así, entonces me quedaré tranquila. —*Y te dejaré ir.*

Ella se vuelve hacia Axel, con la barbilla alzada con la elegancia de un cisne y una sonrisa llena de confianza, si bien algo tensa. Henni también clava la mirada en él, aunque su actitud es frágil y desesperada, a un mínimo empujoncito de quebrarse por completo.

Axel mantiene la vista fija en Ella durante algunos segundos más, y, durante ese tiempo, el dolor late en mi interior al son del reloj invisible. Su traje blanco, su capa de plumas y su corona dorada empiezan a parpadear en mi visión. Bajo todo ello, puedo ver los destellos de su verdadera apariencia: su cabello sucio, la barba de algunos días que le cubre el rostro, su ropa hecha a mano y con remaches, la suciedad por llevar varios días en esta aventura.

Finalmente, rompe el contacto visual con Ella y baja la vista hacia sus manos unidas. Se balancea un poco, aún bajo los efectos del veneno, mientras que yo ya me siento más firme. La cura ha empezado a surtir efecto.

Axel respira hondo y con dificultad.

Mírame, le imploro para mis adentros.

Se pasa la lengua por los labios y los aprieta con fuerza. Cierra los ojos durante un instante. Entonces inhala despacio y alza la mirada hacia mí. El azul de sus ojos se ha vuelto férreo como el granito. Se obliga a abrir la boca.

—Voy a casarme con Ella porque… —La voz se le pone ronca, y Axel cambia el peso de una pierna a otra y se aclara la garganta para intentarlo de nuevo—. Porque…

—Dilo. —Ella se lleva las manos de él, aferradas a las suyas, más cerca de su pecho.

—Porque…

—Venga, Axel —le suplica Henni—. Ya casi es medianoche.

—¡Ya lo sé! —suelta él.

Los tendones en el cuello de Ella se tensan. Henni casi da saltitos sobre las puntas de sus pies. ¿El hechizo acabará de verdad a la medianoche? ¿El veneno de Ella será tan preciso?

—No me rompas el corazón de nuevo —le pide Ella, con los ojos anegados en lágrimas—. Dime que me quieres.

—La verdad… —Una expresión de dolor cruza su rostro—, lo intenté, Ella.

El prado se sume en un silencio abrupto. La música de la extraña sinfonía se desvanece, y no se puede oír ni el sonido de una brisa o de un aliento. Lo único que resuena en mi cabeza es el *tictac* del reloj, que aún no marca las doce.

Un sonidito diminuto es lo que finalmente rompe el silencio: Henni, que se ha puesto a llorar en voz baja. Me acerco para consolarla, pero se aparta y se cubre el rostro con las manos.

Axel se aprieta un poco el entrecejo fruncido con sus dedos tensos y pasa la mirada de una hermana a la otra.

—Lo siento mucho.

Ella se ha quedado completamente quieta, salvo por las fosas nasales, que se le abren mucho cuando respira. Se toma unos segundos más para sí misma y luego alza aún más la barbilla, le suelta las manos a Axel y retrocede un paso, con elegancia. Un espasmo le aflige la boca antes de que apriete los labios.

—Imagino que querrás marcharte, ¿verdad? —le pregunta.

—Tenía la esperanza de que volvieras con nosotros —le dice Axel—. Tus padres te echan de menos, y les prometí que...

—¿Beberías algo conmigo antes de marcharte? —lo interrumpe Ella, sin demoras—. Prometeremos ser amigos, aunque no nos convirtamos en marido y mujer.

—Claro. —Axel parpadea, sorprendido—. Me importas mucho, Ella.

—Me alegro —contesta, con una voz dulce como la miel, y entonces se vuelve hacia Henni—. Pásame los cálices, por favor.

Todavía un poco mareada, les echo un vistazo a mis zapatos de cristal, solo que, cómo no, Ella no se refería a *esos* cálices, por mucho que sean de color ámbar y verde musgo, como los de la selección en el Día de Devoción.

Henni se sorbe la nariz y le pasa a su hermana un par de vasos de hojalata.

—Espero que no te moleste beber agua —le dice Ella a Axel—. Por desgracia, mi hondonada no tiene una prensa de vino.

—Ningún problema —dice Axel, obligándose a sonreír.

Ella le entrega un cáliz y entrelaza un brazo con el de él, con lo que sostiene su copa cerca de los labios de Axel al tiempo que él hace lo mismo con ella.

Talán, talán, talán. Las primeras campanadas resuenan al llegar la medianoche.

—¿Prometes siempre ser sincero conmigo y serme fiel? —pregunta Ella.

Talán, talán.

Axel frunce el ceño.

—¿No era una promesa para ser amigos?

—¿No es lo mismo? —interpone Henni, con un brillo de esperanza en los ojos.

Talán.

—¿Supongo? —Axel parece incómodo.

—En ese caso, ¿qué dices? —le insiste Ella.

Talán, talán.

Ocho campanadas. Las plumas de cisne blanco de Ella se están volviendo negras. Sé que solo soy yo quien ve esas cosas y que veo lo que quiero ver, pero no soy capaz de pasar por alto el mal presentimiento que hace que se me revuelva el estómago.

—Prometo ser sincero contigo y ser un amigo leal —contesta Axel.

Talán.

—¡No es eso lo que te he pedido! —exclama Ella, dándole una patada al suelo.

Talán.

—Tienes que aceptar lo que puedo ofrecerte.

Talán.

La luna y las estrellas empiezan a retroceder, para volver a su lugar en los cielos.

—¡No pienso aceptarlo! —Una vena empieza a sobresalir en la frente de Ella—. ¡Vas a ser mío y mío para siempre!

—Ella, no puedo prometerte algo así.

Talán.

Un chillido de pura rabia sale de la garganta de Ella. Axel deja caer su copa y retrocede un paso, sobresaltado.

El miedo que siento no deja lugar para nada más. Unas alarmas de advertencia resuenan sin control en mi interior.

—Axel, Henni, tenemos que irnos.

Henni me mira, boquiabierta.

—¡No podemos abandonar a mi hermana!

—Tu hermana es peligrosa.

—¡Le han roto el corazón!

Veo cómo Ella se saca algo de la manga: un vial diminuto con una sustancia gris en su interior que pasa a verter en su copa.

—¿Qué es eso? —le pregunto, acercándome un poco—. ¿Qué piensas...?

—Es para Axel —contesta Ella, guardándose el vial.

Axel niega con la cabeza.

—No puedo prometerte nada.

Ella lo mira con los ojos entornados.

—En ese caso, bebe y ya está.

—Axel —le advierto.

—No pienso beber nada, Ella —repone él, antes de tomarme de la mano. Hago un ademán para tomar la mano de Henni, pero esta retrocede un paso.

—¡Que bebas! —chilla Ella, antes de lanzarse sobre Axel.

Me interpongo para detenerla, aunque solo consigo alcanzar su velo rojo. Le doy un tirón con fuerza y consigo arrancárselo.

Ella ahoga un grito y se vuelve hacia mí para fulminarme con una mirada llena de odio.

—¿Creéis que pienso dejaros ir? —dice, girándose hacia nosotros—. ¡Nadie me va a abandonar! ¡No pienso permitir que nadie me abandone nunca más!

—¿Qué dices? —Henni se ha puesto pálida, y su hermana avanza decidida hacia ella.

—¿Has visto los rostros que hay en los árboles del bosque?

—Esto... —Henni traga en seco—. Creía que me estaba volviendo loca.

—Yo los he visto —confieso.

—Y yo —añade Axel—. Los tres debemos de haber pensado que era una alucinación.

—Son los muertos —dice Ella, con una mirada afilada—. Los árboles los absorben; son el cementerio del Bosque Grimm.

—Pero... —Henni empieza a temblar—. Pero tú no has matado a nadie, ¿verdad?

Ella se yergue, cuan alta es. Su vestido de plumas de cisne ha pasado a teñirse de negro.

—No pienso permitir que nadie me abandone.

Entonces se abalanza sobre Axel con su cáliz, y él alza un brazo para protegerse. Aunque el agua envenenada salpica al derramarse, él se aparta antes de que alguna gota le caiga en la boca. Ella se sube el dobladillo de su falda y saca un cuchillo que tenía atado en el muslo.

—¡Corred! —grita Axel.

Agarro la mano de Henni, y los tres salimos corriendo hacia las escaleras. Pese a que tengo el velo de Ella enredado en torno al cuerpo, ha vuelto a adquirir su extensión normal. La ropa de Henni también vuelve a transformarse en su forma original, y las plumas blancas del traje de Axel han empezado a caerse con el viento.

Bajamos los peldaños a toda velocidad, mientras Ella nos persigue con su cuchillo. Su vestido de novia monstruoso está perdiendo su magia. Las plumas se encogen, y el vestido en sí empieza a desaparecer hasta convertirse de nuevo en unos ropajes manchados de cenizas.

No dejo de tropezarme con el velo, y uno de mis zapatos de cristal se atasca en una de las grietas de los escalones. Salgo disparada hacia adelante y estoy a punto de irme de bruces y terminar de bajar así el resto de los escalones, pero Axel me atrapa antes de caer. Pierdo el zapato izquierdo.

Cuando me giro para recuperarlo, Ella blande su cuchillo hacia mi rostro. Me agacho antes de que pueda hacerme un corte en la mejilla, y Axel empuja a Ella hacia un lado, donde cae en unos arbustos que se encuentran al lado de las escaleras. Terminamos de bajar los escalones a trompicones, con Axel encargándose de que no pierda el equilibrio entre el molesto velo que se interpone en mi camino y el hecho de que ya solo tengo un zapato.

Conforme mis amigos y yo huimos, me giro para dedicarle un último vistazo a mi zapato de cristal.

El brillo ámbar desaparece, y su aspecto luminoso se vuelve opaco y de un color marrón oscuro.

Ha vuelto a ser mi zapato izquierdo, lleno de rasguños.

El zapato que contiene mi alza de talón.

23

ecorremos la hondonada a toda prisa, recogemos nuestras mochilas y volvemos corriendo por el lugar por el que Axel y Henni llegaron desde el sicomoro al seguir las huellas de la loba. El sicomoro se encuentra cerca del río, y debemos seguir valiéndonos de su cauce invariable como nuestra guía.

Sin embargo, las huellas de la loba no llegan mucho más allá y tan solo nos conducen durante un tramo corto antes de desaparecer al llegar a unos matorrales, árboles jóvenes y arbustos espinosos que ni Henni ni Axel reconocen. Lo que quiere decir que el bosque se ha movido durante el baile en el prado. Es la única explicación. Según seguimos avanzando a toda prisa, intento no desanimarme. El río no puede estar demasiado lejos.

Axel nos guía en la dirección en la que cree que debe estar el río, aunque unos tramos con árboles y arbustos muy apretujados impiden que vayamos recto. Pese a que no encontramos el río, por suerte llegamos a un pequeño riachuelo que debe desembocar en él.

Henni se deja caer de rodillas y acuna las manos en el agua para beber a grandes tragos. Axel y yo nos agachamos a su lado y hacemos lo mismo.

—¿Podemos irnos a dormir ya? —pregunta Henni, secándose la barbilla mojada. Sigue siendo de noche, e, incluso si no nos hubiese envenenado con las setas, estaríamos cansados, pero estoy segura de que el estofado es el culpable de que nos sintamos peor. Aunque poco después de salir del prado hemos dejado de alucinar, un cansancio terrible se ha asentado sobre los tres.

Mi agotamiento no es tan intenso como el de mis amigos: Henni ha estado todo este rato avanzando a trompicones y Axel no puede pasar treinta segundos sin soltar un bostezo. Sin embargo, yo he tomado una dosis de polvo negro.

—Ya pronto —le digo, antes de sacar la botellita de medicina del bolsillo. Dado que hemos encontrado agua y que nos hemos alejado lo suficiente de Ella, puedo hacer que beban la panacea.

Le quito el tapón y les explico cómo hacer que se convierta en un líquido viscoso con el agua del riachuelo. Henni pone cara de asco al probarlo, y Axel contiene una arcada, pero ambos consiguen tragarlo.

—No pienso volver a comer setas en la vida —se queja él—. Me da igual si no son peligrosas. No se me antoja nada que siquiera se parezca un poco a una seta venenosa.

Henni se tumba de espaldas.

—¿Ahora sí podemos dormir?

—Aún no —le digo, frotándome los pies. Solo llevo puestos unos calcetines delgados, unos que ya están rotos, mugrientos y ensangrentados por los cortes que me acabo de hacer en los dedos de los pies y en los talones. Me he quitado el zapato derecho ni bien hemos salido de la hondonada y lo he metido en la mochila, con la esperanza de que en algún momento pueda recuperar el izquierdo, por mucho que sea algo casi imposible—. Debemos alejarnos más. Ella aún puede seguirnos el rastro hasta aquí.

—Quizás deberíamos dejar que lo haga. —Henni tiene la mirada fija en la luna que se atisba entre las copas de los árboles del bosque, y los ojos se le llenan de lágrimas.

—No podemos —le digo, con delicadeza—. Lo siento, sé que esto debe ser difícil para ti.

—Parece que solo para mí —murmura por lo bajo, y pese a que su voz es casi un susurro, sus palabras son mordaces.

Contengo una mueca. Henni no suele decir cosas tan hirientes.

—Eso no es justo, Henni. Axel decidió adentrarse en el bosque para salvar a Ella. Ya has visto cómo ha intentado persuadirla.

—Lo que he visto es como *tú* lo persuadías a *él*.

—Lo único que quería era...

—Clara ha hecho bien —interpone Axel, con un tono como de hermano mayor: firme pero con cariño—. No la culpes. Los tres sufrimos por Ella. Ya no es quien era.

Henni se gira de golpe hacia él, sin moverse de su sitio.

—¡Eso no quiere decir que tengamos que dejarla tirada!

—No es eso lo que quería decir —dice él, tras respirar hondo.

—Ya hemos tenido la suerte de encontrarla. —Henni se seca con furia las lágrimas que le resbalan por las mejillas—. ¿Cómo lo volveremos a hacer? El bosque se moverá y no dejará que la encontremos.

—Aun así, vamos a salvarla —le promete Axel.

—¿Cómo?

—Del único modo que podemos hacerlo —digo, con rotundidad—. Como pensábamos hacer en un principio: vamos a encontrar el *Sortes Fortunae* y vamos a acabar con la maldición. Ella se ha vuelto loca por su culpa, igual que Fiora. Y la maldición también es la razón por la que el bosque no deja de cambiar. Percibe que hay alguien del Valle de Grimm en su interior y quiere castigarnos. El ruiponce rojo ayuda un poco, pero, incluso así, la ayuda no dura para siempre. —Por mucho que siga sin entender la razón.

Según Ollie y su poema, el ruiponce rojo fue lo primero que creció en el Bosque Grimm, lo primero que despertó la tierra y le otorgó poder. También me dijo que el ruiponce rojo contenía la semilla de la magia. Solo que, si es tan poderoso, ¿cómo es que su protección es limitada?

—Pero ¿y si no encontramos nunca el libro? —pregunta Henni, conteniendo un sollozo.

—Ya verás que sí que lo encontraremos —le aseguro. Me niego a creer lo contrario. No he perdido la esperanza en la Carta Roja que me sacó Grandmère. Ser el Giro del Destino debe significar cambiar el futuro del Valle de Grimm, ¿y cómo podré hacer algo así sin pedirle un deseo al *Sortes Fortunae?*—. Y, cuando acabemos con la maldición, lo más probable es que Ella vuelva a ser la persona que era. El bosque dejará de luchar contra los aldeanos, y los Perdidos podrán volver a casa. —Es así como salvaré a mi madre, también.

Axel baja la mirada y resigue la cicatriz que tiene en el dorso de una de las manos.

—¿Cuántos creéis que seguirán con vida? —pregunta, a media voz—. ¿Cuántos creéis que Ella habrá…? —Aunque no termina la oración, la palabra que no dice pende en el aire, pesarosa.

«Matado».

Henni se lleva las rodillas al pecho y se acurruca sobre sí misma.

Me obligo a tragar, pese a tener la garganta seca.

—La mayor parte de los rostros que hay en los árboles deben llevar aquí siglos —contesto, deseando que sea cierto—. Esas personas deben haber muerto en la batalla que se libró aquí hace muchísimo tiempo… y, como dice la leyenda, se convirtieron en árboles. —Recuerdo lo que me dijo Ollie sobre «la gente de los árboles», que tenían que morir en el bosque para convertirse en uno de ellos.

—Es eso o que los árboles los absorbieron —dice Axel, antes de lanzarle una mirada recelosa al bosque—. Es lo que ha dicho Ella.

Ollie también me dijo que, en el bosque, o bien la gente olvidaba quién era o moría. No dijo que alguien los asesinara, y una muerte en un bosque se puede dar de muchos modos, aunque también es posible que se refiriera a un asesinato. Ollie no es precisamente una fuente de claridad.

Les echo un vistazo furtivo a mis amigos. Todavía no les he contado lo de mi encuentro con el fantasma. Tendré que encontrar un mejor momento: uno en el que Henni no esté llorando y en el que Axel no haya estado a punto de casarse con Ella por segunda vez.

—Pero… Ella no puede haber sido la única que haya… hecho daño a los demás —dice Henni, entre tartamudeos y evitando usar la palabra «matar» de nuevo—. Seguro que Fiora también… es culpable de algunos de esos incidentes desafortunados.

—Es lo más probable —asiente Axel—. Fiora lleva aún más tiempo en este bosque que Ella. Eso debe haber hecho que su locura sea incluso peor.

Pese a que ambos me miran como si esperaran que les diera la razón, cierro la boca y hago como si mis pies adoloridos abarcaran toda mi atención. A pesar de que lo que Axel dice tiene sentido, no quiero admitirlo, ni siquiera para mis adentros. Hacerlo implica reconocer que mi madre podría estar sufriendo un destino peor que el de Ella o el de Fiora, pues fue la primera en desaparecer dentro del bosque.

Sin embargo, también cabe la posibilidad de que esté bien. Por mucho que Ollie no lo haya confirmado, aún me aferro a la esperanza de que mi madre sea la mujer de rojo, que sea ella quien le haya dicho: «Atento a la chica de la capa roja». Si está velando por mí, quizás eso signifique que su mente sigue en buenas condiciones.

Solo que, ¿cómo de buenas? ¿Me recordará? ¿O será como Ella, que solo recuerda una versión fracturada de su pasado? Ella recuerda esperar a su príncipe, no que este sea un muchacho llamado Axel. ¿Será que mi madre me ha encasillado de la misma forma hasta convertirme en la chica de la capa roja? ¿Habrá olvidado mi rostro y cómo me llamo?

Axel se acerca un poco hacia mí.

—Tenemos que envolverte los pies con algo para protegerlos. Puedo rasgar una parte de mi camisa —propone, al tiempo que empieza a desabrochársela.

Casi me atraganto con mi propia lengua.

—Eh, no hace falta. —Una imagen de Axel sin camisa se plasma en mi mente sin querer. Ya lo he visto sin camisa dos veces. Si añade una tercera, es posible que no sea capaz de volver a pensar con claridad nunca más.

—Solo la parte que va dentro de los pantalones —insiste.

—Lo haré con la parte de abajo de mi camisón, no pasa nada. —Meto la mano por debajo de mi vestido a toda prisa y empiezo a darle tirones al camisón antes de que Axel se ponga a hacer algo sin pensar. Tras arrancar un par de tiras largas, me pongo a envolverme los pies con ellas.

—A ver, te ayudo —dice él, poniéndose mi pie izquierdo sobre el regazo.

Abro la boca para protestar, pero las palabras mueren antes de que las pronuncie conforme empieza a envolver las tiras de tela alrededor de los dedos de mis pies..., del arco..., del talón..., y, finalmente, del tobillo. Aunque mis calcetines suponen una barrera entre sus dedos y mi piel, esta es muy delgada, y sin duda no lo bastante contundente como para disfrazar lo íntimo y cálido que resulta su tacto. Cada centímetro de mi piel se eriza, y he empezado a respirar con bocanadas diminutas de aire.

También me envuelve el pie derecho y, para cuando termina, estoy tan mareada que veo puntitos negros por todos lados.

—Listo —dice, atando el último trozo de tela antes de extender una mano para ayudarme a ponerme en pie. Solo que no la acepto. No puedo seguir tocándolo. Si lo hago, es probable que me desmaye.

—Gracias —suelto, para luego ponerme de pie de un salto. Empiezo a caminar a toda prisa, con la mochila puesta, y me dispongo a seguir el riachuelo—. Deberíamos seguir avanzando —digo, hacia atrás.

—Espera un segundo, Clara —me llama Henni, y hay algo en su voz que parece envolverla en un tono acusador. Me vuelvo para ver qué pasa, y ella se pone de pie antes de señalar hacia mi mochila con un ademán de la barbilla, como si acabara de percatarse de algo—. Llevas el velo de Ella.

Echo un vistazo hacia atrás a la parte cerrada de mi mochila, por donde se asoma algo rojo. ¿Por qué se ha enfadado tanto Henni? No he pretendido ocultarlo.

—¿No me has visto llevármelo? —Una vez bajamos las escaleras corriendo, me desprendí del velo y lo metí en la mochila a toda prisa.

Henni mantiene su expresión severa.

—¿Por qué no lo has dejado en la hondonada?

Supongo que era una posibilidad, pero…

—Ella ha dicho que mi madre lo había teñido con ruiponce rojo. —Es otra reliquia suya, como mi capa. Y, aún más, el velo me parece una pista. Aunque no tengo ni idea de qué significa, es lo más cerca que he llegado a encontrar algo que tenga alguna conexión con ella desde que nos adentramos en el bosque—. Además, Ella ya no lo necesita. No ha habido boda.

Pese a que no lo digo con mala intención, Henni se queda boquiabierta como si hubiese reducido el velo a cenizas solo con mis palabras.

—¡Pero puede protegerla!

—Quizás antes sí, pero ya no. Ni siquiera la ha protegido de sí misma mientras lo llevaba puesto en el prado. Ella no va a volver a ser quien era hasta que no acabemos con la maldición, Henni.

—Eso no lo sabes —me suelta, cortante—. Quizás es que no lo llevó puesto el tiempo suficiente. Tenemos que devolvérselo. —Se abalanza sobre mí, y yo doy un paso atrás, asustada. Axel se interpone entre las dos, sin demora.

—No vamos a volver a la hondonada —dice, con firmeza—. Clara tiene razón. El único modo de salvar a Ella es si encontramos el Libro de la fortuna.

Henni tensa la mandíbula.

—Parece que Clara siempre tiene la razón —concluye, antes de pasar por nuestro lado hecha una furia y ser la primera en seguir el riachuelo.

Suelto un suspiro tan hondo que amenaza con acabar con mis pulmones. Hay muy pocas personas en este mundo que me importen de verdad, y Henni es una de ellas. Nunca antes la he hecho enfadar tanto, así que me cuesta aún más asimilarlo. Axel se acerca a donde estoy.

—Ya se le pasará —me dice—. Creo que aún está bajo los efectos de las setas.

Eso podría ser cierto, aunque también acaba de verse obligada a separarse de su hermana, y Ella es la única razón por la que Henni decidió sumarse a nuestra travesía.

Una vez que empezamos a seguirla, los dedos de Axel rozan los míos. Pese a que una sensación de calidez me invade entera, no puedo evitar tensarme y apartar la mano.

—Tendría que… —Intento buscar qué decir—. Es que Henni… me necesita.

Axel frunce un poco el ceño, pero me adelanto a toda prisa, mientras maldigo a mi corazón acelerado. He tenido cuidado con lo que le he dicho antes de que fuera a casarse con Ella. Le he preguntado si la quería, si casarse con ella lo haría feliz. Sin embargo, no le he dicho lo que siento por él ni tampoco le he preguntado lo que siente por mí.

Dado que no me queda mucho tiempo de vida, lo mejor será que no nos encariñemos demasiado el uno con el otro.

No sería justo que le causara más dolor del necesario. Por mucho que eso implique que mi propio dolor me atormente más y más.

24

El amanecer no tarda en llegar, y el sol se asoma por detrás del follaje del bosque. Según se alza, su luz reluce como diamantes sobre el riachuelo, aunque aquella ilusión es lo único que brilla en el agua. No hay ningún pez, ni siquiera de los pequeños. El riachuelo es angosto y poco profundo, por lo que no tendría que haber tenido muchas expectativas, pero me ruge el estómago, impaciente, y me dan retortijones. El estofado de Ella no consiguió saciar mi hambre.

Le damos unos mordisquitos a unas hierbas mientras seguimos avanzando. Además de no tener ningún pez, el riachuelo tampoco nos ha conducido hacia el río, y, cuanto más caminamos, de peor humor se pone Henni. No me ha dicho ni media palabra desde que reparó en que yo tenía el velo de su hermana, y, conforme el día da paso a la noche, no parece que tenga muchas ganas de romper su voto de silencio.

Como no sé cómo lidiar con una Henni resentida —pues nunca se ha dado el caso—, decido que lo mejor será darle su espacio. Si hubiese tenido que abandonar a mi madre como ella ha tenido que hacer con su hermana, seguro que estaría aún más enfurruñada. Aunque quizás sí que lo estoy. Al fin y al cabo, tuve que abandonar a mi madre. La visión que tuve de ella en el prado me pareció muy real, y ojalá lo hubiese sido. El lugar que ocupa en mi corazón de pronto me parece aún más vacío que antes.

Decidimos pasar la noche en un lugar cerca del riachuelo en el que no parece acechar ninguno de los rostros de los muertos en los árboles. Cuando me tumbo sobre mi saco de dormir, noto un dolor sordo en la curvatura de la columna y, una vez más, lamento la pérdida del zapato que contenía mi alza de talón. Esta travesía será muchísimo más difícil sin contar con esa ayuda.

Axel ocupa su lugar de siempre, a mi derecha. Una vez que he atado su tobillo al mío, me giro hacia Henni, quien siempre se tumba a mi izquierda. Solo que ella decide tumbarse al otro lado de Axel y atar su tobillo al de él sin siquiera mirarme. De la chiquilla vergonzosa que hace unos días me hizo cubrirle los ojos a Axel no queda ni rastro.

En cuestión de segundos, se pone a roncar. Me masajeo el puente de la nariz, donde una jaqueca lleva atormentándome desde hace horas.

—No va a perdonarme nunca —le digo a Axel, en voz baja.

—¿Y tú? —pregunta él, girando la cabeza un poco hacia mi lado. Su piel bronceada parece teñida de un color violeta debido a los tonos fríos de la noche—. ¿Piensas perdonar…?

—¡Pero si no estoy enfadada con ella! —susurro.

—Me refería a mí.

—Ah. —Me muevo un poco, para ponerme más cómoda—. Tampoco estoy enfadada contigo. ¿Por qué iba a estarlo?

—No sé. —Se las arregla para encogerse de hombros, incluso estando tumbado de espaldas—. Casi me casé con Ella después de haber bailado contigo y que casi nos… —Suelta un suspiro y se cruje el cuello—. Seguro que crees que no me importa lo que sientes.

—No es eso.

—Entonces, ¿por qué me has estado evitando? —pregunta, tras buscarme la mirada en medio de la oscuridad.

—Es que… —No consigo articular las palabras correctas. Es mucho más sencillo pasar de Axel de día, cuando no estamos obligados a tumbarnos uno al lado del otro, cuando no tengo que oler su aroma y notar su calor y preguntarme de dónde sacaré las fuerzas para seguir resistiéndome a él. Está despertando partes de mí que ya había enterrado hacía muchísimo tiempo, partes que nunca permití que despertaran, en realidad.

—¿Te sientes culpable por haberme convencido para que no me casara con Ella? —me insiste.

Y, una vez más, no sé qué decirle. Al principio no me sentí culpable por lo que dije en el prado, pero ahora un poco sí, en especial al ver que parece que Henni me odia por ello. Sin embargo, admitir eso delante de Axel significaría reconocer lo que siento por él, y no puedo alentarlo más. Cada vez que ha intentado besarme en este bosque, prácticamente he caído rendida a sus pies, por lo que necesito mantener la cabeza fría y cuidar de mi corazón. Y del de él también.

—Fui yo quien decidió acabar con la boda —me dice—. Fue decisión mía, y anoche no fue la primera vez que lo hice.

—¿Cómo dices? —inquiero, boquiabierta.

Axel se pasa una mano por el pelo antes de respirar hondo.

—El verano pasado, en la víspera del día de nuestra boda, le dije a Ella que no podía casarme con ella. Me di cuenta de que no la quería, no como se suponía que debía hacerlo, y no habría sido justo para ella que me convirtiera en su esposo cuando no sentía lo que debía sentir.

—¿Y cómo se lo tomó? —pregunto, jugueteando con el borde de mi capa.

Una risa miserable y ahogada escapa de sus labios.

—Muy mal. Me dijo que le había arruinado la vida para siempre y que nunca podría reparar el daño que le había hecho.

—Ay, Axel. —No sé qué decirle. Sufro por ambos. Puedo sentir el dolor que Ella debió haber sentido, y, a su vez, el dolor que Axel sintió por ello.

—No se puso hecha una furia como anoche —continúa—. Fue peor. Se quedó... callada. Destruida. Como... vacía. —Aparta la mirada y la enfoca en las estrellas que se asoman entre las copas de los árboles—. No sé si algo la atrajo al bosque o si se adentró en él a propósito porque le rompí el corazón.

Observo su silueta en la oscuridad, el modo en que su barbilla tiembla y cómo se muerde la comisura de uno de sus labios.

—¿Y no les llegaste a contar a los Dantzer lo que pasó entre Ella y tú?

Niega con la cabeza.

—Me acobardé. No quería que sufrieran más.

—No eres ningún cobarde —le digo, colocando mi mano en la suya.

—¿Entonces? —pregunta, volviendo a mirarme.

—Te sentiste solo.

Asiente, tenso, antes de tragar en seco.

—Seguía sintiéndome solo, aunque sabía que ellos me querían.

—Lo sé —le digo, a media voz. Siempre pude verlo. Detrás de sus sonrisas encantadoras y de su actitud despreocupada, no era más que un muchacho vacío que extrañaba a su padre igual que yo echaba de menos a mi madre.

Axel entrelaza nuestros dedos.

—Pero no me siento solo cuando estoy contigo.

Una calidez embriagadora se me expande por el pecho, y me gustaría aferrarme a ella, protegerla para que nunca desaparezca. Solo que no puedo hacer eso. Porque no puedo ser quien Axel necesita que sea, alguien con quien pueda contar. Alguien a quien no vaya a perder.

—No hagas las cosas más difíciles de lo que ya son, por favor —le pido, conteniendo las lágrimas.

Axel se mueve un poco para acercarse y me aparta el pelo de la cara. 🌼

—¿Qué pasa, Clara? Lo digo en serio. ¿Es lo de la carta de tu abuela sobre la que me hablaste? ¿La de los Cisnes Flechados? ¿Tienes miedo de que lo nuestro sea un amor imposible?

—Es que… —Una vez más, no puedo contestarle con sinceridad. Porque ya sé que eso es lo que tenemos: un amor imposible, se mire por donde se mire. No obstante, eso solo es una parte de lo que me obliga a guardar silencio. No le llegué a contar lo de la Criatura con Colmillos, lo de mi muerte inevitable, la razón por la que lo nuestro es algo imposible. Ni siquiera la Carta Roja es capaz de cambiar mi destino.

Retazos de las palabras de mi abuela vuelven a mi mente: «La Carta Roja no cambia el significado de las otras cartas, Clara… Todo eso aún tiene que suceder… El equilibrio debe mantenerse, de lo contrario el Giro del Destino no puede cambiar nada».

Axel me desliza los dedos por el rostro hasta acunarme la mejilla y, con mucha delicadeza, hace que alce la cabeza para que le devuelva la mirada.

—¿Por qué necesitas el permiso de una carta para vivir tu vida? —me pregunta, en un hilo de voz.

Noto cómo se me cierra la garganta mientras intento que el corazón no se me escape del pecho.

—Porque el destino nunca miente. —Las cartas predijeron la muerte de mi padre. Enviaron a mi madre a buscarlo, solo para desencadenar sus propias desgracias. Y luego me enviaron a mí tras ella, me pusieron en este camino que, sin duda alguna, será mi perdición. No puedo cambiar el modo en que mi historia llegará a su fin. La única que puedo cambiar es la de mi madre.

Pese a que Axel frunce el ceño, una sonrisa triste se le forma en los labios, como si pudiera sentir todo el dolor que llevo guardando en mi interior.

—¿Recuerdas que el Día de Devoción te dije que no debías tentar al destino?

Asiento.

—¿Y recuerdas lo que me dijiste tú?

Trato de recordar ese momento, lo nerviosa que estaba por haber metido siete papelitos con mi nombre en el cáliz ámbar, cuando no se suponía que tuviese ni siquiera una oportunidad.

—Te dije: ¿no crees que ya va siendo hora de que alguien lo haga?

Sus labios me rozan la frente.

—Es por eso que tu abuela te sacó la Carta Roja, Clara. Porque tientas al destino. No huyes de él.

Sus palabras tienen sentido, pero intento no dejar que se asienten en mi interior. No puedo no pensar en la muerte que sé que me espera en este bosque. No puedo permitirme quererlo como me gustaría hacer, como me gustaría mostrarle que lo hago.

—Creo que he perdido toda esa valentía. Soy yo la cobarde.

—No eres ninguna cobarde.

—Entonces, ¿qué soy?

Axel desliza la mano hasta que me acaricia la nuca con los dedos.

—Alguien que cree que está sola —dice, en una voz tan baja que es apenas un susurro lleno de sinceridad—. Pero no lo estás, Clara. —Me atrae hacia él, antes de darme un último beso en la coronilla—. De verdad que no.

25

Seguimos el riachuelo durante tres días más, y este sigue sin desembocar en ningún río o hacerse más grande de modo que haya espacio para que naden los peces. Ni siquiera veo piscardos o renacuajos nadando en su interior. Y la verdad es que, a estas alturas, me comería cualquier cosa. Lo único bueno es que gracias al riachuelo podemos beber agua, pero eso no quita que el estómago se nos retuerza por algo con más sustento.

Aunque mordisqueamos unas hierbas y, en ocasiones, algunas flores comestibles que encontramos por ahí, no tenemos flechas para derribar pájaros ni trampas con las que capturar ardillas o cualquier otro animal pequeñito. Axel se ha acostumbrado a llevar el cuchillo en el cinturón, pero tampoco encontramos ningún ciervo ni conejos que cazar. Había contado con que tendríamos el mapa y mi equipo de pesca para mantenernos con vida una vez que nos quedáramos sin reservas de comida, solo que nada de lo que había planeado funciona en este bosque.

Para cuando el tercer día llega a su fin, consideramos volver sobre nuestros pasos para buscar el río que hemos perdido. Sin embargo, eso nos quedaría a cinco días de distancia y seguir por esa dirección no nos ayudará a encontrar comida, de modo que seguimos avanzando, con la mirada fija en el riachuelo mientras buscamos cualquier modo en el que pudiese esconder al *Sortes Fortunae*.

Henni se ha obsesionado con encontrar el libro. Cada vez que el agua gotea sobre una presa minúscula o un conjunto de piedras —cualquier cosa que pueda ser el agua que cae que sale en el acertijo—, contiene una exclamación y se lo señala a Axel. Aun con todo, el Libro de la fortuna se nos sigue escapando. Nunca está cerca, nunca se encuentra escondido entre la hierba que hay junto al riachuelo ni enterrado en un cofre bajo el agua, como un tesoro pirata.

Dudo mucho que el riachuelo sea donde se esconde, pues es demasiado recóndito e insignificante, pero no comparto eso con Henni. Sigue enfadada conmigo. Cuando intento hablarle, solo me contesta con monosílabos o de forma tajante, y, cuando busco algo en mi mochila o me ajusto las tiras sobre los hombros, la veo entornar los ojos y apretar los puños. No me ha perdonado por llevarme el velo de Ella.

No me ha perdonado por nada de lo que tenga que ver con su hermana.

Me temo que el único modo de volver a ser amigas sea que Ella vuelva sana y salva a su hogar, en el Valle de Grimm. Solo que, si no tenemos el libro y no rompemos la maldición con él, eso no será posible.

—Quizás es que lo estamos haciendo mal —les digo cuando debe ser mediodía, dado el ángulo en el que se encuentra el sol—. ¿Y si buscamos alguna señal de buena suerte en lugar de buscar el libro en sí? Esos indicios podrían conducirnos hasta el *Sortes Fortunae*. Creo que Ella pensaba lo mismo. Dijo que parte de la razón por la que escogió la hondonada fue porque había agua cayendo y tenía las setas rojas con motitas.

—Ay, más setas no —pide Axel, con un quejido.

—No digo que tengamos que comérnoslas, pero en los cuentos siempre son una señal de buena suerte. Además, crecían unas así cerca del pabellón en el que se encontraba el Libro de la fortuna en la aldea. Tiene que ser por algo. —Hago

una pausa para frotarme las caderas, que nunca dejan de dolerme, y también la zona lumbar—. Quizás no tengan que ser
rojas con motitas. Cualquier señal de buena suerte podría conducirnos hasta el libro. Un trébol de cuatro hojas, estrellas fu-
gaces, alguna mariquita...

—Los cerdos dan buena suerte —señala Henni.

—¿Los cerdos? —repite Axel, con una risa.

Le doy un pellizco. Es la primera vez en días que Henni
me ha dirigido la palabra sin sonar cortante, y no quiero que
lo eche a perder al burlarse de ella.

—Sí que dan buena suerte —asiento—. Simbolizan rique-
za y prosperidad.

—Y ¿de dónde vamos a sacar uno en el Bosque Grimm?
—pregunta Axel—. Ni siquiera hay jabalíes.

—Uno nunca sabe. Muchos granjeros perdieron ganado
en el bosque desde que se desató la maldición.

Axel suelta un resoplido.

—Pues, si tenemos la suerte de cruzarnos con uno, nos lo
zampamos.

—No hasta que nos conduzca hacia el libro primero —sen-
tencia Henni, alzando la barbilla con decisión.

—Vale. —Axel alza las manos, en un gesto para rendirse.

Conforme los días transcurren y cada vez tenemos más y
más hambre, a esos dos se les ha dado por discutir por todo.
No son peleas de verdad, pues ni siquiera se alzan la voz uno al
otro, sino más bien son como hermanos que se molestan dán-
dose pinchazos con ramitas porque se aburren... o porque se
mueren de hambre.

Henni se aparta un poco de nosotros, aunque no lo bastante como para que no podamos verla, y se pone a rebuscar
en la tierra en lugar de en el riachuelo.

Le dedico una sonrisita a Axel mientras seguimos avanzando.

—Te has puesto muy posesivo con el cerdo imaginario.

—Calla, calla —me dice, cerrando los ojos por un instante—. Que me desconcentras, y justo me estaba cortando una buena chuleta de cerdo. Casi me llega el olor, Clara.

Me echo a reír.

—Pues guárdame un trocito.

—Te daré las mejores partes. Incluso los cortes para hacer panceta.

Vuelvo a reír, pero mi sonrisa desaparece cuando reparo en lo hundidas que se le ven las mejillas y el rostro en general, en que su barbilla parece más pronunciada que antes sobre la curva del cuello. Se está marchitando frente a mis narices, y estoy segura de que yo tengo el mismo aspecto demacrado y desnutrido. La verdad es que necesitamos con desesperación un golpe de buena suerte. No sé durante cuánto tiempo más vamos a poder seguir caminando y caminando, día tras día, como estamos haciendo.

Axel se percata de mi expresión desolada y me toma de la mano para darme un apretoncito.

—¿Sabes? Se supone que las ardillas son incluso más sabrosas que los cerdos. Y, en cuanto a la suerte, ¿quién decide qué da buena suerte y qué no? Seamos nosotros los que lo decidamos.

Me sorprendo a mí misma al dedicarle una suave sonrisa. Debería apartar la mano. Es lo que suelo hacer cuando él encuentra algún motivo para rozar sus dedos con los míos. Solo que no puedo hacerlo esta vez. Axel tiene un don para verle el lado positivo a todo, y esa esperanza infinita es lo único que me ha hecho seguir adelante todos estos días.

—¿Eso quiere decir que ya sabes cómo hacer una trampa para ardillas?

—No, pero he decidido que esta noche voy a aprender a hacerlo.

Y eso hace. Una hora antes del ocaso, escogemos un lugar para acampar de modo que pueda ponerse a ello. Lo ayudo a partir ramas delgadas de los árboles, dado que no hay ninguna ramita seca en el sotobosque, y las dispone en una especie de jaula pequeñita, unidas con hilo para coser. Henni deambula a nuestro alrededor, buscando alguna señal de buena suerte que se nos haya escapado. No ha encontrado nada hoy, y nosotros también hemos terminado con las manos vacías.

Me froto el entrecejo quemado por el sol mientras observo el bosque que nos rodea. No es que creyera que el *Sortes Fortunae* fuese a encontrarse en algún lugar conveniente y cercano, pero no pierdo la esperanza de que el bosque nos vaya a dar alguna pista, alguna señal que al menos nos haga ir en la dirección correcta. Solo que estamos bajo los efectos de la maldición, y este bosque no tolera a aquellos que provenimos del Valle de Grimm. Ya puedo notar cómo va perdiendo la paciencia con nosotros, por mucho que llevemos prendas teñidas con ruiponce rojo. Es como si el bosque estuviese espantando a los peces de forma deliberada y haciendo que el riachuelo nunca crezca más allá de unos pocos centímetros. Quiere que nos muramos de hambre y que perdamos toda esperanza.

El bosque solo da un respiro cuando sus invitados han sucumbido a la locura. Entonces es como si hiciera las paces con ellos de una forma un tanto extraña, como ha hecho con Fiora y Ella. Después de que se convirtieran en Rapunzel y en Cenicienta, el bosque les ha permitido vivir en su interior sin ningún problema. Supongo que ya se estaban perjudicando bastante a sí mismas sin su ayuda.

—Listo. —Axel se echa hacia atrás para admirar su trabajo—. Es la jaula más fea que he visto en la vida, pero creo que será suficiente para atrapar a una ardilla.

Contengo una sonrisa mientras contemplo la jaula con él. No era mentira lo de que fuese fea. Es un artilugio descabellado hecho con unos palitos apretujados e inestables, que más o menos tienen la forma de una caja, con una abertura pequeñita para que una ardilla se cuele en su interior. Aunque no tiene

251

una trampilla, pues no se nos ha ocurrido cómo fabricar esa parte, Axel tiene pensado lanzar un pañuelo sobre la jaula una vez que esta contenga una ardilla. Tengo uno en la mochila y le he cosido unas cuantas piedrecillas en los bordes para hacer que se mantenga fijo sobre la jaula.

Dado que no tenemos comida para que haga de cebo, pongo a regañadientes dentro de la jaula la bellota que me dio mi madre, decidida a robarla de vuelta una vez que hayamos atrapado a una ardilla.

Hace un poco de fresco por la noche, así que encendemos una fogata y disfrutamos de su calor mientras aún tenemos energía para avivar las llamas con unas piñas. Axel tiene la vista fija en la trampa, Henni tuesta un poco de hierba en el fuego para ver si eso hace que tenga un sabor más agradable (la respuesta es que no), y yo me quito las tiras de tela que me envuelven los pies, las lavo en el riachuelo y las cuelgo para que se sequen en una rama que hay cerca.

Tengo los pies adoloridos y con ampollas, y la espalda me duele cada vez más. La corteza de sauce que guardé junto a mi botiquín de emergencias solo consigue que el dolor se haga tolerable. Así que me pongo a fantasear con tropezarnos con un zapatero en medio del bosque que pueda fabricarme unos nuevos zapatos con un alza de talón para el pie izquierdo.

Tras esperar tres horas sin atrapar ninguna ardilla, los tres soltamos un coro de suspiros desilusionados y nos resignamos a irnos a dormir. En una conversación en voz baja, la cual se vuelve ligeramente más acalorada gracias a Henni, Axel la convence para que me deje dormir en el centro de los tres esta noche. Cree que podrá oír si una ardilla se escabulle cerca de la jaula y quiere dormir en un extremo para poder estar listo para cazarla.

Nos tumbamos bajo un avellano, uno que me quedo mirando durante lo que me da la impresión que es la mitad de la noche, mucho después de que Henni se haya quedado dormida dándome la espalda y que Axel se haya puesto a roncar en voz baja, pese a su decisión de mantenerse alerta como el cazador de ardillas autoproclamado del grupo.

El avellano me recuerda al que hay en el Valle de Grimm, el Árbol de los Perdidos en el que los aldeanos hemos colgado distintos recuerdos de nuestros seres queridos. Recuerdo la tira de lana rojiza que até al árbol en nombre de mi madre y susurro la promesa que jamás podré olvidar:

—Te encontraré.

Una brisa sopla y agita un montoncito de musgo que sale volando por los aires. Parpadeo varias veces mientras sigo el movimiento con la vista, algo pasmada. Otra brisa susurra en el viento, y empiezo a ver borroso. Estoy a punto de quedarme dormida.

—¿De verdad me encontrarás? —pregunta una voz femenina. Es de un tono agradable, pese a ser cautelosa y un poco cortante. Abro los ojos de pronto y alzo la mirada. Me sobresalto al ver una cara que sobresale del tronco del avellano que no se encontraba allí hace unos instantes—. Ya no te creo, Clara.

Me quedo boquiabierta mirando a mi madre, pues no sé qué decir. Debo estar soñando, dado que no puedo culpar a ninguna seta roja con motitas por esta alucinación. Mi mente y sus desvaríos son los únicos responsables.

El hermoso rostro de mi madre se ha visto reducido a una corteza, vetas de maderas y unos nudos retorcidos. Si no fuera porque se mueve como un ser vivo, parecería uno de los rostros congelados de la gente que ha muerto en el bosque.

—¿He llegado demasiado tarde? —El pecho se me constriñe mientras el corazón me late desbocado—. ¿Sigues...?

—¿Viva? —Una hendidura en la corteza se arquea en el lugar en el que debería estar su entrecejo—. Por ahora, pero me has olvidado.

—Claro que no. Te lo juro.

—Te preocupa más encontrar el *Sortes Fortunae* de lo que te preocupa encontrar a tu propia madre.

—Tengo que romper la maldición. Eso te salvará a ti también.

—Pero ¿de verdad acabarás con la maldición? ¿O acaso pedirás un par de zapatos nuevos o un cerdito?

—¿Cómo se te ocurre? Sabes que estoy dispuesta a sacrificarme por ti.

Los ojos amaderados de mi madre se entrecierran, y ladea la cabeza, sin creérselo.

—¿Y estás dispuesta a dejar que tus amigos sufran? Si llegaras a ese extremo, Clara, ¿los salvarías a ellos o a mí?

Un lobo aúlla. ¿Será la loba de Grimm? ¿Me habrá encontrado otra vez?

—Te salvaré a ti —le prometo a mi madre, aunque las palabras parecen arañarme los tobillos, donde las cuerdas me atan a mis amigos.

—Pero qué mal mientes —dice, antes de que su rostro se vuelva a retraer dentro de las fisuras ásperas de la corteza.

—¡Espera! —le pido, incorporándome de golpe—. ¡Voy a salvarte!

Oigo mi propia voz más alto de lo normal y abro los ojos de pronto. La noche se ha vuelto más oscura, y el brillo fantasmagórico que iluminaba el avellano ha desaparecido.

Suelto un largo suspiro para intentar apartar la horrible sensación de culpabilidad que me carcome. No ha sido mi madre la que he visto en sueños. Ella jamás sería así de cruel o cínica. Nunca habría dudado así de mí. Eso no quita que, por mucho que me lo repita, sus palabras aún me duelan.

Un lobo aúlla no demasiado lejos. Tensa, alzo la vista para seguir el sonido hasta un despeñadero alto y rocoso que hay a lo lejos. La silueta de una gran loba, la loba de Grimm, se ve contra la escasa luz de la luna casi llena. A ella no la he soñado. De verdad me ha encontrado.

Otro aullido más escapa de la criatura, y unos escalofríos me recorren la piel de los brazos y el cuello como gotitas de hielo. El aullido ha sido ominoso, como el principio del fin. Puede ser tanto una amenaza como una advertencia: la promesa de un ataque o un mal augurio.

Me echaría a correr —y arrastraría a Henni y a Axel conmigo, incluso con los tobillos atados—, pero la loba no puede llegar hasta nosotros tan rápido desde el lugar alto en el que se encuentra. No sobreviviría a un descenso veloz desde ese despeñadero. Aun con todo, me dispongo a desatar la cuerda que me ata a Henni, solo por si acaso, y veo que... ya está suelta. Henni no está tumbada a mi lado.

Se me tensan los músculos.

—¿Henni? —la llamo en voz alta.

Axel da un respingo y balbucea a voz en grito:

—¡Ardilla!

Una parte histérica en mi interior quiere echarse a reír —o a llorar— o cavar un agujero en la tierra y no salir jamás. Mi sueño ha intentado advertírmelo. Y quizás la loba de Grimm también. Mis amigos son mi responsabilidad. Necesito salvarlos, así como debo salvar a mi madre. Pero les he fallado.

Obligo a Axel a despertar, y las manos me tiemblan como si me estuviese dando un ataque.

—¡Henni no está!

—¿No está? —pregunta, y sus ojos adormilados se centran de pronto—. ¿A dónde ha ido?

—No lo sé.

No tarda en desatar la cuerda que nos une los tobillos, para luego encender el candil. Agarro mi mochila, y Axel, la de Henni. El estómago me da un vuelco. Si nos hubiese abandonado a propósito, se habría llevado su mochila. ¿Qué le ha pasado?

Recorremos el lugar en el que hemos acampado y buscamos algún rastro de huellas recientes, pero hay demasiadas. Las huellas de los zapatos de Henni están por todas partes.

Mientras Axel y yo estábamos montando la jaula para la ardilla, ella ha estado buscando en nuestros alrededores para ver si encontraba alguna señal de buena suerte.

—Clara, mira. —Axel me señala un sendero extraño que conduce hacia el noreste y se aleja del riachuelo: un caminito de guijarros blancos y brillantes que no se corresponden con el lugar. Tienen una disposición demasiado perfecta, cada metro o dos—. ¿Crees que Henni nos los habrá dejado para que podamos seguirla?

—Puede ser. —Es algo que ella haría. Podría haberlos recolectado sin que nos diéramos cuenta, como hace con las piñas para la fogata—. Aunque, si no ha sido ella quien los ha dejado, eso no quita que no los haya seguido, al creer que eran una señal de buena suerte.

—¿Y lo son? —pregunta Axel, entornando los ojos al mirarlos.

Rebusco en mi mente algún presagio que tenga algo que ver con piedras, guijarros o senderos bajo la luz de la luna, y no se me ocurre nada. Le echo otro vistazo a la loba que nos observa desde lo alto y trago en seco.

—No lo sé, pero creo que debemos seguirlo.

Axel recoge la trampa para ardillas, mientras que yo recupero la bellota, me la vuelvo a meter en el bolsillo, y nos disponemos a salir en busca de Henni. Odio tener que dejar el riachuelo. Si este fuese un bosque normal, no dudaría que los guijarros fuesen a conducirnos de nuevo hacia el agua. Solo que estamos en el Bosque Grimm. El bosque que se mueve mientras dormimos y absorbe a los muertos mediante sus árboles. Podría hacer que la tierra se abriera en dos y tragarse los guijarros en un santiamén.

Lo más probable es que no volvamos a encontrar el camino hacia el riachuelo.

«¿Estás dispuesta a dejar que tus amigos sufran?», oigo la versión de pesadilla de mi madre que me lo pregunta de nuevo. «Si llegaras a ese extremo, Clara, ¿los salvarías a ellos o a mí?».

—Te salvaré —prometo en un susurro, mientras continúo avanzando y envuelvo una mano en torno a la bellota que llevo en el bolsillo—. Os salvaré a todos.

Conforme salimos del campo de visión de la loba de Grimm, esta vuelve a aullar una última vez, y su voz solitaria es un lamento nocturno. Ya sea que con su aullido declare una advertencia o una amenaza, hay algo de lo que sí estoy segura...

La muerte se acerca. Las cartas de mi destino están cobrando forma. Y, si no encuentro el Libro de la fortuna lo antes posible, la Carta Roja no será capaz de ayudar a mi madre ni a nadie más.

La muerte acudirá en la forma de la Criatura con Colmillos.

Y vendrá a por mí.

26

Los guijarros reflejan la luz de la luna e iluminan nuestro camino en dirección a un barranco cubierto de musgo que parece el lugar natural por el que discurre el agua de la lluvia. Debido al modo en que los árboles crecen a los lados del barranco y a cómo sus ramas se arquean hacia arriba, nos da la sensación de que estamos caminando a través de un túnel de ensueño hecho de hojas y liquen.

Axel y yo vamos de la mano. Aunque no estoy segura de cuándo ha pasado, de si ha sido él quien se ha estirado para entrelazar sus dedos con los míos o si he sido yo la que he gravitado hacia él primero, mi agarre es firme. Ya he perdido a una amiga esta noche, así que no pienso dejar que otro se me escape.

El barranco continúa hacia las profundidades espesas del bosque, y el aire parece llenarse de humedad. Va a llover pronto. El cabello de Axel se le enrosca en torno a las orejas y a la nuca, mientras que el mío cae en unas ondas oscuras y sueltas.

No ha habido una tormenta con todas las letras desde que empezamos nuestra travesía, sino tan solo unas cuantas lloviznas de vez en cuando, y, si bien la niña de pueblo que llevo dentro bailotea ante la posibilidad de que llueva, dado lo escaso que es este fenómeno en el Valle de Grimm, que el cielo se revuelva no parece ser una muy buena señal. Es como si la loba de Grimm aún me siguiera, con sus aullidos enmascarados por los truenos que se avecinan en las nubes oscuras que hay en lo alto.

Los guijarros no tardan en perder su brillo plateado, pues la luna ha pasado a esconderse debido a la tormenta que está en camino. Lo único que guía nuestros pasos es la luz ámbar y parpadeante del candil que lleva Axel.

Justo cuando estoy pensando que los guijarros no nos conducirán a ningún lado, del mismo modo que el riachuelo que hemos estado siguiendo o el barranco que se extiende sin fin, Axel hace un ademán hacia adelante.

—Mira. —Varios metros más allá, donde termina la iluminación del candil, una pendiente natural nos conduce fuera del barranco. Y el rastro de guijarros acaba a los pies de la pendiente—. ¿Qué crees que encontraremos más allá?

La verdad es que no tengo idea.

—Con algo de suerte, a Henni.

Una sensación de inquietud se apodera de mí y hace que se me ericen los vellos de los brazos, como si pudiese notar que alguien nos observa. Aprieto la mano de Axel con más fuerza conforme seguimos avanzando y me mantengo atenta a los árboles que rodean el barranco, en busca de la silueta de una cola o de unas orejas puntiagudas. ¿Le habrá dado tiempo a la loba de Grimm de encontrarnos?

Un destello de luz. El estruendo de un trueno. Una figura se asoma desde los árboles, por el lado derecho del barranco. Sobresaltada, me llevo una mano al pecho.

Axel se detiene de pronto y alza su candil hacia los árboles, con lo que proyecta luz sobre el lugar que estoy mirando.

—¿Qué pasa? —me pregunta—. ¿Quién anda ahí?

Me tropiezo un poco, pues todavía me estoy recuperando del susto.

—¿No lo ves?

—¿A quién?

Me quedo mirando al niño con la cabeza llena de rizos y unos ojos grandes, similares a los de los elfos. La luz de los relámpagos no hace que se vuelva más brillante de lo que ya es, ni tampoco la del candil. No es que reluzca precisamente, pues no tiene un halo de luz como sí les pasa a las luciérnagas, pero algún brillo debe tener, de lo contrario no **podría** verlo en medio de la oscuridad.

—¿Quién es, Clara? —me insiste Axel.

—Es que... Es... —¿Por dónde empiezo? No he encontrado el momento adecuado para contarle a Axel sobre Ollie. Y, la verdad, me pregunto si debería hacerlo. ¿Mencionarle a Ollie hará que Axel vuelva a sufrir por el daño que le hizo su tío, el padre de Ollie? Solo que, ahora que estoy entre la espada y la pared, no puedo seguir guardándome la información—. ¿Crees en los fantasmas?

Axel se vuelve hacia atrás, para observarme con atención.

—No. —Una vena le pulsa en la base del cuello, apenas iluminada desde abajo por el candil—. Si los fantasmas existieran, ya habría visto a mi... —Se queda sin voz, por lo que tensa la mandíbula y traga en seco—. Los fantasmas no existen, Clara. Ni siquiera en el Bosque Grimm.

Me muerdo el labio. ¿Y si tiene razón? ¿Y si la única razón por la que estoy viendo a Ollie es porque me estoy volviendo loca como Ella? Me dio a entender que conocía al niño. Según sus propias palabras, les había advertido a otros aldeanos sobre ella. Pero ¿y si nada de eso era cierto?

Ollie da un brinco para adentrarse más en el barranco.

—No es de buena educación decir que no crees que alguien existe —dice, frunciendo el ceño en dirección a Axel, sin dejar de observarlo—. Dile a tu amigo que yo lo digo.

—Eh... —Menuda tontería. No tengo tiempo para charlar un rato con lo que bien podría ser un producto de mi imaginación. Lo único que tengo que hacer es convencerme a mí misma (y a Axel) de que Ollie es real, de modo que, con algo de suerte, podamos confiar en él. Podría ayudarnos a encontrar a Henni—. No es mi amigo y ya, Ollie. Es tu primo, Axel Furst.

El candil tiembla en la mano de Axel, y la luz de la vela se tambalea un poco por el barranco.

—Clara, ¿por qué...?

—Axel pasó varios años de su vida viviendo en tu casa —lo interrumpo, para seguir hablando con Ollie—. Dime algo que solo vosotros dos podríais saber al haber vivido allí.

Ollie se queja en voz alta y echa la cabeza hacia atrás, de forma exagerada.

—Me estás haciendo pensar mucho.

—¿Acaso tienes algo mejor que hacer? —rebato, alzando una ceja.

El niño suelta un resoplido del mismo modo que hace Axel cuando pretende sentirse exasperado.

—Vale. —Le da una patadita a la tierra, sin conseguir levantar nada—. Hay un tablón suelto en el suelo, cerca de la mecedora, en el que padre esconde su sidra fermentada.

Se lo repito a Axel, y este aprieta los puños.

—Mi tío podría haberte contado eso estando borracho —me dice.

—Pero no lo hizo, y no me lo estoy inventando —repongo, intentando no sentirme mal porque no me crea—. ¿Crees que me gusta la idea de que los fantasmas existan de verdad?

—No quería... —Suelta un suspiro—. Sabes que confío en ti, Clara. Solo que este bosque... juega con la gente. Podría hacerte creer que...

—En ese caso, sígueme el rollo. Dime algo que deba preguntarle a Ollie, algo que solo vosotros dos podríais saber. Algo que tu tío no supiera.

Axel se pasa una mano por la cara, intentando pensar. Tras unos segundos, responde a regañadientes:

—Hay un roble en la parte de atrás de la casa, más allá del cobertizo de las cabras. Pregúntale... a lo que sea que estés viendo, ¿qué encontraría más o menos a la mitad si lo trepara?

Me giro de vuelta hacia Ollie y lo veo brincando entre unos cuantos guijarros que marcan nuestro camino.

—¿Y bien?

Un trueno atraviesa el cielo justo cuando da otro saltito.

—¿Se refiere al nudo?

—Dice que hay un nudo —repito, volviéndome hacia Axel para mirarlo.

—Cualquier roble podría tener un nudo —contesta él, con una mueca de escepticismo.

—¡Pues piensa en algo mejor!

—Es un nudo especial —dice Ollie, al tiempo que recoge un guijarro, o al menos tiene la intención de hacerlo, pues este atraviesa sus dedos borrosos—. Es donde guardo mis soldaditos de plomo. —Hace el gesto de lanzar el guijarro hacia las profundidades del barranco.

Repito la respuesta de Ollie y añado los últimos detalles conforme me los dice:

—Es un grupo de diecinueve soldaditos —le digo a Axel—. Perdió uno de los tamborileros.

Incluso bajo la luz tenue de nuestros alrededores, puedo ver que Axel se pone pálido.

—Y el portaestandarte del grupo —añade—, a ese le faltaba...

—La bandera —repito lo que dice Ollie, quien completa la oración de Axel.

Axel retrocede un paso, sin querer, con los ojos como platos.

—¿De verdad es Ollie quien está aquí? —Mira en derredor, como si el niño de pronto pudiese estar en todos lados—. ¿Por qué? ¿Qué... qué es lo que quiere? —Se da un tirón al cuello de su camisa—. ¿Está enfadado conmigo? Me quedé con su padre todo el tiempo que pude. Díselo. Pero es que era... —Axel hace una mueca—. Los aldeanos decían que dejó de ser él mismo después de que su mujer y Ollie murieran. El dolor lo llenó de rabia y... —Ha retrocedido tanto que ha llegado a apoyar la espalda sobre una de las paredes del barranco, por lo que respira hondo varias veces para calmarse.

—Tranquilo —le digo—. Ollie solo está enfadado consigo mismo. —¡Y es real! Quiero darme un pellizco para comprobar que no estoy alucinando—. Se ha quedado atrapado en el bosque por un par de monedas.

Le cuento con prisas la historia de cómo lo conocí a él antes de encontrarme con Ella, y lo que Ollie me contó sobre las monedas que robó para guardárselas cuando su madre le dijo que debía dárselas a alguien que las necesitara.

—Ollie las enterró en el bosque —continúo—, pero no recuerda dónde.

—¿Ya las has encontrado? —me suelta Ollie de pronto, y pego un bote al ver que se encuentra justo detrás de mí.

—Pues... no. —Me remuevo en mi sitio y me seco unas gotitas de lluvia que me han caído en la cara—. Es que estamos en medio del bosque. ¿No crees que lo más probable sea que hayas enterrado las monedas cerca de los límites del bosque con el Valle de Grimm?

—¿Y? —insiste, con una expresión terca.

—Y... eso está muy lejos.

—Adivina qué se mueve cuando los árboles se mueven.

No sé muy bien por dónde va.

—Las monedas no.

—Muy mal. Las monedas sí se mueven, porque la tierra se mueve. Las raíces de los árboles remueven la tierra, así que mis monedas podrían estar en cualquier lado.

Es una lógica muy propia de un niño de ocho años, en realidad. Solo que, por mucho que «la tierra se remueva», ¿cómo podría ser posible que las monedas se encuentren a tantísimos kilómetros del Valle de Grimm?

—A ver, Ollie. No he olvidado tus monedas. Te dije que te ayudaría a buscarlas y eso haré. Solo que primero necesito encontrar… muchas cosas, la verdad. —*Como el Libro de la fortuna o a mi madre*—. Pero lo más urgente ahora es mi amiga, Henni. Ha desaparecido esta misma noche, y creemos que ha venido por este barranco. ¿La has visto?

—No.

¿Cómo puede estar tan seguro? ¿Sabrá qué aspecto tiene siquiera?

—Lleva un pañuelo rojo y el pelo en dos trenzas.

—La mujer de rojo no me dijo nada sobre un pañuelo rojo, solo sobre tu capa —dice, mirándome de pies a cabeza—. Parece que al menos has encontrado eso.

Me muerdo la lengua para contenerme y no hacerle más preguntas sobre la mujer de rojo. Se distrae con muchísima facilidad, y Henni es mi prioridad en este momento.

—¿Así que no has visto a ninguna chica esta noche?

Ollie se queda pensando. O, al menos, eso parece hasta que dice:

—Ni siquiera has intentado buscar las monedas, ¿verdad?

—Ollie, por favor. —Estiro las manos hacia los hombros del fantasma, para ayudarlo a concentrarse, aunque, cómo no, no consigo aferrarme a nada—. Sé que las monedas son importantes para ti, pero…

—¿Y dónde están tus zapatos?

No tengo tiempo para contarle esa historia.

—Los he perdido.

—Ah, qué mal. No es bonito perder cosas en el bosque, ¿a que no? Sé de lo que hablo porque yo perdí mis monedas y *nadie* tiene la decencia de ayudarme a buscarlas.

Hago rechinar los dientes. Si pudiese tocarlo, ya lo habría estrangulado.

—Ollie, por enésima vez…

—Dile que sé dónde está el tamborilero que perdió —me interrumpe Axel.

Retrocedo un paso.

—¿Has seguido el hilo de la conversación?

—Algo, al menos lo que has dicho tú. —Se aparta de la pared del barranco, mucho más tranquilo que hace algunos segundos—. La cuestión es que necesitamos que Ollie nos ayude, pero no lo hará salvo que le damos algo que él quiera, ¿verdad? Aunque no tenemos sus monedas, puedo contarle sobre su tamborilero perdido.

Una vez más, me vuelvo para mirar a Ollie. Tiene los labios apretados y mira a su primo con los ojos entornados.

—¿A mí qué me importa el tamborilero? Ya no puedo jugar con él. Y, aún si pudiera, no me ayudará a descansar en paz con mi madre.

Le repito las palabras a Axel en un murmullo, quien cuadra los hombros y se atreve a dar un paso en la dirección en la que está Ollie, más o menos.

—Es cierto —concede—, pero, si yo tuviera una colección de soldaditos de plomo tan chula como la que tenías tú, y se me perdiera uno de ellos, no descansaría hasta encontrarlo, ya sea que esté vivo o… en tu estado.

Ollie planta las piernas bien separadas y cuadra los hombros, para imitar la postura de Axel. Me recuerdan a los aldeanos durante el día de mercado, cuando intentan regatear para conseguir un precio justo.

—Vale. —Las gotas de lluvia caen a su alrededor o, más bien, a través de él, pues ninguna le toca el cuerpo ni se aferra a él—. Contestaré una pregunta si Axel me cuenta lo del tamborilero.

Me cruzo de brazos.

—Pero tiene que ser una respuesta de verdad, una que nos ayude —especifico—. No puedes decir «no sé» y ya está. ¿Lo prometes?

—Lo prometo —contesta él, poniendo los ojos en blanco.

Me vuelvo hacia Axel y asiento.

—Díselo.

Axel se rasca su incipiente barba dorada que motea su mandíbula.

—¿Ollie recuerda la casa abandonada que hay más allá del campo de cebada? Mi tío... eh, el padre de Ollie solía llamarla la vieja choza.

—Sé de qué habla —contesta el niño, apoyando su peso sobre una pierna—. Pero nunca llevé mis soldaditos de plomo allí.

Le paso el mensaje a Axel.

—Bueno, puede que tú no —dice Axel, hablándole directamente a Ollie—, pero una grajilla sí que lo hizo. Les encanta robar cosas brillantes, y encontré al tamborilero en un nido que había en la chimenea.

Ollie se queda boquiabierto. Pese a que me preparo para verlo hacer alguna especie de berrinche fantasmagórico por el trágico destino que ha sufrido su pobre juguete, Ollie se echa a reír a carcajadas. Incluso resuella como hace el propio Axel.

—Qué grajilla más lista.

Me echaría a reír con él si Henni no estuviese en peligro, pero ya hemos perdido demasiado tiempo, así que me agacho para acercarme a Ollie.

—Pues ya está, ya sabes lo que le pasó a tu tamborilero. ¿Ahora sí nos ayudarás? Necesitamos saber si has visto a Henni esta noche. —La vuelvo a describir—. O a cualquier chica que se le parezca.

Ollie se pasa una mano por el cuello.

—Esto... deberías hacerme otra pregunta, porque la respuesta es que no, y te he prometido que te ayudaría.

Meneo la cabeza para que Axel me vea, con el estómago hecho nudos.

—No la ha visto —le digo. *Pobre Henni. ¿Qué le habrá pasado?*

—¿Y ahora? —Axel frunce el entrecejo, preocupado.

—Aún podemos hacerle otra pregunta.

—Pero solo si te das prisa —me advierte Ollie, echando un vistazo receloso por todo el barranco—. No puedo quedarme mucho rato en un mismo sitio.

Frunzo el ceño.

—¿Si no qué pasa?

—Los muertos que hay en los árboles empiezan a hablarme, y los que hay en esta parte del bosque no me caen bien. Siguen enfadados por haber muerto. Sufrieron una muerte muy traumática. —Se estremece—. «Traumática» parece una palabra graciosa, pero no da nada de risa. Los muertos me dijeron que significa horrible y espeluznante y asquerosa, todo junto. —Se abraza a sí mismo—. Y no me gusta oírlos hablar sobre muertes traumáticas.

—A mí tampoco me gustaría. —En silencio, le suplico al bosque: *No dejes que Henni sufra una muerte traumática. Por favor, no dejes que muera a secas tampoco.*

Axel me da un golpecito con el codo.

—¿Qué le vas a preguntar?

Intento concentrarme.

—El Libro de la fortuna, ¿sabes dónde…?

Ollie niega con la cabeza.

—Nunca lo he visto.

—¿Y la mujer de rojo? ¿Dónde puedo encontrarla?

—Ah, eso no te lo puedo decir —contesta, antes de que otro escalofrío lo recorra entero—. No quieres saber eso.

—Sí que quiero. ¡Y me has prometido una respuesta de verdad!

—Pero tiene que ayudaros. También te he prometido eso. Y contarte dónde vive esa mujer no os ayudaría para nada.

—¡Ollie!

Ollie hace una mueca, para luego mirar en derredor.

—Ay, no. Ya han empezado a hablar. —Se tapa las orejas con las manos, y un rayo ilumina las copas de los árboles—. ¡Te he dicho que te des prisa, Clara! —dice, retrocediendo y empezando a desaparecer.

—¡No, por favor! —El pánico se apodera de mí. No puede irse sin darme algo a lo que aferrarme, algo que me ayude en esta travesía imposible—. La última vez que nos vimos, me dijiste que creías que era diferente. Me dijiste que la magia le llegaba a la gente inusual, del mismo modo que llegó a este bosque. Y que la mujer de rojo te dijo que quizás yo podría ser una de esas personas. —Estoy atropellando las palabras con tanta prisa que debo hacer una pausa para recuperar el aliento—. ¿Cómo...? ¿Cómo es que tengo magia?

Parece la pregunta más absurda del mundo. Sin embargo, por absurda que sea, necesito que Ollie me diga cualquier cosa, pues cada vez se vuelve más y más transparente.

Ollie cierra los ojos con fuerza para mantener a raya las voces de los atormentados que solo él puede oír, de los muertos que lo torturan con sus historias de terror.

—Naciste con un don. —El estruendo de un trueno lo interrumpe—. Me dijo que lo llevas en la sangre.

Tengo el cerebro hecho un lío, y parpadeo para quitarme la lluvia de las pestañas. ¿Quién se lo ha dicho? ¿Mi madre? ¿Ella también tendrá un don?

—¿Cómo que lo llevo en la sangre? —le pregunto, intentando que las piernas dejen de temblarme—. No sé leer las cartas. No puedo ver el futuro como hace mi abuela. Nunca he podido presagiar nada.

Ollie casi ha desaparecido, y ya solo consigo ver algunas partes de él: los ojos, los tirantes de sus pantalones, su cabecita llena de rizos.

—Tu don no se centra en el futuro. —Su voz se va desvaneciendo a la par que su figura—. Me dijo que lo que ves es el pasado.

—Pero… —tartamudeo. No tiene sentido. Nunca he visto el pasado—. ¿Cómo podría…?

Ollie desaparece, y yo termino de perder el equilibrio.

—¿Clara? —Axel me roza un brazo.

—Se… se ha ido.

Axel me rodea para verme la cara gracias al brillo del candil.

—¿De qué iba todo eso? —me pregunta, buscándome la mirada—. ¿La mujer de rojo? ¿Tú con magia? ¿Qué te ha dicho Ollie?

Meneo la cabeza, mareada. No consigo encontrar las palabras para explicarme.

Otro destello y otro rugido se apoderan del cielo. Un segundo después, este se parte en dos y desata sobre nosotros una lluvia torrencial. Me subo la capucha de mi capa, y Axel señala hacia el frente. Hay un árbol grande a la izquierda del camino que se inclina hacia las afueras del barranco. Parece ser un buen refugio.

—¡Vamos! —exclama.

Salimos corriendo hacia allá. Trepamos para salir del barranco y nos refugiamos bajo el árbol. Nos encontramos sobre el borde del precipicio, así que observo en derredor… al menos lo que alcanzo a ver en medio de la lluvia.

Hasta donde me alcanza la vista, estamos en una parte del bosque llena de unos pinos gigantescos. Sus troncos son más anchos que mi cabaña, e, incluso si fuese de día, dudo que fuera capaz de ver cuán altos son. Sus copas desaliñadas se enredan unas con otras y cubren el cielo, aunque la lluvia aún encuentra formas de colarse por en medio y llegar a nosotros y al árbol bajo el que nos hemos refugiado. Unas gotas gruesas se me deslizan por el cabello, se me resbalan por la capa y salpican la falda de mi vestido.

—Clara. —Axel se mueve para hablarme al oído, y su voz suena baja e inquieta—. Hay personas un poco más allá —me dice, tensando la mano sobre la mía.

¿Personas? Nunca nos hemos encontrado con más de una persona a la vez en el Bosque Grimm. Quizás sea Henni, que ha encontrado a alguien.

Me cuesta ver con claridad, pero consigo distinguir a un par de siluetas en la oscuridad, a unos diez metros de donde estamos. Aunque no puedo especificar por qué, siento que me dan mala espina, así que Henni no puede ser una de ellas.

—¿Quiénes sois? —exige saber Axel, en voz alta. Hago una mueca ante su tono cortante, por mucho que entienda por qué ha hablado así. No hemos encontrado a nadie en nuestra travesía por el bosque que no haya intentado hacernos daño. Ollie no cuenta, porque es un fantasma. Y, sean quienes sean esos dos, no hay forma de que sean fantasmas si Axel puede verlos.

—Soy Clara Thurn, y este de aquí es Axel Furst —les digo, cuando no responden—. Somos del Valle de Grimm.

Una vez más, el silencio es su única respuesta. La lluvia cae con más fuerza y empieza a empaparme la capa. Temblando por el frío, me seco las gotas que me mojan la frente.

—Levanta el candil —le digo a Axel en un susurro—. Quizás tengan que vernos mejor.

—No, mejor vámonos —me dice, retrocediendo un paso—. Tengo un mal presentimiento.

—No podemos irnos. Hemos venido a encontrar a los Perdidos. —Pese a que yo también tengo un mal presentimiento, no pienso abandonar a ningún conocido—. ¿Y si son los Trager o los Braun? —Algunos aldeanos se adentraron en el bosque en pareja, pues no querían arriesgarse a tener que separarse si nunca volvían.

Axel alza su candil, dudoso. A varios metros de distancia, un hombre y una mujer dan un respingo, como si los asustara la luz. Tienen los ojos oscuros y la piel pálida, además del pelo de un tono increíblemente blanco. Van de la mano al igual que nosotros, y son un reflejo escalofriante y retorcido de lo que somos.

Aunque, viéndolos bien, no son lo bastante mayores como para ser adultos. Parecen más bien de nuestra edad.

—¿Los conoces? —me pregunta Axel, con voz queda.

Niego con la cabeza. Y eso es lo más perturbador de aquellos muchachos: estoy totalmente segura de que nunca he visto a ninguno de los dos en nuestra aldea. Puede que sean del valle del sur, por mucho que para llegar hasta allí haga falta viajar durante dos semanas desde el Valle de Grimm e incluso más desde donde estamos, bosque adentro.

—¿Cómo os llamáis? —les pregunto—. ¿De dónde sois?

A la vez, el chico y la chica se giran poco a poco el uno hacia el otro, y sea lo que sea que se comuniquen entre ellos, no me entero de nada. No sonríen ni fruncen el ceño ni hacen el más mínimo gesto antes de volver a posar la mirada sobre nosotros. Ninguno de los dos responde, tampoco.

—Quizás es que hablan otro idioma —le digo a Axel en voz baja, por mucho que eso sea incluso menos probable. Pese a que Grandmère habla otro idioma, ella tuvo que viajar un mes para llegar al Valle de Grimm, y eso fue a caballo. Los idiomas que se encuentran más allá del lugar en el que nació Grandmère parecen sacados de la imaginación, como las hadas o los troles y otras maravillas que se encuentran en la pequeña colección de libros que tengo en mi cabaña. Nadie en el Valle de Grimm los ha oído nunca.

—¿Dónde está vuestra casa? —Lo intento de nuevo, acercándome un poquitín hacia ellos y haciendo que Axel también me siga.

Por fin, una expresión de reconocimiento cruza sus rostros.

—¿Casa? —repite la chica. Algo en su modo de hablar parece un poco extraño, como si tuviese un acento o algún impedimento verbal.

—Casa. —El chico asiente y nos hace un ademán para que nos acerquemos, con una expresión que, aunque no es desagradable, tampoco parece cordial.

Axel esboza una sonrisa forzada, pero se inclina hacia mí para preguntarme en un hilo de voz:

—¿Qué hacemos?

Me debato entre mi instinto de ayudar a cualquier Perdido que me encuentre en el bosque y el mal presentimiento que no me abandona. ¿De verdad tengo que ayudarlos si no son del Valle de Grimm? Quizás no sean Perdidos ni estén bajo ninguna maldición. A lo mejor siempre han vivido aquí.

—Buscamos a nuestra amiga Henni —les digo, alzando la voz para que se me oiga por encima de la lluvia.

Otro destello de reconocimiento se asoma en los rostros de los muchachos. Intercambian una mirada, y esta vez sí que atisbo algo en su expresión: intención. Urgencia. La chica se inclina para decirle algo al chico al oído, en voz baja.

Tras humedecerse los labios con la lengua, el chico se vuelve hacia nosotros. Debido a la lluvia, el cabello mojado se le pega a los ojos.

—Henni, sí —asiente, y nos hace otro ademán para que lo sigamos.

A pesar de que mi instinto me exige que salga corriendo sin mirar atrás, no puedo hacerlo. ¿Y si de verdad saben dónde está Henni? ¿Y si son amables y quieren ayudarnos, pero sus modos son algo extraños porque viven solos en el bosque?

Por mucho que las probabilidades de que sean buenas personas sean más bien escasas, dado que el bosque no nos ha permitido encontrar a ningún aliado hasta el momento, creo que debemos seguirlos, por Henni.

Axel me devuelve la mirada, y esta contiene un sinfín de emociones y de palabras sin pronunciar. Puedo sentir su preocupación y su cariño protector, aunque también su decisión ya tomada. También está listo para seguirlos.

Al menos esta vez sabremos que nos estamos dirigiendo hacia el peligro. Nos mantendremos a la defensiva. Y permaneceremos juntos, atentos y sin separarnos. Él me protegerá y yo a él.

El chico y la chica nos dan la espalda y empiezan a adentrarse en el bosque, en una invitación silenciosa para que los sigamos.

Axel y yo nos apretujamos un poco, hombro con hombro, y los seguimos.

27

Nos conducen hacia uno de los pinos gigantescos, cuyo tronco es todavía más ancho que el del resto de los árboles que nos rodean, y que se encuentra en medio de un entramado de raíces enormes que sobresalen del suelo. Parecen imitar a una mano en forma de garra que se adentra en la tierra desde el brazo de uno de los troncos. Unas vides cuelgan como cortinas sobre las raíces, y una vegetación exuberante recubre la tierra que las rodea.

Eso es lo único que consigo distinguir en este lugar, más allá de la lluvia torrencial. Tengo la impresión de que estoy respirando el agua, y no veo la hora de llegar a cualquier tipo de refugio. Cuando el chico y la chica apartan una capa de vides y nos revelan una entrada en forma de arco bajo el entramado de raíces del pino, Axel y yo prácticamente corremos para entrar. Solo que, tras dar unos cinco pasos, me detengo de sopetón para observar todo lo que nos rodea, con los ojos como platos.

Nos encontramos en un espacio acampanado, con un techo abovedado a más de dos metros de altura hecho de raíces nudosas que se apartan del árbol para encerrarnos en una sala circular de unos tres metros y medio de diámetro. Las paredes también están hechas de raíces, solo que estas se entrelazan con las vides que he visto en el exterior. Y, una vez que puedo apreciar las vides con más claridad, se me hace la boca agua.

En ellas crece la selección de frutas y verduras más deliciosas que he visto en la vida. Uvas, frambuesas, guisantes, pepinos, melones, tomates y habas. La mayoría de ellas ni siquiera son de temporada, pero siguen siendo de colores brillantes y perfectamente maduras. Parece que, con tan solo un toquecito, se desprenderán de sus tallos y caerán sobre mis manos anhelantes.

—Sé lo que vas a decir. —Aunque la expresión atormentada en el rostro de Axel me desarma, bajo su tensión consigo ver un atisbo de esperanza llena de cautela—. No deberíamos comer nada de esto…, ¿verdad?

—Supongo que no. No después de lo que nos pasó con las setas de Ella. —Y, como si me castigara por decir que no, el estómago me ruge con tanta fuerza como los truenos de fuera.

Alguien suelta una risita detrás de nosotros, una chica cuyas carcajadas llenas de dulzura reconocería en cualquier lado. Con el corazón en un puño, doy media vuelta, y, de pie en medio de esta extraña casa bajo un árbol, se encuentra Henni. Está a un lado del arco de la entrada, y lo más probable es que haya pasado corriendo por su lado sin darme cuenta.

Ahogo un grito y me lanzo a sus brazos. Y ella no debe odiarme del todo porque me devuelve el abrazo, riendo.

—La comida no es venenosa, lo juro —nos dice—. Llevo dos horas comiendo y no me he puesto mala.

No sé qué decirle. Por un lado, me da mucha rabia que se haya arriesgado de forma tan tonta al comer —y al dejarnos tirados, ya que estamos—, aunque, por otro, la parte egoísta y muerta de hambre en mi interior da las gracias porque la idea de comer algo vuelva a ser posible.

—¿Estás segura?

Henni asiente, sonriendo de oreja a oreja.

—No estoy alucinando, y no me han entrado náuseas ni nada. Tenías razón con lo de confiar en las señales de buena suerte. Las he seguido, ¡y mira donde estamos ahora!

—Pero ¿cómo has sabido que los guijarros eran una señal de buena suerte?

—No han sido los guijarros —me dice, con una sonrisita traviesa—, sino el zorro que se ha cruzado por el camino cuando he visto los guijarros.

Que un zorro pase por delante de ti sí que es una señal de buena suerte, solo que ¿y si Henni ha visto mal?

—¿Estás segura de que no era un gato negro? No sería el primer gato montés que vemos en el bosque.

—Ay, Clara —me regaña con cariño, como suele hacer ella—. Deja de preocuparte y come. Al fin y al cabo, sigo viva, ¿verdad?

Aunque la broma no me hace nada de gracia, sino todo lo contrario, supongo que tiene razón respecto a la comida. El chico y la chica, sin embargo, son harina de otro costal. Se han colado en el interior mientras les daba la espalda y se nos han quedado mirando con sus ojos negros y perturbadores.

—Pues vale —digo, echando un vistazo hacia atrás para ver a Axel—. A comer.

Me mira como si le hubiese entregado el poni que todos quieren ganar en la feria de la aldea. Deja caer la mochila de Henni, suelta el candil y prácticamente se lanza de cabeza hacia los tomates. Contengo una risita mientras lo veo zampárselos casi sin respirar.

—No te olvides de masticar.

Él me hace un ademán con la mano para restarle importancia y se dispone a comer un racimo de uvas.

—Prueba las frambuesas —me dice Henni, dándome un empujoncito—. Son más dulces que el azúcar.

Las frambuesas se alzan desde el suelo y se enredan con unos pepinos que cuelgan desde unos brotes de raíces delgadas. Dejo la mochila en el suelo y me acerco con cuidado, muy consciente de las miradas del chico y de la chica, que observan cada movimiento que hago. Ni siquiera se me había ocurrido preguntarles si podíamos empezar a devorar su comida.

—No te preocupes por Hansel y Gretel —me dice Henni, al notar mi vacilación—. Les gusta compartir.

No sé cómo Henni es capaz de saber si algo les gusta o no. Cuando les sonrío, lo único que hacen es devolverme la mirada sin parpadear.

—Me sorprende que sepas cómo se llaman —le digo en un hilo de voz, para que solo ella pueda oírme—. No parece que tengan muchas ganas de hablar, ¿no crees?

—Solo lo hacen si les hablas con palabras sencillas —contesta Henni, que ya parece conocerlos de toda la vida—. Creo que son mellizos —añade, como si eso explicara mejor lo que quiere decir.

Me dirijo hacia las frambuesas, me hago con un puñado, y me llevo una a la boca. Una explosión de sabor increíble me llega a la lengua, y pongo los ojos como platos.

—¿Siempre han sido así de deliciosas las frambuesas?

—No —contesta Axel—. Nada me ha sabido tan bien nunca. —Ha abierto un melón y se ha puesto a sacar su suave relleno con la mano—. Ni las chuletas de cordero ni el ganso asado. Y sin duda tampoco la carne de ardilla.

La chica, Gretel, alza la cabeza.

—¿Carne?

Axel asiente y habla con la boca llena de melón.

—Hemos intentado atrapar una ardilla con la jaula que tenemos ahí —dice, señalando con un dedo pegajoso hacia nuestro invento destartalado, el cual he atado a la parte de arriba de mi mochila—. Pero no ha habido suerte. Aunque, la verdad, no me quejo. Como os he dicho, esto que tenéis aquí —Hace una pausa para seguir raspando más melón— no tiene comparación.

Estoy demasiado ocupada inhalando frambuesas como para demostrar que estoy de acuerdo con todo lo que dice. La fruta sabe mejor que el pan de jengibre con glaseado y que los panecillos rellenos de ciruela y que los bastoncitos de caramelo, todas las cosas dulces que recuerdo haber comido de pequeña, cuando no era tan difícil comprar algo de azúcar.

Parece que ni a Hansel ni a Gretel les interesan los divagues de Axel ni el hecho de que me esté atiborrando de su comida. Gretel mira a su hermano, quien de verdad debe ser su mellizo dado lo mucho que se parecen, en edad y aspecto. De hecho, ambos tienen un delgado mechón pelirrojo en medio de sus rizos blancos impolutos. Y entonces repite la palabra que ha dicho hace unos segundos:

—Carne.

Hansel frunce un poco el ceño, antes de acercarse a la jaula para la ardilla que hemos traído con nosotros. Gretel lo sigue, avanzando de puntillas con delicadeza como si estuviese a la espera de recibir una maravillosa sorpresa. Hansel sacude la jaula y le echa un vistazo al interior, para luego mirar a su hermana.

—No.

Con un ademán impaciente con un dedo, Gretel señala mi mochila.

—Carne.

Y Hansel intenta abrir las tiras.

—No tenemos carne —les digo, antes de arrancar un pepino e hincarle el diente—. Ni tampoco comida, ya que estamos. Es por eso que… —Me atraganto con un gran bocado de crujiente perfección— os estamos muy agradecidos.

Hansel no me hace ni caso. Finalmente consigue abrir mi mochila y volcar todo lo que hay en su interior. Aunque debería molestarme, lo único que me importa es seguir y seguir comiendo.

Gretel se arrodilla junto a su hermano, y empiezan a curiosear entre mis pertenencias: el velo rojo, mi zapato, la caja de cebos, el pedernal, mi mapa obsoleto, la última vela que me queda y el botiquín. Lo toquetean todo, lo sacuden e incluso hasta lo mordisquean. Tienen que ser las personas más raras que conozco.

—De verdad, no tenemos carne.

Gretel se pone de pie y avanza decidida hacia mí. Retrocedo, sorprendida por la ferocidad que veo en sus ojos oscuros como el carbón. Gretel me agarra de la mano y de un tirón me lleva hacia el otro lado de la estancia, donde un escondrijo se despega de la cámara circular en la que nos encontramos. Aunque también está rodeado de raíces, el suelo está cubierto de...

—Huesos —articulo, con voz ronca, por mucho que no sepa por qué me perturba tanto. Solo son huesos diminutos que seguro le pertenecían a animalillos que Hansel y Gretel deben haber comido antes de quedarse con sus restos.

—Carne —enuncia Gretel, señalando los huesos, como si fuese ella la que tuviese que hablar con palabras sencillas para que la entendamos.

Asiento, aunque me aparto de ella con cuidado.

—Está claro que te gusta la carne, pero te juro que no tenemos nada de carne. No hay carne. —Niego con las manos para enfatizar mis palabras.

Ahora es Hansel el que avanza hacia mí. Vuelvo a retroceder y noto el crujido horrible de los huesos bajo mis pies vendados.

—Axel, diles que no tenemos carne.

Por fin, Axel alza la cabeza de la cáscara del melón que ha dejado totalmente limpia. Cuando ve cómo me acorralan, frunce el ceño.

—A ver, ¿qué está pasando? —pregunta, antes de limpiarse las manos en los pantalones y avanzar hacia donde nos encontramos. Henni también se acerca un poco.

—Ayudaré a Hansel y a Gretel a entender lo que les decimos.

—Creo que ya lo hacen —le digo—. Entienden «no» y «carne» y no parecen estar muy contentos por ello.

Axel les echa un vistazo a los huesos que tengo detrás.

—No hemos atrapado ninguna ardilla —le repite a Hansel—. Ardillas, no.

Gretel se vuelve hacia él, de sopetón.

—Carne —le exige.

Henni alza las manos, en un intento por hacer que todos nos tranquilicemos.

—No hay carne —les dice a Hansel y a Gretel, como si estuviese hablando con niños pequeños en lugar de con un par de adolescentes desconocidos—. Pero tenemos medicina, ¿qué os parece? Me-di-ci-na. —Hace un gesto para simular que se ha hecho daño en la mano y que se pone un ungüento sobre ella—. La medicina está bien. ¿Os gusta la medicina?

Las fosas nasales de Gretel se ensanchan.

—¡Carne! —nos exige, entre sus dientes apretados.

Hansel esboza una sonrisa taimada mientras recorre a Henni con la mirada de arriba abajo.

Mi amiga pierde la confianza y da un paso para acercarse a Axel en busca de protección.

—Creo que tienes razón, Clara —sisea—. Lo que he visto ha sido un gato negro.

—No pasa nada —le digo, abriéndome paso entre los mellizos hasta llegar a ella—. Ahora que te hemos encontrado, podemos irnos. —Me encaro con nuestros anfitriones—. Muchas gracias por la comida, pero tenemos que irnos.

Henni no espera a ver cómo reaccionan, sino que se lanza sobre mi mochila y mete el velo rojo en su interior. Axel me da la mano, y, poco a poco, retrocedemos sin apartar la vista de los mellizos. Por muy incautos que parezcan, las miradas amenazadoras que nos dedican son reales y peligrosas.

Axel me da un par de apretoncitos en la mano, en una especie de aviso que no entiendo. Le devuelvo la mirada y niego con la cabeza, pero todos sus intentos por ser sutil se pierden cuando grita:

—¡Corred!

Nos giramos y salimos corriendo en dirección al arco a toda prisa. Henni nos sigue, sin perder tiempo.

Pum.

Una enorme raíz se planta frente a nosotros y nos bloquea la salida. Cuando retrocedemos, otra raíz sale disparada del suelo y le quita a Axel el cuchillo que lleva en el cinturón. Por mucho que intentamos correr en cualquier dirección, el árbol se mueve a más velocidad que nosotros. Más raíces se alzan, bajan hacia donde estamos a toda prisa y nos rodean. En cuestión de segundos, nos quedamos atrapados en una jaula de madera en el centro de la estancia, un recinto hecho de raíces en medio de la garra que es el hogar de Hansel y Gretel.

Desde fuera de la jaula, los mellizos nos sonríen con arrogancia. Gretel cuela una mano por los barrotes y le da un pellizco a la parte superior del brazo de Henni antes de pronunciar:

—Carne.

28

—El ruiponce rojo no nos ha protegido —se lamenta Henni.

—Sabíamos que no nos iba a proteger para siempre. —Axel estampa un hombro contra una de las raíces que componen nuestra jaula. Y, al igual que el resto de las raíces que ha ido probando, esta no se rompe ni se mueve ni un poco.

Han pasado varias horas, y ya ha amanecido. Una luz grisácea se cuela en la cámara que hay bajo el pino, a través de unos huequecitos diminutos entre las vides colgantes.

Ha dejado de llover hace tan solo unos minutos, y, en cuanto ha escampado, Hansel y Gretel han salido para hacer quién sabe qué. Quizás debatir en su idioma fragmentado cómo es que planean devorarnos para desayunar.

Me recorre un escalofrío y me apresuro a seguir cavando el agujero por el que pretendo que escapemos. Hasta el momento, solo es de unos cuantos centímetros de profundidad, y, a la velocidad que llevo, bien podría tardar días en acabarlo. La tierra está muy dura, y me preocupa que ni Hansel ni Gretel tengan la paciencia para esperar a que nos muramos de hambre antes de empezar a cortarnos a cachitos. Si esa fuese su intención, lo más probable es que no nos hubiesen dejado atiborrarnos con su comida antes de encerrarnos.

Me aparto un mechón de pelo con un soplido.

—Quizás el ruiponce rojo todavía nos protege más de lo que creemos. —La verdad, espero que sea cierto—. Las raíces ya no intentan despachurrarnos. Quizás el árbol solo nos ha atacado porque Hansel y Gretel se lo han pedido.

Henni se mueve un poco, para darme más la espalda.

—No creo que así sea como funciona la magia del bosque. Nadie puede controlarlo. —Su humor ha cambiado poco después de que nos encerraran, y la amabilidad y el perdón que me había mostrado ahora brillan por su ausencia.

—Quizás no, o al menos no del todo —concedo—. Pero yo no llevaba puesta mi capa cuando encontré a Ella, y me dijo que el bosque no me haría daño mientras estuviese en su hondonada porque había hecho las paces con él. ¿Y si fue Ella quien estaba conteniendo al bosque para que no me atacara?

—En ese caso, ¿por qué no lo habría mandado a atacarte cuando decidiste huir?

No me pasa desapercibido el modo en que dice que «decidí» huir, sin hacer uso del plural.

—A lo mejor es que eso requiere más magia, y la suya no era lo bastante fuerte. La magia de Fiora parecía ser más potente —añado—, al menos por cómo podía controlar su cabello.

—Además, Fiora lleva más tiempo en el bosque que Ella —interpone Axel, antes de cambiar de posición para tumbarse sobre la espalda y empujar otra raíz con las piernas—. Seguro que algo tiene que ver con eso.

—Seguro que sí —coincido, y, en cuanto lo hago, se me forma un nudo en el estómago y me arrepiento de lo que he dicho. Si lo que dice Axel es cierto, entonces mi madre sería la más poderosa entre todos los aldeanos perdidos, porque, cuanto más tiempo vive una persona en el bosque, más poderoso (y desquiciado) se vuelve.

—No sé de qué nos sirve hablar de todo esto —murmura Henni por lo bajo—. No es como si nosotros podamos hacer magia.

¿Y si resulta que yo sí puedo? ¿Y si Ollie dijo la verdad y puedo ver el pasado del mismo modo en que mi abuela ve el futuro? Solo que, incluso si pudiera, ¿cómo nos ayudaría algo así?

—¿Sabes qué nos iría bien? —le suelta Axel a Henni—. Que te dignes a echarnos una mano para intentar salir de aquí en lugar de quedarte lloriqueando y lamentándote por tu desgracia.

Henni da un respingo. Los ojos se le llenan de lágrimas y aprieta los labios para contenerse, pero luego se arrodilla para llegar hasta donde estoy y empieza a cavar conmigo, con la mirada gacha.

Los tres nos quedamos en silencio. Aunque Axel tiene la mandíbula tensa, la piel de su cuello sigue sonrojada. Nunca había perdido la paciencia con Henni. Hasta ahora, lo único que habían hecho era soltarse pullitas como si fuesen hermanos, sin atacarse de verdad, por lo que estoy segura de que se arrepiente. Sin embargo, no puedo culparlo. Si no me estuviese esforzando tanto por hacer que mi amiga me perdonara, también habría perdido los estribos.

Henni es la primera en romper el silencio, en voz baja y trémula.

—No estaba lamentándome por mi desgracia, Axel. Me lamentaba por Ella. —Una lágrima se le desliza por el puente de la nariz y resbala por ella—. Fue culpa mía que se convirtiera en una de los Perdidos.

Axel suelta la raíz con la que ha estado peleándose.

—¿A qué te refieres?

Henni se muerde el labio, mientras se intenta quitar la suciedad que tiene bajo las uñas.

—La noche de la víspera de vuestra boda, el verano pasado, mis padres me pidieron que llevara algunos de los regalos de boda a la casita en la que Ella y tú ibais a vivir juntos. Aunque tú ya vivías ahí, cuando llamé a la puerta, no me abriste. Así que entré y...

Se interrumpe, con los dedos temblorosos, por lo que dejo de cavar y apoyo una mano en las suyas, para tranquilizarla.

Henni respira hondo.

—Encontré una carta que le habías escrito a Ella.

—Pero si esa carta la quemé —dice Axel, con el ceño fruncido.

—Lo intentaste. La encontré en el borde del hogar y solo se había quemado un poco. Vi el nombre de mi hermana en el sobre, así que... —Cierra los ojos con fuerza— la leí.

Axel se queda tan quieto como las raíces que nos encierran.

—¿Y se la mostraste?

Henni asiente, mientras más y más lágrimas le caen de los ojos.

—Nunca me he arrepentido tanto de algo.

Axel sigue sin moverse y parece que le cuesta procesar lo que Henni le ha dicho.

—¿Qué decía la carta? —pregunto, pasando la mirada entre ambos.

—Axel confesaba que no estaba enamorado de Ella —dice Henni, secándose la nariz con la manga de su vestido—. Le decía que no quería casarse.

Me giro hacia Axel, sin comprender.

—Pero si eso fue lo que le dijiste esa misma noche.

—Es que todavía no se lo había dicho cuando yo se la mostré —añade Henni, sorbiéndose la nariz.

—Y eso no era lo único que decía la carta —dice Axel, masajeándose la nuca—. La escribí para poder atreverme a decirle algo más, algo que no creía poder admitir en persona. Solo que luego me arrepentí y lancé la carta al fuego. Lo único que habría conseguido es hacerle más daño, así que nunca le conté esa parte... Aunque, si leyó mi carta, no entiendo por qué no me dijo nada al respecto.

—No quería creer que fuese cierto —musita Henni, secándose más lágrimas—. Eso fue lo que me dijo. Antes de darle la carta, la estuve ayudando con su velo. Estaba preciosa y muy contenta y… —Henni deja caer la cabeza—. Creo que la envidiaba por eso. Todo era muy fácil para ella; no tenía que esforzarse para que la notaran. Todos la querían, en especial mis padres, y yo solo era la niña tímida, la que nadie recuerda. Y cuando Ella se convirtió en una de los Perdidos, me volví todavía más invisible.

—Ay, Henni —La rodeo en un abrazo—. Eres mi mejor amiga, nunca has sido invisible para mí.

Henni sonríe con tristeza y se vuelve a secar las lágrimas, con lo que la tierra que tiene en las manos se le extiende por las mejillas.

—Por eso no te conté lo de la carta.

Me vuelvo hacia Axel. *Hay algo que no me están contando.*

—¿Qué decía la carta?

Clava sus ojos azules en los míos, llenos de calidez, aunque también de dolor.

—Le escribí que no estaba enamorado de ella…, porque estaba enamorado de otra persona.

Pese a que pronuncia las últimas palabras en voz queda, estas se me estrellan contra el pecho y me apuñalan el corazón. *¿Tengo parte de culpa de lo que le sucedió a Ella?* Por muy doloroso que haya sido perder a mi madre, al menos no fue culpa mía que abandonara el Valle de Grimm.

La jaula parece dar vueltas, y me cuesta mantener el equilibrio.

—Pero no es posible que hayas estado enamorado… —Me quedo sin voz, incapaz de decir «de mí»—. No por aquel entonces. —No cuando Ella era perfecta y de una belleza cautivadora y sin ningún atisbo de locura. No cuando yo tenía dieciséis años, en lugar de los diecisiete que tengo ahora, y era diez veces más torpe y carecía de elegancia alguna.

—No fue culpa tuya, Clara —me dice Henni—. Si no le hubiese mostrado la carta a Ella, no se habría rendido tan rápido. Habría convencido a Axel para no cancelar la boda.

Aun así, no concibo todo lo que dicen. ¿Cómo es posible que Ella se haya sentido amenazada por mí?

—No pretendía... —Retrocedo hacia un rincón, antes de presionarme los ojos con el talón de las manos.

—No hiciste nada malo. —La cadencia en la voz de Axel se bambolea entre la confianza y la vulnerabilidad—. Soy yo el responsable de lo que siempre he sentido por ti. —*¿Siempre?*—. Por mucho que tardara demasiado en darme cuenta —añade, casi sin voz.

Tiene que estar exagerando. ¿Cómo podría haberme querido durante tanto tiempo cuando he encerrado a la persona que soy de verdad en lo más hondo de mi interior? Cuando llevo poniéndole límites a mi vida desde que era pequeña, desde que mi madre me entregó la bellota del roble de Grimm.

Tan solo en las últimas semanas he empezado a contemplar unos destellos dolorosos de lo que mi vida podría ser si se me permitiese vivirla con la calidez del amor de Axel.

Solo que es algo que jamás podré tener.

—¡No!

La voz de Gretel me sobresalta y me hace dar un respingo mientras ella cruza el arco de la entrada de la cámara de raíces. Henni se mueve para cubrir el agujero que hemos estado cavando, y me apresuro en cubrirlo con uno de los pliegues de mi capa.

Hansel entra detrás de su hermana y avanza como un bólido hacia nuestras mochilas. Las había dejado cerca de la entrada, justo fuera de nuestro alcance. Rebusca en la mochila de Henni y saca el cuchillo de Axel, el cual metió allí anoche.

—¿Qué hace? —pregunta Henni, en un chillido.

Sin mayor advertencia, Hansel se vuelve hacia nosotros, con el cuchillo alzado. Las raíces de nuestra jaula retroceden y se apartan, de modo que tenga espacio para entrar.

—¡Ni se te ocurra! —exclama Axel, lanzándose hacia adelante para protegernos a Henni y a mí.

—¡Hansel, no! —Gretel patea el suelo, y las raíces vuelven a alzarse para impedir que su hermano nos alcance—. Se duermen. —Nos señala—. Se mueren. Luego comemos.

Hansel gruñe, pero su hermana no se afecta. Con la barbilla alzada en un gesto obstinado, le quita el cuchillo de la mano.

Hecho una furia, Hansel nos fulmina con la mirada y se dirige al exterior.

Por su parte, Gretel nos dedica una mirada igual de venenosa.

—A dormir —nos ordena, para luego salir de la estancia y seguir a su hermano.

29

Nos negamos a dormir, incluso cuando pasan dos días más y seguimos encerrados. Es obvio que se supone que debemos morir antes de que Hansel y Gretel nos devoren —lo cual no es ningún consuelo, precisamente—, pero no sabemos si quedarnos dormidos nos matará directamente. Quizás lo que comimos sí que estaba envenenado después de todo, y debamos sumirnos en un estado somnoliento para que haga efecto. O tal vez se supone que nos tenemos que morir de hambre muy poco a poco, en un sueño del que no vayamos a despertar.

Me ruge el estómago mientras sigo cavando junto a mis amigos. Las frambuesas y los pepinos que comí hace dos noches no saciaron mi hambre y, sin nada que beber, los retortijones que me dan en la barriga son cada vez más dolorosos.

Estamos en mitad de la noche. Casi no puedo ver ni a Axel ni a Henni, aunque sí noto que mueven las manos a la par que las mías mientras cavamos.

El mayor problema con el hoyo que estamos haciendo es que no dejamos de encontrarnos con raíces por debajo de la tierra. Ya hemos tenido que empezar de cero dos veces y buscar algún otro lugar que sea más conveniente.

También está el inconveniente de tener que ocultar la tierra. Hemos ido extendiéndola de forma pareja por el suelo, al añadirla a la tierra que ya teníamos bajo los pies. Hasta el momento, ni

Hansel ni Gretel han notado que la base de nuestra jaula es cada vez más alta. De vez en cuando, nos echan un vistazo y aprovechan para alcanzar alguna fruta o verdura para comer, con una expresión asqueada como si fuese una tortura tener que comerlas.

Y nunca se quedan mucho rato. Quizás porque somos demasiada tentación. Cuando Gretel no tiene la mandíbula apretada, se lame los labios. Y Hansel, quien se ha acostumbrado a llevar el cuchillo de Axel metido en la cinturilla de los pantalones, no deja de masajear la empuñadura con su mano sudorosa.

Henni recoge un poco más de tierra cerca de donde estoy, con unos dedos temblorosos.

—Vamos a morir antes de terminar de cavar este hoyo. De verdad noto que me voy marchitando poco a poco.

—No vamos a morir —le aseguro. No pretendo permitir que Hansel y Gretel se conviertan en mi Criatura con Colmillos. Puede que me haya resignado a morir, pero no a dejar que dos caníbales desconocidos roan la carne de mis huesos una vez que mi corazón deje de latir—. Solo tenemos que seguir cavando y quedarnos despiertos.

Quedarnos despiertos es la tarea más complicada.

Conforme nos vamos debilitando debido al hambre y al cansancio, los tres empezamos a cabecear. La cabeza se me cae sobre el hombro de Axel, y él me obliga a despertar solo para, un segundo después, ser él quien se choca conmigo al quedarse dormido. Luego, cuando las manos de Henni no vuelven hacia la tierra, tanteo a mi alrededor en la oscuridad y la encuentro con la cara plantada en el suelo y roncando suavemente.

Durante la siguiente hora, más o menos, en una niebla difusa y medio dormida, me doy cuenta de que los tres hemos terminado apoyándonos uno sobre otro, con el cuerpo sin fuerzas aunque en ocasiones dando respingos en nuestros intentos vanos por permanecer despiertos. Me he tumbado sobre el agujero mientras que Axel tiene un brazo y una pierna apoyados sobre mí, y Henni se ha derrumbado completamente sobre él.

Quién sabe cuánto tiempo nos quedamos dormidos, pero, cuando vuelvo a abrir los ojos, hay luz en el exterior y es nuestro tercer día en esta jaula.

El cuerpo de Axel se mueve, y lo veo sacudirse con espasmos inconscientes mientras duerme.

—Para —farfulla—. No me gusta.

Por un instante, me preocupa que esté teniendo algún tipo de reacción al veneno, solo que entonces se despierta de sopetón y exclama:

—¡Ay!

Se da la vuelta, hace que Henni caiga hacia un lado y echa un vistazo al exterior de la jaula. Hansel está cerca. Al otro lado de las raíces de la jaula, tiene la mano de Axel entre las suyas y está agazapado sobre ella como un perro que le da lengüetazos a un poco de agua. Solo que no son lengüetazos lo que da, sino bocados: está mordisqueando el meñique de Axel.

—Pero ¿qué c...? —Axel se pone de pie de un salto y arranca su mano del agarre de Hansel. Entonces lleva el brazo hacia atrás y le da un tremendo puñetazo en la cara.

Hansel retrocede, estupefacto. Se lleva una mano a la nariz, donde los nudillos de Axel se le han estrellado con más fuerza.

—Para que aprendas —le suelta Axel, con desdén.

Hansel le muestra los dientes y se pone a gruñir, como un salvaje. Axel se lanza hacia las raíces que hacen de barrotes en la jaula y le devuelve el gruñido, con lo que Hansel sale corriendo por el arco de la entrada.

Axel se deja caer de cuclillas y se lleva su dedo ensangrentado al pecho.

—¿Estás bien? —le pregunto, antes de acercarme hacia él y agarrarle de la mano para examinarle el meñique. Aunque tiene un corte profundo más allá del segundo nudillo, todavía tiene el dedo entero y no se le ha roto.

—Nos va a matar —dice Axel, pasándose una mano por la frente—. No va a esperar a que nos dignemos a morir. Nos apuñalará mientras dormimos. —Un suspiro desalentado se le escapa del pecho—. No he debido perder la paciencia así.

Me arranco un trozo de tela del camisón para envolverle el dedo.

—No sé cómo podrías haberte contenido.

—Yo también le habría dado un puñetazo —añade Henni.

Axel se ríe un poco.

—Eso sí que me gustaría verlo —dice, antes de soltar otro largo suspiro y recomponer la expresión—. Tenemos que escapar antes de que nos quedemos dormidos de nuevo.

—Pero no hemos cavado más que la mitad del agujero —repone Henni—. ¿Cómo vamos a hacer para no quedarnos dormidos?

Me lo pienso durante unos momentos.

—Quizás podamos engañar a Hansel y a Gretel para que nos abran la jaula. No son los más listos del mundo, al fin y al cabo. A lo mejor podemos usar eso a nuestro favor.

—Hansel ya abrió la jaula una vez —dice Axel, al tiempo que se rasca la barbilla y se acerca un poco—. Fue Gretel quien lo detuvo. Si podemos convencerla para que lo deje hacerlo otra vez, quizás esa pueda ser nuestra oportunidad.

—Si conseguimos abrir la jaula, ¿crees que podrás con Hansel? —le pregunto, tras terminar de vender su dedo—. Tiene un cuchillo y no estará tan débil como nosotros.

Axel me mira, muy serio, y con una expresión decidida.

—Ningún problema.

Aprovechamos el tiempo mientras esperamos que regresen los mellizos. Axel deja de cavar y se pone a arrancar raíces delgaditas de las paredes de la jaula. Tras trenzarlas, fabrica una especie de cuerda con ellas. De verdad espero que no tenga que usarla para estrangular a Hansel o a Gretel. Cuando nos adentramos en el bosque lo hicimos para salvar personas, no para acabar con ellas.

Recojo un poco de tierra y la hago compacta con las manos durante un largo rato, mientras veo a Axel tensar la cuerda entre las suyas.

—No llegué a contarte lo que Ollie me dijo antes de desaparecer.

Axel alza la cabeza, y la tensión que estaba ejerciendo en su cuerda disminuye.

—¿Quién es Ollie? —pregunta Henni e interrumpe su ritmo metódico al cavar.

Respiro hondo y me lleno los pulmones de oxígeno antes de contarle sobre el fantasmita con el que ya me he encontrado dos veces y su relación con Axel.

—No puedo verlo ni oírlo como hace Clara —añade él—, pero pudimos comprobar que existe de verdad.

—Y sí que puede comunicarse con otros —comento—. Con los muertos en los árboles... y quizás con mi madre. —Les cuento lo que Ollie me dijo sobre la mujer de rojo, sin dejar de notar el peso de la bellota en el bolsillo—. Sea quien sea, le dijo a Ollie que tengo un don desde que nací y que lo llevo en la sangre.

—¿Puedes adivinar el futuro con las cartas como tu abuela? —inquiere Henni, con los ojos muy abiertos—. ¿Por qué no me lo has contado nunca?

—Porque no puedo. No sé hacerlo. —Me froto una manchita de tierra que no se me quiere despegar del brazo—. Ollie me dijo... —Me interrumpo a mí misma. No, es demasiado absurdo, incluso para mis adentros.

—¿Qué te dijo? —insiste Axel.

Bajo la mirada.

—Me dijo que... puedo ver el pasado. —Suelto una risa, sin encontrarle nada de humor—. Si pudiera hacerlo... —Respiro a duras penas—, quizás podría ayudarnos de algún modo. —Vuelvo a mirar la cuerda de Axel. Como mínimo, quizás le ahorraría tener que usar algo así.

—¿Cómo podría ayudarnos? —pregunta Henni.

—Pues, si mi don es como el de mi abuela, quizás pueda leer el pasado de las personas como ella puede hacer con el futuro. Si puedo leer el pasado de Hansel y Gretel, tal vez pueda enterarme de algo que pueda provocarlos y darnos una mayor probabilidad de que abran la jaula... Y, con suerte, espantarlos lo suficiente para que no nos ataquen mientras intentamos escapar.

—Pero ¿has visto o, mejor dicho, leído, el pasado de alguien alguna vez? —me pregunta Axel, jugueteando con las raíces de su nueva arma.

Tenso la mandíbula. Tendría que haber sabido que iba a reaccionar así.

—Siempre has desconfiado de las habilidades de Grandmère. Y ahora no crees que yo también pueda hacer algo parecido.

Axel me mira, con las cejas arqueadas.

—Eso no es cierto, Clara. Ni tampoco muy justo. Dame un segundo para procesarlo todo, ¿quieres?

Me obligo a no rechinar los dientes y asiento, a duras penas. No sé por qué me he puesto tan a la defensiva cuando yo tampoco creo que pueda hacer ningún tipo de magia. La única razón por la que lo he comentado es porque estoy desesperada.

Axel respira hondo, para calmarse. Los tres estamos a punto de perder la cordura por el hambre y el agotamiento.

—Tienes razón con lo de la lectura de cartas. Nunca he podido procesarlo muy bien. No me gusta la idea de que tengamos un futuro que no se puede cambiar, porque deberíamos poder decidir nuestro destino. Pero el pasado es diferente. Ya está hecho, está escrito en piedra —dice, haciendo un gesto tajante con la mano—. Podría confiar en un don que sea capaz de leer el pasado. Lo único que quiero saber es si lo has hecho antes. —Se inclina hacia adelante y se apoya un codo sobre la rodilla—. ¿Alguna vez has sabido algo sobre alguien que no te haya contado por sí mismo?

Recuerdo la retahíla constante de aldeanos que han visitado mi cabaña con el paso de los años, personas que iban para que Grandmère les leyera el futuro. Solía escuchar a hurtadillas la mayoría de esas lecturas, pues nuestra cabaña era pequeña y, mi curiosidad, enorme. Siempre me ha obsesionado el destino, ya sea el mío o el de cualquier otra persona. Me concentraba tanto en eso que nunca me he puesto a reflexionar sobre el pasado.

Con un vacío en el pecho, niego con la cabeza.

—Lo único que se me ocurre es algo que pasó hace poco. En el baile del prado, vi algunos destellos de tu pasado —le digo a Axel—. Pero estaba alucinando por culpa de las setas, así que no cuenta.

—Cuenta si es cierto y es algo que nunca te he contado. —La mirada que me dedica está llena de calidez—. ¿Qué viste?

Aquellos momentos como de ensueño cobran vida de nuevo en mi mente. Veo a mi madre con mi vestido azul y mi capa roja con capucha. Recuerdo el toque seguro de sus manos cuando me hizo girar la cabeza hacia las escenas de la vida de Axel conforme estas se reproducían en el prado.

Algunas de esas escenas tienen que ser parte de mis propios recuerdos. Estaba presente cuando Axel y yo hicimos una carrera con nuestros cubos llenos de leche de oveja, cuando me estaba incordiando en la fiesta de la cosecha, cuando me lanzaba bolitas de lana en el cabello y cuando asistimos el parto de los corderitos gemelos.

Solo que también vi otros recuerdos, ocasiones en las que no estaba con él. ¿Me lo habré inventado?

—Vi a tu tío... a punto de darte una paliza mientras arabas el campo.

Axel intenta no reaccionar, aunque se le tensa el músculo de la barbilla. Quizás no he debido mencionarlo; no es como si eso demostrara que puedo hacer magia. Pese a que nunca he sido testigo de ninguna de las palizas que recibió Axel, sé que sucedían. Con los moretones que tenía y el mal carácter de su tío no era complicado atar cabos.

—¿Alguna otra cosa? —pregunta, ansioso por cambiar de tema.

—También reparaste el tejado de la cabaña de los Trager cuando se enfermaron y ayudaste a cuidar de Luka Eckhart cuando su madre estaba embarazada y su padre se fracturó el pie.

Henni pasa la mirada de uno a otro.

—¿Alguna vez le has contado a Clara alguna de esas cosas? —le pregunta a Axel.

—No estoy seguro —contesta él, mordisqueándose el labio inferior—. ¿Alguna vez te contaron algo de eso a ti los Trager o los Eckart? —me pregunta.

—Creo que no. —Pero fue hace muchísimo tiempo.

Axel se echa hacia atrás.

—¿Y eso fue todo lo que viste en tu visión?

Intento recordarla de nuevo.

—Hubo un último recuerdo. Debías tener unos quince años, porque tenías el pelo más largo. Estabas con Fiora, y ella te llamó para que te acercaras cuando pasaste frente a su casa. Te dio un sobre sellado y te dijo algo al oído. Tú asentiste y te fuiste corriendo como si fueses a entregárselo a alguien. Pero no llegué a ver a quién.

Una expresión de incredulidad cruza por el rostro de Axel.

—Estoy seguro de que nunca te he contado eso. Y Fiora tampoco lo pudo haber hecho. Me hizo prometer por los huesos de mi padre que no abriría la carta ni revelaría a quién se la entregué.

Henni ladea la cabeza.

—¿A quién se la…?

—Por los huesos de mi padre —repite Axel, con intención.

—Entonces, ¿eso quiere decir que…? —Se me cierra la garganta, y no puedo articular las palabras. La esperanza es algo muy frágil últimamente—. ¿De verdad vi…?

—¿El pasado? —La sonrisa de Axel hace que todas mis dudas desaparezcan—. Vale, ahora sí que me lo creo.

Me echo a reír, antes de fulminarlo con la mirada en broma.

—Ya era hora.

Gretel cruza el arco de la entrada con paso decidido, y yo contengo el aliento. En un visto y no visto, Henni cubre con su falda el agujero que hemos estado cavando. Intento calmarme, y me recuerdo nuestro plan para provocar a Gretel y que haga que Hansel abra la jaula. Si bien no ha entrado con ella, eso no significa que tengamos que desperdiciar este momento. Tengo que observarla y buscar algún modo de aprovecharme de cualquier punto flaco que tenga… o tal vez encontrar un modo de valernos de su compasión, si es que tiene algo de eso.

Conocer su pasado nos sería de ayuda.

Me esfuerzo para canalizar mi nueva habilidad conforme Gretel se pasea alrededor de la jaula y comprueba la resistencia de las raíces. Sin embargo, lo único que consigo conjurar de la nada es una jaqueca. A lo mejor necesito setas alucinógenas para poder desatar mi don.

Modulo la respiración, para intentar alcanzar un estado de meditación por mi cuenta. Me vuelvo a concentrar en Gretel y presto atención a todos los detalles en los que reparo. El vestido que lleva le queda justo del pecho y tiene una falda muy corta. Y su tela verde se ve incluso más desgastada que mi vestido azul aciano. Ahora que lo pienso, la ropa de Hansel también está raída y le queda muy pequeña. Y siempre va descalzo, como su hermana.

Poso la mirada en el borde deshilachado de la falda de Gretel, donde se han descosido las puntadas del dobladillo. Hay una marca diminuta que no consigo apreciar del todo, aunque algo en ella consigue darle un pinchacito a mi memoria. Solo que no tengo ni idea de si ese pinchazo es algo mágico o un simple recuerdo.

—¿Cuánto tiempo lleváis viviendo aquí? —le pregunto.

Las cejas rubísimas de Gretel se alzan por la sorpresa. No le he dirigido la palabra desde el primer día en que nos encerraron en esta jaula. Aun con todo, no me contesta, y me pregunto si siquiera entenderá lo que le digo.

—¿Nacisteis en el bosque? —Lo intento de nuevo—. ¿Qué le pasó a vuestra madre?

Sus ojos oscuros casi se le salen de las órbitas cuando me oye decir «madre». Es una palabra que reconoce.

—¿Desapareció? —le insisto, al caer en la cuenta de que es posible perder a alguien en el Bosque Grimm incluso si no son del Valle de Grimm—. ¿Se perdió? —Esa podría ser la razón por la que Hansel y Gretel tienen tantas dificultades para hablar y por la que la ropa ya les va pequeña, en especial si su madre se convirtió en una de los Perdidos hace años.

Gretel no contesta, y su expresión se mantiene recelosa y pensativa.

Henni se acerca un poquitín, para ayudarme a hacerme entender.

—¿Madre no está? —le pregunta a Gretel—. ¿Madre adiós? —Hago una mueca ante la forma infantil en la que habla—. ¿Madre a dormir? —Y, tras tragar en seco, añade—: ¿Madre muerta?

Gretel se tensa y hace una mueca de desdén.

—Bruja —sisea, antes de salir hecha un bólido de la estancia.

—Menudo exitazo —suelta Axel, pasándose una mano por la frente.

—¿Me ha llamado bruja? —Henni se echa hacia atrás, ofendida.

—Puede ser. —Me quedo mirando el lugar por el que Gretel se ha marchado—. O quizás lo que ha querido decir es que una bruja mató a su madre. —Me mordisqueo el labio, recordando la marca que Gretel tenía cerca del dobladillo de su falda. ¿Sería algún tipo de bordado? —Me giro hacia Axel—. ¿Puedo ver tu bufanda un segundo?

—Pero no puede quitársela —nos recuerda Henni.

—No hace falta. —Me agacho para acercarme a él—. Solo estira uno de los extremos mientras compruebo una cosa.

Hace lo que le pido mientras tanteo el dobladillo de la bufanda que, antes de eso, fue la parte de abajo de mi capa. En un par de segundos, encuentro con los dedos el lugar que estaba buscando: un bultito remetido en el dobladillo. Arranco las puntadas y desdoblo la tela para revelar una pequeña letra bordada: una F.

—¿Qué es? —pregunta Henni, asomándose por encima de mi hombro.

—Una firma de la persona que tejió esta lana —contesto—. El vestido de Gretel tenía la misma marca: una F de Fiora.

Henni contiene el aliento.

—¿Has visto a Fiora en tus recuerdos? ¿Estaba con Gretel?

—No. —Hago un esfuerzo para no ahogarme en mi decepción. ¿De verdad creía que podría controlar mi don tan fácilmente?—. No he visto ningún recuerdo que no sea mío.

Axel ladea la cabeza, para buscarme la mirada.

—¿Y crees que Fiora es la bruja que mató a la madre de Hansel y Gretel?

—Es capaz de eso y más —contesto.

Axel frunce el ceño, mientras considera mis palabras.

—O quizás Hansel y Gretel le robaran la ropa a Fiora para hacerse la suya. Piénsalo. Fiora no llevaba puesto un vestido ni un camisón siquiera. Lo único que llevaba era una de esas prendas interiores tan ajustadas. —Arqueo una ceja—. Aunque le quedaba fatal —añade, atropellando las palabras.

—O a lo mejor Fiora les hizo la ropa a los mellizos —contrapongo, aceptando la mitad de su teoría.

—Pero ¿por qué lo haría? —pregunta Henni.

Repaso la pequeña F que hay en la bufanda de Axel.

—¿Recuerdas cómo creía que eras lo que había perdido? Quizás también pensó lo mismo sobre Hansel y Gretel. Podría haber intentado ayudarlos durante un tiempo.

—O podría haberlos tenido encerrados en su cabello. —Henni se acaricia la garganta con sus dedos temblorosos.

—Sea como sea, creo que hemos encontrado cómo provocar a Gretel. —Le devuelvo a Axel su bufanda y me enderezo en mi sitio—. Seguiremos mencionando a la bruja.

30

Pasan varias horas y ni Hansel ni Gretel regresan a vernos. Cuando los llamamos, no oímos ningún ruido. Pensaría que nos han abandonado, pero ¿cómo van a hacer algo así cuando tienen tantas ansias por devorarnos una vez que hayamos muerto?

Me aprieto el estómago, muerta de hambre, y clavo la vista en la entrada con una atención un poco borrosa. Henni se ha quedado apoyada contra un lado de la jaula, y se le cierran los ojos unos segundos solo para volverlos a abrir de golpe unos instantes después. Axel está sentado con las rodillas abrazadas al pecho y se balancea en su sitio mientras contempla toda la comida que crece en las vides y a la que no podemos llegar. Bajo el aliento, murmura todos los nombres de las frutas y verduras que ve. Quizás ese es el truco para mantenerse despierto. O quizás es que esté delirando y ya.

Mientras tanto, tarareo la canción que Fiora entonó desde su torre según atraía a Henni en las garras de su cabello pelirrojo. Se me ha olvidado casi toda la letra, salvo por dos versos…

Cariño, vuelve a mí
No permitiré que el lobo se acerque a ti.

No debe quedar mucho para el atardecer, a juzgar por el ángulo de la luz que se cuela en la estancia. Su brillo disminuye y se oscurece más rápido de lo que el sol se esconde por el horizonte. Un destello contrasta con la oscuridad, seguido del estruendo ensordecedor de un trueno. Pego un bote, sorprendida. Y, segundos después, el cielo se abre y el ruido incesante de una lluvia torrencial llena el ambiente.

Se me acelera el pulso. Si Hansel y Gretel se encuentran cerca y solo se han limitado a no hacernos caso, tal como sospecho, tendrán que buscar refugio pronto.

Tarareo más alto la melodía de Fiora y canto las palabras que me sé, y las que no, me las invento.

Que viene la bruja.
La araña pelirroja.

Axel y Henni también saben que los mellizos no tardarán en llegar. Nos juntamos en el centro de la jaula y dejamos el agujero que hemos estado cavando a la vista. Si lo ven, seguro que se enfadarán. Y eso es justo lo que queremos.

El ruido de los chapoteos descalzos se acerca a toda prisa. Ya casi han llegado. Canto más alto. Mi voz ronca y deshidratada hace énfasis en las palabras de la canción que quizás los provoquen más:

—Bruja. Araña. Lobo.

Hansel y Gretel entran a toda velocidad. Están empapados de pies a cabeza, y tienen los ojos muy abiertos y los puños apretados.

Convierto mi canción en un cántico, al repetir las mismas tres palabras una y otra vez:

—Bruja. Araña. Lobo.

Axel y Henni se unen a mi retahíla.

—Bruja. Araña. Lobo.

Hansel suelta un gruñido, y Gretel sacude las raíces de la jaula.

—¡Parad!

—¡Bruja! —Golpeo la tierra con las palmas de las manos.

—¡Araña! —Henni se agazapa, adoptando una pose de araña.

—¡Lobo! —Axel aúlla y echa la cabeza hacia atrás.

Nuestro cántico se vuelve más rápido, más fuerte.

Hansel empieza a dar vueltas alrededor de la jaula.

—¡No! —nos chilla Gretel, cubriéndose las orejas con las manos.

Me pongo la capucha de la capa, para luego acariciar la tela como si fuese cabello pelirrojo.

—¡Bruja! ¡Bruja! ¡Bruja! —Es lo único que digo, y se lo chillo a Gretel.

Axel se concentra en Hansel y se abalanza en su dirección. Gruñe hacia afuera de las raíces y muestra sus dientes blancos.

—¡Lobo! ¡Lobo!

Henni se dedica a torturar a los dos hermanos. Corre de un lado para otro dentro de la jaula a cuatro patas, aunque parece que tiene ocho.

—¡Araña! ¡Araña! ¡Araña!

Gretel le da patadas al suelo y se pone a llorar.

Hansel saca el cuchillo de Axel de la cinturilla de sus pantalones.

Mis amigos y yo nos ponemos a repetir nuestro cántico a gritos, con la voz ronca por el hambre, pero con fuerza por nuestra desesperación. La energía frenética me alimenta y hace que la adrenalina corra por mis venas. Más nos vale que esto funcione. Si los mellizos no abren la jaula, lo único que habremos conseguido es que nos maten antes, pues estamos usando hasta la última gota de energía que tenemos para motivarlos a actuar.

Siseamos y rugimos y les mostramos los dientes a nuestros captores. Axel tensa su cuerda entre las manos, e intercambiamos una mirada veloz. Niego con la cabeza en un movimiento apenas perceptible, y él asiente. La cuerda será su último recurso. Hará todo lo que esté en sus manos para no matar a los mellizos.

Puede que Hansel y Gretel no sean del Valle de Grimm, pero es posible que también se hayan visto atrapados por la maldición. Y, si eso es cierto, entonces podremos salvarlos como al resto de la aldea una vez la rompamos.

Axel, Henni y yo gritamos y nos sacudimos como locos, hacemos todo lo que se nos ocurre para conseguir que los mellizos abran la jaula. Pero estos se siguen conteniendo. Hansel se pone rojo de la ira que apenas puede reprimir y se acerca a Axel, aunque sigue fuera de su alcance gracias a las raíces. Dirige la mirada a su hermana, buscando su aprobación. Gretel tiembla de pies a cabeza, y unas lágrimas furiosas se le deslizan por las mejillas. Sin embargo, su obstinación puede más, feroz e irrompible. No deja que Hansel la convenza.

Tenemos que llevarla más allá de sus límites para conseguir que ceda.

Me deslizo más cerca de las raíces que me separan de ella. Las sujeto como los barrotes de la celda que son en realidad y aprieto la cara entre ellas.

—¡Tú bruja! —le chillo—. ¡Tú muere! ¡Tú carne!

Gretel se queda boquiabierta, y su piel ya de por sí blanca palidece a un tono más enfermizo aún.

Un rayo cae en el exterior y la ilumina desde atrás.

Se le tensa un músculo de la mandíbula, antes de que cuadre los hombros. El odio más puro emana de ella conforme su mirada se centra con maldad en su hermano. Y, en un tono calmado y terrible, pronuncia la palabra que Hansel ha estado esperando:

—Mata.

La jaula entera se desmonta: las paredes se ocultan bajo tierra, el techo se alza hacia lo alto y las raíces se contraen y se reúnen con aquellas que se encuentran fuera de la cámara.

Hansel se arroja sobre Axel, con el cuchillo alzado, pero Axel anticipa su movimiento. Se lanza hacia un lado, da una voltereta para apartarse de su camino y se pone de pie antes de que Hansel pueda volverse hacia él. Axel se abalanza sobre su contrincante con su cuerda, y este se gira conforme empieza a estrangularlo. Hansel suelta el cuchillo para sujetar los brazos de Axel, pero le cuesta apartárselos del cuello.

Aunque Gretel y yo nos lanzamos hacia el cuchillo a la vez, yo llego primera. Casi he rodeado la empuñadura con los dedos cuando noto que me sujeta la capucha de la capa y da un tirón hacia atrás, por lo que retrocedo, sin poder respirar.

Henni se hace con el cuchillo, mientras Axel y Hansel se debaten para hacerse con el control de la cuerda.

—¡Suéltala! —le chilla Henni a Gretel, quien me sigue asfixiando.

Pese a que no puedo ver el rostro de Gretel, sí que puedo imaginarla sonriendo, sin sentirse amenazada en absoluto por mi amiga.

—¡Que la sueltes de una vez! —le exige Henni, y yo empiezo a ver borroso. Gretel no piensa parar. Va a matarme. Es más fuerte que yo, y no está a punto de morir de hambre como sí es mi caso.

Hansel consigue dominar a Axel, quien también está débil. Lo derriba de una patada que lo hace caer de rodillas, le da un pisotón en la mano y se hace con la cuerda al quitársela de su agarre debilitado. Cuando Hansel se mueve para envolver el arma alrededor del cuello de Axel, Henni chilla:

—¡Hansel y Gretel, parad! ¡Malos! —los regaña—. ¡Muy muy malos!

Hansel se tensa, y Gretel afloja ligeramente el agarre que tiene en mi cuello.

Henni se encuentra frente a la entrada, sujetando el cuchillo con ambas manos como si fuese una espada pesada. La hoja tiembla tanto como ella.

—Si no liberáis a mis amigos, os voy a ma… —Se queda sin voz, y tiene que inhalar para poder seguir hablando—. Os voy a… a hacer daño.

Hansel suelta un resoplido, y Gretel, una risita. Luego me ahorca con más fuerza.

Por mucho que la visión se me pone borrosa, noto el corazón calentito. Voy a morir porque Henni no es capaz de matar a los mellizos, y, aun así, la adoro por eso. No cambiaría quien es como persona ni siquiera para salvarme.

Un aullido atraviesa la lluvia, y Henni alza la mirada.

—¿Oís eso? —les pregunta a los mellizos, antes de cuadrar los hombros—. El lobo vendrá a por vosotros porque habéis sido muy malos.

Hansel se echa a reír una vez más, aunque su risa suena forzada.

—No.

—Sí —le refuta Henni—. El lobo se come a los que son malos. Y Hansel y Gretel son malos.

—Malos no —dice Gretel.

Oímos otro aullido, y el sonido me cala en los huesos. Solo la loba de Grimm podría hacer un sonido tan espeluznante.

—Muy malos. —Henni pasa la mirada entre los mellizos como una madre que ha pillado a sus hijos en medio de una pelea de almohadas y no como si estuviesen estrangulando a sus invitados—. Malcriados y desobedientes.

El tercer aullido suena horriblemente cerca.

Gretel suelta mi capa, y Hansel deja caer la cuerda. Me echo hacia adelante, sobre manos y rodillas, e intento respirar. Axel me ayuda a ponerme de pie a toda prisa.

—¡Las mochilas! —le grita a Henni—. Tenemos que darnos prisa. La loba viene a por Clara.

No tengo ninguna duda de ello. No después de todos los encuentros que he tenido con ella.

Henni alcanza las mochilas al vuelo y sale corriendo. Axel y yo la seguimos, aunque necesito el soporte de su brazo. La lluvia nos cae con fuerza sobre la cara y difumina todo lo que nos rodea.

—¡Por aquí! —nos llama Henni. Ha encontrado el inicio del barranco, con el caminito de guijarros.

Avanzamos con dificultad para seguirla. Otro aullido irrumpe en el aire y termina con un ladrido ronco. Me vuelvo hacia atrás y veo que Hansel y Gretel han salido de su cámara bajo el pino. Entre ellos y nosotros, se encuentra la loba de Grimm.

A pesar del azote de la lluvia, la loba tiene el pelaje erizado. Se mueve de un lado a otro, araña el suelo y reclama su territorio. Encara a los mellizos, de espaldas a nosotros.

No me lo puedo creer. Acaso… ¿me está protegiendo?

Hansel y Gretel se dan la mano y vuelven a tener la apariencia que cuando los vi por primera vez: como un extraño reflejo el uno del otro. Tras ellos, las raíces del pino se agitan y serpentean en dirección a la loba.

Pero esta no se intimida. Mantiene la cabeza en alto, con las orejas en punta, y se estira para demostrar su tamaño. Entonces suelta un gruñido aterrador y con fuerza.

Los mellizos retroceden, y las raíces se repliegan de vuelta a su lugar de origen.

La loba de Grimm se gira para mirarme. Gracias al destello de un rayo, alcanzo a ver sus ojos grandes, de un inconfundible color violeta.

Un escalofrío hace que se me erice la piel de la nuca. Aunque no sé de dónde viene, noto una cercanía con ella, una conexión que va más allá de la gratitud sin palabras. El lazo que nos une es más profundo, es un recuerdo que no consigo traer a la superficie.

—¡Venga, Clara! —Axel tira de mí. Le dedico un asentimiento a la loba, para que sepa que reconozco lo que ha hecho por nosotros, y me echo a correr junto a mis amigos hacia el barranco.

31

Cuando salimos del barranco y volvemos a nuestro campamento cerca del riachuelo, ya casi es de noche. Ha dejado de llover hace una media hora, aunque el suelo sigue empapado. Para despejar un lugar seco en el que poder dormir, apartamos a patadas el mantillo y las agujas de pino y nos tumbamos sobre el suelo en lugar de sobre nuestros sacos de dormir, que siguen atados en nuestras mochilas.

Según encendemos el candil y nos vamos acomodando, alcanzo a ver algo plateado que brilla en la ribera del riachuelo. Me acerco y encuentro tres truchas grandes tendidas una al lado de la otra. Pese a que las han pescado hace poco, ya no se mueven, pues están muertas por mucho que sus escamas sigan mojadas.

Al lado de los peces, unas huellas caninas y grandes marcan el suelo. La loba de Grimm ha estado aquí. Ha llegado antes que nosotros al ir por otra ruta y, según parece, nos ha dejado un regalo.

Echo un vistazo hacia el bosque a oscuras. No la veo, pero gracias a alguna especie de sexto sentido, la noto cerca y observándonos. Para mi sorpresa, la idea no me asusta, sino todo lo contrario.

Cuando le muestro a Axel y a Henni los peces y las huellas, a ellos tampoco les molesta saber quién nos ha dejado la comida, pues también han visto cómo la loba de Grimm nos ha defendido antes.

Henni saca unas cuantas piñas secas de su mochila y enciende una fogata mientras Axel y yo destripamos los peces. En un periquete, nuestra cena empieza a asarse sobre el fuego.

Henni se sienta con las piernas cruzadas para calentarse las manos. Yo me acerco al fuego y voy rotando de un lado a otro con la intención de secar mi vestido. Por suerte, no está muy empapado. Pero, incluso si lo estuviese, estoy demasiado cansada como para quitármelo y pasar la noche solo en mi camisón y mi capa.

Axel se ha quitado el chaleco y se ha abierto la bufanda, aunque tampoco se quita la ropa húmeda. Se ha tumbado de lado cerca del fuego y mastica una larga brizna de hierba, del mismo modo que hacía con la paja en el Valle de Grimm.

—¿Clara? —me llama Henni, y me vuelvo hacia ella con curiosidad por el tono que ha usado. Es suave, lo cual es algo propio de ella, pero también firme y decidido. Más atrevido, en lugar de tímido. Es como si los últimos tres días la hubiesen hecho madurar tres años, y una chica de dieciocho me hubiese dirigido la palabra en lugar de una de quince—. Hemos hecho todo lo que hemos podido en el bosque.

Asiento, sin saber muy bien si me agrada el rumbo que esta conversación ha tomado.

—Tenemos suerte de haber salido con vida —añade.

Miro a Axel de reojo, y me pregunto si habrá estado hablando con Henni sobre esto. ¿Habrán planeado alguna especie de sermón? Sin embargo, él se limita a encogerse de hombros y a negar con la cabeza de forma imperceptible.

Henni se endereza en su sitio y cuadra los hombros.

—Creo que debemos volver a casa.

Me quedo de piedra.

—¿Cómo dices?

—Ya hemos tentado demasiado a la suerte, y es evidente que el bosque solo nos dejará salvar a una persona.

—¿De dónde te sacas eso?

Henni sigue hablando, sin oírme.

—Y siempre podrías volver en otro momento y…

—No pienso volver en otro momento.

—Pero hemos encontrado a Ella.

Inhalo con fuerza, indignada.

—Ella no es mi madre —le suelto.

Henni respira hondo, como si ya se hubiese esperado la respuesta que iba a darle.

—Sabemos dónde está Ella. Podemos seguir el riachuelo hasta encontrarla de nuevo. Es el único camino seguro.

—Pero no hay nada seguro en lo que respecta a salvar a Ella. Ya lo intentamos, y no fue posible. Se ha vuelto loca. Ha dejado de ser tu hermana. Ahora es Cenicienta y no dudará ni un segundo en matarte.

—Y tu madre, donde sea que esté en este bosque, hará lo mismo contigo —me suelta, con una mirada cargada de significado.

Pese a que no pronuncia sus palabras en un tono cortante, estas se me clavan directamente en el pecho, afiladas como dagas.

—¡Claro que no!

Henni suelta un suspiro. Odio cómo me está tratando. De la misma forma que hizo con Hansel y Gretel, como si fuese su madre. Pero yo solo tengo una madre, y Henni la está subestimando a lo grande.

—Mi madre es más sensata y más madura que Fiora, Ella y los mellizos todos juntos. No se habrá vuelto loca ni será peligrosa como ellos. —Cuando Henni me devuelve una mirada llena de escepticismo, me vuelvo hacia Axel para buscar su apoyo—. Dile que mi madre será diferente.

Axel se quita la hierba de la boca antes de morderse el labio.

—Creo que ese es el problema, Clara. Tu madre será diferente. Diferente a quien conocías.

—Entonces ¿tú también crees que debemos volver corriendo a casa?

—No he dicho eso.

—Pero es lo que tenemos que hacer —interpone Henni—. Y tenemos que llevarnos a Ella también. La suerte ya no nos favorece.

La fulmino con la mirada antes de señalar los peces que estamos asando con un movimiento brusco de la mano.

—¿Y qué me dices de esto? La loba de Grimm está de nuestro lado. —Cometí un error al pensar que la loba podría ser la Criatura con Colmillos y la causa de mi muerte—. Nos alimenta, nos ayuda. ¿Acaso no te das cuenta de que nos ha guiado desde el principio? —Todo me parece clarísimo ahora—. Te persiguió hasta que diste con nosotros, Henni, cuando te adentraste en el bosque. Nos condujo hasta el río una vez que conseguimos escapar de la torre de Fiora. Me salvó del sicomoro cuando perdí mi capa. Hasta nos advirtió sobre Hansel y Gretel. No tendríamos que haber seguido ese caminito de guijarros. —Alzo la barbilla, desafiante—. La loba de Grimm me va a conducir hasta mi madre. Estoy segura.

—¿Y luego qué? —exclama Henni, alzando los brazos en un gesto de hartazgo al haber perdido la paciencia al fin—. Tu madre será la más malvada y la más fuerte de todos los Perdidos. Es la que más tiempo lleva en el bosque. ¿Cómo crees que te va a ayudar la loba entonces? ¿Va a arrastrar a tu madre con los dientes durante kilómetros y kilómetros hasta volver a casa?

Axel alza una mano para controlar a Henni.

—No nos pasemos, ¿vale?

Henni aprieta los labios e inhala con fuerza por la nariz.

—Lo siento, Clara. No quiero que la verdad te haga daño, pero te estás engañando a ti misma respecto a tu madre y al hecho de si podrás salvarla.

—Saqué la Carta Roja —le recuerdo, obstinada.

—No es más que un trozo de papel. —La voz de Henni es muy suave, como si tuviese que explicarle algo difícil de entender a un niño pequeño—. No significa nada.

—También puedo ver el pasado.

—Lo has visto una vez.

—Aprenderé y lo volveré a hacer. —No es posible que se me haya otorgado un don solo para sucumbir ante mi destino y morir sin ser capaz de usarlo de verdad—. Y si mi madre ha perdido la cordura, veré cómo pasó y así podré ayudarla a revertirlo.

—La locura no se puede curar así como así.

No puedo seguir escuchándola, así que me alejo unos cuantos pasos y empiezo a caminar de un lado a otro en el borde del círculo iluminado gracias a nuestra fogata.

—Ella es la más razonable de todos los Perdidos que hemos encontrado —sigue Henni, con la nueva confianza que ha adquirido—. Podemos salvarla. Es nuestra única oportunidad de hacer algo bueno en este bosque y abandonarlo mientras aún estamos cuerdos y podamos tomar decisiones racionales. El ruiponce rojo no nos va a proteger para siem…

—¡Para ya! —Me giro y hago un movimiento tajante con la mano. Está poniendo a prueba los límites de mi furia al hablar sobre abandonar a alguien que es sagrado para mí; alguien por quien no dudaría en renunciar a todo. No puedo creer que esté sugiriendo que me salve a mí misma y que vuelva a casa sin ella.

Henni se queda callada. *Por fin.* Camino un poco más de aquí para allá, dándole patadas al barro y al mantillo del bosque con mis pies vendados, en un intento por calmarme que no da resultado.

Axel carraspea.

—El pescado está listo.

Los saca del fuego, y yo alcanzo el mío, para comérmelo dándole la espalda a mis amigos. No espero ni a que se enfríe, sino que dejo que la carne me queme los labios y la lengua. Trago cada bocado sin ni siquiera saborearlo.

A pesar de lo agotada que me encuentro, me lleva horas quedarme dormida. Aprieto la bellota dentro del bolsillo hasta que su tallito se me clava en la piel y noto la palma de la mano húmeda con mi sangre.

La lluvia me despierta a la mañana siguiente, con unos gotones que me salpican en la cara. Como ya no tengo el tobillo atado al de Axel, me giro y lo encuentro a la sombra de una pícea que hay cerca. Esta agazapado, dándome la espalda, y tiene la cabeza gacha mientras se enreda los dedos en el pelo.

—¿Qué pasa? —le pregunto, y noto la ansiedad en el estómago.

—Es Henni... —me dice, antes de pasarse las manos por la cara—, se ha ido. Nos ha dejado una carta y se ha llevado el velo rojo.

—¡¿Cómo?! —Me levanto de golpe, pero me tropiezo con los pliegues de mi falda, que se ha torcido. El primer paso que doy, el primero del día, lo doy con el pie izquierdo en lugar de con el derecho.

Doy un respingo. No puedo tener un mal augurio, no cuando Henni ya nos ha abandonado. ¿Y si eso significa que no seremos capaces de encontrarla otra vez?

Corro hacia la carta, que se encuentra en la base de la pícea, sujeta con unas cuantas piedras, y escrita en una página que Henni ha arrancado de su cuaderno para dibujar.

Queridos Clara y Axel:

Os deseo lo mejor mientras continuáis con vuestra travesía y espero que hagáis lo mismo conmigo. Mi responsabilidad es para con mi hermana y debo asegurarme de que regrese sana y salva a nuestro hogar. Clara, de verdad espero que encuentres a tu madre y que me equivoque y siga siendo quien es.

Axel, por favor, perdona que no te haya pedido que me acom-
pañes. Ya he aceptado a quién le pertenece tu corazón. Sé
que nunca podrías abandonar a Clara, incluso si eso signifi-
ca salvar a Ella.

Con cariño,
Henni

Me arden los ojos y permanezco rígida durante varios segundos, mientras leo y releo la carta hasta que no es más que
un borrón sin sentido que solo significa una cosa: les he fallado
a mis amigos. Le he fallado a Henni y a Axel e incluso a Ella.

Doy media vuelta y avanzo decidida hacia mi mochila. Me
la cuelgo al hombro y empiezo a avanzar por donde va el riachuelo, aunque no hacia las profundidades desconocidas del
Bosque Grimm. Me dirijo a la dirección por la que hemos venido, antes de que Hansel y Gretel nos apartaran de nuestro
camino. Sigo el riachuelo de vuelta a la hondonada de Ella.

—Clara, para. —Axel se apresura hasta llegar a mi lado—.
Hablémoslo primero.

Pero no hay nada de qué hablar. Solo me queda salvar a
mis seres queridos en el orden en el que debo hacerlo, pues
nunca me perdonaré si Henni muere en el bosque o se vuelve
loca como su hermana. Además, Axel terminaría odiándome
si no rescatamos a Ella.

—No puedo salvar a mi madre hasta que no haya arreglado todo lo demás.

32

Una vez que hemos perdido a Henni, no es tan fácil volver a encontrarla. Aunque Axel y yo caminamos tan deprisa como podemos, no hemos podido alcanzarla aún. Y, sin contar el riachuelo, el bosque por el que pasamos parece completamente distinto al que recorrimos cuando nos dirigíamos en dirección opuesta.

En algún momento entre ambos viajes, los árboles se han movido y se han llevado grandes zonas de tierra con ellos. El paisaje se ha vuelto más rocoso, y el riachuelo se ha extendido hasta formar pequeños estanques en los lugares en los que la tierra se ha hundido debido al temporal. Conforme transcurre el día, avanzamos despacio a través de la hierba llena de barro y del suelo enlodado.

El terreno irregular hace que la espalda y las caderas me empiecen a doler de nuevo. Lo único bueno de haber estado encerrados en la jaula de Hansel y Gretel fue que nos permitió descansar un poco de los pesares del viaje, sobre todo de los dolores que me causa en la espalda. Cómo echo de menos mi zapato perdido.

Cuando anochece, tenso la mandíbula para soportar el dolor y me niego a parar. Si lo hacemos, puede que nuestra oportunidad de encontrar a Henni desaparezca del todo. Además, no hay ningún lugar seco en el que podamos dormir. Nuestro candil apenas consigue guiarnos en medio del aguacero, y la vela que titila en su interior ya casi se ha extinguido. Solo me queda una vela en la mochila, así que termino rindiéndome ante la insistencia de Axel y apago la llama. En la oscuridad, nos adentramos en el riachuelo para no perder el camino y, muy lentamente, continuamos con nuestro avance.

Para intentar combatir los constantes subidones de ansiedad, intento recurrir a la magia que me permite ver el pasado de otras personas. Me imagino a mí misma como Henni. La imagino aventurándose sola en el bosque e intento visualizar dónde podría haberse detenido para pasar la noche o si ha seguido avanzando sin dormir.

Pero no veo nada.

No tengo idea de cómo despertar mi don. Quizás necesite alguna especie de herramienta para canalizar mi habilidad, del modo en que Grandmère necesita sus cartas para leer el futuro. Sin embargo, no me hizo falta nada más que mi propio cerebro intoxicado cuando vi escenas del pasado de Axel.

En tres ocasiones durante la noche noto un tirón en el centro del pecho. La loba de Grimm está cerca; nos sigue a una distancia prudencial. No puedo especificar cómo es que estoy tan segura, salvo por el hecho de que, cuando miro hacia atrás en la oscuridad, la presión que noto en el pecho tira con más fuerza. Y ese tirón no puede ser magia, pues me parece algo más conocido. Como si estuviese percibiéndome a mí misma.

Por la mañana, la loba continúa siguiéndonos, por mucho que se mantenga fuera de nuestra vista. Avanzamos con dificultad a través de la lluvia y el riachuelo hasta que este se vuelve demasiado angosto para nuestros pies. Medio kilómetro más adelante, desaparece en medio de un montón de hierba inundada entre unos salientes de caliza.

Ahogo un grito y me vuelvo hacia Axel para lanzarle una mirada llena de pánico.

—Ya no está —le digo, y él se pone a recorrer la tierra lodosa para encontrar el lugar en el que el riachuelo debería volver a formarse. Solo que no está por ningún lado—. No lo entiendo. —Miro hacia atrás, hacia el lugar por el que hemos venido—. Se supone que lo que se mueve es el bosque, no el agua. Eso fue lo que me dijiste. —Me lo quedo mirando, pues es lo único que me ata a la cordura en este bosque—. Me dijiste que podíamos depender del agua para guiarnos.

—Y deberíamos poder —dice, observando una vez más en derredor antes de rascarse la cabeza—. Esto no tiene sentido.

Noto cómo me va entrando el pánico, cómo empiezo a respirar cada vez más deprisa. Me da la sensación de que el bosque se cierra sobre mí, de que me apretuja por todos lados y no me deja ninguna esperanza de escapar. Porque no puedo escapar —ni tampoco hacer lo que vine a este bosque a hacer—, sin salvar a mi mejor amiga primero. El reloj de mi vida vuelve a avanzar a más velocidad y cuenta los días, horas, minutos y segundos que quedan hasta que muera. Quizás la Criatura con Colmillos sea mi propio corazón que deje de funcionar.

—¿Cómo vamos a encontrar a Henni si hemos perdido el camino que nos conduce hasta ella?

Axel abre la boca y la vuelve a cerrar, intenta encontrar las palabras, pero lo único que puede hacer es soltar un largo suspiro. Ni siquiera él puede decirme algo alentador. Avanzo dando tumbos en medio de un mareo súbito. Es él quien siempre puede ver el lado positivo de las cosas, quien siempre se las ingenia para que sigamos teniendo esperanza.

Me llevo una mano al pecho, que me arde más que nunca, e intento obligar a mis pulmones a respirar. Vuelvo la vista hacia atrás y busco a lo lejos, donde la loba de Grimm debe estar observándonos. ¿Por qué nos sigue cuando debería ser ella la que nos guíe?

—¡Necesito tu… tu ayuda! —exclamo, con un aire que no me puedo permitir desperdiciar.

Unos puntitos negros me nublan la visión. Las piernas me fallan. Axel me atrapa cuando estoy a punto de desmayarme.

—Clara, tranquila. Respira. No nos hemos perdido aún.

Meneo la cabeza, con una mejilla apoyada contra su hombro. Mis jadeos se convierten en sollozos.

—Sí que nos hemos perdido. Tendríamos que haber ido con Henni. Tenía razón. Me estoy engañando a mí misma. He abusado de mi suerte y ya no me queda nada. —Voy a morir sin salvar a nadie.

—*Shhh*, no es cierto. —Me acaricia el brazo durante unos instantes, hasta que deja de mover la mano—. De hecho, aún tenemos suerte. Velo por ti misma.

Me hace girar con delicadeza y señala a unos cuantos metros de distancia. A los pies de un enorme peñasco de caliza hay unos montoncitos de setas rojas con motitas.

—No digo que debamos comérnoslas. —Se ríe—. Pero sí que son una señal de buena suerte.

Observo las setas a través de una pesada cortina de lluvia.

—Y hay unos tréboles alrededor, también —digo, en voz baja.

Doy un paso cauteloso en la tierra mojada y luego otro, pues la esperanza que albergo en mi interior es una chispa frágil que puede reducirse a cenizas si no tengo cuidado.

Un paso más. Me atrevo a sonreír y me vuelvo hacia atrás para mirar a Axel.

—Creo que pueden ser tréboles de cuatro ho…

La tierra se derrumba bajo mis pies. Suelto un chillido y caigo al vacío.

—¡Clara! —Axel intenta sujetarme del brazo, pero el agujero se expande y termina cayendo junto a mí.

Rebotamos en una pendiente resbaladiza por el barro y seguimos cayendo. Nos deslizamos hacia abajo mientras unos grumos de tierra mojada llueven a nuestro alrededor. Poco a poco, la pendiente se va endureciendo, y la tierra da paso a una caliza erosionada.

Finalmente, la pendiente se nivela y caemos rodando dentro de unas aguas subterráneas poco profundas. Muy mareada, me siento y me aparto una gruesa capa de barro de la cara. Tengo la ropa asquerosa, y la venda que me cubre los pies casi se ha desenrollado del todo. Echo un vistazo con cautela a mi alrededor. Hemos caído a una cueva bajo el sumidero. Lo que nos faltaba.

Axel se pone de pie en el agua y suelta un quejido, mientras se sacude el barro de las mangas.

—¿Estás bien? ¿Te has hecho daño? —me pregunta, examinándome con la mirada antes de avanzar hacia mí con dificultad.

—Solo en el orgullo. —Me estiro para recuperar mi mochila mugrienta de un montículo de barro, pero un pinchazo intenso me recorre la columna y siseo, con una mueca de dolor.

—¿Qué tal la espalda? —dice, cada vez más cerca.

—Si no la tenía torcida de antes, pues misión cumplida. —El sarcasmo tiñe mi voz por completo.

Axel suelta una risita, alcanza mi mochila para que no tenga que estirarme y echa un vistazo hacia arriba, hacia el agujero por el que hemos caído. Como mínimo, está a unos quince metros de altura.

—Menudo viajecito ha sido ese.

Aunque intento reírme, termino rompiendo a llorar. Sigo siendo un manojo de nervios. Ya estaba al borde del colapso antes de casi perder la vida por culpa de una caída.

—¡Al cuerno las setas! ¡Al cuerno los tréboles! ¡Al cuerno todo! Qué buena suerte ni qué carajos.

—Ey, tranquila. —Axel se me acerca un poco más—. Seguimos con vida. Y, después de una caída semejante, no diría que nos falta suerte.

Cuando hace el ademán de pasarme un brazo por los hombros, lo aparto de un empujón.

—No es buena suerte que Henni se haya ido —le suelto, cortante—. No es buena suerte que sigamos perdiéndonos. No es buena suerte que haya perdido el zapato y que todas las personas con las que nos crucemos en este bosque sean monstruos.

—Clara. —Axel intenta tocarme de nuevo, pero me echo hacia atrás, y el agua salpica por todos lados.

—¡No es buena suerte que no pueda quererte! —Me quedo sin voz—. No como quisiera.

—No pienses eso —me dice, frunciendo el ceño—. Lo nuestro no es un amor imposible. No me importa lo que te hayan dicho las cartas.

—¡Voy a morir! —exploto, hecha un mar de lágrimas—. Lo he sabido desde pequeña.

—¿Qué dices? —Se le tensan los músculos de la garganta—. ¿Estás enferma?

Niego con la cabeza, mientras me seco las lágrimas con brusquedad, lo que solo hace que me extienda más las manchas de barro que tengo en la cara.

—Mi destino es morir aquí. Grandmère me lo leyó en las cartas.

—¿Otra vez con las cartas? —Axel me dedica una mirada llena de simpatía, aunque también con un atisbo de exasperación.

—Es que no lo entiendes. Hay dos cartas que me ha sacado una y otra vez, cada vez que me hacía una lectura, por mucho que le rompieran el corazón: el Bosque de Medianoche y la Criatura con Colmillos. Y significan que voy a morir en este bosque, Axel. No puedo escapar de mi destino.

—¿Y la Carta Roja? Me dijiste que eras el Giro del Destino.

—Pero eso no deshace el resto de mi destino. Voy a morir de todos modos. *Igual que le pasó a mi padre después de que Grandmère presagiara su futuro en las cartas.* Trago en seco el nudo que se me ha formado en la garganta—. El único destino que puedo cambiar es el de mi madre. Tengo que salvarla. Y eso es lo que voy a hacer.

—Entonces, ¿me estás diciendo que escogiste adentrarte en el bosque a sabiendas de que este te iba a traer una muerte inexorable? —me pregunta, buscándome la mirada.

Asiento.

—Y todo ese tiempo que querías que te escogieran en la selección, ¿también te estabas lanzando a los brazos de la muerte con la esperanza de poder salvar a tu madre?

Asiento de nuevo.

—¿Y esa es la razón por la que no te has permitido corresponder lo que siento por ti? Porque crees de corazón que vas a morir en este bosque.

Me obligo a asentir una vez más, mordiéndome el labio para evitar que se note cómo tiembla por las lágrimas.

Axel suspira, apesadumbrado, y me devuelve la mirada durante un largo rato.

—Ven conmigo.

No lo pillo.

—¿Ir a dónde? —No podemos subir por donde nos hemos caído, pues la caliza es demasiado resbaladiza y empinada.

—Hay un estanque. —Señala con la barbilla un lugar por detrás de mí. Me vuelvo hacia allí y consigo ver una masa de agua turquesa, unos cuantos metros más allá. Tiene vapor alzándose de su superficie, por lo que son unas aguas termales.

—¿Y?

Axel sonríe, despacio, y se levanta del suelo empapado antes de extenderme una mano.

—Ven conmigo.

No puedo negárselo. No cuando ya le he contado todos los secretos que he estado guardando en lo más hondo de mi ser desde que tengo uso de razón. No me quedan fuerzas para resistir lo que me hace sentir, el consuelo que puedo notar que me ofrece. Necesito cada gota de él... durante todo el tiempo que me quede.

Le doy la mano. Y, la verdad, ahora mismo se lo daría todo.

Axel me conduce hacia el estanque. Un escalofrío hace que se me erice la piel debido a las altas temperaturas del agua. Se me cuela en los huesos y en los músculos y hace que todas mis dolencias y pesares desaparezcan. Axel se arrodilla en el lado menos profundo del agua y me quita las vendas de tela, para dejar que se vayan flotando.

Nos adentramos un poco más. El lodo empieza a desprenderse de nuestra ropa. Cuando el agua ya me cubre hasta la cintura, Axel se dispone a desatar las tiras de mi capa. Me tenso, pero su mirada me tranquiliza.

—No pasará nada. Solo sujétate al extremo de mi bufanda.

Hago lo que me dice y dejo que me quite la capa. Axel deja que esta se quede remojando con mis vendas y aprovecha para quitarse el chaleco también.

Me lleva hacia aguas más profundas, hasta que esta me cubre el pecho. Con las manos acunadas, recoge agua del estanque y me la deja caer por el rostro, el cuello y la clavícula, hasta que todo el barro se ha ido. Mueve las manos con delicadeza, sin prisas, y las noto cálidas gracias al calor de la terma.

Se sumerge unas cuantas veces, para enjuagarse él también. Cuando vuelve a salir a la superficie, me sostiene en brazos y hace que hunda un poco la cabeza, de modo que mi cabello flota en el agua. Con cuidado, me desenreda cada mechón del pelo.

No puedo apartar la vista de sus ojos. El turquesa de las aguas termales se le refleja en los iris y hace que estos se vuelvan del tono azulado más hermoso que he visto nunca. Con cada onda que provocan sus movimientos en el agua, los ojos le relucen y no dejan de cambiar de tonalidad.

Después de lavarme el cabello, pasa a las orejas y a la piel delicada detrás de ellas. Tras ello, sigue por la curvatura de mi cuello y el espacio que hay entre la nariz y los labios. Su toque es tierno y paciente y va sanando todas las heridas de mi interior.

Una vez que termina, me levanta y hace que apoye los pies en el fondo del estanque, aunque aún tengo la impresión de que sigo flotando bajo su mirada ferviente. Como tengo el cabello mojado, este me gotea caliente por la espalda mientras Axel me acuna el rostro con las manos.

—No pienso dejarte morir, ¿de acuerdo?

—Pero...

—El corazón puede más que la muerte, puede más que el destino —me dice, y parece que le brillan los ojos—. Y mi corazón es tuyo, Clara Thurn. Siempre lo será.

Una vez más, los ojos se me llenan de lágrimas, y Axel las seca al besar los lugares de mis mejillas por los que caen. Con sus manos fuertes y firmes, me atrae hacia él hasta que mi cuerpo se encuentra con el suyo. Me hace alzar la barbilla y apoya una de sus manos en la parte de atrás de mi cabeza. Su mirada baja un segundo hacia mis labios, como si me estuviera pidiendo permiso, y, en respuesta, me pongo de puntillas para acercarme. Axel me da alcance a mitad de camino, y sus labios suaves se encuentran con los míos.

Su beso está lleno de calidez y de luz y color, de todo lo que es intenso y precioso. Es lluvia en la aldea y una fogata en una noche de invierno y el viento que sopla entre los árboles más altos. Me marea y me hace poner los pies sobre la tierra al mismo tiempo, es tierno pero también desinhibido.

Es perfecto.

No suelto su bufanda mientras dejo que mis manos le suban por el pecho y se aferren a su camisa mojada para atraerlo más hacia mí. Entonces Axel separa los labios y me besa de un modo que no sabía que era posible. Suspiro contra él, saboreando cada roce y lo que este me hace sentir. Ha sido una persona importante en mi vida desde que lo conocí; un amigo que podía hacerme reír incluso en los días más lúgubres, una fuerza constante bajo una sonrisa encantadora.

Me enamoré de él en la noche en la que me ayudó a asistir el parto de los corderitos, y tendría que haber sabido que correspondía mis sentimientos muchísimo antes de que nos adentráramos en el bosque. Como mínimo, tendría que haberme dado cuenta de ello durante la mañana del día en el que se suponía que iba a casarse con Ella.

Fui a la casa de los Dantzer para ordeñar las vacas, de modo que ellos pudiesen concentrarse en los preparativos de la boda. Axel se pasó por los establos y colocó un banquito al lado del mío. Me contó historias graciosas para hacer que el tiempo se me pasara más rápido, y luego, tras unos segundos en silencio, lo pillé mirándome de un modo que no tenía nada de gracioso. Llevó una mano hacia mi pelo y me quitó una brizna de paja que se me había quedado pillada en un mechón.

—Has sido una muy buena amiga para mí, Clara —me dijo entonces, en voz queda—. Has sido más que eso.

No me permití oír lo que intentaba decirme en ese momento, pero ahora sí que lo hago. Lo noto en la forma en que me toca, como si fuese algo sagrado para él. Lo noto en la fuerza de sus brazos al rodearme y en la ternura de sus labios al moverse junto a los míos.

No sé si Axel tiene razón, si el corazón de verdad es tan fuerte como para romper las cadenas de mi destino. Lo que sí sé es que puedo contar con él hasta el final. No se dará por vencido conmigo —ni con nosotros— hasta mi último aliento. Y tengo suficientes esperanzas en eso como para seguir peleando y creer que podemos tener un futuro que vaya más allá de este bosque.

Nos besamos en el estanque durante lo que parecen ser horas. En algún momento, entre beso y beso, nos hemos quitado las prendas exteriores —mi vestido, así como su camisa y pantalones—, y lo único que llevo puesto es el camisón, y, en su caso, sus pantalones de lino.

Tras un rato, salimos del agua, extendemos la ropa para que se seque y nos tumbamos sobre la caliza, que está caliente gracias al vapor del agua. Nos quedamos dormidos en los brazos del otro, con su bufanda envolviéndonos a ambos, y, si bien solo pretendíamos tomarnos una siesta, para cuando despierto, ya se ha hecho de noche.

La abertura en lo alto de la cueva nos deja ver unas estrellas titilantes. Sin prisa, contemplo cada puntito de luz brillante. ¿Siempre han sido así de bonitas las estrellas? Parecen unas gemas desperdigadas sobre un mar de terciopelo, unos tesoros que no dejan de multiplicarse cuanto más tiempo paso con la vista en ellos.

Un destello blanco recorre el cielo. Una estrella fugaz. Suelto un suspiro. Es incluso más bonito.

Un momento, ¿una estrella fugaz? El corazón me da un vuelco.

Me siento y observo los recovecos lejanos de la cueva llena de sombras, mientras memorizo la dirección en la que la estrella apuntaba al caer.

Durante el resto de la noche, mantengo ese lugar en mi mente, pues casi no consigo dormir. Al amanecer, sacudo un poco a Axel para que despierte.

—Creo que lo he encontrado.

—¿Qué has encontrado? —pregunta él, con el ceño fruncido por la confusión y la mirada adormilada.

—Agua que cae. Palabras de todo corazón —recito la parte del acertijo que nos daba pistas para encontrar el Libro de la fortuna. Le doy un beso en los labios y me aparto, sonriendo—. El *Sortes Fortunae*.

Axel se incorpora sobre los codos y echa un vistazo en derredor.

—¿Agua que cae?

—Bueno, es que nos caímos. Al agua. Eso y anoche vi una estrella fugaz en el cielo. Y apuntaba hacia allí. —Señalo con la barbilla hacia la entrada de un túnel que hay al otro lado de la cueva—. ¿Vienes?

Axel esboza una sonrisa torcida, como si no le diera mayor importancia.

—¿A qué viene tanta prisa? —pregunta, atrayéndome de vuelta hacia sus brazos—. No se irá a ningún lado, ¿verdad?

Me echo a reír mientras él rueda hasta situarse sobre mí y me besa la mandíbula, el cuello y el hombro, en la zona que mi camisón ha dejado visible al soltarse un poco.

—Venga —le insisto—. Seguro que quieres verlo.

Axel suelta un sonidito poco convencido.

—La verdad, hay otras cosas que me llaman más la atención por el momento.

Le concedo otro beso, uno largo e intenso en el que tira de mi labio inferior y amenaza con ponerle fin a todas las fibras de convicción en mi interior, y luego lo aparto de un empujón, me pongo de pie y le lanzo su ropa.

—¡Venga!

Me mira con un puchero.

—Eres de lo más cruel, Clara Thurn.

Nos vestimos con rapidez y recorremos el túnel. Este se ensancha hasta dar hacia otra caverna con unos agujeros en su techo rocoso, abierta hacia el exterior. En el extremo más alejado hay una cascada subterránea en la que el agua cae en varios niveles por unas gradas hechas de caliza.

Alzo las cejas al verla y le dedico una sonrisa a Axel.

—¿No dirías que eso es agua que cae?

Contempla la catarata y asiente.

—Eso parece.

Cruzamos una zona poco profunda del agua hasta llegar a la cascada, la cual tiene unas setas rojas con motitas amontonadas en los bordes. Subo por el primer nivel de caliza, luego por el segundo, y busco un lugar en el que el Libro de la fortuna pueda estar escondido. Detrás del tercer nivel hay una grieta profunda. Cuando deslizo la mano en su interior, donde la piedra está seca, rozo con los dedos el borde de una caja de piedra. Una sonrisa llega a mis labios.

—¿Lo has encontrado? —pregunta Axel, desde abajo.

La adrenalina me corre por las venas.

—Sí, solo necesito sacarlo.

Aprieto los dientes y empiezo a mover la caja hacia mí, centímetro a centímetro, con bastante dificultad debido a lo pesada que es, si bien también es del tamaño ideal para contener el *Sortes Fortunae*.

Por fin, la caja se desliza hacia el borde de la grieta. Le quitaría la tapa, pero no hay suficiente espacio. Tiro un poquitín más de la caja para que se balancee al borde del saliente y quizás entonces pueda…

El libro se desliza por el saliente, y ahogo un grito al verlo estrellarse contra el agua en la base de la cascada. Se sumerge hasta el fondo, poco más de medio metro, lo cual no sería terrible si la tapa se hubiese quedado en su sitio. Solo que no ha sido así, sino que se ha abierto en medio de la caída.

Suelto una maldición y empiezo a bajar.

—Axel, ¡sácalo del agua! —El libro no debería mojarse. Aunque haya sido fabricado por las manos místicas del bosque, eso no quiere decir que sea indestructible. Las páginas están hechas de papel. Y lo último que quiero es que se reduzcan a una papilla empapada.

Axel se estira hacia la caja, y se le tensa la mandíbula cuando la levanta y la saca del agua. La arrastra hacia una zona donde el suelo de piedra esté seco, y llego hasta él justo cuando mete las manos en el interior de la caja para sacar el libro empapado por el cieno.

—No está —dice, frunciendo el ceño y tanteando dentro de la caja.

—¿Cómo que no está? —Me dispongo a buscarlo yo misma, pero lo único que rozo con los dedos son pequeños objetos metálicos y fríos. Saco unos cuantos y me quedo mirando lo que tengo en la mano: collares, dijes, antiquísimas monedas de plata, un anillo con un sello con el grabado de una espada y la hoja de un roble. Son tesoros, aunque, por lo poco que me interesan, bien podrían ser madera podrida.

Axel se pasa las manos por el pelo.

—¿Quizás se haya salido de la caja al caer?

Vuelve a la zona en la que ha aterrizado la caja y se pone a dar patadas en el agua espumosa. Mientras tanto, me quedo clavada en mi sitio, con el cuerpo adormecido y negando con la cabeza una y otra vez como si fuese un reloj estropeado.

—Esto no tendría que ser así. —No con las setas rojas con motitas, el trébol de cuatro hojas y la estrella fugaz. No cuando cada fibra de mi ser pulsa con la certeza de por fin haber encontrado el libro, de que mi búsqueda eterna ha terminado por fin.

Axel se mueve de aquí para allá, frotándose la nuca.

—¿Y si se ha quedado atascado en el borde? —Se sube de un salto a los desniveles de la cascada, y no se lo impido. Por mucho que sepa que el libro no podría haberse caído desde tan arriba.

Suelto los tesoros que tengo en las manos para que caigan de vuelta en la caja. Son reliquias insignificantes, lo más seguro que de alguna persona importante de hace muchísimo tiempo. Quizás un capitán o un general de la gran batalla que supuestamente se libró en este bosque. En algún momento debió haber sabido que su guerra no iba a prosperar, de modo que guardó sus pertenencias más preciadas en este lugar.

No importa. Habrá muerto hace muchísimo tiempo y los árboles lo habrán absorbido, mientras que sus riquezas no han hecho nada para preservar su memoria salvo hacer que maldiga con todas mis fuerzas cada objeto que he encontrado en este lugar.

Suelto un suspiro, y noto un vacío en el pecho. Sé que quienquiera que fuera el dueño de este tesoro no tiene la culpa de que no haya encontrado el *Sortes Fortunae*, pero cómo me gustaría que alguien la tuviera.

Axel vuelve a bajar una vez que termina de buscar en la grieta. Y no trae nada consigo, por descontado. Respira hondo y avanza hacia donde estoy.

—No pasa nada, no hemos perdido nada —me dice, obligándose a no sonar desanimado—. Nada ha cambiado, solo nos hemos equivocado.

—Quieres decir que *yo* me he equivocado. —Me paso una mano para secarme la nariz. ¿Otra vez estoy llorando? Pero que ridícula. Últimamente, lo único que hago es chorrear agua por los ojos—. Mira a dónde nos ha traído mi obsesión por las señales.

—Bueno, no creo que hayas hecho que la tierra se abra hacia una cueva con una cascada subterránea. —Se agacha a mi lado—. ¿Quién podría culparte por querer echar un vistazo por aquí?

—Ya, supongo. —Me encojo de hombros, sin ganas.

Axel me atrae hacia sus brazos y me besa la sien izquierda.

—Seguiremos buscando. Nada ha cambiado —me insiste—. Así que seguiremos buscando.

Me giro hacia él, hasta apoyar la cabeza contra la suya.

—Seguiremos buscando —asiento, en un susurro.

Me aparta el cabello de la cara, y yo apoyo mi cabeza en su hombro. Entonces poso la mirada sobre la pared a la izquierda de la cascada. Me parece ver unas cuantas vides agrupadas en un par de cuerdas gruesas y, en ellas, unas florecillas amarillas y de un blanco cremoso. Es madreselva, una planta que supuestamente repele el mal y anuncia prosperidad y... trae buena suerte.

Me tenso, con el corazón desbocado, antes de levantar la cabeza del hombro de Axel.

—¿Qué pasa? —me pregunta.

—Es... —No estoy segura. Tengo que verlo por mí misma...

Me pongo de pie y avanzo hacia las vides, hasta llegar a las flores. Las aparto y contengo el aliento. *Por favor, por favor, por favor...*

Detrás de las flores hay una cavidad de caliza en la propia pared de la cueva. Y, sobre ella, envuelto en un montón de capas de hojas cerosas, hay un objeto rectangular. Me muerdo el labio mientras lo saco, con Axel a la espera justo a mi lado.

—¿Es...?

Aún sin poder hablar, me vuelvo hacia él y se lo paso, pues estoy demasiado asustada como para seguir sosteniéndolo. ¿Y si se me cae como se me ha caído la caja de piedra y hago añicos el sueño que sin duda debo de estar soñando? ¿Es posible que, después de todo, sí que haya tenido razón con las señales de buena suerte?

Lleva el objeto envuelto hasta una roca seca en medio de la cueva, que usa como mesa. Mientras retira las hojas cerosas que protegen lo que sea que haya dentro, lo observo todo por encima del hombro de Axel. La luz del sol cae sobre nosotros a través de un par de agujeros ovalados en el techo de la caverna. Parecen un par de ojos a los que no se les escapa nada, con unas manchas de lágrimas hechas por las marcas de sedimento del agua al gotear. Hace que el momento parezca incluso más sagrado, como si estuviésemos ante el altar de una deidad.

Axel retira la última capa, y el corazón me da un vuelco al tiempo que las piernas dejan de resistir mi peso. Noto que la garganta se me cierra ante la cantidad de alivio y gratitud que me invade.

—Lo... lo hemos encontrado —digo, casi sin voz.

Axel se echa a reír antes de pasarse una mano por uno de los pómulos.

—Tú lo has encontrado, Clara.

Le sonrío, aunque no tardo en volver a mirar el libro, para observarlo con mayor detenimiento. Este triunfo que llevamos tanto tiempo esperando parece demasiado bueno para ser cierto.

—Sí que es el *Sortes Fortunae*, ¿verdad?

Si bien el arte impresionante que distingue al Libro de la fortuna es digno de dejarnos sin palabras —pues su apariencia es tan delicada que parece que un estornudo podría deshacer las frágiles raíces que atan el encuadernado aunque, a la vez, haya sido lo bastante resistente como para resistir la humedad de esta caverna durante tres años—, la verdad es que esperaba que fuese más… extraordinario, sinceramente. Quizás que irradiara un brillo dorado o que zumbara debido a una energía mística. Lo cual es más que absurdo, porque ya he visto el libro antes, cuando el Valle de Grimm no estaba bajo la maldición. Solo que, en algún momento en medio de todo eso, mi imaginación se ha salido de control.

Axel contempla el libro desde distintos ángulos, para asegurarse por sí mismo.

—Hasta donde recuerdo, el *Sortes Fortunae* era así. —Cuadra los hombros y me dedica una mirada divertida—. Pero sé el modo perfecto de probarlo.

—¿Cómo?

—Pide tu deseo.

33

En el Valle de Grimm se solía celebrar una ceremonia pública para pedir deseos una vez al mes. Cada aldeano que estuviese listo para pedir su único deseo podía participar. Y, en el caso de Axel, esa fue la ceremonia siguiente a que cumpliese los dieciséis años. Ese mes, fue el único en pedir un deseo, y se puso la corona de hojas de roble que solíamos llevar en esas ocasiones.

Aquellos que se congregaron para presenciar su deseo se turnaron para darle pellizcos en los brazos, también parte de la tradición, lo cual se suponía que le recordaba a uno que estaba despierto, y no soñando, y que debía usar su único deseo disponible con cuidado.

Fui la última de la cola ese día y, cuando lo pellizqué, él me devolvió el pellizco.

—Para cuando sea tu turno —me susurró al oído, antes de guiñarme un ojo.

—Nunca me contaste qué pediste —le digo en el presente—. O sea, lo que el libro te contestó.

Axel esboza una sonrisita.

—Sabiendo hasta dónde puede llegar tu curiosidad, me sorprende que no te quedaras escuchando a escondidas en mi ceremonia.

A los aldeanos no se nos permitía presenciar el momento exacto en el que se pedía un deseo. Había cortinas que se cerraban en torno al pabellón en el que se encontraba el *Sortes Fortunae* en su pedestal, y Axel, como se suponía que debía hacer, habría pedido su deseo en una voz tan baja que nadie más que el propio libro podría haberlo oído.

—Claro que no, cómo se te ocurre —le digo, dándole un ligero empujón.

Axel se echa a reír antes de darme un beso. Uno que es un breve roce al inicio, aunque luego se convierte en algo más cuando sus labios no se apartan, sino que se mueven con suavidad y deliberación junto a los míos, con lo que desata unas oleadas de placer en mi interior que no me dejan pensar.

—¿Estás intentando evadir mi pregunta? —murmuro.

—Es posible —contesta él, sonriendo contra mis labios.

Me aparto, con el entrecejo fruncido.

—Un día haré que me lo cuentes.

—Puedes intentarlo.

Pongo los ojos en blanco.

—Anda, vete ya para que pueda pedir mi deseo.

—¿No puedo quedarme?

Me apoyo una mano en la cadera. Sabe a la perfección que no puede quedarse a una distancia en la que pueda oír lo que pido.

—Vale —acepta, envolviéndome la cintura con los brazos—. Pero ya sé qué vas a pedir de todos modos. —Me atrae hacia él para darme un último beso, tras lo cual añade, en un susurro—: Y sé que lo harás muy bien.

—Gracias —le digo, con el estómago hecho nudos.

Lo observo marcharse por el túnel que conecta con la otra caverna, y, una vez que se ha ido, me vuelvo hacia el libro de nuevo e inhalo una gran bocanada de aire. La guardo en mi pecho durante varios segundos y luego exhalo poco a poco.

Ha llegado el momento.

Cada persona que pide un deseo al Libro de la fortuna debe empezar diciendo un encantamiento sencillo. Me lo sé de memoria, como es el caso de todos los aldeanos.

—*Sortes Fortunae*, responde a mi petición —entono—. Escucha a mi corazón y a lo que anhelo desde el fondo de mi ser. Me llamo Clara Thurn y este es mi deseo.

Me remuevo en mi sitio. Sacudo las manos. Me pongo más recta.

Y recuerdo los últimos versos del acertijo:

Un deseo desinteresado
Romperá la maldición.

Eso es lo que voy a hacer: pedir un deseo desinteresado.

El rostro de mi madre vuelve a mi mente. La veo tal como se me apareció en el prado del baile de Ella. Mayor, aunque aún bella. Con una mirada sabia y una sonrisa amable.

Sé que entonces solo estaba alucinando, pero quizás la magia del bosque se coló en mi visión y de verdad era ella tratando de ponerse en contacto conmigo.

—Deseo… —empiezo.

¿Aún conservas la bellota que te di? Recuerdo de pronto las palabras de mi madre.

Meto la mano en el bolsillo del vestido, donde aún llevo su obsequio.

—… que perdones a los habitantes del Valle de Grimm y…

¿Por qué no extiendes las alas?

Aprieto la bellota con fuerza e intento concentrarme, pero sus palabras no dejan de acosarme.

Despierta, mi niña.

—… y que… al hacerlo, acabes con la maldición y restaures la paz.

No te rindas. Vive.

Exhalo con dificultad. *Perdóname, madre. Pero me prometí a mí misma que serías tú quien viva, no yo.*

He pedido mi deseo y he escogido las palabras con cuidado. Al solo poder pedirle una cosa al libro, tenía que encontrar una forma de salvar a mi madre y a toda la aldea, de modo que he pedido que la maldición llegue a su fin. Y, cuando lo haga, mi madre ya no será una de los Perdidos. La encontraré y le mostraré cómo salir de este bosque. Los árboles dejarán de moverse y el mapa que memoricé mucho antes de adentrarme aquí volverá a servir.

Mi deseo también salvará a Henni y a Ella y a Fiora..., quizás hasta a Hansel y a Gretel. Cuando se rompa la maldición, los mellizos también volverán a ser quienes eran en un principio y podrán abandonar este bosque.

Aunque intento sonreír al pensar en todos ellos sanos y salvos de vuelta en su hogar, una punzada de dolor me sube por el pecho hasta llegar a los labios y me impide completar el gesto. Ojalá pudiese volver con todos ellos cuando regresen al Valle de Grimm. Pero sé muy bien que con el deseo que he pedido y lo que sea que tenga que hacer para obtenerlo, su felicidad solo será posible a costa de mi propia muerte. Y estoy segura de que acabo de dar el primer paso.

Lo que Grandmère presagió se está cumpliendo. Solo que convertirme en el Giro del Destino no cambiará mi propio futuro. El resto de mi destino debe cumplirse. Y ya me he encontrado con todas las cartas de mi tirada salvo con una: la Criatura con Colmillos. La maldición no se romperá hasta que muera.

Trago en seco para ahogar otra punzada de dolor en el pecho. Acepto lo que sea que vaya a ser de mí. Ya lo había hecho antes de adentrarme en este bosque. Estoy destinada a morir en este lugar.

Mientras me preparo para abrir el libro, toco la cubierta: una placa de madera con las palabras «*Sortes Fortunae*» grabadas en ella, además de unos diseños de árboles tallados con un marco de flores de estrellas diminutas rodeándolos. Caigo en la cuenta de que se trata de ruiponce rojo, aunque la madera no está pintada. Las palabras de Ollie vuelven a mi mente: «El primero en crecer para siempre es quien guarda la semilla de la magia».

Los grabados de ruiponce rojo al menos me consuelan un poco, pues son otra señal de que estaba destinada a sacar la Carta Roja y a embarcarme en esta travesía. Ya he pedido mi deseo. Solo tengo que averiguar cómo hacer que se cumpla.

Tras respirar hondo para armarme de valor, abro el libro hasta una página del medio al azar, lista para recibir sus instrucciones. El que pide un deseo debe escoger una página sin mirar para que el libro se comunique a través de ella.

La página está en blanco, y espero a que la tinta verde aparezca, la que se supone que proviene de las hojas del bosque. Después de siete latidos de mi corazón, se plasma sobre el papel y empieza a escribir una letra a la vez, con lo que forma las palabras como si una mano invisible las estuviera escribiendo.

Abandona al muchacho y captura a la loba.
Solo entonces tu deseo más intenso se volverá realidad.

Parpadeo un par de veces, confundida ante las instrucciones. Tiene que haber un error. Las vuelvo a leer para estar segura, pero, antes de que termine de leerlas de nuevo, estas desaparecen. La página vuelve a estar en blanco.

—¡Espera! —suelto, a trompicones—. ¡Escríbelo de nuevo!

Sin embargo, la página permanece en blanco.

Muevo el libro un poquito.

—Creo que no me has oído bien. Volveré a pronunciar mi deseo.

Un ventarrón irrumpe en el interior de la cueva y hace que el libro se cierre con fuerza.

Retrocedo de un salto y noto una presión en el pecho. No lo entiendo. ¿Cómo puede pedirme el libro que deje a Axel? ¿Y que capture a la loba? ¿Qué tiene que ver eso con acabar con la maldición?

—¿Clara? —La voz de Axel resuena a través del túnel desde la otra caverna.

—¡Dame un ratito más! —le contesto, a voz en grito—. No… No me interrumpas.

Unas oleadas de frío y calor me recorren entera. Necesito sentarme. Y pensar. No, no puedo sentarme. Estoy demasiado inquieta. Me pongo a caminar de aquí para allá, estrujándome las manos. Me toqueteo las mangas y el borde de la capa.

Las recriminaciones de mi madre vuelven a mi mente: *¿Estás dispuesta a dejar que tus amigos sufran? Si llegaras a ese extremo, Clara, ¿los salvarías a ellos o a mí?*

Esa fue la versión de mi madre de mis sueños, la catastrofista, no la versión amorosa y llena de paciencia que vi en el baile del prado. La de mis sueños no podría haber sido ella de verdad, tiene que haber sido mi subconsciente. Solo que eso hace que me sea incluso más difícil no hacerle caso.

Me apoyo contra la piedra y dejo caer la cabeza mientras respiro hondo varias veces. Intento armarme de valor. Sé lo que tengo que hacer. Es lo que me prometí a mí misma mucho antes de que entrara en el Bosque Grimm.

—Perdóname, Axel —le pido en un susurro. El corazón se me estruja y lo noto romperse en unos pedazos que no seré capaz de volver a juntar nunca. La punzada de dolor en mi interior se intensifica hasta que casi no puedo soportarlo. Solo que tengo que hacerlo. Voy a cumplir mi destino.

Me aparto de la roca y me dirijo hacia la cascada, apretando la mandíbula con determinación. Subo por los bordes de la cueva que no están mojados, hasta que consigo arrastrarme hacia el exterior por la abertura superior.

Abandono el libro. Axel tendrá que devolverlo a la aldea. Además, ya no me sirve de nada. Ya me ha dicho lo que debo hacer, y, una vez que lo haga, la maldición se romperá. Los árboles dejarán de moverse, y Axel podrá encontrar un camino constante por el cual volver a casa. Henni y los demás Perdidos podrán hacer lo mismo. Mi madre también. Volverá a nuestra cabaña y se refugiará en los brazos abiertos de Grandmère. El Valle de Grimm volverá a prosperar. Todo volverá a la normalidad.

De pie sobre la hierba, me sacudo el sedimento de la caverna que tengo en el vestido y en la capa.

He hecho la mitad de lo que me pide el libro. He abandonado a Axel. Lo único que me queda es atrapar a la loba. Una tarea casi imposible. Mi única ventaja es que no tendré que buscarla.

Si hay algo que permanece constante en este bosque de cambios sin fin, es que la loba de Grimm siempre me da caza primero.

34

Me alejo corriendo de la caverna y del agujero que se abre sobre ella. El rastro del riachuelo ha desaparecido, dado que ha dejado de llover por completo. Quizás es que nunca ha sido el riachuelo; tal vez Axel y yo nos perdimos en medio de la oscuridad hace un par de noches y de casualidad seguimos un caminito de agua excedente por culpa de la lluvia.

Da igual. No habría seguido el riachuelo de todos modos, pues así Axel no tardaría en encontrarme.

Me subo la falda del vestido hasta las rodillas y corro más rápido. Quién sabe cuánto tiempo tardará en percatarse de mi ausencia.

Al pensar en él, noto un dolor intenso en el pecho, pero me esfuerzo para hacerlo a un lado y enterrarlo en el fondo de mi ser. Tengo que concentrarme en el presente, no en el pasado. No en lo que jamás podrá ser mío.

Corro y sigo corriendo hasta que dejo de notar el paso del tiempo. No sé qué hora es. El sol se ha escondido detrás de un manto de nubes espesas. Lo único que sé es que el reloj de mi vida suena más fuerte que nunca. Mi muerte inminente no está muy lejos.

Solo cuando dejo de correr, porque mis piernas cansadas ya no pueden más, veo a mi destino enfrentarme a lo lejos. La loba de Grimm se encuentra a varios metros de distancia, en las profundidades del bosque. Espléndida, imperturbable y quieta como una estatua. Me está esperando, como si ella también supiera cuál es su destino.

El *Sortes Fortunae* no ha dicho si iba a cumplir con éxito mi misión de intentar capturar a la loba o no, así que quizás no tenga que hacerlo. A lo mejor, lo que importa es que lo intente. Solo que, ¿el intentarlo será lo que desencadene mi muerte? Puede que lo que necesite el bosque para acabar con la maldición sea mi sangre.

Cuando llego hasta ella, clavo la mirada en sus ojos violeta, y un escalofrío de reconocimiento me recorre entera. Si fuese una loba de tamaño convencional, habría tenido que arrodillarme para poder mirarla a la cara, pero la loba de Grimm no tiene nada de convencional.

Hundo una mano en el pelaje de la parte de atrás de su cuello y lo acaricio con suavidad.

—¿Ha llegado la hora de ponerle punto final a nuestra historia?

Inclina las orejas en mi dirección y alza un poco la cola. Supongo que eso es un *sí*. Se gira y empieza a alejarse, solo para detenerse un segundo después, mirar atrás y esperar a que la siga.

Y eso hago. Caminamos lado a lado en un silencio agradable, aunque me pongo a observar mis alrededores en busca de algo con lo que poder atraparla. Una rama de un sauce o una vid resistente con la que pueda atarle las patas. Un precipicio del que pueda empujarla. ¿Eso contaría? ¿La mataría? Pese a que no he recibido la orden de matar a la loba, lo cual es todo un alivio dado que no creo poder hacer algo así, ¿cómo se supone que podré con ella?

Seguimos avanzando a paso tranquilo. No sé si la loba me está conduciendo a algún lado o si está haciendo tiempo. Quizás me haga un favor y se enrede a sí misma en un montón de ramas, y el Libro de la fortuna acepte eso como que he cumplido con mi trabajo. O puede que la loba esté esperando el momento ideal para ser ella quien acabe conmigo.

El instinto me pide volver corriendo con Axel y olvidar lo que el libro me ha pedido que haga. Sin embargo, una extraña sensación de tranquilidad me mantiene atada a la loba, a mi destino, y a acabar con la maldición como el Giro del Destino que soy.

La loba de Grimm me guía hasta dejar los árboles detrás y dirigirnos a un puente desvencijado hecho de unos tablones de madera gruesos. Todos juntos me recuerdan a una enorme puerta arqueada que ha caído sobre el lecho de un río, llena de liquen y musgo.

Y sí que es una especie de puerta: un puente levadizo que se ha extendido sobre un foso vacío. Las cadenas del puente están cubiertas de hiedra y de espinos y están atadas a un arco de piedra que ha quedado escondido por la vegetación del mismo modo que el resto de las torres, murallas y almenas del castillo.

Me recorre un escalofrío por la incredulidad. Estoy frente a la fortaleza de la leyenda, el lugar en el que se desató la gran batalla de hace siglos.

Nadie en el Valle de Grimm ha visto este lugar. Solo se lo conoce de historias que se han ido contado de generación en generación.

Echo un vistazo hacia atrás, hacia el bosque. He estado tan concentrada en la loba que no me he percatado de todos los rostros de los muertos que me observan desde los pinos, lárices y píceas. No hay ningún árbol sin rostro, y las expresiones que tienen los nudos que forman los ojos y la boca son terribles. Puedo ver su pavor, su agonía y toda su ira contenida.

Noto un peso en el estómago, como si me hubiese tragado una piedra enorme.

—¿Por qué me has traído hasta aquí? —le pregunto a la loba.

Como respuesta, se sube al puente y, una vez más, espera a que la acompañe antes de seguir avanzando. Lo hago, pese a saber que no es algo muy sensato —este lugar tiene una historia tan palpable que me cala los huesos y hace que se me hiele la sangre—, porque ya no hay nada que evite que cometa alguna imprudencia. Todos los descabellados giros del destino han terminado siendo justo eso: mi destino. Y este por fin ha venido a por mí.

La loba me conduce hacia el otro lado del puente y del foso, aunque no cruza el arco de piedra. A los pies del arco hay una zona de hierba con unas cuantas florecillas silvestres.

Las olisquea un poco, pero se detiene con el pelaje erizado cada vez que oye algún sonido: el aleteo de unos pájaros, el silbido del viento. Me doy cuenta de que no quiere que se descubra nuestra presencia en este lugar, lo cual hace que me ponga aún más nerviosa y que se redoble mi curiosidad. ¿Por qué la loba de Grimm, siendo la criatura que es, se andaría con cuidado?

Continúa removiendo la tierra entre las flores con la pata. Escondido detrás de los altos tallos de las amapolas y las espuelas de caballero, hay un montoncito de flores de estrella rojas. El corazón se me acelera. No he visto ruiponce rojo desde el Día de Devoción, cuando me lo encontré por accidente mientras buscaba arándanos rojos para Henni.

La loba arranca unos cuantos tallos con los dientes de un tirón, con lo cual consigue sacar las flores con raíces y todo. Me las deja a los pies y me las acerca un poco más con el hocico.

—Eh... gracias.

Me insiste una vez más con el morro, aunque no tengo ni idea de qué es lo que quiere que haga. La capa ya me ofrece la protección del ruiponce rojo, pero recojo las flores de todos modos.

La loba resopla antes de girarse y arrancar otro montoncito de ruiponce rojo. Tras ello, se tumba sobre la hierba y empieza a comerse las raíces.

—Ah, ya lo pillo. —Me está dando de comer otra vez, como hizo con los peces. Me arrodillo a su lado, sacudo la tierra de las raíces que tanto se parecen a las chirivías y doy un bocado. Me saben a rábano, solo que menos intensas, y mi estómago vacío pide más. Me como las raíces que me ha dado la loba y, cuando acabo, me estiro a su lado para arrancar unas pocas más.

—Un momento, Clara. Tenemos que hablar.

Ahogo un grito antes de congelarme en mi sitio. Esa ha sido la voz de Grandmère, igual de melodiosa que la de mi madre, aunque desgastada por la edad y teñida por el acento de su país de origen.

Me giro muy despacio y hago caso omiso de la loba para concentrarme en la zona de hierba en la que nos encontramos, en el arco de piedra y en el puente levadizo que hay más allá. Pero no hay nadie. Y, muy en el fondo, sabía que así iba a ser.

Trago en seco y le devuelvo la mirada a los ojos grandes de la loba de Grimm: unos ojos preciosos y de color violeta, iguales que los de Grandmère.

—¿Cómo...? ¿Qué...? —No me salen las palabras. Ni siquiera sé qué decir que no sea—: Esto no puede ser real. No... Tú no eres real.

—Soy una Anividente —me dice, con calma—. Puedo ver a través de los ojos de los animales, aunque solo podemos poseer el cuerpo de los lobos.

Apoyo una mano sobre la tierra para ayudarme a apartarme al ver sus fauces de loba moviéndose al tiempo que articula palabras reales. Palabras de un ser humano. A pesar de que no entiendo del todo lo que está pasando, sospecho que es el ruiponce rojo lo que le está otorgando la habilidad de hablar.

—¿Podemos? —repito, aturdida—. ¿Cuántos sois? —¿Acaso mi madre era uno de ellos? Pero, si ella y yo tenemos dones como los de Grandmère, eso quiere decir que...—. ¿Me voy a

344

convertir en una loba? —pregunto, notando el pulso en las orejas.

—No, *ma chère*. Soy la única Anividente que queda en la familia. Al resto los mataron hace muchísimo tiempo. Fue por eso que vine al Valle de Grimm. Tu abuelo me dijo que la gente de aquí creía que un bosque encantado les proporcionó el Libro de la fortuna, así que tenía la esperanza de que también aceptaran otros tipos de magia y, sobre todo, que no les tuvieran miedo. Que no me temieran a mí.

—Pero nunca se lo contaste a nadie. —El dolor y la frustración hacen que se me cierre la garganta—. No me lo contaste a mí. Y no me dijiste que cuento con algo de la magia de la familia. ¡Me he tenido que enterar por un fantasma!

Si le sorprende mi encuentro sobrenatural, no lo demuestra, sino que se limita a bajar la vista y negar con la cabeza, con lo que consigue espantarme de nuevo por lo humanos que parecen sus gestos.

—Tampoco se lo conté a tu madre. Ella también comparte una parte de mis habilidades. Pensaba contároslo a ambas, pero cuando tu abuelo falleció y ya no había nadie en este mundo que supiese la verdad sobre mí, temí por vosotras. Temí lo que podría pasar si alguien se enteraba del tipo de magia que corre por vuestras venas. Así que crucé los dedos para que no notaras tu habilidad como Augur del Pasado. Pasaste diecisiete años sin descubrirlo, y...

—Y sabías que no iba a tardar mucho en morir de todos modos —termino por ella mientras la comprensión se asienta en mi interior. Me enderezo en mi sitio, muy tensa—. Fue por eso que no nos lo contaste. Tanto madre como yo estábamos destinadas a sufrir una muerte prematura en este bosque.

Grandmère vuelve a inclinar la cabeza.

—*Je suis désolée*. Lo siento mucho.

Recuerdo la carta de la Criatura con Colmillos, pintada para mostrar a una bestia de figura indeterminada con unos dientes afilados. La veo arrastrarse fuera del dibujo, evaporarse en un humo negro y atravesar la piel de mi madre y la mía hasta colarse por las venas e infectarnos con su plaga mortal. De un modo u otro, sin importar lo que sea la Criatura con Colmillos, está destinada a acabar con nosotros.

A menos que...

Me acerco un poco, con una esperanza salvaje que surca el interior de mi pecho.

—¿La Criatura con Colmillos significa alguna otra cosa? ¿Podría solo significar que comparto tu sangre... y que no voy a morir? —Si mi abuela no me contó algo tan importante como cuál era su verdadera identidad y la mía, quizás también me haya mentido sobre mi futuro.

—Ay, *ma petite chérie* —me dice, bajando sus orejas puntiagudas contra el cráneo—. Cómo me gustaría que esa carta presagiara un destino diferente.

Vuelvo a dejar caer los hombros. Me siento del mismo modo en que me sentía cuando era pequeña, cada vez que Grandmère me leía las cartas con la esperanza de que me tocara un destino diferente, uno en el que pudiera vivir feliz para siempre. Sin embargo, es su corazón roto lo que me gustaría arreglar en este momento. Puedo notar su dolor del mismo modo que siempre he hecho.

—No es culpa tuya.

Mi abuela suelta un suspiro apesadumbrado.

—He hecho todo lo que se me ha ocurrido para cambiar tu historia, Clara. Incluso te llegué a prohibir que te pusieras la capa que tu madre hizo. Sabía que te permitiría adentrarte en el bosque. —Cuando pronuncia la palabra «bosque», su voz se vuelve más baja y más grave, por lo que se refiere a algo más oscuro que el Bosque Grimm. Está hablando del Bosque de Medianoche, la carta que representa una decisión prohibida que me conducirá hacia mi muerte en garras de las Criatura con Colmillos.

—Entonces, ¿por qué no destruiste la capa? —No es que me arrepienta de haber venido ni que desee haber tomado una decisión distinta, si hubiese podido. Lo único que pretendo es desenmarañar todos los misterios que se han ido formando en mi interior durante las últimas semanas. Además, Grandmère no habría necesitado la capa para sí misma. Los animales siempre han podido cruzar los límites del bosque sin problema alguno.

—Porque soy una Anividente, y los videntes siempre debemos respetar lo que está previsto —me contesta—. Podía intentar darte un empujoncito hacia un camino diferente, pero jamás podría haberte arrebatado tu poder de decisión. Si hubiese intentado hacer algo a la fuerza contigo, no habría dado resultado. El destino es demasiado poderoso. Solo una persona muy especial tiene la capacidad para cambiar el destino, y nunca saqué la Carta Roja para mí misma. Eso y que sabía que algún día te ibas a adentrar en el bosque, por lo que prefería que lo hicieras bajo la protección de la capa.

Recuerdo la última vez que vi a Grandmère en nuestra cabaña. No fue a Henni a quien le leyó las cartas, sino a mí. Y, entre las cartas que sacó, estaba la Carta Roja, por mucho que no lo supiera, pues tiré las cartas al suelo antes de que se quitara el velo.

Aunque abro la boca para contarle lo que de verdad ocurrió ese día, unas palabras distintas escapan de mis labios en su lugar; una revelación que parece más urgente.

—He encontrado el *Sortes Fortunae* esta mañana y he pedido mi deseo.

No sé cómo esperaba que Grandmère reaccionara, pero definitivamente no con una preocupación tan extrema que parece miedo. Sus ojos lobunos se abren como platos. Su cola baja hasta el suelo.

—No te dejes engañar, *ma chère*.

—¿A qué te refieres? —le pregunto, frunciendo el entrecejo—. El libro no miente.

Grandmère baja la cabeza hasta acercarla un poco más a la mía, y consigo ver mi reflejo distorsionado en sus pupilas.

—¿Qué era lo que más anhelabas cuando has abierto el *Sortes Fortunae*? ¿Salvar a la aldea o quizás otra cosa?

Me aparto un poco, más confundida que antes.

—Sabes que no puedo contarte lo que he pedido. —Aunque, cómo no, Grandmère tiene que saber que sí que he pedido salvar el Valle de Grimm. Al liberar a la aldea de la maldición también liberaré a mi madre y a los demás Perdidos, una vez que consiga completar las instrucciones del libro.

—Pero ¿qué había en tu corazón? —me insiste Grandmère.

Un lamento afligido se alza en el aire. Uno que proviene desde el interior de las paredes del castillo. Es una mujer llorando. Me vuelvo hacia el sonido, con el corazón en un puño. Es una voz que me ha perseguido durante los últimos largos años. Solo que, esta vez, no es el viento ni ninguna fuerza de la naturaleza que está jugando con mi imaginación. Esta vez es real. Conozco esa voz, ese tono tan melodioso y encantador.

Alcanzo las flores de ruiponce rojo, me pongo de pie de un salto y salgo disparada hacia el arco de piedra. Mi capa ondea sin control a mis espaldas, mientras me adentro en el patio del castillo.

—¡Madre!

35

Del mismo modo que las paredes exteriores del castillo, las paredes de piedra del patio también están cubiertas de hiedra y espinos. Me cuesta distinguir dónde se encuentran las entradas a las torres y al castillo en sí. La voz de mi madre resuena, y su llanto rebota por las paredes y a mi alrededor. De lo único de lo que puedo estar segura es de que proviene de algún lugar más arriba.

Observo las ventanas en lo alto, las que no están completamente tapiadas por la vegetación, pero no consigo ver a una mujer de cabello oscuro asomándose por ninguna de ellas.

—¡Madre! —la vuelvo a llamar.

La loba de Grimm, dígase mi abuela, me da alcance.

—¡Tienes que irte! No estás lista para encontrarte con ella.

¿Cómo se le ocurre decir algo así? Esto es lo que tanto anhelaba.

—En ese caso, ¿por qué me has traído hasta aquí?

—Por el ruiponce rojo que crece fuera del castillo. Es el único modo en el que puedo hablar contigo. Cuando estoy en el bosque, debo permanecer en mi forma de loba, de lo contrario los árboles me echarían. No tengo tu capa para que me proteja. Clara, debo advertirte…

—Es demasiado tarde. Ya he pedido mi deseo.

—Y espero que tu corazón haya decidido sabiamente. Me temo que a tu madre ya no se la puede salvar, *ma chère*.

—No. —*No puedo escuchar algo así*—. No pienso rendirme.

—Ya no se puede redimir. El bosque la tiene presa en sus garras. Fue la primera Perdida tras la maldición. Tu madre es quien más ha sufrido.

—¡Por eso tengo que ayudarla!

—Es que no lo entiendes. —Un gruñido de impaciencia reverbera en el pecho de Grandmère—. Tu madre es quien más ha cambiado.

Me aparto de la loba un par de pasos.

—La has visto, ¿verdad? —Una horrible sensación de traición me deja sin aliento, como un puñetazo en el estómago—. ¿Cuántas veces la has visitado cuando ni siquiera ibas al Día de Devoción conmigo? Cuando me dijiste que la capa era algo prohibido.

—Nada de eso es importante —me suelta, cortante—. Lo que importa es que me prestes atención ahora. Tu madre ha dejado de ser Rosamund. La maldad se ha apoderado de ella. No tenía la raíz roja para que la protegiera.

—¿Y por qué no se llevó la capa?

—Porque no entendía del todo el propósito del ruiponce rojo por aquel entonces. Lo único que sabía es que el *Sortes Fortunae* le dijo que hiciera la capa para ti, del mismo modo en que le dijo a Ella que acudiera a tu madre para que tiñera su velo de novia de rojo. —Frunce su ceño lobuno—. Creo que tu madre usó su deseo para intentar salvarte la vida.

Los ojos se me llenan de lágrimas, y el amor que siento por mi madre me apuñala con más fuerza, mientras mi frustración aumenta más y más. No podemos salvarnos la una a la otra. El bosque nunca permitiría algo así. Nuestro destino compartido es demasiado poderoso. Una de las dos debe morir aquí.

—¡Justo por eso no puedo abandonarla! Tengo que salvarla.

Empiezo a alejarme, para examinar una vez más las torres y el castillo en busca de alguna puerta o ventana. Grandmère permanece cerca y, en ocasiones, salta frente a mí para blo-quearme el camino. Sigo cambiando de dirección, obstinada, sin dejar de buscar. El llanto incesante de mi madre me pone los nervios de punta e intensifica mi prisa.

Mi abuela sigue protestando, en un intento por conven-cerme de lo mucho que ha cambiado madre, de que tenemos que irnos antes de que sea demasiado tarde. Ya casi no la es-taba escuchando, pero dejo de oírla por completo cuando distingo un destello rojo en medio de todo lo verde: una rosa que crece entre los espinos que rodean el pestillo de una puerta que ha quedado prácticamente escondida. Y, en el suelo de piedra a unos cuantos metros, se encuentra otra puerta: una trampilla hecha con una reja de madera recu-bierta de hiedra.

Captura a la loba.

Aguzo la visión, concentrándome en la trampilla, y salgo corriendo hacia ella. Arranco la hiedra y levanto la puerta de sus bisagras oxidadas.

—¿A dónde crees que lleva? —le pregunto a Grandmère. Lo único que veo en su interior es oscuridad—. ¿Es posible que mi madre esté ahí dentro? —Me asomo un poco.

—¡Ten cuidado, Clara! —me advierte Grandmère, avan-zando hacia mí—. Es una *oubliette*, una mazmorra secreta. No hay escaleras; si te caes, no podrás volver a salir.

Perfecto.

En el momento en que me alcanza, me aparto con preste-za hacia un lado y la empujo con fuerza desde atrás. Pese a que es grande y fuerte, no se lo ve venir y no consigue aferrar-se al suelo de piedra con las garras. Con un chillido, cae dentro del agujero, y yo cierro la trampilla.

—¿Grandmère? —la llamo, para asegurarme de que está bien.

Desde varios metros más abajo, su rostro oculto por las sombras se alza en mi dirección.

—¿Qué haces? —me pregunta, con los ojos muy abiertos por la sorpresa.

—Lo que el libro me ha dicho que tenía que hacer. Lo siento. Estoy segura de que madre te dejará ir pronto.

—¡No puedes ir tras ella! He hecho que comieras ruiponce rojo para que tuvieses más protección, pero no será suficiente. ¡Nada es suficiente!

—Confía en mí. ¿Recuerdas cuando le leíste las cartas a Henni? La lectura no era para ella, sino para mí. Fue mi mano la que tenías sobre la tuya. Le diste la vuelta a las cartas de siempre, pero también a otras dos nuevas: el Giro del Destino y los Cisnes Flechados. ¿Es que no lo ves? La Carta Roja lo cambia todo. Pero no para mí, sino para mi madre.

—¡No, Clara! Para, no puedes...

No me quedo para oír el resto, pues salgo corriendo en dirección a la rosa y al pestillo. Abro la puerta de un movimiento y subo corriendo los escalones de piedra de la escalera de caracol.

Mi madre no puede ser malvada. He hecho lo que tenía que hacer para romper la maldición. He abandonado a Axel y he capturado a la loba. Y ahora lo único que quiero hacer es despedirme.

—¡Ya voy, madre!

36

Los escalones que serpentean están desgastados y desnivelados. Cuando se me atasca el pie izquierdo en uno de ellos, un pinchazo de dolor se me dispara por la baja espalda. Siseo y tengo que apoyarme en la escalera. El dolor que siento en la columna me ha molestado desde que perdí el zapato en el baile del prado, pero se ha intensificado de pronto, como si hubiese estado guardándose la furia todo este tiempo.

Tenso la mandíbula antes de seguir subiendo, obligándome a mí misma a pisar escalón tras escalón con mis pies vendados. No puedo detenerme. Estoy a punto de llegar hasta mi madre. Puedo notar su presencia, por mucho que sus lamentos hayan cesado. He dejado de oírlos en cuanto he cruzado la puerta con la rosa sobre el pestillo.

Llego por fin a lo alto de las escaleras y avanzo cojeando por un pasillo delineado en piedra. Espinos y hiedra recorren el castillo hasta enmarcar el arco al final del pasillo. Y, entretejidas en ellas, hay rosas rojas. La más grande cuelga tras haber florecido por completo desde el centro del arco.

Según paso por debajo para entrar en la estancia que hay más allá, tres pétalos rojos llueven sobre mí. Apenas consigo notar su roce como de terciopelo, pues me he quedado de piedra ante la intensidad del rojo que tengo frente a mí.

Hay rosas por todos lados: serpentean por las paredes, enmarcan las ventanas y caen desde el techo, sujetas gracias a un entramado de hiedra y vides con espinos. Sus pétalos incluso recubren el suelo como una alfombra.

En el centro de la habitación hay una cama grande, una reliquia del pasado con unos postes desgastados y un dosel de una gasa desteñida que han devorado las polillas. Pese a su estado deteriorado, la cama tiene una apariencia romántica y fantasmagórica con más rosas, espinos y hiedra enroscada en espirales por los postes, que se elevan entre los pliegues del dosel.

Con el corazón desbocado, me acerco a la cama. Voy cojeando y de puntillas a la vez, casi sin respirar. Aquí es donde encontraré a mi madre. Lo presiento, del mismo modo en que siempre he sabido que seguía viva en el bosque.

Doy la vuelta por uno de los postes de la cama hacia donde el dosel se abre y me asomo al interior, hacia lo que de verdad es un lecho de rosas. Si hay algún colchón por debajo, se encuentra completamente escondido bajo los brotes esponjosos y de color escarlata.

Una mujer increíblemente hermosa está tendida sobre ellas, con los ojos cerrados. Su cabello castaño y su tez pálida son la combinación perfecta para la abundancia de rosas que la rodean.

—Madre. —Pronuncio la palabra como si fuese un susurro sagrado. No pretendía decirlo en voz alta, pues está durmiendo y no quiero molestarla. El pecho le sube y baja con delicadeza y parece estar en paz. El sonido tan terrible de sus lamentos ha desaparecido, y las lágrimas en sus mejillas han empezado a secarse.

Sin poder contenerme, me acerco un poquitín más. Y, como si pudiera notar mi presencia, del mismo modo que un bebé dormido nota que su madre está cerca, sus ojos de color esmeralda se abren despacio y se centran en los míos. Tiene las pestañas ligeramente húmedas mientras me mira con intensidad.

Espero, con el alma en vilo, a que me diga algo, lo que sea. Aunque la verdad es que lo que más me gustaría que dijese es mi nombre. Porque entonces querría decir que me recuerda. Pero mi madre permanece en silencio. La presión se me junta en el pecho y me hace soltar un:

—No pretendía despertarte.

El fantasma de una sonrisa le tira de la comisura de los labios, un gesto apenado y carente de cualquier dicha.

—Nunca duermo. Solo me tumbo aquí con la absurda esperanza de volver a sumirme en un sueño. —Me habla como si no me conociera, como si estuviese hablando consigo misma en lugar de con su hija.

Pese a que el corazón se me estruja por la decepción, no tardo en acallar la sensación. No importa si no me reconoce. Pronto lo hará. He hecho todo lo que el *Sortes Fortunae* me ha pedido que haga. La maldición llegará a su fin. Quizás ya lo haya hecho, solo que los efectos irán desapareciendo poco a poco, en lugar de en el acto.

—Te he traído algo —le digo, entregándole el montoncito de flores de ruiponce rojo que tengo en el puño.

Mi madre las recibe con delicadeza, y me estremezco al notar que nuestros dedos se rozan al entregárselas. Pese al calor del verano que hay en el ambiente, tiene la piel helada como la nieve.

—¿Y las rosas? —pregunta, frunciendo sus cejas oscuras—. A mí me gustan mucho las rosas, por eso me llaman Rosa de Espino.

La herida que tengo en el corazón se vuelve a abrir, y se hace cada vez más grande. Aunque debería haber sabido que mi madre tendría un nombre distinto como Rapunzel en el caso de Fiora o Cenicienta en lugar de Ella, me duele ver que ha olvidado que se llama Rosamund.

—¿Te llaman así? —inquiero, pillando el plural. ¿Se habrá encontrado con otros Perdidos en el bosque?

Mi madre se me queda mirando, como si estuviera considerando contarme un secreto, solo que entonces el momento pasa y se limita a alzar la barbilla.

—Aceptaré tu regalo. Has escogido el color correcto.

Antes de que pueda preguntarle por qué, se pone de pie, y el rojo se aparta del rojo según se levanta del colchón inundado de rosas y se queda descalza sobre el suelo de piedra, también salpicado de pétalos.

Contemplo su vestido sin reparos; es una composición impresionante de carmesí escarlata y rojo oscuro, la cual ha obtenido por completo de la naturaleza. En lugar de tela, son capas de amapolas, tulipanes, lirios, dalias, ranúnculos y florecillas silvestres las que componen el vestido, aunque, más que cualquier otra, las rosas son las protagonistas. De verdad es la mujer de rojo de la que me habló Ollie.

Algunas flores están de temporada y otras no, pero todas han florecido a la perfección. La magia que posee mi madre gracias al bosque hace que no se marchiten.

Por mucho que estén entretejidas entre sí gracias a un marco de hiedra que la cubre entera, las flores no tapan la piel de mi madre por completo. Tiene zonas de la cintura y de las caderas expuestas, así como una raja lateral que le sube por el muslo izquierdo, y las flores que envuelven su torso y hombro derecho apenas consiguen cubrirle los pechos.

Me quedo admirando la audacia de semejante vestido y el poder que mi madre exuda al llevarlo puesto, aunque no puedo evitar sorprenderme por verla ataviada en algo tan sensual. Si bien siempre ha sido una mujer llena de confianza, que no se avergonzaba de su cuerpo ni dejaba de darse un baño en la bañera de cobre que colocamos en la cocina por mucho que no tuviera cortinas que la cubrieran, verla exponerse de un modo tan atrevido me resulta extraño y un poco perturbador.

Me recuerdo a mí misma lo joven que era cuando la vi por última vez..., lo mucho que probablemente desconocía, incluso entonces, sobre Rosamund Thurn.

Se coloca el ruiponce rojo que le he dado en la longitud de la única manga de su vestido y se yergue cuan alta es, para mirarme desde lo alto de los diez centímetros que nos separan. La corona de rosas rojas que lleva en el pelo completa su belleza despampanante y su apariencia majestuosa.

—¿Sueles soñar? —me pregunta, buscándome la mirada—. ¿Es por eso que has acudido a verme?

—Eh... —No sé cómo contestarle. ¿Por qué he venido? ¿Cómo es que he llegado hasta aquí? He roto la maldición, o al menos he desencadenado su fin, ¿verdad?

Me remuevo en mi sitio antes de mirar por la ventana, pero no consigo ver el bosque más allá de la maraña de hiedra y espinos. No me hace falta, supongo. Mi madre debería ser prueba suficiente de que la maldición ha llegado a su fin. Solo que no lo es, pues sigue creyendo que es Rosa de Espino.

Y también está la cuestión de mi vida. Si de verdad le hubiese puesto fin a la maldición, ¿no debería estar muerta? Había asumido que mi vida formaba parte de alguna especie de trato sin palabras que había aceptado al pedir mi deseo. Mi sacrificio para salvar a mi madre. La culminación de mi destino.

No sé qué se supone que me falte hacer, salvo...

—Creo que... debo llevarte a casa.

Esa debe ser mi última tarea, por mucho que el *Sortes Fortunae* no me lo haya especificado. Quizás cuando mi madre cruce la línea de cenizas y vuelva al Valle de Grimm, la maldición se romperá del todo y mi vida llegará a su fin cuando por fin haya conseguido salvarla de verdad.

—¿A casa? —Arquea una de sus cejas oscuras—. ¿Y dónde crees que es eso sino es dentro de las paredes de este castillo?

—Nuestra casa queda fuera de este bosque.

—No hay nada fuera. Lo único que existe es el bosque.

—No es cierto. Está nuestra cabaña, nuestras ovejas. Tu oveja favorita, Mia, ha crecido. Ha tenido crías y... —Me quedo sin voz e intento tranquilizarme y parpadear para no derramar las lágrimas que se me han juntado en los ojos—. Ella y sus crías tienen la lana más suavecita.

—No me hace falta lana.

—Pero tienes frío, te lo he notado en la piel.

—El calor está en lo rojo.

—¿Cómo dices?

—La magia es roja. Es la respuesta para todo. Te viste, te da de comer, te salva la vida.

Recuerdo lo que me ha dicho Grandmère, que madre no contaba con ruiponce rojo para protegerse cuando se adentró en el bosque. Es posible que, desde entonces, se haya dado cuenta de que eso era lo que le hacía falta, lo que necesitaba, por mucho que no pueda recordar por qué.

—El rojo sí que te puede salvar —concedo—. Es por eso que llevo esta capa.

Un pétalo cae de su corona de rosas cuando ladea la cabeza para contemplar la capa y se estira para tocar la tela.

—Alguien la hizo para mí —añado, con la esperanza de despertar algún recuerdo—. Un libro le dijo que lo hiciera. Hiló la lana, la tiñó de rojo con ruiponce y le pidió a Fiora Winther que la tejiera. Luego, esta persona que te digo cortó los moldes de mi talla y cosió las piezas hasta formar una capa. —Me muerdo el labio inferior para evitar que siga temblando, y las lágrimas se me deslizan por las mejillas—. Y lo hizo porque me quería.

Mi madre alza una mano hacia mi rostro. Aunque ansío inclinarme hacia su toque, nunca llega a apoyármela contra la mejilla. En su lugar, recoge la humedad de una de mis lágrimas con un dedo y la examina con curiosidad.

—¿Estás llorando porque tú tampoco sueñas?

—Sí que sueño.

—En ese caso, tienes que dormir —me dice, mirándome con sus ojos verdes.

Asiento, por mucho que lo haga con el ceño fruncido. ¿Acaso no todo el mundo tiene que dormir?

Mi madre suelta un suspiro contenido, me da ambas manos y se las lleva hacia el pecho, con lo que consigue atraerme hacia ella.

—Eres tú a quien he estado esperando.

Un silencio incómodo se asienta entre las dos.

—Sí —consigo responder, porque estoy segura de que soy esa persona, por mucho que no sea por las razones que ella cree—. Como te he dicho, he venido para sacarte de este bosque.

—No puedo irme hasta que haya encontrado lo que perdí.

—¿Y qué perdiste? —¿Recordará a mi padre? Cuando se adentró en el bosque, lo hizo para buscarlo. Nunca descubrió que él ya había muerto antes de que ella siquiera hubiera pisado el bosque.

Herr Oswald, el presidente del consejo de gobierno de la aldea, fue quien nos trajo la noticia. Desde el instante en que puso un pie en nuestra granja de ovejas, traía la cabeza gacha y el sombrero en las manos. Al principio, me temí que algo le hubiese ocurrido a mi madre. Hacía cuatro días que se había adentrado en el bosque y, desde entonces, se había visto dos veces a un lobo de Grimm. Sin embargo, *herr* Oswald nos contó a Grandmère y a mí lo que le había ocurrido a mi padre: habían encontrado su cadáver en la ribera del río Mondfluss, en el Valle de Grimm, completamente enredado en su red de pescar. Un accidente de trabajo, según nos explicó.

La imagen de mi padre, sin vida tras una muerte dolorosa, es un suplicio que he enterrado en lo más hondo de mi ser. Nunca llegué a llorarlo de verdad. No pude, de lo contrario me habría perdido a mí misma en el dolor y habría perdido las esperanzas de salvar a la única que seguía con vida: mi madre. Con quien por fin me he reunido.

—Recordaré lo que perdí cuando pueda volver a dormir —dice mi madre en un susurro, contestándome al fin—. Lo veré en sueños. Por eso necesito tu ayuda.

—Es que… No tenemos tiempo para una siesta. —El reloj de mi vida se detendrá en poco tiempo, y no pretendo desperdiciar ningún segundo de los que me quedan con ella.

—Por favor —me suplica, con los ojos anegados en lágrimas—. Ya no puedo soportar esta tortura. Llevo tres años sin dormir.

¿Tres años? Tiene que estar exagerando. Solo que la duda me retuerce las entrañas según reparo en las ojeras bajo su mirada cautivadora, los ojos inyectados en sangre y la mirada desesperada, casi frenética, que me dedica.

—¿Cómo puedo ayudarte a dormir? —¿Querrá que le cante una nana o que le cepille el cabello o que…?

—Necesito tu sangre.

Retrocedo un paso, sorprendida.

—¿Mi sangre? —repito, apartando las manos de las de mi madre.

—Solo una gotita —añade, con prisas.

—¿Cómo te puede ayudar mi sangre a dormir?

—La magia es roja —repite las palabras que ha dicho hace tan solo unos minutos—. Es la respuesta para todo.

La cuestión es que no es que el color rojo sea mágico, sino que solo lo es cuando proviene del ruiponce rojo. Y esa magia no se encuentra en mi sangre como sí está en la de Fiora. E, incluso si lo estuviera, la magia del ruiponce rojo solo es un tipo de magia, del mismo modo en que la magia de Grandmère es otro tipo distinto. Puede hacer muchas cosas, como proteger a personas e incluso despertar la tierra y otorgarle magia, según el poema de Ollie. Pero no es un remedio contra cualquier enfermedad. No puede curar el insomnio.

Retrocedo un paso más.

—No sé yo…

—Te lo suplico. —Las lágrimas le recorren las mejillas, en donde la piel se le ha resquebrajado e irritado por llorar demasiado—. Apiádate de esta desconocida.

Solo que no es ninguna desconocida. Es mi madre. Y es porque la conozco y la quiero que no estoy segura de si debo darle algo que no podrá salvarla. Lo único que conseguirá será hundirla más en la desesperanza. Y, detrás de esa desesperanza, de esa locura, se encuentra la maldad de la maldición, del mismo modo que le ha ocurrido a los demás Perdidos. Si no procedo con precaución, avivaré las llamas del mal —ese del que me ha hablado Grandmère— y mi madre se volverá malvada y letal, será imposible persuadirla para que abandone el bosque, al igual que cuando Fiora y Ella se volvieron asesinas y nos fue imposible ayudarlas.

—Dame una gota —me ruega—. Es lo único que te pido. Una gota me dejará dormir tranquila una noche.

Me remuevo en mi sitio. Detesto verla sufrir. Esto no se parece en nada al reencuentro lleno de dicha que me había imaginado.

Quizás sí que pueda ayudarla. Quizás haya magia en este mundo que aún no entiendo, una magia que vaya más allá del bosque y del ruiponce rojo y del *Sortes Fortunae* y de las cartas que adivinan el futuro. Una magia más poderosa y más profunda que une a una madre y a su hija, y a ambas a Grandmère, cuya magia tan solo he empezado a comprender.

¿Podría esa magia ayudarla?

Cuadro los hombros, por mucho que haga que el dolor en mi baja espalda se asiente.

—¿Tienes un cuchillo?

La boca de mi madre se curva poco a poco, para revelar sus dientes. Sus incisivos son más largos y más afilados de lo que recuerdo.

—No, pero tengo una aguja… la aguja de una rueca.

37

Mi madre me da la mano y me conduce hacia el extremo más alejado de la cama, donde, escondida detrás del dosel de rosas, se encuentra una rueca. Es igual de antiquísima y desvencijada que la cama, y una de las últimas cosas que esperaba ver en un castillo que antaño fue una majestuosa fortaleza. Lo más probable es que este lugar haya alojado algo más que soldados y guerreros.

Pese a que la rueca es vieja, tiene un diseño bastante parecido al que mi madre solía usar en nuestra cabaña. Mientras Grandmère nos leía historias al lado del fuego crepitante, yo peinaba el vellón en unos suaves rollos de fibra y luego madre los hilaba hasta convertirlos en unos ovillos delicados.

A diferencia de la rueca que tenemos en casa, esta está cubierta de hiedra y espinos, como casi todo el castillo. Un tallo con púas y una única rosa roja envuelven la aguja, y la flor se encuentra a unos cinco centímetros de la punta afilada, la cual sin duda sería capaz de hacerme sangrar.

—¿Sigues hilando lana? —Le echo un vistazo de reojo al vestido desprovisto de tela que lleva mi madre. Por mucho que sé que la respuesta debe ser que no, no puedo evitar sentir curiosidad porque ese sea el objeto que ha seleccionado entre todos los demás del castillo para sacarme sangre. Debe haber una armería en algún lugar, ¿acaso no habrá algún arma que se hayan dejado allí?

Madre no hace caso a mi pregunta. Se sitúa a mis espaldas, me hace alzar un dedo y me alienta con un empujoncito delicado.

—Lo único que tienes que hacer es tocar la aguja con el dedo.

Quizás es que escogió la rueca cuando aún recordaba su hogar, a su hija, y se percató de que tendría que haber hilado más lana teñida con ruiponce rojo para hacerse una capa para sí misma, no solo para mí. Y ahora ese recuerdo ha disminuido hasta que solo necesita el rojo de la sangre.

—No me has preguntado cómo me llamo. —Sé que solo estoy dándole largas a lo inevitable, pero, una vez más, noto el silencioso *tic tac* del reloj que va a acabar con mi vida. Del mismo modo que la última campanada en el encantamiento desatado por el veneno de Ella, mi propia medianoche no tardará en llegar, y, cuando las manecillas del reloj den las doce, cuando toque la aguja con el dedo, temo que el pinchazo sea el mordisco de la Criatura con Colmillos. ¿Y si muero en esta habitación en lugar de cuando mi madre cruce la línea de cenizas? Quiero que sepa quien soy antes de que eso pase.

—Por favor —me insiste, empujándome más cerca de la rueca—. Puedes decirme cómo te llamas después de que haya dormido.

—Pero no necesitas dormir para recordar lo que perdiste. Yo te lo diré. —Me vuelvo hacia atrás para verla y me encuentro con sus ojos entornados.

—Es imposible que... —empieza a decirme, muy tensa.

—Perdiste a tu esposo, un pastor llamado Finn Thurn —la interrumpo—. Pero él no está en el bosque. Lo enterramos junto a tu padre en los terrenos al norte de la zona de pasto de las ovejas.

La confusión hace que frunza el ceño.

—No, perdí algo más que un hombre.

—Es cierto. Perdiste a tu madre, mi *grandmère*, la loba que viene a verte.

—La loba nunca comparte su sangre conmigo —me dice, con una mueca obstinada.

—No hace falta. Su sangre corre por tus venas. Naciste de ella, y yo de ti. —Trago en seco—. Soy Clara Thurn, tu hija. Fuiste tú quien hizo esta capa para mí. Y me perdiste, madre. Así como yo te perdí a ti. Pero te quiero y me adentré en el bosque para salvarte.

Con la mandíbula tensa, retrocede un paso.

—¡No sé de qué me hablas!

—¡Mírame! —le exijo, conteniendo un sollozo—. ¿No ves cuánto nos parecemos? Soy clavadita a ti.

Madre cierra los ojos con fuerza y niega con la cabeza, con movimientos frenéticos.

—No, ¡no pienso seguir escuchando esas tonterías! Si quieres salvarme, tienes que darme tu sangre. ¡Toca la aguja!

Las lágrimas se me deslizan por el rostro sin control alguno. Agacho la cabeza y me armo de valor. Ya he hecho todo lo que he podido. He encontrado a mi madre. He hablado con ella y le he dicho quién soy. No puedo obligarla a que me recuerde. Lo único que me queda es darle mi sangre. Si eso la ayuda a dormir, arrastraré su cuerpo dormido hasta volver a casa.

Me giro y alzo una mano hasta casi tocar la aguja. Solo que no puedo obligarme a bajarla.

¿Una gota de sangre? Parece demasiado sencillo. Es como cuando Fiora capturó a Henni porque se «parecía» a lo que había perdido. Como cuando Ella nos envenenó a mis amigos y a mí porque quería concedernos la iluminación. Como cuando Hansel y Gretel nos dejaron atiborrarnos de su comida como si fuesen unos anfitriones que querían darnos la bienvenida.

No puedo darle mi sangre a mi madre. Lo que quiere es algo más que dormir. La angustia que noto en el estómago me advierte de que puede que eso suponga mi muerte. Y, si bien he aceptado morir para salvarla, no me refería a morir a manos de mi madre. ¿Es posible que el pinchazo de una aguja tenga semejante poder?

Retrocedo un poquito y empiezo a apartar la mano.

—Creo que...

Mi madre me empuja desde atrás, justo en el lugar de la columna que más me duele. Suelto un grito y avanzo hacia adelante, con lo que toco la aguja por accidente.

Me aparto de un salto, aunque el pinchazo no me ha dolido. No hasta que el tallo de la rosa serpentea y se aferra a mi dedo. Una de sus afiladas espinas sobresale de ella y se me clava en la carne.

Sacudo la mano para apartarme, sorprendida.

—¿Qué ha sido...?

De pronto, me da un mareo. Las paredes se inclinan y el suelo de piedra cede bajo mis pies. Me tambaleo y empiezo a caer...

Me estoy muriendo.

Es mi reloj, que ha dado las doce. Mi medianoche.

Y, como se me prometió hace mucho tiempo, esta es la historia de mi muerte.

Y este... este es mi final.

Lo último que veo antes de colapsar sobre el suelo de piedra es mi sangre, que mancha de un rojo brillante la espina de la rueca.

38

No he muerto. Aún no. Salvo que el infierno sobre el que nos advirtieron los predicadores nómadas sea real y me haya quedado aquí, paralizada en mi propio cuerpo, sin ser capaz de mover nada más que los ojos y la boca, aunque no lo suficiente para enfocar la vista ni articular ninguna palabra. Fuera lo que fuese que hubiera en esa espina, me ha aturdido y me ha dejado fuera de combate. Pero, más que nada, me ha sumido en un poderoso encantamiento que me ha dejado agotada.

Me resisto ante el impulso acuciante de quedarme dormida. Si lo hago, ¿la muerte finalmente vendrá por mí? No quiero morir. No así.

Vagamente, reparo en que me están arrastrando de los brazos y que el agarre férreo que mi madre tiene en torno a mis muñecas no tiene nada de delicado. Me lleva de la habitación roja como las rosas al pasillo y luego a las escaleras serpenteantes de la fortaleza. Cuando llegamos hasta allí, me levanta, se coloca mi cuerpo inerte sobre un hombro y me lleva hacia el piso de abajo. Su fuerza es casi tanta como la de Fiora, y se mueve con la misma elegancia que Ella y la determinación de Hansel y Gretel.

No sale por la puerta por la que he entrado yo desde el patio del castillo, sino que cruza otro pasillo en la planta principal de la fortaleza. Este termina en otra puerta que conduce a un lugar diferente… una especie de jardín.

Aunque intento observar lo que me rodea, no puedo ver mucho más que no sean piedras, espinos y hiedra. La cabeza me rebota contra la espalda de mi madre. Y, más allá del aroma floral de su vestido, noto un hedor espantoso en el aire, dulzón y enfermizo, como la carne podrida.

La peste aumenta más y más conforme atravesamos una cortina de gasa, suave como las telarañas, colgada entre dos paredes del jardín. Cuando la tela ondea sobre mi capa que cuelga hacia abajo y vuelve a colocarse en su lugar, consigo captar un vistazo de ella y ahogo un grito. No es una cortina, sino el velo de Ella. El velo que Henni sacó de mi mochila antes de abandonarnos a Axel y a mí.

Noto un peso horrible en el centro del pecho. ¿Qué le ha hecho mi madre a mi mejor amiga?

Poquito a poco y con todo el dolor del mundo, aúno las fuerzas necesarias para volver la cabeza. Y, una vez lo hago, abro mucho los ojos, presa del pánico. Hay cadáveres regados por todo el jardín del castillo. Aldeanos perdidos. Distingo al menos a seis de ellos: Alaric Starck, Ida Gunther, Emmott Martin, Leoda Wilhelm, Garron Lenhart y Hamlin Vogel. Los demás se han descompuesto tanto que no consigo reconocerlos.

En los lugares en los que aún tienen piel, esta se ha vuelto de un tono grisáceo y nauseabundo. Y todos ellos parecen haber sido arrastrados lentamente desde el jardín. Emmott, Ida y Garron tienen hiedra enroscada en los tobillos y las piernas. Leoda y Alaric están atrapados en un entramado de espinos, colgados en las paredes más externas del castillo. Hamlin está a medio camino de ser absorbido por un árbol que se encuentra a unos pocos metros de la muralla, y solo la mitad de su rostro sigue siendo humano, pues la otra ya se ha convertido en corteza.

La bilis me sube por la garganta, hirviendo. ¿Mi madre los habrá matado a todos? ¿Cuántos aldeanos más habrán llegado a este castillo y se han visto sepultados en el bosque?

Mi madre me baja y me tumba sobre un lecho de hiedra. Me acomoda la capucha y me aparta el pelo de la cara. Sus ojos son unos pozos vacíos de un color verde como la cicuta. Pese a que su toque es cuidadoso, no demuestra preocupación. Me siento como si fuese una muñeca a la que están arreglando para poner en exhibición, solo un medio para cumplir un fin, y me aterra pensar en qué clase de fin será ese, en cómo llegará.

—Deberías dormir —me arrulla, y, cuando parpadeo, los ojos me pesan terriblemente, pero resisto la tentación—. No duele nada cuando no te puedes despertar. Ya verás.

¿Qué es lo que no duele nada?

Mi madre se pone de pie y desaparece de mi vista durante unos segundos. Al hacerlo, veo a otra persona tirada a unos cuantos metros de mi posición. Tiene los ojos cerrados y un pañuelo rojo atado sobre su cabello castaño rojizo, que lleva en trenzas.

Henni.

Los ojos se me llenan de lágrimas. ¿Está muerta como los demás aldeanos? Examino su apariencia. Tiene la piel y los labios pálidos. Los ojos hundidos. Pero… ¡ahí! Su pecho sube y baja, aunque sea muy poco. Pese a que sus respiraciones son entrecortadas, sigue viva.

Mi madre se arrodilla al otro lado de mi amiga, le aparta el pelo del cuello y abre la boca de par en par. Sus labios descubren sus dientes y sus incisivos se vuelven un centímetro más largos. Una sonrisa malvada se le extiende por el rostro cuando su mirada se encuentra con la mía.

No la reconozco. Esa de ahí ya no es mi madre. Es cruel y despiadada. Es posible que haya heredado algo de la magia que hace que Grandmère sea una Anividente, pero, a diferencia de mí, es como si lo suyo se inclinase más hacia el lado animalístico. Y, según se ha convertido en Rosa de Espino, eso la ha corrompido y la ha vuelto violenta.

Se inclina sobre Henni, le perfora el cuello con los dientes y empieza a chuparle la sangre.

Me entran arcadas por las náuseas. No me creo lo que estoy viendo. Mi madre está bebiendo la sangre de otro ser humano, alguien que conoce y a quien quiere, por mucho que no pueda recordarla.

Los párpados de Henni se mueven un poco, y le tiemblan las manos, pero no se despierta. Mi madre le está drenando la vida, y Henni no puede hacer nada para impedirlo.

Me esfuerzo para gritar, soltar un chillido, incorporarme siquiera un poco para intentar hacer algo. Apartar a mi madre de un empujón. Estrangularla.

Doy un respingo. ¿De verdad podría hacer algo así? ¿Podría matarla?

Un estruendo se oye en el aire. Voces. La de Grandmère y la de alguien más. Alguien con una voz más ronca que hace que un millar de mariposas me revoloteen en el estómago. *Axel.* ¿Habrá seguido mi rastro hasta aquí?

Lucho para pronunciar su nombre. Aunque intento moverme con todas mis fuerzas, lo único que consigo es un movimiento minúsculo de los dedos. Si no consigo llamarlo, no será capaz de encontrarnos a tiempo. El castillo es enorme, y el jardín está bien escondido.

Cierro los ojos para concentrarme. El sonido más ínfimo se me escapa de los labios.

—¡A...Auxilio!

Mi madre levanta la cabeza de sopetón del cuello de Henni, y la sangre le gotea por las comisuras de los labios.

—¿Estás impaciente porque llegue tu turno? —me pregunta—. La verdad es que yo también.

Se alza cuan alta es, y su vestido de flores rojas ondea alrededor de la raja que le descubre el muslo. Avanza despacio hacia mi lecho de hiedra.

—Tu sangre podría ser la respuesta, el rojo que por fin consiga ayudarme a recordar lo que perdí.

Se arrodilla frente a mí como si estuviese frente a un altar. Los incisivos se le alargan de nuevo. Con un sollozo, comprendo por fin lo que nuestros destinos compartidos significan: ella es la Criatura con Colmillos en el Bosque de Medianoche, y yo soy la hija que sacrifica.

Me roza el cuello con sus labios como el hielo y me clava los dientes en la piel. Un grito se me escapa, pues el dolor es increíble y agonizante, pero mi voz sale en apenas un hilo. El frío que noto en la garganta no tarda en convertirse en un subidón de calor líquido. Noto cómo la sangre en mis venas sube a toda velocidad y se derrama hacia la boca de mi madre. La mujer que me dio la vida me la está quitando, trago a trago.

Sea lo que sea que nota en el sabor de mi sangre la motiva a morder más profundo, a beber con más intensidad. No pretende beber un par de traguitos de mi sangre como ha hecho con Henni. Va a drenarme hasta que el corazón me deje de latir. Quizás alguna parte de ella aún sea capaz de notar nuestra conexión y quiera más, al creer que soy la respuesta a lo que necesita, lo que por fin conseguirá saciarla.

Solo que ya le he contado lo que perdió, y no me ha creído. ¿Volverá a ser ella misma cuando muera? ¿Será entonces cuando la maldición acabe por fin?

Me estremezco cuando un terrible escalofrío me recorre entera. Mi pulso late desbocado y con fuerza. Empiezo a ver puntitos negros. La cabeza me late mientras el mareo se apodera de mí.

Los párpados me pesan... hasta que se me cierran por completo.

Ha llegado el momento. De verdad estoy muriendo, sin vuelta atrás, sin alternativa, sin que haya nada que pueda hacer para evitarlo.

Un gruñido profundo y salvaje me hace volver en mí. Abro los ojos, y un destello de pelaje y garras pasa delante de mí a toda velocidad. Mi madre cae hacia atrás, con fuerza, y me arranca un trozo de piel cuando sus dientes me desgarran la garganta. Es un dolor insoportable, pero no me quedan fuerzas para gritar.

Los ojos se me vuelven a cerrar, e intento abrirlos de nuevo. Lo único que veo es el rostro apuesto de Axel. Tiene los ojos muy abiertos y aterrados. Me cubre el cuello con una de las manos, y aunque sus labios pronuncian mi nombre, cada vez oigo menos. Me da la impresión de que me llama desde el fondo de un pozo.

Solo consigo pillar retazos de lo que me dice:

—No me dejes…

»…no puedes morir.

»Te quie…

Entonces posa sus labios sobre los míos, y es el beso de un príncipe a su princesa dormida, como en el libro de cuentos infantiles de Grandmère. Solo que el beso no consigue revivirme. Mi visión se va oscureciendo más y más. La piel se me vuelve fría. Estoy tiritando, cada vez más lejos. Los párpados me pesan muchísimo. No voy a poder mantenerlos abiertos mucho más.

Hasta que se me cierran.

Todo es oscuridad y vacío…

…hasta que la sensación más extraña se apodera de mí. Es como si me hubiesen vuelto del revés, por mucho que no sea capaz de notar físicamente cómo ha sucedido.

Estoy en el aire. Floto sobre Axel y lo miro desde arriba. Él sacude mi cuerpo inerte. Llora desconsolado y me llama una y otra vez. El momento parece infinito y efímero a la vez. El tiempo se ha vuelto diferente. Va a toda velocidad y a paso de tortuga al mismo tiempo. Axel pronuncia mi nombre una última vez, antes de dejar caer la cabeza. Aparta la mano de mi cuello y la deja sobre un libro que tiene a su lado. El *Sortes Fortunae*. Lo ha traído consigo, así como mi mochila.

En cuanto toca el libro sin querer, se le tensan los hombros. Alza la mirada hacia mi madre y Grandmère, quienes están sumidas en una violenta batalla. Mi madre no parece necesitar ayuda, pues es tan fuerte como la loba.

—¿Hay alguna rueca aquí? —le pregunta Axel a Grandmère, a trompicones.

Grandmère alza su cabeza lobuna, aunque sin dejar de combatir contra su hija.

—Sí. —Sin perder tiempo, le indica dónde encontrarla, sin desperdiciar su aliento al preguntarle para qué la quiere—. Pero no toques las espinas.

Axel sale corriendo hacia la fortaleza. Intento seguirlo, pero estoy atrapada en este lugar, atada a la presencia de mi propio cuerpo.

Entonces lo entiendo.

He muerto.

Mi cuerpo, por debajo de donde estoy, está inerte y tendido sobre la hiedra. Tengo los labios entreabiertos y la piel tan pálida como el resto de los aldeanos muertos. Desde un horrible tajo en mi garganta, mi sangre se extiende sobre las piedras y las tiñe de escarlata.

Conteniendo mi espanto, vuelvo mi vista fantasmagórica hacia mi madre. ¿Por qué no ha cambiado? ¿Por qué no ha vuelto a ser quien era? Sigue siendo Rosa de Espino, con sus colmillos descubiertos y combatiendo contra la loba. No lo entiendo. Mi muerte tendría que haberla salvado.

—Odio este lugar.

Me sobresalto al oír la voz de Ollie, y lo veo sentado sobre una de las paredes del jardín.

Escudriña nuestros alrededores y se estremece al ver a los aldeanos muertos que el bosque está absorbiendo, cuyo destino es convertirse en árboles. No se atreve a mirar lo que queda de mi cadáver.

—No deberías haber venido. Te advertí sobre la mujer de rojo. Te dije que no debías buscarla.

Le echo un vistazo a la criatura feroz que ataca a Grandmère.

—Es que es mi madre.

Ollie se encoge de hombros, como si eso no importara.

—Esto es lo que pasa cuando pides el deseo incorrecto.

¿Me ha oído cuando lo pedía?

—¿Por qué es incorrecto? —le pregunto, acercándome a él—. Ha sido un deseo desinteresado.

Ollie alza la barbilla en un gesto obstinado, aunque luego le tiembla el labio inferior.

—Me prometiste que me ayudarías a encontrar mis monedas.

—Ay, Ollie… —La culpabilidad me consume, pero no tengo aliento con el que conjurar un suspiro, ni ningún medio para soltarlo—. Por favor, entiéndeme. Tenía que salvar a más personas.

—Pero no has salvado a nadie. Y ahora estás muerta.

Hago una mueca al oír sus palabras, solo que no tengo corazón con el que sufrir por ellas. En su lugar, el dolor se queda ahí, intangible, y mi sufrimiento se acrecienta.

—Axel te ayudará. Él sabe lo de tus monedas.

—Pero Axel no puede verme ni oírme. Hasta que llegaste tú, solo los Perdidos podían hacerlo. Pero tú ves el pasado, Clara. A los fantasmas y los recuerdos. Confié en ti.

¿Fantasmas? No había caído en que ver a los muertos podía ser una parte de mi don, pues Ollie es el único espíritu con el que me he encontrado.

—Lo siento mucho.

Axel regresa corriendo al jardín, casi sin aliento. Lleva consigo una vara de hierro delgada, de unos treinta centímetros, y afilada en un extremo. La aguja. La ha partido de la rueca.

Me preocupan las espinas venenosas, pero ya no están, y no le sangran los dedos. Ha conseguido quitar las espinas y la rosa sin pincharse.

Se arrodilla frente a mi cadáver, y yo floto hacia abajo para poder verle la cara. Tiene la piel sonrojada y los ojos brillantes por las lágrimas.

—¿Axel?

No me oye. No puede verme, ni tampoco oírme. Me he vuelto igual que Ollie, un fantasma que él no puede percibir. Y la idea me resulta desoladora.

—Se supone que no te puedo decir lo que pedí cuando cumplí los dieciséis —me dice en voz baja, hacia mi cuerpo inerte tendido sobre un charco de sangre—. Pero estás muerta, así que supongo que no cuenta. —Cierra los ojos con fuerza cuando pronuncia la palabra «muerta» antes de intentar respirar hondo—. Pedí poder devolverle la vida a la persona que más quiero —me cuenta, limpiándose la nariz—. Me refería a mi padre, pero nunca encontramos su cadáver, así que nunca pude hacer lo que el Libro de la fortuna me dijo que hiciera.

Me acerco un poquito más, con ganas de tocarlo, de apoyar una mano sólida sobre su hombro. Y, aunque sé que mi voz no llegará a sus oídos, no puedo evitar preguntarle:

—¿Qué te dijo que hicieras?

Axel me acaricia la mejilla, ya fría.

—Me dijo que debía clavar una aguja roja en el corazón de la persona que más quiero —me explica, con lágrimas deslizándose por sus mejillas—. ¿Lo ves? —sigue, con la voz entrecortada por el llanto—. Eres tú. El libro sabía que esto iba a pasar y que estaríamos en este lugar cuando sucediera…, aunque nunca supe a que se refería con una aguja roja. Pero no pasa nada. Creo que ya lo sé.

—¿Una aguja roja? —Miro a Ollie de reojo, como si el fantasmita pudiese ayudarme a entender, pero ya ha desaparecido.

La loba suelta un chillido de dolor, y dejo de pensar. Mi madre está clavando los dientes en el cuello de Grandmère.

Axel da un respingo, distraído por un instante, pero luego exhala y baja la cabeza. Su precioso cabello rubio le cubre los ojos.

Abre la capa que llevo atada sobre el pecho, se alza sobre las rodillas y sostiene la aguja en el aire con ambas manos sobre mi cuerpo.

Ya lo entiendo, así que le apoyo una mano fantasmal sobre el hombro. Él es mi verdadero amor, el Cisne Flechado al que estoy unida para siempre, mi Giro del Destino.

—Hazlo —le pido en un susurro. Elijo vivir. Es lo que mi madre, mi madre de verdad, siempre quiso para mí. Su deseo más intenso. El único que pidió. Fue por eso que me hizo la capa y me dio la bellota y me enseñó a ser valiente y a no tenerle miedo a nada.

Axel respira hondo para armarse de valor y, con un movimiento deliberado y lleno de fuerza, me clava la aguja en el corazón.

39

Inspiro una bocanada intensa y desesperada y me incorporo hasta sentarme, tras lo cual me arranco la aguja del pecho, y esta traquetea sobre las piedras.

He vuelto a mi cuerpo. El dolor se extiende por mi columna torcida y me late en la herida que tengo en el cuello, pero doy gracias por todas y cada una de las tormentosas sensaciones que me reafirman que sigo viva.

Axel deja escapar una risa que es mitad sollozo. Me estruja entre sus brazos, mientras me reparte besos por doquier: en las sienes, las mejillas, los labios.

—Siempre has sido tú —me dice en un susurro, acunándome el rostro entre las manos antes de apoyar la frente sobre la mía—. Siempre.

Estoy mareada por todas las sensaciones y los sentimientos, sin saber muy bien dónde me encuentro ni qué es lo que acaba de pasar… ni lo que sigue sucediendo.

—Grandmère —suelto, sin aliento—. Tenemos que ayudarla.

A unos cuantos pasos, la loba de Grimm se encuentra tirada en el suelo, cerca de Henni. Un aullido bajo y lleno de dolor se le escapa mientras mi madre continúa alimentándose de ella.

Echo un vistazo al Libro de la fortuna, con su lomo húmedo por mi sangre, y a la aguja que está a su lado. Una idea descabellada se me pasa por la cabeza.

Tras arrancar un trozo de tela de mi capa, agarro la aguja.

—¿Qué haces? —me pregunta Axel.

—Voy a salvarla.

—¿A la loba?

Niego con la cabeza.

—A mi madre.

—No creo que...

—Tengo que intentarlo.

Me pongo de pie de un salto, y por un segundo me tambaleo por el mareo.

—¡Madre! —la llamo.

Pero no se gira, sino que sigue bebiendo la sangre de Grandmère.

—¡Rosamund!

Una vez más, no me hace ni caso. Cierro las manos en puños.

—Rosa de Espino.

Alza la vista y, muy despacio, se seca la sangre que le queda en los labios.

—Tú —sisea, y en su voz no hay ningún indicativo de que reconozca a su hija, solo a la víctima que no debería seguir con vida y mucho menos estar de pie—. ¿No te había dejado seca?

Aunque tenso la mandíbula, me obligo a esbozar una sonrisa tensa y a asentir.

—En ese caso, ¿por qué sigues incordiándome?

—No me he rendido. Aún puedo salvarte.

Con una risa macabra, se pone de pie para mirarme de forma altanera.

—Ya he probado tu sangre y no me has dado nada. No puedes salvarme, niña.

—Sí que puedo. Porque soy *tu* niña. Tu sangre vive en mí. Cada parte de ti, toda tu terquedad, tu decisión, tu optimismo incluso en el peor de los escenarios forma parte de mi ser. —Avanzo hacia ella—. Me ha dado el valor para sortear unos obstáculos que parecían imposibles de superar y para escapar de mi destino una y otra vez. Y, como sé que vives en mí y que siempre serás parte de quien soy, tengo fe en lo que voy a hacer ahora.

—¿Y qué vas a hacer? —me pregunta, con una sonrisita.

—Usar la aguja roja.

Mi madre frunce el ceño. Pero, antes de que pueda preguntarme a qué me refiero, envuelvo la aguja en el trozo de mi capa teñida con ruiponce rojo, aprieto los dientes con fuerza y le clavo la punta de hierro en el corazón.

Abre los ojos como platos. Trastabilla hasta caer de rodillas, y yo me arrodillo a su lado, para sujetarla de los brazos.

—Vuelve a mí, madre.

Espero a que su expresión se relaje, a que el dolor y la sorpresa desaparezcan para que la claridad y la paz se extiendan por sus facciones. Sin embargo, mi madre se limita a sacudirse de forma violenta y a mirarme con una expresión llena de odio.

Respira con dificultad, con unos jadeos entrecortados y húmedos. Unas gotas de sangre se le escapan de los labios.

Vacilo, antes de mirar a Axel, preocupada. Esto no tendría que ser así.

—¿Qué he hecho mal? —le pregunto, con gotitas de sudor frío que se me concentran en el cuello.

—No lo sé —contesta, llevándose las manos hacia el pelo.

Mi madre se me resbala de entre los brazos, cae sobre el suelo de piedra, y se da un golpe seco en la cabeza al chocar contra las piedras que produce un sonido espeluznante. Suelta un gemido, y la mirada se le desenfoca. Observa con desesperación a su alrededor, como si estuviese buscando algo a lo que aferrarse, algo que haga que su pulso siga latiendo.

—Lo… Lo siento —tartamudeo—. No quería…

Con lentitud por todo el dolor que siente, Grandmère se levanta sobre sus cuatro patas y se acerca a donde me encuentro, junto a mi madre.

—¿Qué hago? —le pregunto, entre lágrimas.

—No hay nada que hacer, *ma chère*, solo despedirnos —contesta, con sus ojos violeta clavados en su hija, llena de tristeza.

—No. No puedo despedirme aún. —Las lágrimas se me resbalan por las mejillas sin control—. Esto no puede ser el final de nuestra historia.

—Pero lo es, mi niña —me dice, llamándome como solía hacer mi madre, con cariño—. Lo vi hace mucho mucho tiempo.

Un dolor insoportable se asienta en mi interior, y no tengo suficiente espacio en mí para soportarlo.

—Por favor, madre. Por favor. —Me tumbo a su lado para atraerla hacia mí y recibir el abrazo que nunca me dio cuando nos reencontramos—. Me pediste que no me rindiera, que viviera. —Aunque no sé si fue ella de verdad en la visión que tuve en el baile del prado, tengo que creer que fue así, porque no me queda nada a lo que aferrarme que no sea esa alucinación de su amor por mí—. Y no me he rendido. Sigo aquí. Y ahora necesito que hagas lo mismo. No te rindas, madre. Quédate conmigo.

Deja caer la cabeza hacia un lado, de modo que pueda verme el rostro. Sus ojos son como los míos, el reflejo más puro. Con una mano temblorosa, roza un pliegue de mi capa a la altura de uno de los hombros. Lo acaricia una vez con los dedos y luego lleva la palma hacia mi mejilla. Mis lágrimas se le deslizan por el dorso de la mano.

—¿Clara? —pregunta, alzando las cejas en un gesto de confusión—. Mi… niña… preciosa.

Deja de respirar, y su mirada se vuelve vacía.

El dolor que me llena el pecho es demasiado, y puedo notar su ausencia de golpe, como si mi propia alma se hubiese partido. Los sollozos hacen que me sacuda entera. Le doy un beso en la frente y escondo la cabeza en su cuello mientras la abrazo con más fuerza.

—No te vayas —le suplico, pero ya se ha ido.

Quiero quedarme aquí tumbada para siempre, para mantener su cuerpo caliente y recordar el eco de su voz cuando, por fin, la he oído pronunciar mi nombre. Me ha recordado. He podido sentir su amor después de tanto tiempo.

Los recuerdos me invaden. Soy una niña pequeña acomodada sobre el regazo de mi madre. Estamos en la zona de pasto más al norte, entretejiendo tréboles para hacer coronas. Dos corderitos macho corretean a nuestro alrededor y estampan sus cabecitas cubiertas de pelo entre ellas mientras practican cómo será cuando sean carneros. Mi madre se echa a reír.

—No seas tan insensata como los chicos, Clara.

En el siguiente recuerdo, soy más pequeña, quizás de unos cuatro años. Estoy llorando porque he robado las tijeras de esquilar y me he cortado yo sola el pelo y, como resultado, tengo un flequillo torcido y sumamente corto. Mi madre se arrodilla frente a mí, me hace girar la cabeza de un lado a otro y declara:

—No está nada mal para ser tu primer intento. —Y luego se coloca su larga trenza por delante del hombro—. Ahora córtamelo a mí.

En el siguiente, no soy más que una bebé llorona. Estoy tan pequeña que me doy cuenta de que este recuerdo debe ser de mi madre en lugar de mío. Me saca de la cuna, deja a mi padre dormido en la cama y me lleva hacia fuera de nuestra cabaña, bajo un cielo nocturno lleno de preciosas estrellas.

—A ver, pequeñaja. Si vamos a quedarnos despiertas, como mínimo tenemos que disfrutar de las vistas que la noche nos ofrece.

En el último, mi madre está sola. Está atando la última puntada del corte que hizo en su colchón para ocultar la capa roja. Una vez que termina, se pone de pie, agarra una vela para iluminar por dónde va y se dirige a mi habitación. Estoy dormida con las mantas cubriéndome de pies a cabeza. Con cuidado, mi madre las aparta un poco para poder verme la cara. Aunque mis pestañas oscuras se agitan por un instante, no me despierto.

—Elige ser valiente, mi niña —me dice en un susurro, apartándome un mechón de pelo de la frente—. Vive sin miedo.

Un poderoso escalofrío me recorre por dentro, y los recuerdos desaparecen. Vuelvo al presente, aún con mi madre aferrada entre mis brazos, pero las piedras del suelo se sacuden con violencia.

Grandmère se tensa y observa en derredor.

—¡Clara, tenemos que irnos! El castillo se está derrumbando.

Sigo la trayectoria de su mirada y me quedo boquiabierta. La hiedra y los espinos se están replegando del castillo y de sus paredes. Y, sin ellos, las piedras se parten, como si estos hubiesen sido la única argamasa que hacía que no se derrumbaran.

—¡Clara! —Axel estira una mano hacia mí, y Grandmère se dirige de un salto hacia Henni.

Me enderezo de golpe, aunque aún sostengo a mi madre con recelo.

—No puedo abandonarla.

Un gran trozo de una torre se derrumba y se estrella contra el suelo con un estruendo similar a un trueno. Montones de piedras salen disparadas y apenas consigo esquivar una que iba directamente hacia mi cabeza.

—¡Date prisa, Clara! —me grita Grandmère—. No puedes haber sobrevivido solo para morir aquí.

Le devuelvo la mirada a Axel, y detrás de sus ojos desesperados por el peligro, puedo ver su simpatía.

—Tu madre lo entendería —me dice, antes de colocarse mi mochila en el hombro y aferrar el *Sortes Fortunae* bajo uno de los brazos—. Ha llegado el momento de que te despidas.

Veo borroso debido a las lágrimas, pero me giro hacia mi madre y le cierro los ojos, despacio. Le beso la mejilla. Me saco la bellota del bolsillo y se la dejo en la palma de la mano antes de cerrar sus dedos en torno a ella.

—Te quiero —le digo en un susurro.

Me aferro a la mano de Axel y corremos hacia Henni, a quien le está costando abrir los ojos. La ayudamos a ponerse de pie.

—El velo —dice ella, casi sin aliento.

Por primera vez, no le discuto si el artículo le pertenece a su hermana en toda regla o no. Arranco el velo de donde se encuentra colgado entre las paredes del jardín y lo envuelvo sobre los hombros de mi amiga.

Esquivamos rocas que caen desde lo alto y paredes que se derrumban mientras huimos del jardín del castillo tan rápido como podemos. Atravesamos la fortaleza a toda prisa, luego el patio, el arco de piedra que conduce hacia el puente levadizo y los tablones desvencijados que dan hacia la seguridad del bosque en el otro lado.

Grandmère nos sigue por detrás. En cuanto cruza el puente levadizo, este se derrumba sobre el foso vacío, y el resto del castillo hace lo mismo. Una gran nube de polvo y cenizas se alza hacia el cielo debido a esa destrucción masiva. Mi madre queda enterrada bajo todo eso. No consigo procesarlo y me quedo con la vista perdida, cubierta de polvo, antes de soltar un suspiro tembloroso. Intento aceptar que ese es el lugar en el que descansará en paz.

Mis amigos permanecen a mi lado y me rodean con los brazos. Noto que también están intentando asimilar todo lo que ha sucedido… y lo que sea que vaya a suceder a continuación.

—¿Qué significa esto? —Mi voz suena débil y extraña en contraste con la cacofonía del castillo al derrumbarse—. ¿Se ha roto la maldición?

Axel se muerde un labio, pensativo.

—Solo hay un modo de saberlo —dice, para luego quitarse la bufanda con cuidado y dejarla caer sobre el suelo. En cuanto esta toca la hierba, unas raíces salen disparadas del suelo en su dirección. Axel se agacha a toda velocidad para recuperar su bufanda y se la vuelve a atar al cuello. Solo entonces las raíces vuelven a su sitio—. Creo que podemos decir que no.

Pero no estoy muy segura.

Y Henni tampoco.

—Quizás es que parte de la maldición se ha roto —nos dice, acurrucándose un poco más en el velo de su hermana.

Axel engancha su meñique en el mío y luego hace encajar nuestras manos.

—Al menos se ha roto en el caso de tu madre, Clara. Al final sí que ha sido Rosamund.

—Sí, *ma chère*. —Grandmère me acaricia con el hocico en una demostración de afecto que me toma por sorpresa, pues mi abuela no suele ser demasiado demostrativa—. Su alma ya descansa en paz.

Henni se queda mirando a Grandmère sin poder creérselo.

—No soy la única que oye a la loba hablar, ¿verdad? Creía que estaba soñando en el castillo.

—La loba es mi abuela —le explico, sonriendo—. Es una Anividente, puede ver el futuro y adentrarse en el cuerpo de un lobo.

Henni traga en seco, como si mi explicación no la hubiese ayudado en absoluto a aceptar la existencia de un animal que habla.

—Claro.

Grandmère posa la vista en los árboles. Los muertos nos rodean, y sus rostros aterrorizados permanecen congelados en la corteza de los árboles.

—Lleváis demasiado tiempo en este bosque —nos dice—. Es hora de que volváis a casa, mientras el ruiponce rojo aún os protege.

Vuelvo la vista hacia Henni. Abandonar el bosque será más duro para ella.

—Si quieres volver a por tu hermana, me quedaré contigo.

—Y yo —añade Axel.

Henni respira hondo y entierra el rostro en los pliegues del velo de Ella.

—No, tu abuela tiene razón. Aún no sabemos cómo salvar a Ella. Una vez que lo sepamos, volveré. —Alza la cabeza y cuadra los hombros, decidida—. Además, ya tenemos el *Sortes Fortunae*, y no tardaré mucho en cumplir los dieciséis. Pediré mi deseo cuando llegue el día. Encontraré algún modo de… —Se interrumpe a sí misma—. Bueno, no puedo decirte lo que pienso pedir. Pero debería ser de ayuda.

—Solo asegúrate de que sea lo que tu corazón más quiere —le digo, recordando mi propia experiencia con el Libro de la fortuna.

Henni asiente, con solemnidad.

—Así lo haré.

A pesar de todas las esperanzas que albergamos sobre el futuro, no puedo evitar volverme para observar las ruinas del castillo. Tantos finales han ocurrido en ese lugar, tantísimas muertes. Mi madre me ha matado…, yo la he matado a ella…, aunque también la he salvado…, y Axel me ha salvado a mí. Supongo que, gracias a eso, también es un lugar para nuevos comienzos.

Es demasiado como para poder procesarlo ahora mismo, demasiado como para poder creerlo. También es muy difícil dejarlo atrás. No sé si algún día podré hacerlo y tampoco es algo que quiera. Mi historia estará unida para siempre con mi madre, del mismo modo en que siempre estaré unida a Axel. La Criatura con Colmillos y los Cisnes Flechados siempre serán las cartas que me tocaron. Las llevaré conmigo conforme viva mi vida y me enfrente a lo que sea que mi destino cambiado tenga en mente para mí.

El Bosque de Medianoche también será una parte de mí. Cuando abandone este bosque, no dejaré atrás la marca que ha dejado en mi interior. Llevo el bosque en la sangre. Lo noto con la misma certeza como que comparto el linaje de Grandmère y de mi madre, Marlène y Rosamund Thurn.

Seré valiente, le prometo a mi madre. *Viviré sin miedo.*

—Hay un riachuelo a menos de un kilómetro al este de aquí. —Grandmère nos señala la dirección con el hocico—. Seguid su cauce durante un día hasta que lleguéis al río Bremen. Luego seguid río arriba durante varios días hasta que lleguéis a las Cataratas de las Nieves, donde hay un afluente que parte en dirección sur. Seguidlo dos días más hasta que lleguéis a una bifurcación y entonces dejad de seguir el agua. Avanzad directo hacia el sur unos tres kilómetros y llegaréis hasta los Gemelos.

Recuerdo los dos árboles enormes que protegen el camino que conduce a las profundidades del Bosque Grimm desde el prado de nuestra aldea.

—Y entonces llegaréis a casa —añade Grandmère, con una voz cada vez más ronca y débil.

El corazón se me dispara al notar el terrible cansancio que pesa sobre ella y merma su postura tan elegante.

—¿No vendrás con nosotros?

—Estoy herida, cariño. Debo volver más rápido. Tengo más oportunidades de sanar si me encuentro en mi forma humana. Hay remedios y... —Se interrumpe para soltar un quejido animal, y más sangre brota de la herida que tiene en la garganta.

—¿Grandmère? —Me pongo de rodillas y presiono una mano sobre su herida. Casi no tiene fuerzas para sostener la cabeza, pues ha agotado las que le quedaban al hablar con nosotros.

—Debo irme —se despide, con una sonrisa un tanto triste—. Para ti, mi suerte —me dice en un susurro, la versión que tenemos en el Valle de Grimm para desear buena fortuna—. Siempre te llevaré en el corazón, *ma petite chérie*. —Frota el morro contra mi capa—. *Mon petit rouge* —añade, y sé lo suficiente de su lengua materna como para comprender que quiere decir «mi pequeña roja».

La abrazo con fuerza y, cuando me aparto, sus ojos violeta se vuelven marrones y la expresión en su rostro, más animal y menos humana.

Ya no es mi abuela, sino una simple loba de Grimm.

Esta olisquea un poco, revuelve la tierra con una pata y luego se aleja de un salto.

40

ienso en si debería volver sobre mis pasos hacia la cascada subterránea y buscar las monedas de plata que había en la caja de piedra. ¿Las aceptaría Ollie en lugar de las suyas? Seguro que le otorgarían riquezas a quien se suponía que tenía que ayudar, sea quien sea esa persona.

Sin embargo, tras pensarlo un poco, dejo el tesoro en su sitio. Puede que ayude a la persona necesitada, pero no es lo que ayudará al espíritu de Ollie a descansar en paz. Eso solo serán sus monedas robadas, el único error por el que no se puede perdonar, aquello que ata su alma a este bosque.

Axel, Henni y yo seguimos la ruta que Grandmère nos ha indicado para volver a casa. Pese a que me mantengo atenta, no vuelvo a ver a Ollie, y no puedo dejar de pensar en la mirada desolada que me dedicó en el jardín del castillo, en la decepción que pesaba sobre sus hombros.

—Te prometo que encontraré un modo de ayudarte —le susurro al bosque, con la esperanza de que Ollie esté escuchando.

El viaje de vuelta a casa es agotador. El tiempo pasa muy rápido y a la vez muy despacio. Rápido porque sabemos a dónde vamos y cómo llegar hasta allí; despacio porque cada paso nos exige una energía con la que no contamos.

Los tres nos morimos de hambre, Henni y yo seguimos recuperándonos por la pérdida de sangre, y mi espalda torcida no me da tregua. No dejo de arrancar tiras de mi camisón para reemplazar los vendajes de mis pies que se reducen a simples harapos. Incluso envuelvo más el talón izquierdo con la esperanza de imitar el alza que perdí con mi zapato, pero como sustituto deja mucho que desear y no me ayuda en nada con el dolor.

Axel me lleva en brazos cuando el dolor es demasiado. Me cuenta historias graciosas sobre su padre para distraerme, aunque creo que también es algo que lo ayuda a sanar. Nunca antes había hablado tanto de él. Tras su muerte, parecía como si Axel hubiese guardado la mayoría de sus recuerdos bajo llave, y dado que ha conseguido salvarme con la aguja roja, en el modo en que pensó que podría salvar a su padre, es como si se hubiese librado de una carga que lo había atormentado durante años.

Como mínimo, el dolor de su corazón sí que ha desaparecido.

En mi caso, mi propio corazón sigue sanando en lo que respecta a la pérdida de mi madre, si bien a ese dolor también lo acompaña una sensación de paz. Puedo respirar con mayor facilidad y disfrutar del presente. Noto más belleza a mi alrededor, colores nuevos en las alas de los pájaros y un sinfín de imágenes que se forman en las nubes. El olor del rocío de la mañana y la fragancia de las flores nocturnas son maravillas en las que no había reparado hasta el momento, bendiciones que había dado por sentadas.

Cada vez llevo menos suministros en la mochila, aunque aún tengo mi equipo para pescar y mi pedernal. Eso nos ayuda a atrapar peces y cocinarlos sobre unos fuegos hechos a base de piñas. Y es suficiente para sobrevivir. Los árboles han dejado de moverse con tanta frecuencia —quizás como un efecto de haber roto la maldición a medias, si la teoría de Henni es correcta— y, cuando lo hacen, no se apartan demasiado de su sitio.

Dejamos de atarnos los tobillos. En su lugar, dormimos con los brazos y las manos entrelazadas y, en ocasiones, cuando me despierto por la mañana, me doy cuenta de que me he hecho un ovillo contra Axel y él me ha envuelto con brazos y piernas.

Varios días después desde que llevamos siguiendo el río Bremen, nuestros alrededores empiezan a parecernos conocidos. Hemos llegado al lugar en el que estábamos entre la torre de Fiora y la hondonada de Ella. Tres días más tarde, alcanzamos el tramo de río por el que saltamos en nuestra huida para alejarnos de Fiora.

Y no somos los únicos en ese lugar.

Hay cuatro personas en la ribera: dos mujeres que juntan agua en unos cubos y un par de niños que lanzan piedras hacia el agua.

Parecen tan tranquilos y felices —tan normales—, que me lleva varios segundos reconocer a dos de ellas: Fiora y Ella.

Fiora está erguida y ya no en cuclillas como una araña. Sobre su traje de lana ceñido lleva una falda hecha a mano que parece haberse fabricado de la cola del vestido de novia de Ella.

Y lo más distinto en su apariencia es su cabello pelirrojo: se lo ha cortado, quizás con el cuchillo que perdí al lanzárselo, pues es el que lleva atado a la cintura. El cabello le cae hasta la mitad de la espalda, aún bastante largo para los estándares convencionales, pero ya no tiene kilómetros y kilómetros de una melena asesina. El único movimiento se produce cuando el viento se lo alborota.

Todos nos quedamos mirándonos durante unos instantes. En lo que a mí respecta, no sé si podemos fiarnos de ellas, de que no nos vayan a hacer daño de nuevo, aunque la tensión desaparece cuando la mirada de Ella finalmente se aparta de Axel, quien me lleva de la mano con total confianza, y se centra en su hermana.

—¡Henni! —Ella sonríe de oreja a oreja y corre hacia su hermana, para luego envolverla entre sus brazos.

—¿Me recuerdas? —le pregunta Henni, con un sonrojo de lo más encantador en las mejillas.

—Más que nunca —le dice su hermana, sin dejar de estrujarla—. Debo admitir que aún hay ciertas cosas que no tengo del todo claras. De hecho, todo lo sucedido durante el último año. No estaba segura de si de verdad habíais ido a verme a mi hondonada o si no era más que una de mis fantasías.

¿Dígase fantasías en las que envenenabas y asesinabas a los demás? Aprieto los labios para no soltar ese pensamiento en voz alta. No sería justo con Ella, cuando ya no parece estar llena de un resentimiento letal ni ser una novia enloquecida y al borde de un colapso nervioso.

Henni se aparta, examina a su hermana de cerca —su rostro limpio, su cabello cepillado y sus ojos brillantes— y parece llegar a la misma conclusión: Ella ha vuelto a ser Ella nuevamente.

—Sí, estuve ahí. —Henni esboza una sonrisa radiante—. Los tres fuimos a verte —dice, haciendo un ademán hacia Axel y hacia mí—. Queríamos llevarte a casa, pero... —Su sonrisa se desvanece un poco.

Ella frunce el ceño al ver que su hermana deja de hablar, como si le costara recordar la parte de la historia que no le está contando.

—Espero no haberos dado muchos problemas. Creo que no he sido yo misma durante un tiempo. El bosque le hizo algo a mi mente y... —Se interrumpe a sí misma, con la mirada gacha, y se vuelve hacia la otra mujer—. Fiora dice que a ella le pasó lo mismo.

Fiora nos devuelve la mirada con timidez.

—Es cierto. Y, en mi caso, el bosque hizo que algo más que mi mente cambiara. Mi cabello, es que... —Se acomoda uno de sus rizos con movimientos dudosos antes de soltar un suspiro profundo—. No sé por dónde empezar.

—No pasa nada, te entendemos —le digo—. También te vimos el cabello.

—¿Ah, sí? —pregunta, ladeando la cabeza—. ¿Entonces también nos encontramos? —Alterna la mirada de uno a otro.

—Algo así —contesta Henni, tragando en seco.

—Fue un encuentro por todo lo alto, sí —añade Axel, sin expresión—. Casi ni podíamos respirar por la emoción.

Contengo una carcajada y le doy un codazo.

—¿Y cómo os habéis encontrado? —les pregunta Henni a Ella y Fiora.

—Seguimos el agua —contesta Ella, con su tono tan elegante como siempre—. No sé si os habéis dado cuenta, pero el agua del bosque no cambia de lugar como sí hacen los árboles. Cuando volví a ser yo misma, empecé a seguir este río y me condujo hasta Fiora, aunque sus hijos me encontraron primero al seguir un riachuelo.

Me vuelvo hacia Fiora, con los ojos como platos.

—¿Tienes hijos?

Fiora respira hondo.

—Sí, aunque no los conocisteis en el Valle de Grimm. Los tuve... fuera del matrimonio —se explica, con las mejillas sonrojadas—. Los mantuve escondidos tanto tiempo como pude, pero, cuando cumplieron tres años, me fue imposible mantenerlos en secreto durante más tiempo. Aprendieron a quitar el cerrojo de las puertas y a abrir los pestillos de las ventanas. Salían a escondidas y apenas conseguía pillarlos antes de que algún aldeano que pasara por allí los descubriera.

Pobre Fiora. Siempre fue muy retraída en la aldea, al igual que su padre, y odiaba llamar la atención. La presión de tener que esconder el escándalo de ser una mujer soltera y con hijos debió de haber sido terrible.

—¿Y trajiste a tus hijos al bosque para criarlos aquí después de que cumplieran tres años? —la animo a continuar, con delicadeza.

—Sí. —Fiora se acomoda un mechón de pelo detrás de la oreja, avergonzada—. Ahora tienen seis años. Me cuesta creer todo el tiempo que ha pasado. Como os ha dicho Ella, nuestros recuerdos en el bosque son muy confusos.

Quizás sea mejor así. Si mi madre hubiese sobrevivido, no me habría gustado que recordara los crímenes que había cometido en el bosque... y a quienes había hecho sufrir con sus propias manos.

—Pues nos encantaría conocerlos —sonrío, haciendo un ademán con la barbilla hacia los niños que juegan en la ribera del río.

—Claro —contesta, con una mirada más tranquila, antes de abrir los brazos para recibir al niño y a la niña—. Hansel, Gretel, venid a saludar.

Los niños se vuelven hacia nosotros y nos miran con sospecha. Axel se tensa. A mí me cuesta no quedarme boquiabierta. Los mellizos tienen el mismo cabello rubio casi blanco, con solo un mechón pelirrojo, al igual que los mellizos mayores que conocimos bajo el pino gigante. También llevan la misma ropa, la cual les queda muchísimo mejor, pero...

—Son... Son...

—¿Pequeños? —sugiere Ella.

Asiento, sin palabras. Estos Hansel y Gretel parecen tener unos seis años, como ha dicho Fiora, y no ser un par de adolescentes como los otros mellizos que conocimos.

—Creedme, a mí también me sorprendió —sigue Ella—. Los he visto irse encogiendo poco a poco mientras viajaban conmigo. Pero Fiora está segura de que nunca deberían haber sido más mayores de lo que son ahora.

—Deben de haber crecido como hizo mi pelo aquí —añade Fiora, conforme los niños por fin se acercan corriendo hacia ella y se esconden detrás de su falda para mirarnos con curiosidad—. Aunque la verdad es que no entiendo por qué.

Quizás yo sí lo haga.

—¿Alguna vez has comido ruiponce rojo? Una flor roja con raíces que saben como a chirivías.

Fiora me mira, extrañada, como si hubiese dicho algo que no tendría que haber sabido. Posa la mirada sobre el Libro de la fortuna, que se asoma desde la parte de arriba de la mochila de Axel.

—Sí…, comí un poco durante mi embarazo, cuando había riesgo de que perdiera a los mellizos.

—¿De verdad? —pregunta Henni, emocionada—. ¡Tu madre también lo hizo cuando se quedó embarazada de ti!

Fiora se rodea el torso con los brazos y asiente, claramente incómoda por lo mucho que sabemos de su vida.

—¿Y creéis que el ruiponce rojo hizo que mis niños crecieran más rápido en el bosque?

—Es posible —contesto—, igual que los ayudó a crecer en tu vientre. Quizás también es la razón por la que tu cabello creció tan rápido. —Me levanto un poco la capa para mostrársela—. Esta está teñida con ruiponce rojo. Tengo que llevarla para estar a salvo en el bosque, pero tú no necesitas ponerte nada. Llevas el ruiponce rojo en la sangre, al igual que Hansel y Gretel.

Fiora posa la mirada sobre sus hijos, confusa.

—No estoy segura de si lo entiendo, la verdad.

—Yo tampoco, al menos no del todo —añado, con una pequeña sonrisa—. Lo que sí sé es que el ruiponce rojo ofrece protección. Debe haberos protegido, a ti y a tus hijos, durante un tiempo. Lo que pasa es que estuvisteis demasiado tiempo en el bosque y recibisteis la maldición como nosotros y el resto de los habitantes del Valle de Grimm. La magia en vuestra sangre debe haberse retorcido.

—Pero ya no estáis malditos —le asegura Henni, antes de volverse hacia mí y añadir—: Míralos, Clara. No pueden seguir malditos. Los niños son pequeños y...

Fiora suelta un gritito y aparta el brazo de Hansel. Unas marquitas de dientes se le asoman sobre la piel de la muñeca.

—¡No se muerde! —lo regaña.

Hansel hace un puchero y se vuelve a esconder detrás de su falda.

—Por favor, no se lo tengáis en cuenta —suspira Fiora—. Tanto él como su hermana están aprendiendo a comportarse. Hemos estado separados durante demasiado tiempo y... bueno, todo se volvió muy confuso. Me temo que aún están un poco resentidos conmigo. Cuando la comida comenzó a escasear, no entendían por qué ya no podía saciar su hambre. Eran muy pequeños. Y aún lo son. —Se pasa una mano por la frente, y el labio inferior le tiembla un poco—. Cuando olvidaron que era su madre, empezaron a llamarme «bruja».

—Bruja —repite Gretel, con una risita.

Fiora baja la mirada hacia su hija con una sonrisa apenada y le acaricia la mejilla con los dedos.

Las últimas piezas del misterio de Hansel y Gretel por fin empiezan a encajar. Su forma de hablar con dificultades, su apetito voraz y extraño... Los mellizos tendrían entre tres y cuatro años cuando los separaron de su madre, y tuvieron que criarse solos, de modo que nunca aprendieron a hablar bien. Su mente maduró hasta alcanzar los seis años cuando nos encontramos con ellos en el bosque, por mucho que fueran incluso más jóvenes en muchos otros aspectos.

—Bueno, espero que a tus hijos les guste el pescado —interpone Axel, de buen humor, siempre predispuesto a aligerar el ambiente.

—La verdad es que comen de todo —dice Fiora, con una sonrisa.

Axel se pone pálido y suelta una risa forzada.

—Entonces, ¿de verdad lo creéis? —Fiora vuelve a posar su atención sobre Henni y sobre mí—. Que ya no estamos malditos.

Me quedo pensando, y dejo de mirarla para volver mi atención sobre Ella y los mellizos: son cuatro personas que nos han torturado y que nos habrían matado si no hubiésemos conseguido escapar de ellos. Sin embargo, su apariencia ya no es malvada ni violenta. Son personas normales y ordinarias; personas que han sufrido, de eso no cabe duda, pero que ya no tienen instintos asesinos, sin contar la tendencia de Hansel a morder.

Quizás eso quiere decir que la maldición se ha roto, al menos en su caso.

—Yo creo que sí.

¿Habrá sido el ruiponce rojo lo que los ha salvado? Cada uno de ellos tenía una conexión con la planta y esta los protegió durante un tiempo.

Recuerdo lo que le pedí al *Sortes Fortunae*: «Deseo que perdones a los habitantes del Valle de Grimm y que, al hacerlo, acabes con la maldición y restaures la paz».

Puede que esas hayan sido las palabras que pronuncié, pero el libro percibió lo que de verdad quería mi corazón. Sabía que quería salvar a mi madre, aunque también notó mi deseo de vivir y de no sacrificar mi propia vida.

Lo que me pidió que hiciera cobra sentido:

Abandona al muchacho y captura a la loba.
Solo entonces tu deseo más intenso se volverá realidad.

Si no hubiese abandonado a Axel y capturado a la loba, se habrían aliado para evitar que mi madre acabara con mi vida.

Y yo debía morir, solo para poder vivir de nuevo. Tenía que enfrentarme a mi destino antes de que este pudiera cambiar.

Pero ¿qué pasa si, cuando pedí mi deseo, el Libro de la fortuna también escuchó las palabras que dije, por mucho que estas no fuesen tan sinceras como lo que de verdad había en mi corazón? ¿Habrán sido suficiente para romper la maldición a medias? Y, en el caso de Fiora, Ella, Hansel y Gretel, ¿romperla por completo?

Quiero creer que es así, que he hecho algo para salvar siquiera a algunos de los Perdidos sin tener que despedirme de ellos para siempre como pasó con mi madre.

Me cruzo de brazos.

—Si de verdad queréis probar si seguís malditos o no, puedo mostraros dónde hacerlo.

Unos días después, los llevo hasta los Gemelos, los árboles guardianes del bosque que se encuentran cerca de los límites del prado del Valle de Grimm, donde se lleva a cabo el Día de Devoción.

El prado está vacío, y la luz dorada de la mañana reluce sobre unas florecillas salpicadas entre la hierba muerta. Me lleno de esperanza al ver esos atisbos de vida y color. Son otra señal de que la maldición se está rompiendo.

Conforme nos acercamos a la línea de cenizas que separa el Bosque Grimm del Valle de Grimm, Fiora aferra las manos de sus hijos con más fuerza, Henni avanza del brazo de su hermana y Axel me ayuda a caminar mientras cojeo por el dolor intenso que noto en la espalda y las caderas. Un poco más y lloro al pensar en la cama suavecita y la almohada de plumas que me esperan en mi cabaña.

Fiora, Hansel y Gretel son los primeros en llegar a la línea de cenizas. Fiora respira hondo mientras los tres juntos cruzan los límites del bosque. Una vez que se encuentran en el lado de la aldea, se deja caer de rodillas y se pone a llorar. Hansel y Gretel se ponen a corretear por el prado, persiguiéndose el uno al otro entre risitas.

Henni y Ella son las siguientes en acercarse a la línea. Ella se detiene y le dice algo al oído a su hermana. Henni se vuelve hacia nosotros y asiente en dirección a su hermana.

Ella traga en seco antes de acercarse a nosotros, despacio.

—Axel, sé que lo nuestro ha terminado y que estás enamorado de Clara. Aun así, me avergüenza mucho que haya tardado tanto en aceptarlo. —Baja la cabeza y da un pequeño paso en mi dirección—. Quiero pedirte disculpas.

Axel niega con la cabeza y apoya una mano con suavidad sobre el brazo de Ella.

—No tienes nada de lo que disculparte. Fue culpa mía por no decirte antes lo que de verdad sentía.

Algo muy parecido a la risa se asoma en la expresión de Ella.

—Y es por eso que no te pido disculpas a ti. —Respira hondo y sus ojos buscan los míos—. Se las pido a Clara.

Me aparto un poco, confusa.

—No… No te entiendo.

Ella se muerde el labio y se quita el morral que ha llevado en el hombro todo este tiempo.

—Encontré esto cerca de mi hondonada. No podía recordar por qué, pero me pareció importante, así que decidí traerlo conmigo.

Saca mi zapato de su morral, y dejo de respirar. Contemplo el cuero arañado, los ojales dispares y los cordones que siguen desatados de cuando los solté sin saberlo en el baile del prado: todas las imperfecciones que señalan que me pertenece.

Podría echarme a llorar. Es un zapato sin más. Uno común y corriente. Solo que contiene mi alza de talón en su interior.

Es el zapato más bonito en el mundo entero.

—No tardé demasiado en atar cabos y comprender de quién era, pero… —Ella se interrumpe, y sus preciosos ojos grandes se vuelven a posar sobre el suelo—. Como os he dicho, me avergüenza lo mucho que he tardado en aceptar vuestra relación.

Le echo los brazos al cuello en un abrazo, al borde de las lágrimas.

—¡Gracias! —le digo, casi sin voz. Y sin ningún resentimiento. Solo he estado en el bosque durante unas pocas semanas, mientras que ella lleva un año entero, atrapada por el dolor de un desamor sin fin—. La verdad es que me alegro de que no me hayas matado con tu veneno.

—Ah, no me tientes —se ríe—. También me he traído el arsénico.

Mientras hablamos, Axel abre la mochila y saca mi zapato derecho. No conseguí tirarlo por mucho que no pudiese ponérmelo sin el otro. Me quito los vendajes de tela a base de sacudir los pies, me pongo el zapato derecho y, cuando voy a agacharme para ponerme el izquierdo, el que lleva el alza, Axel hinca una rodilla en el suelo y se me adelanta.

—¿Puedo? —me pregunta.

La calidez me inunda el pecho y se extiende hasta hacer que mis mejillas se sonrojen. Asiento con timidez.

Su mano es cálida y delicada según me levanta el pie y lo desliza en el zapato. Cuando alza sus ojos azules y clava su mirada en la mía, me fallan un poco las rodillas. No me queda ni la menor duda de que es un príncipe encantador.

Ella nos mira a ambos, nos regala una sonrisa sincera y vuelve junto a su hermana. Ambas cruzan la línea de cenizas una al lado de la otra.

En vista de que nos quedamos solos durante unos instantes, Axel pilla los lados de mi capa y me atrae hacia él.

—¿Qué se siente al llevar no uno sino dos zapatos completamente reales?

Echo la cabeza hacia atrás y suelto un suspiro, maravillada.

—Es el mejor «final feliz» del mundo. Para mis pies, al menos.

—¿Y para el resto de ti?

—La verdad es que doy gracias de que no haya llegado mi *final* todavía. La parte de la felicidad puede esperar. Por el momento me alegro de poder respirar.

—Eso sin contar lo coladita que estás por mí.

—Sí, bueno, eso no hace falta decirlo. —Me encojo de hombros, como si no fuese gran cosa.

—¿Y si quiero que lo digas? —me insiste, agachando la cabeza en mi dirección.

Sonrío y pongo los ojos en blanco.

—Vale, estás coladito por mí.

—Eso no es lo que he dicho —me corrige, y sus labios casi tocan los míos.

—¿Ah, no?

Axel niega con la cabeza en un movimiento muy lento que hace que nuestros labios se rocen de un lado a otro.

Un montón de escalofríos me recorren entera, y cada centímetro de piel se me eriza por completo. Cierro los ojos y me apoyo en él para profundizar el beso.

Henni suelta un suspiro, exasperada.

—¿Podéis cruzar la línea de una santa vez? Quiero ir a casa sin tener que preocuparme por que el bosque os vaya a tragar enteros solo porque no podéis dejar de besaros. No deberíais tentar al destino.

Axel sonríe contra mis labios y me besa un poco más.

Me dejo llevar por el momento, por él, por el tiempo que puedo disfrutar sin tener que ir contrarreloj, por una vida que puedo vivir sin límites y con un sinfín de posibilidades.

Al fin y al cabo, ¿de qué sirve el destino si una no puede tentarlo?

EPÍLOGO

DESPUÉS DEL BOSQUE

—Ma chère, cuéntame otra vez la historia de mi muerte.

La anciana yacía en su cama, en la cabaña que compartía con su nieta, una chica de diecisiete años que acababa de llevar unas flores silvestres frescas para reemplazar a aquellas que se habían marchitado en el jarrón de la mesita de noche.

—Que no vas a morir —le insistió la nieta—. Tienes que dejar de leerte las cartas.

La nieta retiró la baraja de cartas para adivinar el futuro de la mesita y se las metió en el bolsillo de su delantal, para eliminar la tentación. No era la primera vez que Clara escondía las cartas en los últimos días, pero, sin importar donde las metiera, Grandmère siempre parecía encontrarlas.

Cómo se las arreglaba Grandmère para salir de la cama a escondidas era algo que Clara no sabía. La anciana prácticamente no podía llevarse ni una cucharada de sopa a la boca. Llevaba enferma desde que se había hecho daño en el bosque, aunque, finalmente, la herida del cuello le había terminado de sanar.

Quizás cuando Clara dormía por las noches, Grandmère se metía en el cuerpo de la loba de Grimm y, como animal, recuperaba una pizca de vitalidad.

—¿Es ruiponce rojo? —Grandmère entrecerró sus ojos violeta para observar las flores que Clara había empezado a acomodar en el jarrón.

—Son amapolas. —Clara le sonrió, aunque no pudo evitar fruncir el ceño. Cada día, Grandmère le pedía ruiponce rojo, y, también cada día, Clara le recordaba que no podía encontrar la flor en ningún lado. Ya no crecían en el lugar en el que las había descubierto, justo más allá del límite del Valle de Grimm.

La memoria de Grandmère le estaba fallando, un hecho que tenía a Clara tan preocupada como su salud cada vez más delicada.

—Qué lástima —dijo la anciana con un suspiro de agotamiento—. Me habría gustado hablar con Rosamund por última vez.

Una punzada de dolor atravesó el corazón de Clara.

—Madre ya no está con nosotras, ¿recuerdas? —Se sentó en el borde de la cama y llevó una mano a la frente de su abuela para ver si tenía fiebre—. Está enterrada en el bosque. Está en paz.

Durante unos instantes, Grandmère pareció volver a ser ella misma. Su mirada distante y fatigada le desapareció de los ojos y se concentró en Clara con la misma lucidez que siempre había poseído. Alzó una de sus manos de piel arrugada y la apoyó en la mejilla de su nieta, con dedos temblorosos.

—Lamento que hayas tenido que matar a tu madre para salvarla, *ma chère*. Tendría que haber sido capaz de hacerlo yo misma muchísimo antes de que te adentraras en el bosque.

Clara tragó en seco, y los ojos se le llenaron de lágrimas.

—Ambas lo hicimos lo mejor que pudimos. Pero me alegro de que madre pudiese verte de vez en cuando. De que no estuviese siempre sola.

Cuando intentó sujetar la otra mano de Grandmère, la que tenía bajo las mantas, se percató de que esta no estaba vacía. La anciana tenía algo entre los dedos.

—¿Qué haces con esto? —la regañó, quitándole un par de cartas.

Grandmère ni siquiera pretendió avergonzarse.

—Son mi destino, niña —le espetó, chasqueando la lengua—. Nada que tú tengas que ver.

Igual de terca que su abuela, Clara no apartó la vista, sino que examinó ambas cartas. La primera era una bestia con colmillos puntiagudos y, al verla, el estómago se le hizo un nudo. La Criatura con Colmillos representaba algo que conocía la mar de bien: una muerte prematura. Sin embargo, la segunda carta era más misteriosa: La Copa de la Fortuna, pintada como un cáliz de cristal.

—Cuando la sacaste, ¿hacia dónde apuntaba la carta?

La Copa de la Fortuna representaba un objeto en la vida que podía estar unido a la prosperidad o a la ruina. Si salía hacia arriba, la carta presagiaba una buena fortuna. No obstante, si salía del revés, la Copa de la Fortuna prometía una tragedia.

—No es algo que tengas que saber. —Grandmère hizo un ademán con su mano arrugada, y Clara notó una presión en el pecho ante su evasiva. Si su abuela no quería hablar sobre la Copa de la Fortuna, eso quería decir que la había sacado del revés.

Haciendo un esfuerzo para no demostrar lo que sentía, Clara se enderezó y respiró hondo para recuperar la calma.

—No te preocupes por las cartas, Grandmère.

—Las cartas nunca mienten, pequeña.

—Pero no cuentan tu historia por completo. Cuando sacabas la Criatura con Colmillos una y otra vez al leerme las cartas, ¿creías que iba a vivir hasta este día? Es imposible saberlo todo. El destino siempre nos deja lugar para engañarlo. —Clara se inclinó hacia su abuela y le dio un beso en la mejilla—. Además, hoy es el día en que Henni pedirá su deseo. Aunque no puede contarnos cuál será, es obvio que le pedirá al *Sortes Fortunae* que acabe con el resto de la maldición. Y, una vez que nos libremos de ella, tu destino sin duda cambiará.

Si bien un poco de esperanza había vuelto al Valle de Grimm, pues algunos de los cultivos habían empezado a brotar y de vez en cuando el cielo les regalaba unas gotitas de lluvia, la maldición no se había roto por completo. La aldea estaba lejos de prosperar y ningún otro de los Perdidos había vuelto a su hogar. La señal más evidente era que Clara seguía sin poder adentrarse en el bosque sin llevar su capa roja. Cuando no la tenía sobre los hombros, unas raíces salían disparadas del suelo y la empujaban para hacer que abandonara el bosque.

Grandmère no dijo nada ante las palabras de consuelo que le dio su nieta. Se le cerraron los ojos, y un ligero ronquido se le escapó de la garganta.

Tres golpes sonaron en la puerta principal de la cabaña. Clara arropó a su abuela con las mantas y fue a ver quién llamaba.

Cuando abrió la puerta, un chico guapísimo de cabello dorado y alborotado y unos ojos azules relucientes le dedicó una sonrisa torcida, lo que hizo que el corazón le diera un vuelco, un salto mortal y una voltereta, todo en uno.

Axel se adentró bajo el umbral, le dejó un beso en los labios y luego uno pequeñito en la punta de la nariz. Tenía la costumbre adorable de repartir besos en distintos lugares de su rostro.

—Ha llegado la hora de desearle feliz cumpleaños a Henni —le dijo, tendiéndole la mano.

Clara y Axel no fueron ni los primeros ni los últimos en llegar al prado en el que se encontraba el pabellón del Libro de la fortuna. La aldea entera se estaba reuniendo en aquel lugar para celebrar la esperada ocasión. Incluso Fiora, quien apenas salía de casa, había acudido con Hansel y Gretel.

Encontraron a los niños comiendo una tarta de arándanos rojos que Ella había preparado —tras descubrir un recipiente de azúcar escondido en el sótano de sus padres—, por lo que Hansel todavía no había mordido a nadie o a nada que no fuera aquel postre tan excepcional.

La mayoría de los aldeanos habían hecho una fila para pellizcarle los brazos a Henni, como dictaba la tradición, y así recordarle que estaba despierta y que debía usar su deseo con sabiduría.

Ocuparon su lugar en la fila, pero, dado que esta era larguísima y tenía tiempo de sobra, Clara se alejó en dirección al Árbol de los Perdidos.

Con una mirada melancólica, contempló la diversidad multicolor de las tiras de tela y de los lazos que había atados en las ramas del avellano. Todos ondeaban gracias a la brisa cálida y le recordaron a todos los Perdidos que aún debían encontrar en el bosque, muchos de los cuales seguramente habían muerto y sido absorbidos por los árboles.

Encontró la tira que estaba buscando, una hecha de lana Thurn y teñida de color rojizo. La desató del árbol y se la aseguró en torno a la muñeca.

Un petirrojo alzó el vuelo de una de las ramas del árbol y se perdió en el cielo.

Clara lo observó durante unos segundos y esbozó una leve sonrisa.

Cuando volvió a la fila, ya casi le había llegado el turno de saludar a Henni. Axel le acababa de pellizcar el brazo, seguramente con demasiada fuerza, porque su amiga había soltado un gritito, luego una carcajada y, finalmente, le había dado un buen golpe en el hombro.

Clara se aseguró de ser más delicada y de darle a Henni algo más que un pellizco. También la envolvió entre sus brazos y le susurró:

—Para ti, mi suerte.

—Gracias —le dijo Henni, con los ojos relucientes por las lágrimas.

Su amiga se veía adorable con su vestido blanco y la corona de hojas de roble que tenía sobre su cabello castaño rojizo. Cuando se dirigió hacia el pabellón, las ancianas del Valle de Grimm se secaron los ojos con sus pañuelos y los jovencitos se la quedaron mirando como si no se hubiesen percatado de su existencia hasta aquel momento.

Al llegar a las cortinas que encerraban el pedestal en el que descansaba el *Sortes Fortunae*, Henni respiró hondo, les dedicó una sonrisa a sus amigos y destinó su última mirada a su hermana, Ella, quien asintió y la animó con una gran sonrisa.

Henni se perdió detrás de la cortina.

Clara no podía ver lo que hacía —así como tampoco ninguno de los aldeanos, pues era así como debía ser—, pero todos sabían que Henni estaba pidiendo en silencio su deseo al Libro de la fortuna.

Pese a que esperó a que su amiga emergiera desde detrás de la cortina con una enorme sonrisa en el rostro, los minutos pasaron y Henni seguía sin salir.

—Ha pasado algo —le dijo Clara a Axel en voz baja. Antes de que este pudiera contestarle, Clara se dirigió a toda prisa hacia *herr* Oswald, el presidente que supervisaba la ceremonia, y le rogó que la dejara romper la tradición y asomarse detrás de la cortina para ver cómo estaba su amiga—. No oiré su deseo —le prometió—. Seguro que ya lo ha pedido o le ha dado miedo hacerlo. Déjeme ayudarla, por favor.

A regañadientes, *herr* Oswald le dio permiso, y Clara corrió hacia detrás de la cortina.

Henni se encontraba frente al pedestal, confundida, con los brazos colgándole a los lados y la mirada perpleja clavada en el Libro de la fortuna, el cual estaba abierto.

—¿Va todo bien? —le preguntó Clara, apoyándole una mano en el hombro.

—No deja de abrirse por la misma página —contestó Henni, a trompicones—. Pero no dice nada.

—¿Cómo que no dice nada?

Henni se limitó a menear la cabeza, pues no tenía palabras para explicarse.

Hasta aquel momento, Clara se había resistido a la tentación de echarle un vistazo al libro, pero entonces su curiosidad pudo más que ella y bajó la vista hacia él.

En el centro del libro, donde las páginas se unían para formar el lomo, había una tira delgada de papel con el borde rasgado: los restos de una página que habían arrancado.

—¿Qué está pasando? —exclamó *herr* Oswald.

—¿Qué hago? —le preguntó Henni a Clara en un susurro y con voz trémula.

—¡Todo va bien! —le contestó Clara a *herr* Oswald—. ¡Dadnos un momento!

Frunció el ceño en dirección al libro y le dio un golpecito al pedestal con el dedo.

—Quizás este sea el lugar del que arrancaron el acertijo. —Recordó la página del *Sortes Fortunae* que había quedado atrás cuando el libro había abandonado la aldea.

—No creo —musitó Henni—. Si fuera así, el libro me habría contestado en la página anterior o en la siguiente. Pero parece que necesita la página que falta.

Clara pensó en lo que Axel le había dicho en el Día de Devoción y en lo que Henni también les había dicho al volver al Valle de Grimm: *no deberías tentar al destino*.

Pero entonces recordó cómo Axel había cambiado de parecer, lo que le había susurrado después del baile del prado: *eres quien tienta al destino, no quien huye de él*.

Según él, esa era la razón por la que Grandmère le había sacado la Carta Roja, porque era el Giro del Destino.

—No le digas a nadie lo que estoy a punto de hacer —siseó Clara.

Henni se puso pálida, pero asintió.

Clara cerró el Libro de la fortuna y respiró hondo. Entonces pronunció el encantamiento:

—*Sortes Fortunae*, responde a mi petición. Escucha a mi corazón y a lo que anhelo desde el fondo de mi ser. Me llamo Clara Thurn y este es mi segundo deseo.

Henni ahogó un grito.

—No escuches —le pidió Clara, en un susurro.

Henni se cubrió las orejas.

—Quiero saber dónde está tu página perdida —dijo Clara, en el tono más bajo que pudo—. La que le corresponde a Henni.

Abrió la cubierta, y el libro cambió a una página distinta.

Durante varios segundos en los que el corazón le latió desbocado, la página permaneció en blanco. Clara empezó a temer haber hecho algo imperdonable.

—Quizás deberíamos… —empezó a decir Henni, removiéndose inquieta a su lado.

—¡Mira! —Clara señaló hacia la página.

Unas letras en tinta verde aparecieron sobre ella y deletrearon con rapidez varias palabras:

Solo una página contiene el secreto para por fin restaurar la paz.
Y solo a una persona se la puede culpar por acabar con ella.
Encuéntralos, pues uno posee al otro,
y ambos se esconden en el Bosque Grimm.

La adrenalina recorrió las venas de Clara antes de que volviera a leer las palabras. Aunque le parecían más un acertijo que unas simples instrucciones, había algo imposible de negar: su travesía no había llegado a su fin. Aún quedaba una maldición que terminar de romper y, para hacerlo, tenía que encontrar la página perdida…, así como a la persona que la tenía.

Una vez más, solo podría encontrar lo que buscaba en un lugar. Y a ese lugar iba a tener que volver…

A las profundidades del Bosque Grimm.

AGRADECIMIENTOS

Se me ocurrió la idea para escribir *El Bosque Grimm* hace muchos años, mientras soñaba despierta con lo que más me gusta leer: mitos y cuentos de hadas, en especial las versiones más originales y oscuras, las que se acercan más a sus raíces en el folklore, como las escritas por los hermanos Grimm. Al escribir este libro, quería ahondar un poco más en cómo los cuentos de los hermanos Grimm pudieron haber cobrado forma, al menos en mis sueños más descabellados. Quiero darle las gracias en especial a mi agente literario, Josh Adams, por ser el mejor adalid de esta historia y darme el valor necesario para escribirla.

Estoy contentísima de que mi editora, la increíble Sara Goodman, también se haya enamorado de la historia de Clara. Muchas gracias por todo tu talento al ayudarme a darle forma y entretejer todo este popurrí de cuentos de hadas retorcidos y siniestros.

El equipo de Sara en Wednesday Books también me ha recibido con los brazos abiertos y me ha hecho sentir como en casa. Gracias infinitas a: Vanessa Aquirre, asistente editorial; Olga Grlic, por su diseño de sobrecubierta; Soleil Paz, diseñadora mecánica; Devan Norman, por el diseño interior; Eric Meyer, jefe de redacción; Melanie Sanders, editora de producción; Christina MacDonald, correctora; Gail Friedman, jefa de producción; Rivka Holler y Brant Janeway, especialistas en marketing; Meghan Harrington y Alyssa Gammello, publicistas; Britt Saghi, Kim Ludlam, Tom Thompson y Dylan Helstien, especialistas en servicios creativos, y a Ally Demeter, por su producción de sonido. Así también, mil gracias a Colin Verdi por una cubierta tan elegante y preciosa.

Mi familia lo es todo para mí. Gracias a Jason, Isabelle, Ethan, Ivy y Aidan por hacer que mantenga los pies en la tierra, por las carcajadas y por siempre aseguraros de que siga siendo humilde y agradecida. Os quiero más de lo que puedo expresar. Sois mi razón de ser.

Mis padres, Larry y Buffie, son mis modelos de vida. Gracias por enseñarme que el arte y la creatividad son algo de un valor incalculable en este mundo y que puedo ganarme la vida haciendo lo que me gusta.

Gracias infinitas a mis ancestros de parte de la familia de mi padre, aquellos con los que comparto mi apellido de soltera. Me habéis inspirado a ambientar esta historia en una región similar a la de vuestros orígenes en la Selva Negra, que une Alemania y Francia. Espero haberos hecho sentir orgullosos.

He hecho muchos amigos escritores increíbles durante los últimos años. Me gustaría darle las gracias en especial a aquellos que me han ayudado a escribir y a publicar esta novela: Sara B. Larson por ayudarme a hacer lluvias de ideas y dar con la solución perfecta cuando me atascaba; a Emily R. King por las llamadas a altas horas de la noche con cantidades ingentes de cariño, y a Stephanie Garber y Jodi Meadows por sus consejos para publicar, que llegaron en el mejor momento.

Estoy en deuda con los autores que le dedicaron parte de su tiempo a leer este libro y a escribir unas reseñas adorables, autores cuyas obras adoro con todo el corazón. Gracias a Rebecca Ross, Charlie N. Holmberg, Tricia Levenseller y Mara Rutherford.

La música es una fuente de inspiración increíble para mí, así que me gustaría rendir homenaje a Amelia Warner por componer la banda sonora de *Mary Shelley*. Al menos el noventa por ciento de esta novela la escribí mientras escuchaba esa música tan hermosa e inquietante.

Y, por último, pero no menos importante, mi agradecimiento infinito a Dios. Eres mi paz, mi luz, mi aliento y mi claridad. Gracias por tu amor tan perfecto, incomparable y eterno.

¿TE GUSTÓ ESTE LIBRO?

Escríbenos a

puck@uranoworld.com

y cuéntanos tu opinión.

ESPAÑA ▸  /MundoPuck /Puck_Ed /Puck.Ed

LATINOAMÉRICA ▸ /PuckLatam

/PuckEditorial

¡Gracias por vivir otra
#EXPERIENCIAPUCK!

 PUCK